大奥の最高権力者
姉《あねが》小《こう》路《じ》の実像

妻女たちの幕末

穂高健一

南々社

大奥の最高権力者

姉小路《あねがこうじ》の実像

妻女たちの幕末

穂高健一

目次

表紙画像・揚州《ようしゅう》周延《ちかのぶ》

〈人物相関図〉

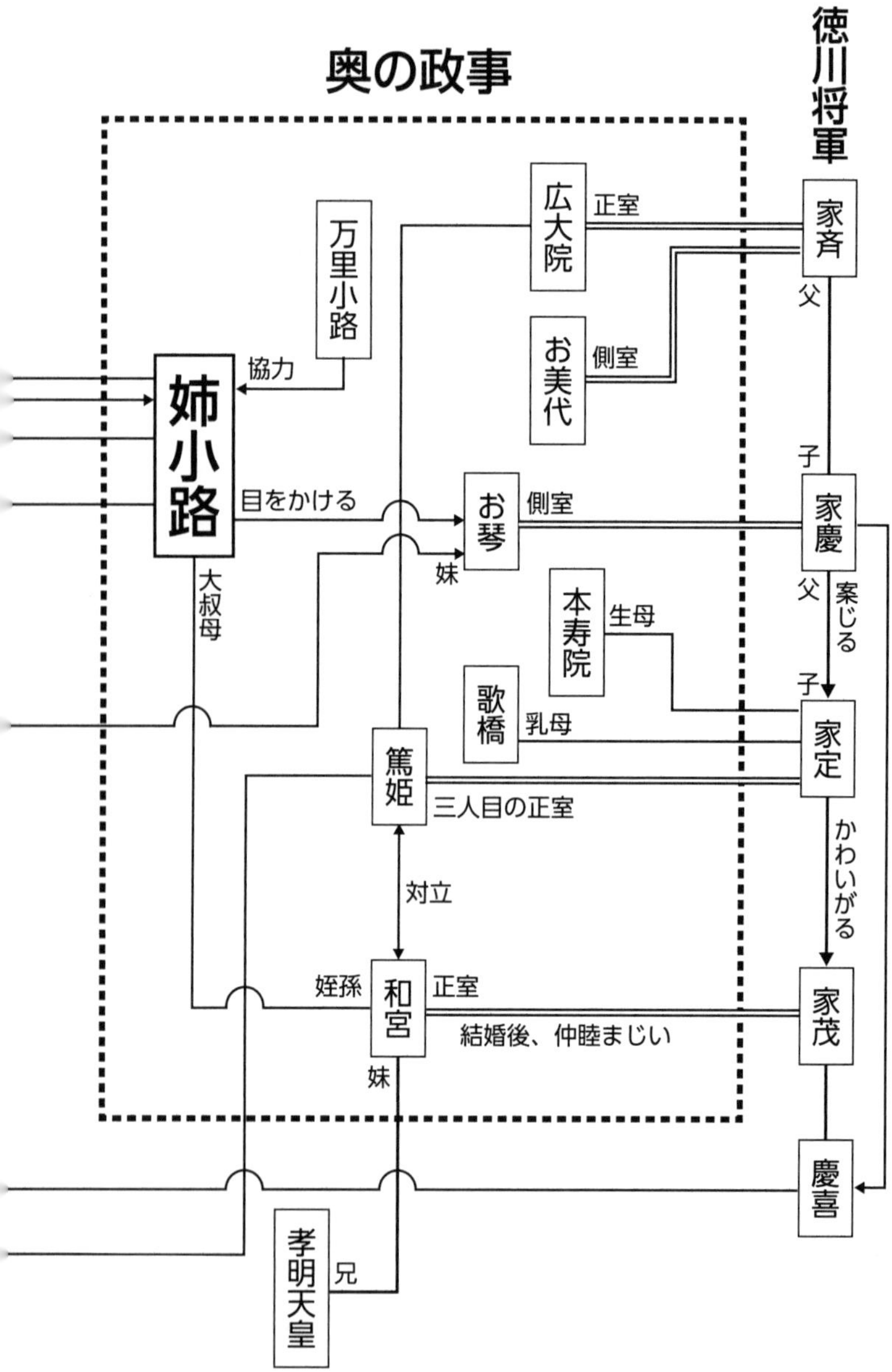

徳川将軍
奥の政事
家斉
父
子
家慶
父
子
家定
家茂
慶喜
案じる
かわいがる
一目置く
広大院
正室
お美代
側室
万里小路
協力
姉小路
目をかける
お琴
側室
妹
大叔母
本寿院
生母
歌橋
乳母
篤姫
三人目の正室
対立
和宮
正室
結婚後、仲睦まじい
姪孫
妹
孝明天皇
兄

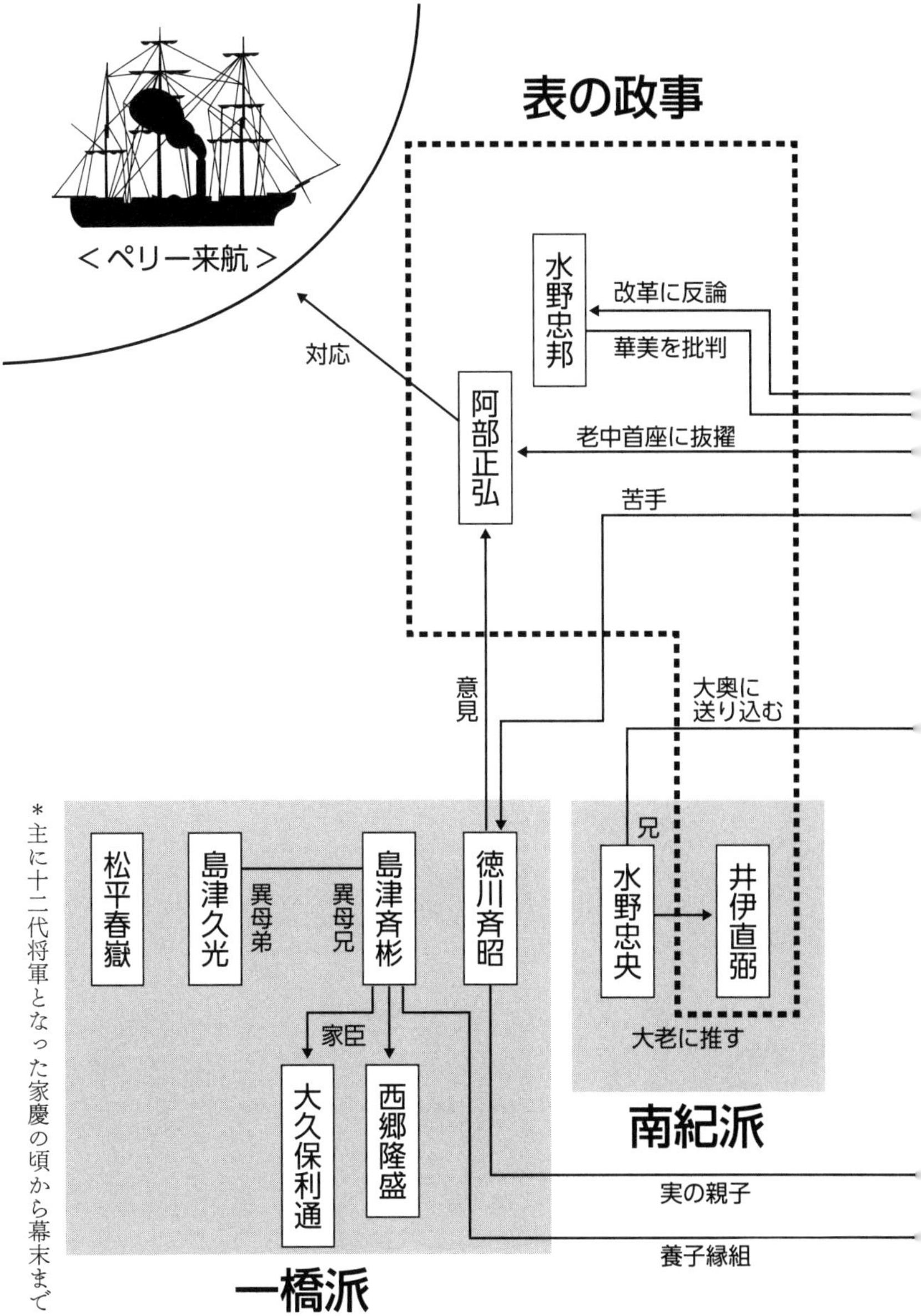

＊主に十二代将軍となった家慶の頃から幕末まで

〈主な登場人物〉

●奥の政事＝大奥

・姉小路……………江戸城大奥で、家慶付きの上臈御年寄。和宮の大叔母

・お琴………………新宮水野家の娘で大奥に上がる。家慶の寵愛を受けて四人の児を生む

・広大院……………島津重豪の実娘で、家斉の正室になる。晩年は西の丸の大御台

●作中の徳川将軍と妻

・家斉………………第十一代将軍　在任／一七八七年―一八三七年　正室　近衛寔子(広大院)

・家慶………………第十二代将軍　在任／一八三七年―一八五三年　正室　楽宮喬子女王(浄観院)

・家定………………第十三代将軍　在任／一八五三年―一八五八年　正室　鷹司任子(天親院)
継室　一条秀子(澄心院)
継室　篤姫(天璋院)

・家茂………………第十四代将軍　在任／一八五八年―一八六六年　正室　和宮(静寛院宮)

・慶喜………………第十五代将軍　在任／一八六七年―一八六七年　正室　一条美賀子

●表の政事

・水野忠邦……老中首座で、天保の改革の指導者

・阿部正弘……老中首座を長く務め、半鎖国から開港・開国へ転換。安政改革を断行
・水野忠央……紀州藩附家老で、お琴の兄。家定継嗣問題で南紀派をけん引
・徳川斉昭……水戸藩九代藩主で、尊王攘夷派の旗頭。徳川慶喜の実父
・林 復斎……大学頭、日米交渉の最高責任者で、ペリー提督と対等の立場で交渉する
・岩瀬忠震……幕臣で、西欧列強との折衝に尽くす
・筒井政憲……南町奉行、大目付。日露和親条約の締結。シーボルト事件の取調べに携わる
・勝 海舟……幕臣で、海軍操練所の設立や江戸無血開城に尽力した
・大久保一翁…幕臣で、江戸無血開城に尽力した
・松平春嶽……福井藩十六代藩主、一橋派の旗揚げ、政事総裁職で、著作『逸事史補』
・岩倉具視……公武合体で和宮降嫁を進める。王政復古の大号令で、徳川幕府を廃絶する

〈薩摩藩〉
・島津斉彬……薩摩藩十一代藩主、天璋院の養父(実父)。家定継嗣問題では一橋派
・島津久光……薩摩藩主の父、公武合体派。勅使を奉じ大兵を率いて上京し、幕政に関与
・西郷隆盛……島津家の家臣で、反幕府として倒幕に深く関わる

〈部屋割り・職階〉

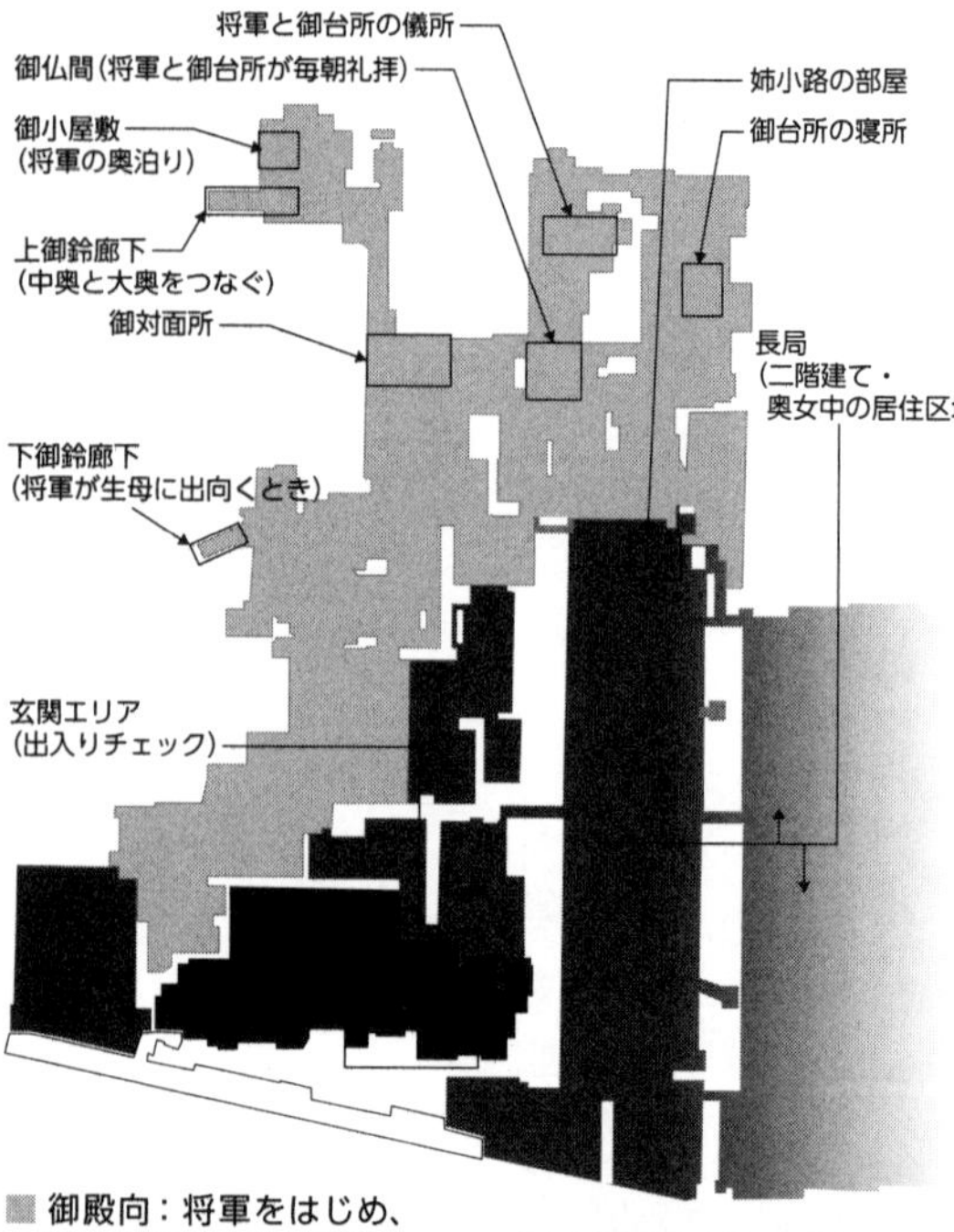

■ 御殿向：将軍をはじめ、御台所や側室などが暮らす場所

■ 長局向：将軍や御台所、側室に使える人々が暮らす場所

■ 御広敷向：大奥での事務などを行う役人たちの職場

御本丸大奥絵図（「徳川礼典録」付図による）

主な奥女中の職階（第 13 代将軍・家定の頃）

職階	職掌
上臈御年寄	奥女中の最高位（公家出身）
御年寄	大奥の最高実力者で、老女ともいう。表の老中に匹敵
御客会釈	御三家、御三卿、諸大名の女使の接待役（内願など受ける）
中年寄	御台所や姫君の献立指示。毒味も務める
御中臈	将軍や御台所の身辺の世話役。将軍の側室がでる
御錠口	中奥との出入りを監視する。中奥側からのご用を取り次ぐ
表使	大名家との外交係。御年寄の買い物を御広敷役人に伝える
御右筆	大奥の日録、外部への通達書、書簡などを筆記
御次	仏間、茶道具、御膳などを調える。式日や行事に芸を披露
御切手書	七ツ口で、出入りする奥女中の親・親戚などの改め役
御呉服之間	将軍・御台所の服装や裁縫をつかさどる
御伽坊主	中五十歳前後、男物の姿で、大奥と中奥を唯一出入りできた
御広座敷	御三家・御三卿や大名家の女使が登城すると食膳を調える
御三之間	新規の採用者で、上級奥女中の風呂湯など雑用を担当する
御仲居	膳所での煮炊きや温める係
御火之番	昼夜を通して各局の部屋を巡回し、火の元を注意する
御使番	御広敷御錠口の開閉を担当し、代参のお供をする
御半下	掃除、水汲みの雑用。賓客の駕籠を御三之間まで担ぐ

お目見え以上↑（御広座敷まで）

※畑尚子『江戸奥女中物語』などにより作成

プロローグ

ペリー提督の黒船来航から、徳川政権の瓦解《がかい》まで、わずか十五年間である。

家康公から二百六十余年にわたる巨大な幕府が、こうもかんたんに崩壊《ほうかい》するとは、だれも予見できなかった。

この激動の幕末は、とかく男ばかりが注目されるが、むしろ女たちは賢く、したたかで陰から奥の手で男をうごかしていた。

最も代表されるのが、江戸城の大奥である。上﨟《じょうろう》や御年寄《おとしより》たちはつよい権限をもち、仰天《ぎょうてん》の才覚や胆力がある。

さらには、背後に絶大なる権力の徳川将軍がいる。幕閣の老中・若年寄でも逆らえなかったらしい。これら妻女たちのたくみな才覚が、わが国の命運におおきな影響をあたえていた。つまり、幕末史の表の顔は男性であり、裏の顔は妻女たちである。

ところで、来航した外国人の目に、当時の日本女性たちはどのように映っていたのだろう。幕末に浦賀に来航したペリー提督『日本遠征記』において、

「若い娘はとてもよい姿態《したい》をしており、美しく、涼《すず》しい目、美しい歯、ふさふさとした黒髪をきれいに結い、あでやかである。娘は比較的に高い尊敬をうけている」

と絶賛している。さらに、

「娘らは、友人どうし、家族ぐるみの交際に加わり、たがいの家の訪問や、茶の会などは、合衆国とおなじように、日本でも盛んにおこなわれている」

既婚女性は不評である。なぜか。

「娘が結婚すれば、鉄漿《おはぐろ》(歯を黒く染《そ》める化粧)をする。日本男子はキスをする際、鉄漿を不気味に感じないのだろうか」

醜悪《しゅうあく》な悪習慣とみなしている。

オランダ人のカッテンディーケは、長崎海軍伝習所の教官で、のちにオランダ海軍大臣、外務大臣を歴任する人物だ。

「日本女性はほかの東洋諸国とちがい、一般に非常にていねいに扱われている」

「既婚の婦人は社会的に、ヨーロッパ婦人のように、あまり出しゃばらない。夫婦連れの場合でも、男よりも一段へりくだった立場であまんじている。だからと言って、婦人は軽蔑《けいべつ》されているわけでもない」

女性が尊重されていたと記す。

オランダ海軍のカッテンディーケが、軍艦・咸臨丸《かんりんまる》で航行し、鹿児島へ訪問した。勝海舟《かつかいしゅう》も乗船している。島津家は別邸の迎賓館で、かれらを歓迎している。

そこは桜島を築山に、錦江湾《きんこうわん》を池にみたてる雄大な借景《しゃっけい》庭園である。

女の着るものは、紗《しゃ》か、透きとおる着物で、あでやかな夏着だった。ふさふさした黒髪が肩に垂《た》れている。

「こんな場面は初めてだ。ここに錨《いかり》を下ろして、もう、どこにも出帆したくない」

日本女性に魅せられた水兵が、カッテンディーケにそう耳打ちしたそうだ。

――かわいい美人が結婚すると、白い歯を鉄漿に染めるし、眉《まゆ》は剃《そ》り、きものが地味になる。溌《はっ》溂《らつ》さが失せ、内また《う》で小刻みにそろりそろりあるく。急に老《ふ》けてしまう。

と未婚と既婚の落差を感じている。

ペリー提督の『日本遠征記』の下田の公衆浴場のスケッチ画はとくに有名である。

そののち、日米通商条約の締結交渉で、外交官ハリスが伊豆下田にやってきた。

温泉地の浴場を視察に行った興味ぶかい記述がある。

真っ裸の男三人が浴場の湯船に入っていた。このとき、十四歳ぐらいの若い女がひとりで浴室に入ってきて、平気できものを脱ぎ、「まる裸」になり、二十歳ぐらいの若い男のすぐそばの湯に、身をよこたえた。

ハリスはビックリして、同行する奉行所役人に、こう質問している。

「副奉行。男女の混浴は女性の貞操《ていそう》にとって、危険ではないか」

「往々に、そのような事例もある」

かれ(副奉行)はそう答えた。そこでハリスは、

「結婚して、床入《とこい》りのとき、処女でないと知ったとき、男はどうするのか」

「どうにも」

嫁選びの条件として、清純など関係なかったらしい。そう応えた副奉行の妻もそうであったのか。

ほかの外国人の日本見聞録は、ことごとく町は清潔で、潔白な日本人であり、上下問わず秩序がしっかり保たれている、と記す。ところが、これが男女の性となると、まったく節制がみられない。

男は昼間から遊郭に登る、夜は若い娘のところへ夜這《よば》いをする。農作業の一服の休み時間に、男

女がもつれあっている。

日本社会は信じがたいほど、性のおおらかさを容認している、と西洋人はいずれも驚愕《きょうがく》している。

日本人の男女には、キリスト教的な性道徳、倫理観がなかった。

そこで生まれた子は、「七歳まで神の子」でさずかり。赤子の世話は、畑仕事、家事などの労働力にならない幼い姉や兄や近所の子たちが背負って遊ばせる。

ところで、武士社会、町人社会でも離婚、再婚がことのほか多い。出戻《でもど》り女でも、すぐに嫁入り話がもちこまれる。

ひとたび結婚すれば、歯を黒く染め、不倫は許されない。現代でいう婚姻者の不倫、浮気は「不《ふ》義密通《ぎみっつう》」として重罪である。

基本的には未婚どうしの男女の恋も表向き禁止だった。かといって、恋愛結婚は認めず、罪を問うかとなると、そこらは為政者《いせいしゃ》のさじ加減だろう。ただ、恋の心中(相対死《あいたいじに》)となると、きびしい取り締まりがおこなわれた。

幕末には、強烈な生きざまを展開した女性たちがいる。

京都では、勤王芸者《きんのうげいしゃ》がほれた志士のために、いのちをかけて、情報収集につくす。新選組や会津藩士にみつかれば、一刀のもとで斬られる。京の大橋の袂《たもと》で、半裸体などの見せしめにされる。

江戸城においても、将軍家慶《いえよし》の子を産んだことのある側室が、その将軍の死後に落飾《らくしょく》した。江戸城の補修工事にきた大工が美男子で、女心をそそる魅力をもっていた。幕府が認めるはずがない恋に落ちた。やがて燃えるふたりは悲惨な死の最期を遂げる。

ところで、徳川将軍のなかで正室の子といえば、三代将軍家光と、十五代将軍の慶喜《よしのぶ》のふたりだけである。

江戸城大奥に奉公にあがった町人、農家、貧僧、身分の低い旗本たちの娘が、ときの将軍にみそめられて生まれた子たちもいる。徳川将軍家の立場からすると、「女の腹は借りもの」であった。

彼女らが将軍の生母になれば、老中よりもつよい権限をもったりする。

外国人の目からみて、幕末の日本男子はどのように映ったのだろうか。大和魂《やまとだましい》や武士道で光っていたのか。

「日本の武士はとかく二枚舌《にまいじた》をつかう。嘘《うそ》やごまかしが多い。外交交渉も即答を避《さ》ける。空とぼけるし、責任を回避する」

西洋から遠路やってきたかれらには、とても我慢《がまん》がならないものだったらしい。

「そのうえ、非常に詮索好きだ。しかしながら、己《おのれ》について腹を割って話さない。なにかと法律で禁止されている、と主張して語らない。一体なにを考えているのか、それすらもわからない。日本の男たちは外国人と親しく交わることができないようだ」

欧米人の目からみれば、日本人の顔はおなじ単一の黄色人種で、二刀を差した顔の特徴による分別がつかず、理由もなく、卑怯《ひきょう》にも「夷狄《いてき》は斬《き》るべし」と襲いかかってくる。運悪ければ、死傷してしまう。

日本には騎士道(武士道)がなく、野蛮《やばん》で、危険だから居留地から外にでられない、と酷評している。

ところで、幕末とはいつからなのか。

一般的に定義は二通りある。一つは学校教育や、多くの歴史書などは、一八五三年六月の米国ペリー提督の黒船来航を『癸丑《みずのとうし》以来の未曽有《みぞう》の国難』として、ここに幕末の起点をおいている。

もう一つは、内憂外患《ないゆうがいかん》の時代からである。国内において天明《てんめい》・天保《てんぽ》などの飢饉《ききん》、国外からはアヘン戦争後の西洋の侵略にたいする怖《おそ》れ。この双方の危機をもって内憂外患と称していた。

もともと武家支配の封建制度は、源頼朝《みなもとのよりとも》の鎌倉幕府、足利尊氏《あしかがたかうじ》の室町幕府、さらには徳川家康《いえやす》からの徳川幕府という三幕府にわたり発展してきたものだ。

それだけに、徳川幕府の瓦解は、一朝一夜に破却するものでもなければ、歴史に名をのこす英雄たちだけで破滅《はめつ》したわけでもない。

わが国が安政の開国・通商で西洋の仲間入りをはたすと、輸出入、産業革命の流入とともに、世界の潮流から必然的に、農業のみを母体とした封建制度そのものが崩れてきたのだ。

江戸城大奥は過去から、徳川将軍の擁立《ようりつ》につよい影響をもっていた。

慶応二(一八六六)年七月、十四代将軍家茂《いえもち》が、第二次長州戦争のために出陣した大坂城で、二十一歳の若さで薨去《こうきょ》した。毒殺説がながれるくらい急死だった。

「第十五代将軍は、だれにするか」

天璋院《てんしょういん》・篤姫《あつひめ》や皇女・和宮《かずのみや》らは、家茂が江戸を発《た》つ際に「万が一の場合は、田安家亀之助《かめのすけ》(四歳・のちの家達《いえさと》)を将軍に推すように」という遺言《ゆいごん》があると主張した。

とはいえ、大坂城にいる老中・板倉勝静《かつきよ》らは、長州戦争のさなかに、幼少の亀之助が徳川将軍だと求心力がなく、政権運営ができないと難色《なんしょく》をしめした。

「ここは慶喜しかいない」

一橋家の慶喜は京都御所で天皇を警備する役務であった。ところが慶喜自身が将軍の就任を拒否した。それはなぜか。

「余は十一歳で一橋家の家主になった。このときから、水戸藩も余も大奥に不人気で嫌われておる。大奥の状態をみるに、御年寄(最高権力者)は恐るべきものたちである。実際のところ、表の老中以上の権力がある。大奥が幕政にまで関与するから、改革はほとんど手がつけられない。余が将軍を引き受けても、とうてい幕府がたちなおる見込みがたたない。ならば、将軍はお請《う》けできない」

慶喜は、大奥の力を知るだけに、徹底して将軍就任を断りつづけた。

約半年間にわたり、第二次長州戦争のなさか、徳川将軍が空白であったのだ。

慶応二年十二月五日、慶喜がとうとう折れて将軍の宣下《せんげ》をうけた。慶喜はなぜか将軍として一度も江戸城に入らなかった。正妻の美賀子《みかこ》も大奥に入らない。

慶応三年十月、慶喜は大奥に介入されず、独断で政権を天皇に返還した。

「わが国が一つになり、海外・万国と交際を盛んにするために」

かれは徳川幕府のみならず、七百年ちかくつづいた旧習の武家政権を終わらせたのだ。

それにもかかわらず、翌正月には鳥羽伏見の戦いがおきるし、加えて国家分断の東日本の戦い(戊《ぼ》辰《しん》戦争)へと拡大していく。

第一章

江戸城炎上

大奥の一角から、火事だ、と声があがった。昨夜からの豪雨がはげしく屋根をたたく。まだ夜明け前で、室内はうす暗い。

「えっ、火事なん。そないに聞こえたけど」

三十四歳の姉小路《あねがこうじ》は、ふだんから火事や災害にそなえ、薄いきもの姿で、帯をとかず絹の寝床によこたわる。

帯のうしろの太鼓《たいこ》は、胸の前にまわし、両手で抱くようなかっこうである。寝心地は悪いけれど、それにはなれきっていた。

姉小路は将軍付の上臈《じょうろう》御年寄で、大奥の最高位である。厳密にいえば、上臈御年寄がふたりいて、彼女は次席という二番手である。だが、いまは首席をしのぐ勢いがある。大奥の火事ならば、責任がある。

「火事だぞ」

こんどは男の大声だ。この大奥は男子禁制や。すると、まだ夢のなかやろうか。

すべてが女の声でなくとも、警備の広敷《ひろしき》役人は伊賀者《いがもの》という男だ。そこで彼女は五感をとぎすませて、火事の兆候《ちょうこう》をさぐっていた。

ものが焼ける音、わずかながら焦《こ》げくさい、女の悲鳴《ひめい》に似た声がくわわった。

「ほんまや、火事や。えらいことや。上様(十二代将軍・家慶《いえよし》)をお守りせんと」

姉小路はとっさに掛け布団をはいで、すぐさま立ちあがり、帯をほどいた。あらためて袷《あわせ》に、白羽《しらは》二重《ふたえ》をかさねた。

——出火の原因は失火か、放火か、それとも落雷か。

そう推察しながらも、姉小路は俊敏《しゅんびん》な手つきで、大和錦《やまとにしき》の帯をまわして結んだ。

そのうえから、彼女はふだん備えている火事装束《しょうぞく》に身をつつむ。……羽織、袴《はかま》、胸当て、石帯《せきたい》、頭巾など、女性用で赤い刺繍《ししゅう》が華やかにしたてられている。

かたや彼女は闇《やみ》のなかで、この場からもちだす物をきめた。化粧箱、手鏡、きもの一式。手さぐりで姉小路は手際《てぎわ》よくあつめると、油紙に巻いてから風呂敷につつんだ。

「怖い。助けて。死にたくないよ」

奥女中らの悲鳴がよりはっきり耳にとどく。その数がふえてきた。

（上様は、昨夕から大奥の寝所《しんじょ》に、お泊まりになってはる。うちの命にかえても、お守りせんとあかん）

姉小路付き奥女中たちが六、七人ほど、あわただしく、大丈夫でしょうか、と部屋に入ってくる。

「みな、早《は》よう火事衣装に着替えよし。火事は、江戸城が襲撃された戦場とおなじことや。日ごろの鍛錬《たんれん》どおり、薙刀《なぎなた》で武装し、すみやかに、ここに集合しなはれ」

「かしこまりました」

「一刻の猶予《ゆうよ》もありまへん。敵は炎。あわてたら、あきまへんで。落ちついて行動しとくれやす」

姉小路の緊迫した指図で、お付き奥女中たちは急ぎ足で、二階建ての長局《ながつぼね》へもどっていく。

小時のち、燃える火焔《かえん》の音が、降雨が銅板葺《どうばんふ》き屋根をたたく音よりも、勝りはじめた。

奥女中たちが、赤色の火事装束にととのえて姉小路（部屋親）のもとへ参集してくる。額に鉢巻《はちまき》をまき、薙刀を手にする。

この間に襖《ふすま》を開け放っており、黒煙が目にしみ、悪臭がより鼻孔をつく。

「皆、そろいましたかえ。さあ、上様のもとに参りますえ。悲鳴をあげてはなりまへん。じぶんで恐怖をつくることになるさかい」

姉小路は、用意した風呂敷包みを、新入り十六歳のお琴にもたせてから駆《か》けだした。

この大奥は御殿《ごでん》、長局、広敷と三区分されている。いま、将軍・家慶は大奥の御小座敷《みこざしき》(将軍寝所)で、御中臈《おちゅうろう》と褥《しとね》をともにしている。

将軍は、徳川宗家の血筋をのこす、それが最大の役目と義務である。

姉小路の一団は、上御鈴廊下《かみおすずろうか》にちかい御小座敷へと急ぎむかう。金箔《きんぱく》の絵画がほどこされた廊下をつきぬける。

大奥はふだん外部侵入者を警戒し、夜間の出入口は二重扉で、がんじょうに施錠《せじょう》されている。大勢の奥女中たちは逃げ方がわからず、「怖《こわ》い。助けて」と泣き叫び、パニック状態に陥っている。

江戸城は防衛が最優先で、いかんせん、火事の避難誘導訓練などなされていない。

「天井に吊るす、上様用のお乗物(駕籠《かご》)を降《お》ろしなはれ」

そう指図する姉小路は、背中の熱さから、燃える火焔が一段と近づいたと感じた。

姉小路一団が将軍の寝室の前まできた。

「上様。火事ですえ。起きてくださいまし」

将軍の応答がないかぎり、入室は厳禁というきびしい掟《おきて》があった。

想像するに、将軍は御中臈との情交がおわり、五十一歳という年齢的な精力をつかいはたし、放心に似た脱力感で熟睡しているのか。

「お琴、おとなりの『御次《おつぎ》の間』に入って、鈴を鳴らしなはれ」

「はい。かしこまりました」

新入りお琴は先月、大奥にあがったばかり。美顔で頭がきれるし、人当たりもよく、将来が期待できる。姉小路には、ひとの素養や性格を見ぬく才に、ひと一倍の自信があった。

となりに移ったお琴が、太い綿紐《ひも》を引く。つらなる真鍮《しんちゅう》の鈴が鳴りひびく。

他の奥女中たちも、火事です、火事です、と連呼する。応答がない。

将軍が奥泊まりする日は、五ツ時(午後八時)ごろ寝室「御小座敷」に入る。そこには寝床が四つならぶ。なぜ、寝床が四つなのか。

一つは将軍の床であり、その横の床は将軍に身をまかせる御中臈で、総白無垢《そうしろむく》の姿で髪を櫛巻《くしま》き姿で横たわる。

このほか二つは監視役の床である。「お添寝役《そいねやく》」と呼ぶ。

ひとりは御中臈の汚れたお方(将軍がかつて肌を合わせた奥女中)で、もうひとりは御伽坊主《おとぎぼうず》(五十歳前後の女中で剃髪《ていはつ》した男装)である。監視の彼女らは、「寝床おねだり」防止役である。御中臈が将軍にたいして発したことばに聞き耳を立てる。翌朝にはもれなく老女《ろうじょ》(御年寄《おとしより》)に、ひとこともらさず報告する義務がある。

この奇異《きい》な監視ルールは、五代将軍・綱吉《つなよし》までさかのぼる。

綱吉の寝所に召された染子《そめこ》なる奥女中が、おねだりで、「柳沢吉保《よしやす》に百万石を与える」というお墨《すみ》付《つ》き事件をおこしたのだ。あわてた幕閣は、将軍綱吉が亡くなったあと、そのお墨付きを没収した。女の口ひとつで百万石もの大名になれる。

これに懲《こ》りた幕府は、将軍の夜閨《やけい》には、かならずお添寝役をつける、という厳重なしくみを設けたのである。歴代の将軍も承知のうえで房事にいとなむ。

それでも、かれこれ五年まえには、奥女中・お美代の方(専行院《せんこういん》)の巧妙《こうみょう》な悪知恵による「徳川将軍家・乗っ取り未遂事件」がおきている。

その悪質な陰謀《いんぼう》をみぬいたのが、上臈の姉小路の鋭い勘であった。

いま、「御次の間」の鈴を鳴らし、火事です、と叫ぶも、家慶をふくめた四人が起きてこない。

「監視役ふたりは、どないしたんね」

姉小路は苛立《いらだ》つ。おおかた監視役は一晩中、聞き耳を立てる緊張と不眠ゆえに、かえって夜明け前に爆睡に陥《おちい》っているんやろうか。いずれも起きてくる気配がない。

生と死の境で、ここはどうするべきなのか。呼びだすじぶんたちも危なくなる。

「これはもうあかん。上様、よろしゅうおすか。開けますえ」

火事装束の姉小路が自己責任で、寝所のふすまを強引に開けた。

「なにごとじゃ。騒ぞうしい。姉小路か。まだ夜は明けておらぬ」

将軍・家慶はあごの尖《とが》った細身である。頭髪に白髪《しらが》が混じる。寝巻の胸もとが開いており、初老の貧相なからだである。

お相手役の御中臈《おちゅうろう》は、白無垢《しろむく》を寝床まで引きよせ、裸体《はだか》の胸もとをかくす。

「上様。火はすぐそこまで、来ておるんどすえ。お急ぎ、逃げんとあかん。まだ暗いし、気いつけて。お立ちなさいまし」

姉小路があえて両手を家慶に添え、緩慢《かんまん》なうごきの将軍を立ちあがらせた。

家慶はふだん武術よりも、能楽《のうがく》を好み、運動神経がなく、敏捷《びんしょう》さからほど遠い。

姉小路が将軍のはだけた寝巻のまえを合わせ、細ひもでむすんだ。

御小座敷の襖《ふすま》が放たれた方角をみると、真っ赤な火の手がもはや柱をのぼっている。天井までも舐《な》めはじめた。これでは将軍専用の乗物《かご》は、御小座敷まで運びこめない。

「トメ、上様を背負《おんぶ》しなはれ。落とさんといて」

トメは、「ゴザイ」という雑役女で、二十歳そこそこ女相撲なみの体躯《からだ》である。ふだん、水汲み、駕籠かきの陸尺《ろくしゃく》の役もおこなう。

上級の奥女中ともなると、私費でゴザイを雇《やと》い、身のまわりの世話をやらせている。筋肉質のトメがしゃがんで、細身の家慶を軽がると背負った。

姉小路はとっさに両腕のなかに、将軍の御枕刀《おまくらかたな》をかかえこむ。お付き奥女中たちには、手ぎわよく家慶の着衣を持たせた。くわえて、

「あなたも、急いでお逃げ。身づくろいせんでもええ。命がいちばんよ」

と火事におびえる半裸身の御中臈にも気配りしていた。

大奥の廊下の黒煙が、逆巻き、奥女中らに襲《おそ》いかかってくる。

駆《か》けつけてきた御広敷《おひろしき》の筋肉質な伊賀者たちが、大槌《おおづち》をふりかざし、非常口にあつまりくる奥女中らのために、門扉を打ち壊《こわ》しはじめた。いずれも二重扉《とびら》であり、二つとも破らないと、いかんせん脱出の路がつくれない。この時代は破壊消火である。

「はやく壊してよ、焼け死ぬ。こわいよ」

十代から五十代までの奥女中たちがうろたえ、泣き叫ぶ。

地獄の修羅場《しゅらば》の様子になってきた。

男役人の御広敷番頭《ばんがしら》、伊賀者、添番《そえばん》などが総出で、大槌をふりかざし、かろうじて内・外の二枚の扉を打ち破った。

「こっちの扉は開いたぞ。逃げろ」

奥女中たちが飼う小型犬、猫たちも次つぎ外に飛びだす。逃げ口は大勢の女中が競ってあつまり大混雑で、将棋倒しになる。踏みつぶされる奥女中の悲鳴があがる。

この様子をみた姉小路は、とっさの判断で、将軍・家慶の逃げ場を大奥から中奥につづく上御鈴《かみおすず》廊下《ろうか》ときめた。

「トメ、身体《からだ》のむきを変えて、上様を早よう、こっちに。気いつけや」

姉小路一行のいく先には、黒塗縁の糸柾《いとまさ》の杉の戸があり、厳重に施錠《せじょう》されている。「御錠口番《ごじょうぐちばん》」の奥女中が、将軍以外にはたとえじぶんは死んでも、だれも中奥に通さない厳格な顔つきで立つ。

「これは公方様《くぼう》(将軍)と、姉小路さま」

御錠口詰《ごじょうくちづめ》が気づいて、すぐさま鍵を開けた。

手際《てぎわ》よく杉戸が開くと、そこはたたみ廊下であった。天井は極彩色《ごくさいしき》の絵模様で、葵唐草《あおいからくさ》がこまかく描かれている。

西の庭に面した廊下には格子の窓があり、簾《すだれ》を垂《た》らす。大雨はふるが、やや夜明けの色合いになっていた。

むこうから小姓《こしょう》たちが五、六人で走りよってくる。

「火の手が中奥にも移り、通路をいかれますと危険です。上様はこちらの扉から建物の外に避難してもらってください」

複数の小姓にみちびかれ、姉小路一行は中奥の非常口から庭園へ逃げていく。

猛烈な火焔《かえん》は、本降りの雨にもかかわらず、銅瓦《どうがわら》も溶《と》かす勢いだ。姉小路たちの頭上には、雨と火の粉がおちてくる。


この江戸城本丸御殿の大火災は、天保十五(一八四四)年五月十日、明け方四時ころに火の手が上がり、総建坪一万一千三百七十三坪を全焼した。

そのうち燃えた大奥(将軍の私邸)は六千三百十八坪である。奥女中たちは推定だが、将軍、正室、側室もあわせると、八百人から千人前後が被災したと思われる。

姉小路たち一団は、大奥から脱出し、いまや吹上御庭《ふきあげおにわ》へと立ち退《の》いていく。

鉢巻き姿の奥女中たちが、小走りで、将軍まわりの警備についている。彼女たちが手にする薙刀《なぎなた》の穂がいずれも鋭く光る。

ふりむけば建物は真っ赤な火を噴き、黒煙が雨とともに拡散し、ひくく地上まで降りてきて、景色すら黒色にそめる。

火事装束姿の姉小路は細い指先で、着物の裾《すそ》をもちあげている。雨のなかでも、公家風の優雅な立ちふるまいだった。

ゴザイに背負われて避難する将軍・家慶は、両脚とも素足だった。

「上様。えろう濡れてはりますえ。お寒くございませんやろうか」

丘陵《きゅうりょう》の植栽《しょくさい》に、奥女中のものらしき赤い打掛がひっかかっていた。姉小路がそれを拾いあげ、将軍の頭からかぶせた。

これは雨合羽《あまがっぱ》の代用になるが、将軍の顔も隠せる。危険な戦場で、総大将の存在を知らせない戦術の一つであった。

前方には御殿の池がある。池面には無数の雨粒が弾《はじ》けて吸いこまれていく。岸には粋《いき》な小舟が数隻ほど浮かぶ。先の大御所の家斉《いえなり》が奥女中らと宴遊《えんゆう》を催《もよお》していたところだ。

吹上御庭の見晴らし台には、滝見茶屋《たきみぢゃや》が建つ。これも家斉が新吉原仲町の引手茶屋《ひきてぢゃや》を模して造らせたものだ。

その家斉は十五歳で十一代将軍に就任した。治世五十年にわたり、ぜいたく三昧で、男子二十六人、女子二十七人もうけた。次男・家慶に将軍を譲《ゆず》っても、家斉は大御所政治で、死ぬまで実権をにぎりつづけていた人物である。

家斉の子づくり茶屋。そんな嘲笑《ちょうしょう》の陰口がいまだに残っている。

「ここや。この滝見茶屋の奥座敷を、上様の避難所にするさかい。ええな」

姉小路は、玄関戸を開けさせた。トメには将軍家慶を背負ったまま玄関口から、奥座敷へとむかわせた。片や、五、六人鉢巻《はちま》き姿の奥女中らを手際よく指名し、玄関口で光る穂(刀先)の薙刀《なぎなた》を手に戦闘態勢で警備にたたせた。

建物の外回りにも、奥女中三人一組を見回り役で配置させる。

頭の回転がはやい姉小路は、玄関先に奉加帳《ほうがちょう》を備えさせた。

「上様はえろうお疲れや。火事見舞い客は皆、お断りし。座敷に入れたらあかんで」

訪問する武士には面子《めんつ》があるから、むげに追い返せない。役職とか、家名とか、藩命とか、奉加帳に名前を記してもらう。

姉小路はもはや次の指示をだしている。

「雨で濡れた上様の、お召しのお着替えを手伝いなはれ。奥の部屋で」

この御中臈四人のなかに、新入り「御三之間《おさんのま》」(職階・最下位)のお琴が組み込まれている。このお琴は凛々《りり》しく品がある。ことばも笑みもきれいだ。いずれ将軍・家慶の手がつくだろう、と姉小路は見込んでいた。

姉小路自身は、茶屋の「控えの間」に入り、濡れた火事装束、きもの、足袋《たび》も脱いで、一糸もまとわず裸身となった。上臈付き添いの奥女中たちが乾いた手拭《てぬぐい》で、姉小路の長い髪、首、胸、腰、両足などていねいに全身をぬぐった。

六、七人の奥女中らは、姉小路の指示で持参してきた油紙にまいて風呂敷につつんだ腰巻、長襦袢《ながじゅばん》、単衣《ひとえ》の白絹縮《しろぎぬちぢみ》を取りだす。単衣は色糸で浪《なみ》に千鳥もよう。段織《だんお》りの帯をまとう。

「姉小路さま。とてもお似合いです」

手をかす奥女中が、本丸流儀《りゅうぎ》の島田髷《しまだまげ》に、鼈甲《べっこう》の花かんざしをかざす。姉小路は泰然《たいぜん》として手鏡にむかっていた。

姉小路はつねに家慶の側《そば》では、美しくかがやく姿でなければならないのだ。顔や首筋に白粉《おしろい》をぬり、鬼子母神《きしもじん》の赤い守り袋を帯上げに入れた。

姉小路が奥座敷に静かに入ると、上座の家慶は、すでに乾いた着衣で身をつつんでいた。

「上様、ようご無事で、なによりです。ひたすら上様の御身を案じておりましたえ」

あでやかな姿の姉小路が、両指をつくあいさつのなかで、安堵《あんど》の笑みを浮かべた。そのうえで、大奥の出火から、この避難所まで経緯を一通り説明した。

やがて話を転じ、

「上様が、火事見舞い客をお一人ずつ、ご対応されては、えろう難儀《なんぎ》やさかいに、玄関先の奉加帳《ほうがちょう》で記帳してもらいおす」

さらに、町火消がもうこの江戸城内に入っているはず、悪党も、こそ泥も混ざっておるさかい、茶屋警備として奥女中三人一組であたっておす、とつけ加えた。

「さすが姉小路だ。やることは的確で迅速だ。わしのそばにいてくれるだけでも安心じゃ」

初老の家慶がしわの多い顔に、全幅《ぜんぷく》の信頼をおく表情を浮かべた。

「えろう、身にあまるおことばですえ」

「問題はこれからじゃ。本丸が全焼となると、再建には、ぼう大な費用がかかるな」

家慶の眼には、頭を痛める厄介な光があった。

「上様が銭勘定など、案じてはあきまへん。それは老中のお役目ですやろ。天下の徳川将軍さまが焼き出されたまま、いつまでも避難先《ひなんさき》の生活とはあかん。うちから老中に、本丸再建は一年半以内をめどに全力をつくすよう、申し伝えておきますえ」

姉小路が両手をそろえ膝上におき、背筋を伸ばし、毅然《きぜん》と話す。

「心づよい。ここ一番というとき、最もたよりになる姉小路だ。まさしくわしの懐刀《ふところがたな》だ」

奥女中がお茶をはこんできた。ていねいに差しだす。

「火焔なのに、雨でからだが冷えた。一服で、温まるぞ」

この将軍・家慶は、十一代将軍家斉の次男として、寛政五(一七九三)年に江戸城で生まれた。兄が早世《そうせい》したので、次期十二代将軍という継嗣《けいし》がはやくに決まっていた。

にもかかわらず、家斉が将軍職をなかなか手放さず、家慶が新将軍に任命されたのは天保八(一八三七)年九月で、もはや四十四歳の壮齢《そうれい》であった。

人生で最もやる気がある二、三十代には活躍《かつやく》の場がなかったのだ。ただこの先も、家慶はお飾り将軍にすぎなかった。家斉の大御所政治がつづいた。家斉の死去でやっと政治の実権を得たのが、家慶がなんと四十八歳であった。

「そや。ここは一度状況を確認しに席を外します。よろしゅうおすか」

化粧をほどこした美貌《びぼう》の姉小路が、滝見茶屋の屋外にでてきた。雨はやみかけており、樹木の枝葉から滴《したた》り落ちるていどである。

姉小路は、薙刀《なぎなた》をかまえる奥女中らに声をかけてまわる。その最中に、彼女の視線が一番乗りの大名にながれた。それは福山藩主の阿部伊勢守正弘で、赤い大名火消装束の姿だった。美男子で、二十五歳の若き老中次席である。

「姉小路どの、大火災のなか、上様のお身はいかがでしょうか」

「ご無事やね、安心してえな。いまはこの茶屋で、奥女中らと小姓に守られておす」

「それは大儀《たいぎ》です。上様を良《よ》しなに。それがしは消火にまわります」

阿部は家臣たちを率《ひき》いて、樹の間に炎と煙がみえる火事現場の方角にむかう。

(さすがやね。将軍の拝謁《はいえつ》など一言も、もとめへん。この場では、なにが最優先なのか、伊勢守はそれがようわかっとる、ええ男や)

阿部の態度には、とても好感がもてた。

茶屋の周辺を一通りみて、姉小路が玄関先までもどってくると、奉加のながい行列ができていた。御三家、御三卿《ごさんきょう》、親藩《しんぱん》、譜代《ふだい》、それに旗本、在府《ざいふ》(江戸にいる)大名や、家老たちである。

「奉加帳の記載のみです。将軍さまのご拝謁はできませぬ」

奥女中が列を整理し、ていねいに断っている。……、断られるほどに、将軍が雲の上の存在に思えるだろうし、徳川将軍の権威がいっそう神格化される効果になっていた。

下総《しもふさ》古河藩主の土井利位《としつら》があらわれた。そのまま玄関の式台から座敷にあがりかけた。老中首座・土井は五十五歳で丁髷《ちょんまげ》の毛髪がうすい。

ふたりの奥女中がとっさに薙刀をかまえた。

「たわけ者。余をだれと心得ておる」

その一喝《いっかつ》が姉小路の耳に入り、すぐさま近づいた。

「土井さま。取り込み中に勝手に乱したら、あきまへん。茶屋の戸外《そと》まで出まひょう。いましがた、上様の『思召し《おぼしめ》』が出ましたえ。ちょうど、ええところにお出ましにならはった」

というと、土井の顔に緊張がうかんだ。大勢の目を避《さ》け、ふたりは井戸ちかくに場をうつす。

「上様から、本丸の再建は一年半で成すように、と『思召し』が出ておす」

「姉小路どの、それは聞き違いではなかろうか。本丸全焼の再建など、一年半など、とても無理というもの」

「そんなら、上様に拝謁されて、ご自身でお確かめにならはったらよろしい。きょう、この茶屋で特別な席をおつくりしますえ」

「それにはおよばぬ。御免」

土井が立ち去った。

江戸城本丸の大火災は、午前七時ごろに、ようやく鎮火のきざしをみせてきた。

姉小路は空を仰いでから、滝見茶屋から離れた。大奥の総責任者として、火災現場をしっかり確認しておく必要があった。

雨上がりのぬかるみの路《みち》をいく。彼女の耳の奥には、先刻までの奥女中たちの張り裂《さ》ける悲鳴がよみがえってくる。火焔のなかはまさに地獄の光景だった。
「幼いころから、火事がえろう恐ろしかった」
彼女は、過去からの自分をかえりみていた。

姉小路は公家・橋本実誠《さねなり》の娘として、定かではないが文化七(一八一〇)年ごろ、京に生まれている。幼名は「いよ」。五、六歳のころ、近隣から出た火事にまきこまれて、いまに死ぬ、という恐怖を味わったことがあるようだ。

十五歳になると、有栖川喬子《ありすがわたかこ》(楽宮《さざのみや》)が徳川家慶(当時は世子《せいし》)に輿入《こしい》れする際の、お供として姉小路は江戸に下ってきた。

彼女が最もおどろいたひとつは、巨大な江戸城に、天守閣がなかったことだ。話に聞けば、明暦《めいれき》三(一六五七)年一月の「振袖火事《ふりそでかじ》」で天守閣が焼失したという。

——太平の世となれば、天守閣は無用の長物《ちょうぶつ》だ。大勢の被災者の救済に、その金をつかうべきだ。

大政参与(将軍の後見)の保科正之《ほしなまさゆき》(会津藩主)の意見がとおったらしい。

それを知った姉小路は、保科の政治姿勢(信条)がこころにひびいた。徳川政権はもう戦国時代にもどらない、戦争放棄の国づくりにつとめる、と宣言したものだ、と彼女は理解におよんだ。それがこころに焼き付いた。

姉小路は、十二代将軍・家慶に助言する立場になってから、民を思う政治が最大の基準になっている。

十代半ばで江戸にきた姉小路だが、文政十二(一八二九)年に、将軍家斉二十女・和姫《かずひめ》が、萩《はぎ》藩の毛利斉広《なりとう》(世子《せいし》)に嫁ぐとき、上臈御年寄として毛利家の桜田上屋敷に移った。

翌十三(一八三〇)年、和姫が嫁いで、一年も経《た》たずして死去した。

姉小路は江戸城大奥にもどってきた。そして将軍・家斉付の小上臈になった。

天保五(一八三四)年二月、北風の下で佐久間《さくま》町から出火した。口の悪い江戸っ子が、あまりにも多い佐久間町の火事を『悪魔(アクマ)町』と語呂《ごろ》あわせで称していた。

そのときも、江戸城への延焼を恐れるじぶんを意識した。

同七(一八三六)年九月四日に、世子・家慶付きの上臈御年寄になった。

翌八(一八三七)年、家慶が将軍に就任すると、御台所《みだいどころ》(正室)の喬子とともに、姉小路は西の丸・大奥から本丸・大奥に移った。

将軍と仲睦《なかむつ》まじかった喬子だが、わずか二年ののち四十六歳で死去した。

新将軍・家慶は再婚せず、喬子の信頼が厚かった姉小路をそのまま、将軍付き上臈御年寄として側においている。それは御台所(正室)の代理である。

こうした経歴をかえりみながら、姉小路は本丸の火炎現場までやってきた。

焼け落ちた本丸の建物はもはや赤い炎よりも、黒煙のほうが多かった。それでも、姉小路は近づくほどに、炎の熱さをからだに感じた。かたや、視野のなかには、雨でぬれた地面に数多くの筵《むしろ》がならぶ、とても痛々しい光景があった。

広敷用人《ひろしきようにん》の伊賀者ら三人が、上臈・姉小路の側《そば》までやってきた、あと少しです、と火事消火の見通しを伝えた。犠牲者は数百人以上で、定かにはわからないという。

「ご遺体は、順次、安置すべきところにお運びいたします。ここらは炎に追われて建物から逃げ延びながらも、命がつきたものが大半でござる。顔から性別や人別《にんべつ》はわかります」

このさき時間が経《た》つほどに、発見されるのは真っ黒こげの遺体だと暗示する口ぶりだった。

かれらが蓆《むしろ》のひとつをはがす。顔の輪郭《りんかく》が崩れて蝋色《ろういろ》した遺体であった。悲惨な姿に、姉小路はやりきれなく、こころの置き場に迷った。

「きのうまで、大奥でともに暮らしておった、ええ女《ひと》やったのに。可哀そうや」

姉小路は一体ずつ、手を合わせて回りはじめた。

「御中臈の桂川てや(おてい)も、気の毒でした」

伊賀者がおしえた。

「あのおていが亡くなりはったのか。たしか十二歳で大奥に入った、桂川家の長女どしたな」

桂川家は代々にわたり、将軍家の御典医《ごてんい》(奥医師)であった。父親・甫賢《ほけん》は長崎でオランダ医学を学んできた外科医である。桂川甫賢の娘だけに、知的な顔で品格があった。

「……燃え盛る火のなかに飛び込み、もどってきませんでした。一位様《いちいさま》(広大院《こうだいいん》・故家斉の正室)の命令に逆らえなかったのでしょうな」

広大院も、御半下《おはんした》(身分の低い大柄な女)に背負われて吹上まで逃げてきたという。

「おてい。花町(老女)は無事かな」

広大院が吹上で安堵したところで、そう訊いたらしい。

「この吹上のまわりには、見当たりません」

「大奥まで行って、花町をさがしてまいれ」

身分制度の下で、拒絶できないおていが、手燭《しゅしょく》をもって火事現場にもどってきた。

――危ない、もう火がまわっている。

伊賀者は引き留めた。他の奥女中たちもおていの袖を引いた。

「止めないでくださいませ。焼け跡から、手燭をもった亡骸《なきがら》をみつけましたら、それが桂川てやだとおもってください」

おていは真っ赤な火焔の建物に入っていったという。

その悲劇を聞く姉小路は、ふと重ね合わせる奥女中の顔を浮かべた。……知的な顔で品格があるといえば、聡明で利巧なお琴もおなじである。

新入りお琴は紀州・新宮《しんぐう》城主・水野忠央《ただなか》の妹で、お姫さまである。

幕府の規定で、大奥づとめの女性は下級武士の娘か、豪商・豪農の娘の行儀見習いにかぎられている。千石取り以上の上級武士の娘は大奥にあがれないことになっている。しかし、お琴の場合は巧妙にかいくぐって、大奥入りしている。それを秘《ひそ》かに知る姉小路は、お琴の将来にも不吉なものを感じた。

公儀は出火場所として、「御本丸、御広敷、一ノ一側、一位様(広大院)の御年寄『梅渓《うめたに》』の部屋にて出火」と裁定を下した。

第二章

大御所の堕落《だらく》

火山の大爆発が、歴史をおおきく変えることがある。

天明《てんめい》三(一七八三)年の浅間山、岩木山の大爆発から、上空の火山灰で、太陽は闇夜《やみよ》の星のようだったという。この日照《にっしょう》不足から作物の大凶作《きょうさく》がつづいた。これが「天明の大飢饉《ききん》」である。

「神さま、仏さま、お助けください」

被害は東北、関東にとどまらず、津々浦々ことごとく惨憺《さんたん》たる飢饉に陥った。

この天明・天保の大飢饉から幕府の力が衰退していく。やがて幕府が瓦解《がかい》したという説がある。歴史的事実であり説得力がある。

——そこで、天保十五(一八四四)年の江戸城本丸大火災から、時代をすこしさかのぼりたい。

この時代は十五歳で将軍になった徳川家斉《いえなり》の治世である。あまりにも若すぎる。

そこで徳川御三家は、優秀な松平定信《さだのぶ》(白河《しらかわ》藩主・吉宗《よしむね》の孫)を将軍補佐に推挙《すいきょ》した。定信は、社会秩序を失って混乱した社会を「寛政《かんせい》の改革」で乗りきろうとした。

まずは改革の重点を農村の復興においた。飢饉にそなえ、諸藩に囲米《かこいまい》を命じ、社倉《しゃそう》、義倉《ぎそう》をもうけて貯穀《ちょこく》させた。

旧里帰農令《きゅうりきのうれい》で、農村を離れて出稼ぎで江戸に流入した大量の農民らに、資金をあたえて帰村を推奨する。

旗本や御家人の生活救済のために、札差《ふださし》などの借金を帳消しにする棄捐令《きえんれい》(六年前の債務はすべて破棄する)をだした。

さらに民衆蜂起《ほうき》の再発防止に取りくむ。

「なんとしてでも、社会の安定をはかる」という定信の意気込みは、庶民にとって、かえって節約・節約のきびしい施策であり、反発がつよかった。

『白河の清きに魚も棲《す》みかねて　もとの濁《にご》りの田沼恋しき』

この風刺《ふうし》の狂歌《きょうか》は有名である。

ひとたび、江戸城大奥に目をむけると、質素倹約《けんやく》の改革など、実態がともなわず有名無実である。きものは高級織物の華やかなものをまとう。女の髪形も華美をきわめた。一度はいた上草履《ぞうり》は二度とはかない。

定信は大奥の冗費《じょうひ》にたいし、再三の節約をもとめ、ついに費用を三分の二に減らした。

「大奥の力を見くびったわね。定信の寝首《ねくび》をかいてあげる」

歴史は男の政治権力の推移だけでは、表層的である。奥（女）も直接・間接に影響をおよぼしている。妻女たちの姿を「政《まつりごと》」にからみあわせると、人間が紡《つむ》ぐ歴史の真の姿が立体的に浮かびあがってくる。

改革とは反対勢力との闘いでもある。

寛政の改革を推進する定信が、伊豆・相模の巡視から江戸にもどると、罷免《ひめん》されていた。反対勢力のひとつ、大奥の老女（上級奥女中）らが画策《かくさく》し、老中首座・将軍補佐の最大級の人物の首までも飛ばしていたのだ。

十五歳で気負い立って徳川将軍になった家斉だったが、首座兼補佐の定信失脚から政治への熱意を欠いてしまった。つまり、大奥の横やりから、寛政の改革が約六年間で終わった。

この当時において、「天明の打ちこわし」が多発した。都市の庶民らは、米商人による米穀《べいこく》の買い占めによる、物価高騰に怒っていた。

「御上(家斉)は、困窮した民に見むきもしない」

二十歳の家斉は、ぜいたく三昧な奢侈《しゃし》の生活に溺《おぼ》れはじめていた。

たとえば、江戸城中奥(将軍執務室)から、大奥(将軍の私生活の場)に朝からきて、閨《ねや》(寝床)で奥女中をだいている。浜御殿《はまごてん》(現・浜離宮恩賜庭園)に大勢の幕臣をあつめ、派手で豪勢な園遊会《えんゆうかい》や釣り大会を催《もよお》す。大川(隅田川)に奥女中を連れだし、舟遊びに興じる。

将軍の毎日がぜいたく三昧な遊びばかり。

これでは幕府の財政はもたない。幕閣たちは貨幣の質を落とし、小判の改鋳《かいちゅう》をおこなった。粗悪な貨幣が市場にでまわると、物価の騰貴《とうき》をまねく。それ自体は好景気感(インフレ)をもたらし、商業が活発になり、庶民はなおさら活気づいてくる。

「化政《かせい》(文化文政期)は、この世の華だ」

町人文化が江戸で栄えた。

喜んだのが大奥の奥女中らだ。彼女らはもともと派手だ。現代でも十代、二十代の女心は自由に羽ばたきたいし、流行を追いたい。そんな彼女たちにとって、好機は将軍の代参という寺参りである。型通りの役目をすませると、さっそく芝居小屋や歌舞伎に立ちよる。流行に敏感な女性だけに、つづいて呉服屋をのぞきみる。

「この柄《がら》の反物《たんもの》は、とてもすてきじゃない」

「この艶本《つやほん》、読みたいわ」

読本が奥女中の間でも広がっていた。


大奥とは一体どんな世界だろうか。

厳密にいえば、信頼できる明確な史料はほとんどない。なぜか。彼女たちが奥女中にあがるときには、江戸城内のことはいっさい口外しない、口にすれば死をもって償《つぐな》う、という誓約書を取られているからだ。

「喋《しゃべ》れば殺される。親やきょうだいまで、迷惑がかかる」

明治期に入っても、彼女たちの心のなかに、その恐怖が根付いており、秘密保持になっていた。

わずかな手掛かりは、明治二十五(一八九二)年に出版された朝野《ちょうや》新聞の『千代田城大奥』と題した連載である。大奥につとめた各職位の数十人からの聞き取り記事である。記憶違いもあるだろうし、おおかた自分に不都合なことは実態を曲げているだろう。

大奥の女性は、「一生奉公」といわれた。

身分の低い「お目見え」以下の奥女中ならば、途中で、お暇(退職)をもらうことができた。彼女らが明治の学者や記者から問われて、下級職の視野の範囲内で、大奥の年中行事や職制を応えたのだろう。

一方で反対に、御中臈《おちゅうろう》以上から御年寄《おとしより》まで、もとより病気か、江戸城の公務(代参など)か、あるいは親の死に目か、それ以外にはいっさい外出できない。それゆえに、大奥の「政《まつりごと》」にかかわった奥女中たちの証言が、親兄弟や親戚筋にも伝わらず、今日までまったく不明なのだ。

――徳川幕府の歴史の底流には、世継《よつ》ぎ問題と大奥の権力の鬩《せめ》ぎあいがある。それが政変など政治と社会の流れにつよく影響している。

大奥の御台所《みだいどころ》(将軍の正妻)、老女(上臈御年寄《じょうろう》)、お目見え以上の奥女中という上層部が、将軍や幕閣《ばっかく》らの政治に関与した。……その関与の動機(内面)は、女性どうしの欲望や葛藤、陰惨《いんさん》な憎しみ、熾《し》烈《れつ》な謀略《ぼうりゃく》などが複雑にからむ。

むろん、下っ端の奥女中は、そんな極秘事項など蚊帳《かや》の外である。知る由《よし》もない。事案ごとの詳細な実態となると、定かな書面も口承もない。

そもそも、徳川政権は消滅する寸前、あらゆる内部伝書が新政府の手に渡らないようにと、ことごとく焼却した。大奥の資料は皆無にちかい。歴史学はおおむね物証主義だから「無いものは書けない」と制約がかかる。それが明治から現代まで大奥研究の弱点になっている。

小説家は想像力と関連資料から大奥と政治を紡ぎ、それで真実に近づいていくことになる。

――大奥の御中臈から選ばれて、将軍の寵愛《ちょうあい》をうける。身ごもると、「お手付き御中臈」になり、部屋が与えられる。

ここらはまちがいなさそうだ。

――母親の身分や素性はあまり問題にされていない。「女の腹は借りもの」。八百屋・魚屋の娘でも、男子を産めば、その子が将軍になる可能性がある。

ただ、当時の赤子の死亡率は高い。江戸城大奥の場合はとくに顕著である。

単に、病死ばかりではない。継嗣《けいし》問題がらみで、暗躍する何者かが毒を盛るとか。あるいは乳母が塗る化粧に水銀が含まれており、乳首を吸う赤子にその猛毒の水銀が体内に入り、中毒症状をおこしていた可能性もある。

＊

文化・文政期に、将軍・家斉の贅沢《ぜいたく》で、その派手な生活が町人文化を発展させた。これを「化政《かせい》文化《ぶんか》」とよぶ。浮世絵、滑稽本、川柳など、成熟の頂点に達した。なかでも、享楽的、退廃的な傾向がつよまり、政治や社会を風刺する批判精神がうみだされた。

かたや国学、蘭学が大成した。繊細《せんさい》で優雅《ゆうが》な美人画なども数多く描かれた。

そのうえ諸大名の城下町の繁栄、交通発展により、江戸から地方へと文化が拡大した。あわせて文化の栄華が最盛期の極限に達したのだ。

ところがこの間に、世界の情勢はおおきく変化していた。日本列島の周辺には、外国船がひんぱんに出没している。西欧が容易ならざる存在となり、幕末政治に影響をあたえはじめた。

寛政四(一七九二)年には、ロシアの「ラクスマン」が、漂流民の大黒屋光太夫《だいこくやこうだゆう》をつれて、根室に貿易をもとめて来航した。

文化元(一八〇四)年には、ロシア南下政策で、外交官「レザノフ」が武力をちらつかせ、通商をもとめて来航した。

文化三(一八〇六)年には、ロシアが択捉島《えとろふ》を襲撃した。幕府はこうしたロシアに危機をおぼえた。

文化五(一八〇八)年には、イギリス軍艦「フェートン号」が長崎に入港してきた。オランダ人を人質に取り、食糧と燃料を要求する事件がおきた。このときの長崎奉行は、対応不備の責任をとり、切腹《せっぷく》した。

幕府は、外国の脅威と危機が身近になり、これまでの「薪水給与令《しんすいきゅうよれい》」から「異国船打払令《いこくせんうちはらいれい》(無二念《むにねん》打払令)」にきりかえた。

こうしたおり、天保四(一八三三)年には、天保の大飢饉《だいききん》がおきた。

この原因は長雨と低温の凶作《きょうさく》にあった。大勢の餓死者をだした。米の価格が暴騰し、各地で農民一揆《いっき》が多発した。

天保八(一八三七)年には、大坂で大塩平八郎の乱がおきた。米価の高騰と腐敗政治に反発したものだ。それが幕府直轄領の甲斐《かい》の国(山梨県)にも飛び火した。

この年に、家斉はやっと世子《せいし》の家慶《いえよし》に十二代将軍をゆずった。しかしながら、家斉は大御所と称し、いぜん幕政の実権を握ったままである。

家斉の側近らは口先がうまく、おべっか使いで、悪貨の大量鋳造、賄賂《わいろ》、汚職という従来通りの施政であった。これを「西《にし》の丸《まる》御政事《ごせいじ》」とよんでいた。

政治が急変すると、諸藩の江戸留守居役(諸藩の外交役)たちの寄り合いが多くなる。

かれら留守居役は、幕府からの指示をうける、あるいは幕府に嘆願する任務がある。おおむね老中と留守居役は「根回し」などから水面下でつながっている。

かれらは「留守居組合」をつくり、遊郭の茶屋や料亭で酒を交わし、情報の交換をする。

「お流れをちょうだいする。家慶公は形だけの将軍で飾り物で、『そうせい公』らしいぞ」

かれらは家斉・大御所の支配下の「西の丸御政事」を語る。

「もう一杯、どうぞ。大御所から新将軍・家慶公に押しけられた役がたったひとつある。それがわれら江戸留守居役にとって重大だ。家斉公の子女五十三人のうち、適齢期の子がまだ江戸城に残っておる。その子女の婚姻先を決めよ、と命じられたそうだ」

「そうなると、家慶公の動きから、われらは目が離せないな」

座の盃《はい》がすすむほどに、その話題が盛りあがってきた。

男子はおおむね御三家、御三卿《ごさんきょう》、越前、保科《ほしな》、越智《おち》など徳川一門への養子縁組である。藩主の養子は将来の大名が約束されるものだ。

「聞くところによれば、大奥の養育にも問題があるが、男子は大半がわがままで、礼節もわきまえず、粗雑《そざつ》で粗野だ。頭脳《あたま》は低いのに、将軍の子だといい、偉くなった気で、やたら威張っておる。こんなのが殿様だ。お家騒動のおおきな問題を巻きおこす。養子縁組は厄介《やっかい》で難儀《なんぎ》らしい」

女子は、外様大名を中心に縁組みさせる。受け入れ側の藩とすれば、膨大な経費がかかり、藩財政がひっ迫するのが常だ。

「花嫁といっても、頭脳が弱く、躾《しつけ》がわるく、ごうまんだ。嫁いでくれれば、国許《くにもと》の奥女中らと対立をおこす。なにひとつ益はない」

「聞けば、婚礼費用は半端じゃない。われらは加賀藩のような派手なことなどできない」

文化十（一八一三）年（縁組・六年）に、家斉側室・お美代の方が産んだ溶姫《ようひめ》が、加賀前田家の斉泰《なりやす》に嫁いだ。迎える前田家は、朱塗《しゅぬ》りの『御守殿門《ごしゅでんもん》』を建造した。門の屋根は切妻造《きりづまづく》り、両側は唐破風《からはふ》造り、総本瓦葺《そうほんかわらぶき》で、いまは東京大学の赤門として現存する。

「どの藩が損な役まわり、未婚の娘をつかむか」

各膳には、またとっくりが運ばれてきた。

ここは外様大名の某城下の家老屋敷である。西の窓をあければ、りっぱな白い天守閣がそびえている。それを凝視する某家老は、鬼瓦《おにがわら》のような四角い顔だった。

「豚でも、ここまで子を産まないだろう。五十三匹もよくぞ種を与えたものだ」

家老はは き捨てた。

「ご家老。声が大きいですぞ。幕府の隠密にきかれたら、難癖《なんくせ》をつけられ、わが藩は厄介な河川の普請《ふしん》など押しつけられます」

家人はあわてた顔だ。

「江戸城の大奥は、千人もの女をかかえ、その女らも、よだれを垂らして種付けを待っておる」

「ご家老、持って回った言い方をしないと、幕府批判だとすぐわかりますぞ」

「きょうという今日は、腹が立ってしかたないのだ」

怒る家老が、さらにこう言った。

「実はな。けさ登城したおり、殿から、わが藩に将軍家の女子を強引に押しつけられそうだと聞かされた。老中から江戸留守居役に、非公式とはいえ、大御所の淫欲《いんよく》で生まれた姫の婚礼の打診がきたそうだ。腹が立つ」

「それは一大事でございます」

「この婚礼話を断るのは、いまの江戸家老では腰が弱い。わしに江戸に下って断ってこい、と君命がだされた。殿からは、将軍家の子女との婚礼よりも、賄賂の方が安上がりだ、とも言われてな。ごう慢な幕府だ、いかに断れるか。頭が痛い」

粗製《そせい》乱造のできの悪い姫をもらったうえ、付添い女中、典医《てんい》、事務を執《と》る武士など数十人がわが藩に出向してくる。

現在でいえば、国家公務員(幕臣)が地方の県(藩)に出向する制度に似ている。

「ここ数年は、領内の不作と飢饉《ききん》から、家臣にまともな扶持《ふち》など支払えないというのに。毎年、付き添いに高額の生活費を支払うことになる。幕府から名目の化粧料はあるらしいが、焼け石に水だ。それに、事務方の武士は公儀隠密かもしれない」

「となると、わが藩の諸政策や財務までも、幕府につつ抜けになります」

「なおさら、こたびの縁談はぜったい拒絶せねばならぬ。さりとて、幕府にどう切り込むか。それが問題だ」

「ご家老。女の問題は女に力をかりるのが一番。江戸城大奥の老女に賄賂を積んで、縁談を断る、それが有効かと存じます」

「そうか、女の力か。江戸の留守居役には、大奥に食い込むツテをさがせと、書簡を送ろう」

「拙者は昨年、参勤交代で江戸におりましたが、噂《うわさ》だと、家慶公は縁談に関して姉小路《あねがこうじ》なる上臈に丸投げしておる、と聞きおよびました」

「さようか。それは良い情報だ」


巨樹の銀杏の黄葉が、ことのほか色濃く鮮やかである。

将軍代参で出むいた姉小路の乗物《かご》が、芝増上寺《しばぞうじょうじ》の境内から寺門を出て、江戸城へと帰り路についた。お供の奥女中や警備の侍、あわせて二十人ちかい列である。行き交う商人や旅人らは、黄色い落葉がつもる道端に身をよせている。

乗物の小窓から、黄葉や紅葉の色に染まった陽の光彩が射し込む。

秋の彩りが姉小路に京の都を思い起こさせた。御所にちかい橋本家から江戸に旅立つ日、都の山々があざやかに燃えていた。もみじ色の友禅の幕にも思えた。

「元気にしいな」。十代半の姉小路は身内や縁者とたがいに別れを愛《お》しむ。

兄の橋本実久《さねひさ》(皇女・和宮《かずのみや》の祖父)から、こういわれた。

「……いよ(姉小路の幼少の名)気いつけよしや。百年ひと昔だ。平治の乱から六百余年も経《た》ったから、武士社会もいい加減なところで、終わりがくるえ。そして貴族社会にもどるのや。いよは御所ことばを忘れたらあかんで。下品な武士のことばに染まらんときな」

紅葉が舞い落ちる季節になると、実兄のこのことばが脳裏を横切る。

(目の黒いうちは、幕府の崩壊などあらへん。徳川が永遠でないにしろ。いまのところ幕府の権力

と権威はぜったいや。びくともせえへん)

上臈の姉小路は、大奥の生活に入り歳月が経つほどに、徳川幕府のおそろしいほどに強い権力を知りつくす。徳川将軍は武士階級の長の位であり、権威はきびしい規律と秩序で維持されている。軍事力の行使は将軍のみ。

日本の面積の四分の一は徳川が直接統治している。残り四分の三が約三百藩の大名によって割拠《かっきょ》されている。幕府はこれら大名家をしっかり制御《せいぎょ》し威厳を放つ。

諸藩の大名は結婚するにも、城の改築するにも、世継ぎの息子に財産を相続するにも、いずれも事前に幕府の許可を得なければならない。将軍の意向に、正面切って反抗できない。将軍と争えば、改易や廃藩のおそれがある。

幕府から養子縁組、嫁入りを押し付けられると、大名家から多少の抵抗があったにせよ、最後は従うのが常だ。

大名や旗本は、京の天皇から階位《かいい》に見合う官位《かんい》をもらう。江戸城に登城すれば、名前でなく官位、たとえば「会津中将どの」と呼ばれる。さらに城内で座る畳の位置も微妙にちがう。

官位昇進となると、最大の名誉である。朝廷に昇進の奏請《そうせい》ができるのは徳川将軍の専権《せんけん》である。事実上の任命権が、徳川将軍の絶対権力になっていた。

黄葉に染まった増上寺から帰ってきた翌日、姉小路には厄介な役目が待っていた。

大奥の豪華に装飾された対面所で、彼女は某外様大名の国家老と向かい合った。顎骨《がっこつ》の張った鬼瓦《おにがわら》のような四角い顔だった。きょうのために江戸に下ってきたという。

「単刀直入にもうせば、御将軍の姫君を押しつけられたら、良いことは何ひとつもない。御免こうむりたい。たってのお願いで、もみ消し料は二千両でいかがですか」

この家老はさして悪い人相ではないが、気むずかしい顔で、押しがつよい。愛想とか愛嬌《あいきょう》とかにはおよそ縁がない表情だ。

「ご家老さま、貴藩は徳川将軍家と縁戚になりとうない。そうですやろう」

「それをいわれたら、身もふたもない。わが藩は凶作つづきで、国許の民は困窮《こんきゅう》しており、塗炭《とたん》の苦しみ。不甲斐《ふがい》ないが、いまは将軍家の姫君を迎える費用など、捻出《ねんしゅつ》できないのでござる」

十万石以上の大名家の家老は、気骨《きこつ》があるし、幕府の言いなりにならないものだ。

「ここから、えろう高所の政治の話になりますが、この先、異国との戦いも視野に入れんと、あきまへんやろう。これまで通り幕藩体制の泰平《たいへい》の維持だけでは、幕府も、諸藩も生き残れませんで。ちがいますやろうか」

ことばは柔らかくても、姉小路の眼が鋭くあいてに注がれていた。

家老は黙って腕組みしていた。

「最近は、夷人船《いじんせん》が日本沿岸に出没してはるし。これら英仏露の船と一触即発やね。外国との戦争が勃発《ぼっぱつ》する恐れがありおす。いまからは幕府だの、外様だの、というておられまへん。幕藩の一致協力が必要でおす。婚姻が幕府と貴藩との絆《きずな》を強固にしますえ」

「おことばをお返しいたしますが、これまで徳川家が外国貿易を独占してきた。長崎、琉球、対馬、松前、この四か所を窓口にし、利益を享受《きょうじゅ》した。ならば、徳川家が危機対応にもいっさいの責任をもつ。当然のことです」

家老は歯に衣《きぬ》着せぬ態度だ。

姉小路は黙して聞き役にまわった。……この間に、彼女は候補の姫を浮かべてみた。おもうに、わがままな性格で、癇癪《かんしゃく》もちで、姉小路の好きな姫君ではない。天然痘の痘痕《あばた》が顔に残り、いじけている。こんな姫君を嫁にもらえば、くやむだろう。それでも、姉小路の立場からすれば、将軍家の子女だから、外様大名の名家に嫁がせねばならない。

ここで腰砕けになれば、将軍・家慶を悩ませることになる。それは避けなければならない。姉小路は、この鬼瓦の家老をいい負かせる気迫をじぶんに求めた。

「姉小路どの、よろしいですか。好き勝手に子どもを産んでおいて、将軍家の子女だ、婚姻を結べと押しつけられても、わが藩にはなんら益するものはない。納得できませぬ。幕府批判といわれてもよい。この場で切腹を命じられても、承服できない」

「百歩譲《ゆず》って、そうだとしておきますえ。言いたいのは、家康公が創設した『徳川御三家』、吉宗公の『御三卿』は、徳川家の血筋を絶やさないためのもの。このたびの家斉さまは、幕藩体制を見直し、外国とたたかえる有力な国持大名と血縁関係を結び、国土防衛に取り組める『新たな御家門』づくり。

あきまへんか」

「それは詭弁《きべん》だ。ごまかされぬ」

家老はみるから怒り顔で声を荒らげた。

「詭弁といわれはったが、家斉公の正室茂姫《しげひめ》(のちの広大院《こうだいいん》)さまは薩摩島津家の出自でおす。家斉公の姫君は、長州藩の毛利家、肥前藩の鍋島家、芸州広島の浅野家に嫁いでおられはる。このように、新たな御家門づくりは進んでおす」

姉小路は、あいての眼と眼の間に火花が散っていると感じた。

「よろしいですか、姉小路どの。それは将軍家の見栄《みえ》で、大大名という家格を重視した選別に過ぎない。毛利、肥前、芸州広島、薩摩、この顔ぶれはかつて豊臣の重鎮《じゅうちん》で、いずれもひと癖もふた癖もある大名ばかり。泰平の世で、将軍家の姫君がひとり嫁《き》たからといったところで、動乱になれば、平気で反徳川で結びつく、と見なされたほうがよろしい。外国の軍隊と戦うふりをして、敵は徳川だといい、『本能寺の変』の二の舞になりかねない」

某家老は確信のあるつよい語調だった。

「甲《かぶと》を脱ぎます」

「さすが姫小路どのだ。拙者は切腹覚悟で、この江戸城大奥で、諫言《かんげん》しておる」

「姫を受け入れた大名家がどこも欲しかったのは、朝廷が出す官位《かんい》でおす。将軍さまから推薦してもらえるさかい、それと引き換えや。それで、家斉公の姫を受け入れてはる。これは本音やで」

「姫小路どの。それなら拙者も理解できます」

「内情を明かせば、うちは京の公家の娘やね。京から江戸城に下向してきた理由は、将軍家の娘が嫁ぐとき、公家の橋本家のうちを上臈としてつける、というためのものや。つまりは格付けやね」

文政十二(一八二九)年十一月、将軍の娘・和姫が毛利斉広《なりとう》に輿入《こしい》れするとき、姉小路は上臈として毛利家の桜田上屋敷に入った。しかし、翌十三年七月、和姫が死去した。

姉小路は江戸城の大奥にもどってきた。

某家老の目をじっとみた姉小路が核心をついた話に入った。

「もとより、大名家の婚姻は、幕府の承認が必要やね。このようなつよい規定があるさかい、いずこも愛や恋の婚姻など逆立ちしても、あらへん。幕府は認めやせんし。大名家はみな政略結婚やね。内実は損得勘定や。受けてなんぼ、断ってなんぼ。良い縁談を受け入れる金を惜しみ、あとで大損することもあるさかいに」

鬼瓦の眼がわずかにゆれうごいた。

かれが話の決着、落としどころを求めはじめたと、姉小路は敏捷《びんしょう》に読み取った。この縁談を断り、あとで奥州山地で土地がやせている陸奥《むつ》棚倉《たなくら》藩などに領地替えさせられたら目も当てられない、と怖れを感じたのかもしれない。

「良いこともありますえ。奥方を亡くされた毛利斉広さまの正室は、死後とはいえ、どこまでも和姫さまや。祖父の斉煕《なりひろ》さまをふくめ、毛利家は身の丈を越えた『位』に叙されておす。これは魅力やね」

ここで天下の宝刀をぬいたのだ。

「それは魅力です。わが主君と若君にも、姉小路どのが官位上昇をお約束してくださるならば、佳《よ》き婚姻の話だと、それがしも責任をもってお勧めいたします」

某家老は両手をついて深く頭をさげた。

「約束しましょ。二千両はいらへんで。姫を受け入れる費用に使いなはれ」

姉小路はしずかな口調だった。

鬼瓦の家老が立ち去ったあと、姉小路はこの手の縁談話にいつもながら後味の悪さを感じた。最後は幕府の権力で外様大名を従わせることになるのだから。

＊

師走の声を聴くと、つよい木枯らしが連日吹いていた。

江戸城大奥は広いだけに、身震いするほど底冷えがする。すき間の風がさらに身を凍らせる。大奥は火気に厳しい。ひと部屋に一つ、つかう時間帯もかぎられている。瀬戸物火鉢の一つそばで、姉小路付きの奥女中たち十数人があつまり、暖をとっていた。

女相撲なみの体躯《からだ》の「ゴザイ」(雑役女)トメが、十能《じゅうのう》に真新しい炭を運んできた。まわりの奥女中たちが突如として笑いこけた。手をたたき、丸顔のトメを指さす。笑いだしたら止まらない十代が多い。トメが首を傾《かし》げて、

「紀州新宮城主さまから、暮れの贈答品として、炭俵で備長炭《びんちょうたん》がとどきました」

と俵の数を報告する。

「水野忠央《ただなか》ね。いつも気を使ってくれはる。この季節は炭火がいちばん重宝やね」

姉小路は真面目に応えていたが、途中からトメの顔をみて、袖を口に当てて吹きだした。まわりはなおさら遠慮なく笑う。

「なにが可笑《おか》しいのかね。……炭俵は倉庫に入れておきました。伊賀者が姉小路さま専用と帖札《ちょうふだ》を書いて貼りつけてくれました」

ほかの部屋親の女中らに盗《と》られないように、とつけ加えた。

御広敷につめる役人は、家康公時代からの伊賀者(有能な忍者集団)、吉宗将軍の時代からのお庭番(将軍直属の隠密)らが、警備や事務についている。

警備上の機密で、だれが伊賀者か、お庭番か、奥女中らにはよくわからない。

ただ、雑役のゴサイは、御広敷の管理下の物品搬入口に出入りするので、役人と顔なじみでなにかと繋《つな》がっているようだ。

「伊賀者は、トメになにも言わなかったの」

三十代の御中臈《おちゅうろう》が真面目な顔になり、そうきいた。

「言ったよ。新品の備長炭だから、今すぐ、いの一番に姉小路さまにもっていきな、と」

奥女中たちが、またしても大笑いだ。

「手鏡をみせてあげたらええ、トメに」

姉小路が笑いをこらえて指図した
「わー。炭で真っ黒な顔だ。恥ずかしい。あの伊賀者、許さん。知らん顔して、新鮮なうちに炭を親元に運べだなんて」

トメが走り去った。

天保十二(一八四一)年の正月を迎えた。

大奥は、床の間に松竹梅などの注連飾《しめかざ》りをほどこす。置物は総銅つくりの鶴と亀である。丹頂鶴《たんちょうづる》の嘴《くちばし》と、亀の頭と甲はいずれも金細工である。

挿《さ》し花は梅をもちいて、床の間でなく、お畳縁《たたみへり》のうえにおく。

病弱だった御台所(正室)の喬子《たかこ》(楽宮《さざのみや》)が、昨年に四十六歳で死去した。

将軍家慶は継室をとらない。将軍付き上臈御年寄の筆頭・万里小路《までのこうじ》が正月行事における御台所の代役である。

彼女は京都公家の大納言《だいなごん》・池尻暉房《てるふさ》の末娘である。さかのぼれば、天保三(一八三二)年に八歳の鷹司任子《たかつかさあつこ》(家定《いえさだ》の正室)が入與《にゅうよ》するとき、世話役として江戸に出仕してきた。

そのあと家斉将軍付小上臈となり、家慶が十二代新将軍になったときに上臈御年寄に昇格した。

このとき姉小路も次席の上臈となった。

正月の七ツ時(朝四時)に、たらいでお手水《ちょうず》をつかい、歯を鉄漿《おはぐろ》で黒くそめる。次にお化粧をし、髪はオスベラカシ(おさげ髪)。そして正月の装束に身をつつむ。

これらは複数の御中臈が手伝う。

——単衣《ひとえ》の五つ重ね。襟《えり》、袖口、裾のみを五つ重ねにする(よく知られている十二単衣でなく、五単衣)。

そして、打ち衣《ぎぬ》、表着《うわぎ》、唐衣《からぎぬ》、裳《も》と彩りゆたかに盛装される。

正月装束がととのうと、万里小路が「御座の間《おざのま》」に、移る。

元旦恒例で、勅撰《ちょくせん》和歌集の詠《よ》み人知らずの愛の「和歌」を詠む。

――わが君は千代にやちよに、さざれ石の巌《いわお》となりて、苔《こけ》の生《む》すまで。

わが君とは徳川家慶である。将軍さまの命が、細かな石も大きな巌となって苔が生えるまで、つづいてほしいとねがう。

これより将軍・家慶が、熨斗目長上下《のしめながかみしも》で入室し、まず将軍から御台所代理の万里小路に、

「新年めでたきござる、幾ひさしく」

と述べられる。万里小路から、

「新年のご祝儀めでとう申しあげ相かわりませず」

とお祝いをもうしあげる。


大奥は元旦からの行事が、日々に内容を変えて忙《せわ》しなくつづく。月が替わり、やっと閏《うるう》正月となった。

「年始の行事を無事に執《と》りおこなえて、ご苦労さんえ」

姉小路が、部屋親として、御付き奥女中たちにねぎらいの声をかけた。

五十代の奥女中の御伽坊主《おとぎぼうず》が血相を変えてあらわれた。頭を丸めて、男の着物を着て、羽織姿の恰好《かっこう》をしている。

「姉小路さま、本日、西の丸で、大御所の家斉さまが息を引き取られました」

この第一報を持ち込んだ御伽坊主は、中奥や表にも出入りできる唯一の立場である。それだけに伝達と情報収集の貴重な存在であった。

「この日がとうとう来やはった。ご年齢からしても、ここ一か月は容体がえろうすぐれんときいており、案じておりましたんや。現実に薨御《こうぎょ》をきくと、胸が痛みおす」

姉小路はいっとき家斉付き上臈御年寄だったこともある。

お側に仕えた役務があっただけに、家斉の多面性をよく知っている。政治にはほとんど興味をもたなかった大御所だけれど、人柄はけっして悪くなかったと思う。

「姉小路さま、うわさでは……、大御所さまの死に水をおとりになられたのが、美濃部《みのべ》筑前守さまおひとりだったとか、申しております」

「えっ。それは信じがたい話やね」

美濃部とは大御所政治をとりしきった三佞人《さんねいじん》のひとりだ。なにかと黒いうわさと不正な問題が多い人物である。

姉小路は、そこに犯罪の臭いを感じとった。

第三章

お美代の陰謀

大御所・家斉《いえなり》の死から四日目だった。

幕府はいまだ薨御《こうぎょ》を公表していない。

「大御台《おおみだい》さま(家斉正室・のち広大院《こうだいいん》)から、内密に姉小路《あねがこうじ》さまにお会いしたいので、急ぎ西の丸にお越しください、とのことです」

表使《おもてづかい》の奥女中がその伝言をもってきた。

「あら、困ったえ。催促がきよったの。薨御がまだ発表されてへんし、進んで弔問《ちょうもん》にいくのもはばかり、控えておったのに」

姉小路はそこにバツの悪さをおぼえた。

かたや一瞬の思慮と判断で、御年寄、御客会釈《おんきゃくあしらい》など、中年寄《ちゅうとしより》などの上級職にしぼり、西の丸に出むくことにきめた。それぞれ当人に伝えて、と表使に指図した。

「内密に姉小路さまにお会いしたいそうですけれど、よろしいのでしょうか」

「そやけど、七十近いお歳や。内心は大勢で弔問にきてほしいのに、内密に、という引っかけもしやはるで。気いつけんと。真にうけて独りでいけば、大御所が死ねばとたんに冷淡やね、とえらい目に遭うよって」

現代でもそうだが、妻の葬儀の弔問客は多いが、逆に、夫の場合となると、生前の派手な交際が信じがたいほど半減する。これが世の常だろう。

喪服《もふく》姿の姉小路は、八人の上級奥女中を供につれて、西の丸・大奥へむかった。

一月の乾いた寒風が、地面の枯れ葉と砂埃《すなぼこり》とともに吹きあげる。身を切る寒さだ。

西の丸にも大奥がある。玄関の式台《しきだい》から大御台の御座所《ござしょ》へ案内された。ふだん華美な部屋飾りだが、喪《も》で重苦しい装飾だった。

上座の大御台は丸顔で、六十八歳にして皺《しわ》隠しの白い厚化粧をしている。

(内密と言ったでしょ)

その眼は露骨《ろこつ》に憎にくしく光っていた。

姉小路は、その視線を避けて、供の奥女中たちに、順番にお悔《く》やみを述べさせた。一巡すると、本丸に引き揚げさせた。

「内密にという、伝言は聞かなかったの」

「申し訳ありません」

「内密に、といわれたら独りできなさい。実はね、これなんだけれど……」

大御台は、脇においた黒塗りの多段の小箱を手もとまで引きよせた。

「大御所さまのご遺言がありました、とお美代から先刻《さっき》みせられたの」

大御所のご遺体のお顔を白い布で覆《おお》い、腕を胸元で組ませ、北枕に動かすとき、発見したらしい。

「それにしては三日も経《た》っていますね」

怪《あや》しい、と姉小路の頭が忙しくなった。

そのお美代の方は、この大御台付き上臈《じょうろう》御年寄である。いまや西の丸・大奥において、上臈御年寄さえ超える権威者である。

彼女は家斉二十一番目の娘・溶姫《ようひめ》を生んだ。その姫君が養育されたあと、十三代加賀前田家主の斉泰《なりやす》に輿入《こしい》れしている。

その溶姫が生んだ男子が犬千代である。加賀百二万五千石の継嗣《けいし》(のちの加賀前田藩主・慶寧《よしやす》)である。

「大御所さまの死に水は、美濃部《みのべ》筑前守さまおひとりだったと、お聞きしましたえ」

姉小路はあえて切り込んでみた。

「そうよ。私は六十五年も連れ添って、死に水を取れず。くやしくてね。身も蓋《ふた》もないし。だから、お美代に、なぜ美濃部ひとりで、私に危篤だとおしえなかったの、と問いつめたの。お美代もいなかったとか、しどろもどろよ」

「臨終の場に、大御台さまが居てもらうと、えろう不都合なんやね」

「そう思ったし。ここは姉小路の知恵を借りたいと、それで呼び出したの」

「どんなご遺書か、拝見させてもらえますやろうか」

「いいわよ。姉小路だけに、みせるのよ」

大御台は化粧箱の下段から、一通の重厚な和紙の封書をとりだした。

――「家祥《いえさち》の嗣子《しし》に、犬千代丸を迎えよ」

大御所の花押《かおう》(署名)は本物である。

姉小路の心臓が半鐘《はんしょう》のように打ち鳴らされた。お美代の悪事をおしえている。

(でも、文面の筆跡がちがう)

公文書はふだん小姓《こしょう》や祐筆が書くものだ。そこに自筆の花押があれば合法だ。

――家祥(家慶《いえよし》の世子《せいし》。のち十三代将軍家定《いえさだ》)の嗣子(あととり)にしておけば、家祥は病弱だから、日ならずして、前田藩の犬千代が十四代徳川将軍を継《つ》ぐことになる。

これでは、お美代が将軍の実祖母になり、絶大なる権力が得られる。

「大御所さまは、いつご遺書をお書きになりはったのやろう。お美代の目のまえかしら」

「それは私も疑問でね。念のために、お美代に聞いてみたの。言いにくそうだったけれど。その場にいなかったというの」

大御所の遺書は死に水をとった美濃部茂育《もちなる》から、お美代の養父・中野石翁《せきおう》を経て、お美代の方に手渡されたという。

（中野石翁は、食わせもの。お美代の養父で、政道《せいどう》をないがしろにし、賄賂《わいろ》で財を成した人物）

怪しげな名前が次々にでてくる。

「大御台さま。この大御所さまお墨付き（遺書）が一人歩きすれば、将軍家はえろう重大な危機に陥りますえ。ほんま、征夷《せいい》大将軍が外様大名に奪われますのや」

「えっ。そうなるの」

思いのほか大御台の顔には緊張感がない。犬千代は家斉夫婦の外孫であり、ふだん可愛《かわい》がっているらしく、好《い》い祖母の表情だった。

「よろしゅうおすか。これまで徳川将軍といえば、徳川御三家、御三卿《ごさんきょう》からお出になりはった。それなのに、お美代のおぞましい陰謀《いんぼう》で、外様大名の加賀百万石に、将軍家がたやすく奪われおす。まさに掠奪《りゃくだつ》や。脅《おど》しではあらへん」

「なんと恐ろしいことを。わたしが年寄だとおもい、バカにして」

大御台が急に怒りの表情になった。

「早《は》よう解決せんと、あきまへん。いまに、とてつもなく厄介な騒動になりますえ」

すくなくとも一か月以内とつけ加えた。

おおむね大御所の薨御の発表は、葬儀《そうぎ》の段取り、墓地は寛永寺か増上寺か、と調整に手間取ったとしても、有能な幕臣らが段取りをつけるから一か月以内である。

この問題は考えるに、大御所の遺書を後出ししたとなれば、加賀藩から犬千代丸ぎみの将軍継嗣を闇《やみ》に葬ろうと画策《かくさく》したといい、抗議がくるだろう。

そうなると、将軍家と前田家が、将軍の継承をめぐる、泥沼《どろぬま》の戦いになる。

「なんて、えげつない恐ろしい罠《わな》にかかったのかしら」

背筋《せすじ》がやや円い大御台が、あまりの重大さから、からだをふるわせていた。

徳川将軍家乗っ取りという大胆な事件にかかわったのは、お美代のほかに、大御所政治を仕切った三佞人《さんねいじん》もかかわり、計四人が仕組んだ陰謀にちがいないと推察できた。

ちなみに、三佞人とは若年寄・林忠英《ただふさ》、側衆《そばしゅう》・水野忠篤《ただあつ》、小納戸《こなんど》・美濃部茂有の三人である。

ここで歴史を約十年先にすすめれば、十三代将軍家定(家祥)の継嗣問題がおきる。南紀《なんき》・慶福《よしとみ》と一橋・慶喜《よしのぶ》の争いである。

それが今、お美代の陰謀から、こうもたやすく前田家・犬千代に継嗣がきまってしまうのだ。この重大性はそこにあった。

「たよりは姉小路よ。このままにして、あの世に逝《ゆ》けば、大御所から、大目玉を食らう。悪人たちを懲《こ》らしめ、お美代をお縄にできないかしら。姉小路の知恵で」

大御台は家斉の死から、このさき剃髪《ていはつ》して仏門に帰依《きえ》する。外部との接触も断たれるし、遺書関係で動けない。それだけに心からたのんでいると、伝わってきた。

「上様(家慶)と、ようご相談せんと、あきまへん。うち独りではどうにも解決できまへんし。できる限りのことはつくしますけど」

とはいえ、事件の道筋はみえないし、解決できる確証はなかった。

ここでみすみすお美代ごときに徳川将軍家を乗っ取られたくないと、つよい気持ちが姉小路の胸にわき起こってきた。……こんな悪事に手をそめるお美代は断罪するか、江戸城から完全に排除するべきだ。それでないと、この先また重大な何かが起きるだろうし、予測もつかない。

姉小路はお美代への敵意と女の闘いすら感じた。

「ほんとうに。たのむわよ」

「お約束しますえ。上様を通して老中や、幕府の評定所の官吏《かんり》など大勢を動員してもらい、悪事の根源は断ちおす」

「いい切る、そこが姉小路のすごさね。あなたは知恵者。家慶に良い知恵を授《さず》けてちょうだい」

「それには、うちが知っておきたいことがあるんどす。お美代の素性とか、汚い手口とか、悪人ぶりとか、お話してくれへんでしょうか」

「お美代はしたたかな女だから、話はつきないわよ。洗いざらい、聞かせてあげる」

大御台の前かがみの姿勢が伸びてきた。

お美代は寛政九(一七九七)年生まれで、貧乏な祈祷《きとう》僧の日啓《にっけい》の娘である。汚いきものをまとうが、愛らしい幼顔で、悪かしこい知恵があったときく。

そんな美代に目をとめたのが、江戸駿河台《するがだい》の旗本の中野播磨守清茂《きよしげ》(三百石・のち中野石翁《せきおう》)であった。

中野は将軍家斉の身辺を担当する御小納戸頭取《おこなんどとうどり》(将軍の側近《そっきん》中の側近)である。

ある日、駿河台の門前に、物もらいの貧僧な父娘があらわれた。七、八歳の娘も、汚い身なりで、饐《す》えた悪臭すら感じた。

「この顔立ちは、磨《みが》けば一級品だ。将来きっと金の打ち出の小槌《こづち》になる」

中野は屋敷で、娘を奉公《ほうこう》させたいと申しでた。父親の僧侶は、じゃまな荷物を放り出すように、背中をみせて立ち去った。

中野はひととおり躾《しつけ》などの教育をしたうえで、娘が十歳になると中野の養女にし、江戸城大奥にあげた。

お美代は立ちまわりが巧妙で、口が上手で四年目にして「御次《おつぎ》」となり、家斉から寵愛《ちょうあい》をうけた。七年目の十七歳の文化十(一八一三)年十一月には、溶姫を産んだ。

「姉小路に聞かせてあげたいのは、この先よ」

大御台が憎しみに満ちた目で、ことばに力を込めた。

――家斉は若いころから頭痛持ちだった。当人はいつも苦しんでいた。

御中臈のお美代がいたく同情し、

「ご病気は祟《たた》りかもしれません。一度祈祷《きとう》してもらうとよろしいかとおもいます」

と、さりげなく親切そうに助言していた。

「祟りか」

家斉の顔にはどこか心当たりがある表情だった。

「上様。長い頭痛はおおむね頭脳《あたま》の奥まで悪魔が入り込んで、悪さをしている、とききました。お祓《はら》いで取り除かないと、生涯お苦しみになります」

そうかな、嫌な祟りがいるならば、それを追い払いたいと家斉が応じた。当時の大御台は、将軍の正室で茂姫《しげひめ》とよばれていた。茂姫は半信半疑だった。

このとき将軍付き奥女中で信心ぶかい老女・花沢も、その祈祷に賛成した。

お美代が、臆面《おくめん》もなく、下総《しもうさ》中山村の智泉院《ちせんいん》の住職・日啓の祈祷をすすめたのだ。日啓とはお美代の実父である。大奥は男子禁制だが、例外として医者と祈祷師は入れる。

茂姫はまさか深刻な事態にもなるとは、予想していなかったという。

大奥の「松の御殿」に通された日啓は、あやしげな白装束で、長い髭《ひげ》をはやしている。奇異《きい》な雰囲気をただよわす。

「我は深山幽谷《しんざんゆうこく》の岩穴で修業し、五穀《ごこく》を断ち、木の実、松脂《まつやに》を練《ね》って常食とし、おおいに心法《しんぽう》し、鍛《きた》え、いずれの術にも通ずる」

日啓は呪法《じゅほう》を語り、加持祈祷《かじきとう》をはじめた。

「ふたりの無念の魂《たましい》が、江戸城内で、浮遊《ふゆう》しておる。おそろしや、おそろしや。死霊《しれい》がいまや将軍家斉公に憑《と》りついておる」

重々しい呪文で部屋の四方を払う。

「なにを血迷うか、成仏《じょうぶつ》せよ」

日啓の抜けた歯のすき間から、空気がもれる。それがかえって不気味なことばでひびく。両目が夜叉《やしゃ》のように吊《つ》りあがり、得体のしれない雰囲気をかもしだす。

「血のにおいがする。無臭《むしゅう》でも、まちがいなく毒に染《そ》まった血の臭いだ。この城は、毒殺《どくさつ》された家《いえ》基《もと》と家治《いえはる》の死霊に呪《のろ》われておる」

太い数珠《じゅず》を鳴らし、鈴をふる。

「毒殺したのは田村意次《おきつぐ》だ。家斉公をうらむのは筋ちがいだ。そっちをうらめよ」

日啓の杓《しゃく》の先端がふいに茂姫(御台所《みだいどころ》)を指し、祭礼の場で謝《あやま》るがよい、という。

「そなたのような薩摩の女が一橋家に入った。そもそも、それが毒殺事件の起因だ」

「ごめんなさい」

涙がとめどもなく流れる。唇が震え、総身の血が凍えるような境地になった。

「なぜ泣き出したのか、よくわからないの」

大御台は今ではそうふりかえる。

(祈祷師の死霊の話で、家斉夫婦がなぜふたりして脅《おび》えていたんやろう)

その疑問が姉小路の頭脳にひろがってきた。

家斉の頭痛が月に一度くらい、発症する。すると祈祷で、家斉は苦しみから抜けだそうと、その都度、日啓を大奥に招いたという。

お美代の方は口上手で、上座の奥女中らも祈祷の場に参列させた。

奥女中らは、まことしやかな幽霊《ゆうれい》や妖怪《ようかい》の脅しがほんとうだと思い込む。女どうしの口から口にひろがる。

長局《ながつぼね》の夜は、常夜灯《じょうやとう》が真鍮《しんちゅう》の一本足の燭台《しょくだい》である。

奥女中は深夜になると、廊下《ろうか》に映る自分の影にすら、凍《こお》りつくほど震えあがる。怖くて歩けず、便所にもいけない奥女中が多出した。

「差し支えなければ、祈祷師がいう憑《つ》きまとう死霊の心当たりを聞かせてくれやす」

姉小路がやわらかく誘ってみた。

「私の生い立ちから話す必要があるの」

「簡略で、けっこうですえ」

年寄の長話は、おなじところを何度もくり返すから、姉小路は機先を制しておいた。

鹿児島生まれの幼名・茂姫は、三歳のとき一橋家の豊千代（のちの家斉将軍）と婚姻《こんいん》がととのい、江戸にきて一橋邸に移りすんだ。

おない歳であり、一つ屋根の下でともに育てられた。

幼いふたりにとって、将来に関係するおおきな毒殺事件が二度もおきた。

「そのひとつがね、天明八(一七八八)年に、徳川家基《いえもと》公が十七歳にして鷹《たか》狩りのあと、急死したの。壮絶な唸《うな》り声でね」

この家基は十代将軍・家治《いえはる》の嫡男《ちゃくなん》だった。徳川宗家のなかで、「家」の字がさずけられながら、将軍になれなかった唯一の人物である。「幻の第十一代将軍」だった。

当時から幕府内で、老中・田沼意次が毒殺した、とそんな噂《うわさ》がながれていた。

問題は将軍・家治に、家基のほかには正室・側室にも子どもがまったくいなかった点だ。世継《よつ》ぎとして一橋家が推《お》す豊千代が、家治の継養子《つぎようし》(家の跡継ぎ)となった。

「ここでも、また毒殺事件がおきたの」

天明六(一七八六)年、五十歳の家治が体調不良のとき、田沼意次が推奨《すいしょう》する漢方医が処方した薬をのんだ。とたんに、将軍家治が急に喉《のど》を割《さ》くような苦しみに陥り、三度も吐き、「これは毒薬ではないか」と叫んだ。その場の命は持ちこたえていたが、翌月には、家治は「田沼に毒を盛られた」といい、絶命した。

家治の叫びから、田沼意次が毒殺したと決めつけられ、老中を罷免《ひめん》され、閉門《へいもん》の身になった。

かくして家斉が十五歳で第十一代徳川将軍になったのだ。

姉小路は思うに、

……お美代の実父・日啓は悪だくみで、過去の毒殺の歴史を調べあげた。それをもって祈祷で家斉夫婦を、まるで家基、家治の暗殺者(田村意次)と共犯であるかのような境地に陥れたのだ。

「お美代の悪事はとどまることを知らない。これも聞いて」

大御台が次の悪事へと話を転じた。

お美代は、家斉将軍にことば巧みに「おねだり」して、中山法華経寺《なかやまほけきょうじ》の子院・智泉院《ちせんいん》を将軍家の祈《き》祷所《とうじょ》に指定させた。

そのうえ、その境内には、新たに若宮八幡《わかみやはちまん》の神殿を建立させた。

奥女中たちが代参や文使いで、公用として中山村の智泉院にかよう。老女の花園、年寄の滝川、瀬山、客応対の瀧澤《たきざわ》など、いつしか六人の上臈御年寄のうち、五人までもが智泉院の信者になった。

智泉院の若い僧侶と、年増の奥女中たちの間に、寺のなかで、淫乱《いんらん》な癒着《ゆちゃく》があった。

いちど男女が禁断《きんだん》の実を知ると、老女らは智泉院にいく口実をやたらつくりはじめる。

「次は、僧侶のなかに、若い役者を入れさせておきます。期待してください。むかし絵島《えじま》・生島《いくしま》事件がありましたけれど、あんなの恐れてはダメです。ばれたら、運が悪かったまで。遊びは多少の危険がないと楽しめないでしょう。大奥で将軍と同衾《どうきん》しても、お添寝役《そいねやく》の御伽《おとぎ》坊主と御中臈の監視付きです。智泉院は楽しみ方がちがいます」

歳月が経《た》つほどに、老女らは御中臈お美代の言いなりで、物わかりの良い態度をとりはじめた。

「次に中山にいくとき、美形の役者を用意させて。私の好みはわかっているわよね」

そんな要望そのものが、将軍代参で智泉院にかよう上級奥女中の弱みとなっていた。

この時より、お美代の養父・中野清茂は大奥の老女たちの権限を利用し、表の政事、人事などの仲介役をやらせた。

中野は幕府の口利きができる人物として権勢を強めていた。

（……お美代も、養父も、あるまじき行為の悪党おす。きくほどに許せない極悪人《ごくあくにん》やで）

姉小路は単に懲《こ》らしめるだけでは済ませられないと考えた。

お美代の悪知恵は、この先もとどまるところを知らなかった。

家斉の寵愛《ちょうあい》を一身にうけるお美代は、「おねだり」で、娘二人を家格の高い藩主に嫁がせている。文化七(一八一〇)年には、溶姫が金沢藩主・前田斉泰《なりやす》に入輿《にゅうよ》した。文化十四(一八一七)年には、末姫を芸州広島藩主・浅野斉粛《なりたか》に嫁がせた。

お美代そのものに将軍家という権威がついてくる。

百二万石の前田、四十二万石の浅野、両家すら、彼女は高みから見下す。お美代の言いなりにさせる。横紙破りというべきか、末姫の嫁ぎ先である芸州浅野家には圧力をかけ、青山の下屋敷に、「観音院」と「別当寺」を建てさせている。

極めつきは、お美代と日啓が家斉将軍をうごかし、天保七(一八三六)年十二月に、鼠山《ねずみやま》(豊島区)にあった安藤家を他に移したうえで、二万八六四二坪の巨大な感応寺を造らせたことだ。御三家、御三卿、諸侯大奥の奥女中の参詣が絶えなかった。江戸市民もそろいの手拭、そろいの浴衣で参詣し、にぎわう江戸名所となった。

――大奥から感応寺へ寄進の品を差し入れる。その長持には奥女中が隠れていて、寺僧と姦淫《かんいん》をほしいままにしている。そんな噂が江戸市中にながれていた。

「悪事をぎょうさん聞かせてもらいましたえ。どんな解決をお望みですやろうか」

姉小路が大御台の胸の内をきいてみた。

「ことごとくさように、お美代は、徳川家が江戸に開闢《かいびゃく》してから最も悪事をはたらいてきた女よ。いま、話してみて、お美代と刺《さ》し違えたいほど、腹立たしい。憎たらしい。お美代を刃物で刺せば、西の丸大奥を紅《あか》い血で染めて、徳川宗家にも、実家の薩摩島津家にも迷惑を及ぼすしね。刃傷沙汰《にんじょうざた》はできない。ここは優れた頭脳《あたま》の姉小路にたよるしかないの」

遺書をもつ大御台所の手が語るほどに震えていた。

姉小路はしばし押し黙っていた。

「物貰《ものもら》いの貧しい娘だった分際で、徳川将軍家の乗っ取りを謀《はか》るなど、もってのほか。奸物《かんぶつ》や極悪人よ。火あぶりの刑になっても、おどろかないわ」

「おおむねわかりましたえ。ご遺書は気いつけて、ぜったい手放さんといて。誰にもですえ。上様と相談のうえで解決いたしおす。これでおいとましますさかい」

白い喪服の姉小路が立ち上がった。

「お美代が火あぶりの刑になってもおどろかない」

大御台から、そこまできかされた姉小路は、胸のうちのお美代への憤りが共有できた心境だった。

姉小路は西の丸から本丸大奥に帰ってきた。

目のまえの長局《ながつぼね》は四棟あり、最も南の「一の側《かわ》」は分割されており、上臈御年寄ともなれば、一人専用の部屋である。

姉小路の場合、南の縁に接した八畳間を書斎にしている。次の間は六畳の居間で、夜はここで寝る。東南に中庭がみえる八畳に入ると、姉小路は喪服から、服装、髪形、化粧など平服に整えた。

この間も、お美代の悪事が姉小路の脳裏で渦巻いていた。

お美代の陰湿《いんしつ》な悪事の解明にどこまで迫れるか。遺書の真相の解明よりも、お美代の断罪か、権力の剥奪《はくだつ》だろう。悪女との戦いに挑む気持ちがいっそう強まった。

成功するか、失敗するか。負けたくなかった。

着替えた足で、万里小路《までのこうじ》の部屋を訪ねた。

万里は細身で、公家育ちのおだやかな顔立ちである。表の政治に無関心で、大奥の権力にも関心が薄い。ふだん奥女中たちと和歌を詠んだり、活《い》け花、香合《こうあ》わせをしたり、投扇《とうせん》など京風の遊びですごす。

京間の十畳の部屋にとおされた。

着座する姉小路の視線が、四方にながれた。敷居、鴨居、長押《なげし》とも、けやきが使われている。三方の襖《ふすま》は狩野《かのう》派の絵で、獄彩色の山水画だった。違い棚は紫檀《したん》である。

首席上臈だけに、姉小路よりも一段格調の高い造りだった。

「万里さん。明日の『朝の総ぶれ』はうちにやらしてくれへん」

毎日の将軍と大奥の「朝の総ぶれ」は、ふたりは月番制で交代につとめていた。

「あきまへん、とは言われへんでしょ。譲りますえ。遠慮のう、言うてちょうだい」

「ほんま、すまないねえ。お願いするからには、理由を話さんとあかんのに」

「政事はえろう難しいやろう。うちに気い使わんといてな」

ふたりの性格は明瞭にちがうも、公家出身だし、阿吽《あうん》の呼吸があった。

将軍家慶は四十九歳、江戸城中奥から、五ツ半頃(午前九時ころ)裃《かみしも》に二本差し姿で、上の御錠口《おじょうぐち》から大奥にむかってくる。

御仏間に入り、黒塗り仏壇(間口二間半、奥行三間)の歴代将軍の位牌《いはい》を拝《おが》む。

この拝礼が終わると、おもむろに大奥の「御小座敷《みこざしき》」にむかう。

同時に一方で、きょうは御台所(正室)代役の姉小路が御年寄、中年寄、御中﨟《おちゅうろう》ら十数名を引き連れ、「御小座敷」へと向かう。

これが「朝の総ぶれ」である。将軍との挨拶が終われば、本来はしばし奥の政事がらみの話になる。

「けさの姉小路は、わしに特別な事案を話したそうだな。顔にしょうじきに書いておる」

家慶が顔をのぞき見た。

「見ぬかれはった。別室へ、お願いしますえ」

八畳の狭い空室を用意していた。姉小路は立ち聞き防止で、ふたりの奥女中を廊下に配置しておいた。将軍と密談に入った。

「上様。大御所さまのお墨付きのご遺書が出てきましたえ」

「どういう意味じゃ」

――「家祥の嗣子に、犬千代丸を迎えよ」

大御所の花押《かおう》は本物にまちがいないと、姉小路は形状などをつぶさに語った。

「犬千代丸とは、前田家の孫か。将軍の継承《けいしょう》は、たんなる悪事とはちがう。ぜったいに許せぬ。根こそぎ断罪する。だれが書かせたのだ」

家慶が殺気立った顔になった。

「わかりかねますんや、大御台さまの証言からすれば、お美代と、三佞人《さんねいじん》、中野清茂らのしわざや、それしか考えられまへん。うちの勘やけれど」

「その勘は、当たっておるだろう。三佞人の悪事に関しては、これまで秘《ひそ》かにお庭番をつかい公金横領などの証拠はつかんできておる。いまでは問答無用で罷免《ひめん》できるほど証拠は山積みだ。しかし……。家祥の継嗣にまで手をそめていたとは、悪蛇《あくじゃ》のようだ」

姉小路はだまってきいていた。

「徳川将軍家の乗っ取りとは悍《おぞ》ましい。犯人を捕まえて厳罰に処す。内々《うちうち》で語るときは『お墨付き事件』としておこう」

その日のうちに将軍・家慶が老中首座・水野忠邦《ただくに》に真相究明を命じた。そして捜査責任者が本丸・老中の脇坂安董《わきさかやすただ》になった。

――脇坂安董はかつて寺社奉行を二度も経験している。谷中延命院《えんめいいん》の女犯《にょぼん》の罪を裁き、西本願寺の三業惑乱《さんごうわくらん》の事件をも解決している。

そのうえ、幕閣を震撼《しんかん》させた但馬出石藩《たじまいずしはん》の難事件といわれた仙石問題《せんごくもんだい》までも、みごとに解決させた。

脇坂は「江戸の知恵頭」とまでいわれる人物だ。

「最高の人選やね。お美代の悪事も、日啓の悪質な祈祷もふくめて、一網打尽《いちもうだじん》に挙《あ》げてほしいわ」

姉小路の期待がことのほか高まった。

「これで、お美代の栄華は終わりやろう。もう、あきまへんで。飛ぶ鳥を落とす勢いで西の丸、加賀藩、芸州広島藩と、牛耳《ぎゅうじ》ろうとしてきたけど、もう終焉《しゅうえん》やね」

姉小路は痛快な気持ちになれた。

その後、大御所の家斉の死は、天保十二(一八四一)年閏《うるう》一月晦日《みそか》と発表された。大御台が広大院と院号をもらった。

思わぬことがおきた。お墨付き事件の捜査にとりくみはじめたばかりの老中脇坂が、二月二十四日に毒殺されたのだ。

姉小路はつよい衝撃をうけた。

――犯行が暴露されると怖《おそ》れて、江戸の知恵頭の脇坂安董を殺した。この司令塔はお美代かもしれない。

「悪党だから、老中にすら刺客《しきゃく》をむけたんや。他人ごとではあらへん。うちの命も狙われる」

姉小路はその恐怖を身近に感じた。

老中首座の水野忠邦は、老中脇坂が毒殺されたからだろう、お墨付き事件の捜査に若くてたのみやすい寺社奉行・阿部伊勢守正弘に、この難解な事案を押しつけた。

阿部といえば、昨年の秋に寺社奉行に就任してから一年も経《た》っていない。まだ二十二歳である。

それを聞いた姉小路は、事件解決への期待が半減してしまった。

それにも増して、お美代の刺客がじぶんのまわりにいるのだと、姉小路は三佞人らの組織犯罪にいちだんと底知れぬ恐怖をおぼえた。

将軍・家慶の忌明けは、三月二十一日だった。朝の総ぶれのとき、家慶から、「そろそろやるぞ」と目でおしえられた。

「いよいよ決行。狼煙《のろし》をあげなはるんだ」

それは家斉の死から百日が経った四月十六日だった。

五十代の御伽坊主《おとぎぼうず》が日々、城内の中奥や表と往復し、大奥の姉小路に、この件に関する情報を都度もってきてくれる。

それによれば、老中首座の忠邦が三佞人に大胆な処罰を下しはじめたという。

・側衆・水野忠篤は、老中の執務室である御用部屋によびだされた。老中列席のなかで、忠邦がみずから、「お役目御免。菊の間縁側詰めを仰せつける」と罷免《ひめん》をいいわたした。
水野忠篤の罪状は公金横領だった。先の家斉によって加増されていた五千石は没収した。
・小納戸・美濃部茂有は、文書で堀親寚《ほりちかしげ》の屋敷に出頭せよ、と命じられた。美濃部は罷免されて、小普請《こぶしんい》入り、甲府勝手入り(罪人扱い)、三百石の没収、そして謹慎《きんしん》である。
・林忠英は八千石を没収され、若年寄を罷免された。老齢を理由に強制隠居させられた。

きのうまで西の丸御政事として権勢をほこった三佞人は、実にあっけなく崩《くず》れおちた。

西の丸御政事の解体は、西の丸から本丸政治へ移行する過渡期であり、表向きの権力闘争である。

姉小路が片方で気になるのは、家慶の新体制になるために、この処罰が必要不可欠だったにしろ、忠邦自身が賄賂の噂があるのに、「政変の舞台劇」みたいな派手なやり方で罰したことだ。

「むごく、非情だわ。人間の情がなさすぎる」

姉小路は、忠邦の演技があまりにも強すぎると捉えていた。

後日さらに、忠邦が退廃《たいはい》した綱紀の粛正《しゅくせい》にのりだし、お美代の養父・中野清茂も罷免した。ただ、肝心のお美代の処罰まで、いっさい手が伸びていないようだ。


脇坂の死去から三か月が経《た》った。

寺社奉行・阿部正弘がみずから陣頭指揮をとり、中山村（千葉県）の智泉院と、鼠山（豊島区・雑司ヶ谷）の感応寺の二か所において、大規模な強制捜査をおこなった。

というのも、寺社奉行が放った密偵から、「近く通夜参籠《さんろう》がおこなわれる。若い美男・美声の僧侶が大勢あつまる予定である。おおむね若い僧侶と、代参の大奥女中が寺に堂泊して密通がおこなわれる」という情報が入ってきたからだ。

「この手の犯罪は、現行犯で捕まえるべきです。言い逃れができないように」

評定所留役《とめやく》（現在の検察事務官）から助言があった。……そもそも留役とはなにか。寺社奉行は譜代大名であり、取調べはそれぞれの藩邸でおこなわれる。寺社奉行が代わるたびに、裁判のやり方が変わると差し支えがある。法令や過去の判例をよく熟知する留役がきて吟味調整役となる。

「五月二日。いっせいに踏《ふ》み込みましょう」

阿部正弘はひとの意見によく耳を傾ける性格だ。留役の助言を素直にうけいれた。そういう大名ならば、留役も心地よく、張りきり、より良い知恵をだす。

「このたびは大規模な手入れですから、福山藩の家臣の方だけですと、手がたりないでしょう。これは異例ですが、町奉行所の捕り方も動員してもらうと良いです」

町奉行所は本来、武士階級の捜査にかかわらない。この事案は江戸城大奥の奥女中の捕縛だとわかっていながら、町方をつかう。それは留役の大胆な提案だった。

「よかろう。前例があろうが、なかろうが、あなたの意見を採用しよう」

阿部は若き二十二歳にして、二百四十年余におよぶ奉行制度や旧習に拘泥《こうでい》していない。その精神が嘉永《かえい》、安政の国難のおり、大胆な政治改革と人材登用になっていくのだ。

夕日が沈みかけた。

智泉院の境内には予想通り、豪華な赤塗り、青塗りの奥女中たちの駕籠《かご》が入ってきた。

白衣の僧侶が出迎えて堂内に招き入れる。夕刻から連打の太鼓と大勢の読経《どきょう》と数珠《じゅず》の音が、堂内の外までもれてくる。女と僧は淫行《いんこう》のさなかだろう。官吏はいっせいに踏み込んだ。

＊

江戸城大奥の御広敷《おひろしき》の御錠口のまえで、寺社奉行・阿部正弘は刀を外し、添番《そえばん》にわたした。御客会釈《おきゃくあしらい》（接待係）の案内で、「御殿向《ごてんむき》」に入った。極彩色の四十畳で、襖絵《ふすま》は銀の丸竜《がんりゅう》である。

待つこと、しばらく間があり、金蘭の襖《ふすま》が開いた。上臈御年寄で細面の姉小路が、華かな姿で入ってきて上座にすわった。

「お目通りの時間を割《さ》いていただき、御礼を申し上げます」

下座の正弘が両手をついた。

「伊勢守は二十二歳にして、難儀なお役目をよう引き受けられはった。脇坂のような暗殺の恐れを感じられへんかった」

「だれもが逃げたがる難儀な仕事ほど、やりがいになります。実績づくりの最高の好機だと考えて取り組んできました」

「殊勝《しゅしょう》やね。それで、事件の捕縛者や、関係者の処分はどないされるんね」

「それにつきましては、中山村の寺と感応寺との現場で、捕縛した奥女中はいま、わが福山藩邸の揚座敷《あがりざしき》(牢屋《ろうや》)に収監し、吟味中です。当日の捕縛者以外もふくめますと、大奥で名前が挙がっているのはあわせて三十九人です」

このたびの寺社奉行の検挙では、大奥で最大級の権勢をほこる上臈の花園、年寄の滝川、瀬山、客応対の瀧澤《たきざわ》など五人もふくまれていたのだ。

「それで、伊勢守は、処罰はどないされるんね」

「申すまでもなく、寺社奉行の範疇《はんちゅう》で、女犯《にょぼん》の僧侶は断罪いたします。ただ、大奥の奥女中は寺社奉行の権限外です。取調べが終われば、処分保留で放免《ほうめん》いたします」

正弘がこのように明確な線引きをしてみせた。

「それなら、大奥の監視、管理の責任はうちにあるさかい、放免された奥女中は、こちらで厳罰に処しますえ」

「それでお願いいたします。これは姉小路どのに、前もってお話しいたします。奥女中との癒着《ゆちゃく》が江戸市中にひろがっており、鼠山の感応寺は、寺社奉行の職権で廃寺《はいじ》にいたします」

正弘の眼《め》が光り、毅然《きぜん》とした態度を示していた。

「えっ。感応寺は建立してまだ五年ですえ。二万八千坪の感応寺を取りつぶすんね」

「はい。それがしの権限の範囲ですから。遠慮はいりませぬ」

感応寺は天保六(一八三五)年の着工から五年間にわたり、幕府がばく大な経費と歳月を経て建立した、豪華絢爛《けんらん》な寺である。新しい本堂や祖師堂は昨年に完成したばかりだ。

「大胆やね。おどろきや」

姉小路の顔には、この青年の将来が頼もしいという表情が浮かんでいた。

寺社奉行・阿部正弘は、一連の処分を発表した。

日啓は、下総《しもふさ》田尻村の後家を院内に止宿させて密通したこと、たびたびに及ぶ、と女犯の罪で遠《えん》島《とう》を命じた。

伜《せがれ》の日尚《にっしょう》も、旅籠屋《はたごや》の下女と密通し女犯をくり返した罪で、日本橋に三日晒《みっかさらし》となった。ともに、獄中死した。

寺院にたいしては、智泉院内の若宮八幡を取りはらい、朱印《しゅいん》を没収した。安置されていた家基、および家斉の木像二体、さらに歴代将軍の位牌《いはい》などは東叡山寛永寺《とうえいざんかんえいじ》に移させた。寄贈されていた葵《あおい》の紋付の品々はすべて取りあげた。

鼠山の感応寺は、これまで御三家、御三卿ばかりか、親藩や外様大名も参拝する将軍の祈祷所だった。「今般、思召《おぼしめ》し有り、廃寺仰せつけられた」ときわめて曖昧《あいまい》な理由で、巨大な寺院が取り壊された。

江戸新観光名所にまでなった絢爛豪華な寺が、二十二歳の寺社奉行の権限で廃寺にする。これは過去に類をみない発想と実行力である。二万八千坪がもはや跡形もなく、更地になったのだ。

お美代の方は、正弘の叡智《えいち》な判決により、日啓の血縁関係者の「縁座《えんざ》」から処罰した。

それはまさかの縁座であったが、当時の刑法としては合法である。彼女は取り乱したが、剃髪《ていはつ》も許されず、溶姫の加賀屋敷に押し込め(四方封鎖の座敷牢)となった。

京の公家からきた西の丸大奥の筆頭老女・花園も、同様の押し込めだった(場所は不明)。

中野清茂は、お美代の処罰から、危機を感じたのだろう、みずから向島の別邸を一夜に壊した。だからといっても、これまでにあるまじき行為があったとして押し込めとなった。翌年、七十四歳で没している。

これをもって、お美代の孫・金沢藩主が第十四代徳川将軍になることはなくなった。

お美代の事件の解決で、家斉の治世に終止符を打ったのだ。

将軍・家斉が政治に身が入らなかったのは、祈祷師に死霊で脅されつづけられたのが最大の理由だったかもしれない。その面で、陰湿な悪事のかぎりをつくしたお美代の存在は、妻女の裏面幕末史だろう。

第四章

天保の改革

天保の改革を知らずして、幕末史を語るべからず、といっても、言い過ぎではない。幕末史における重要な根っこである。

天保の改革といえば、水野忠邦《ただくに》の個人的な力量をおおきく評価しすぎたきらいがある。ただ、この改革が忠邦の決断と信念と力量だけで、展開されたわけではない。とはいえ、忠邦なくしては語れない。

あわせて、大奥の上臈《じょうろう》御年寄の姉小路《あねがこうじ》が、表の政事に介入する契機になったともいえる。

天保十二(一八四一)年五月十五日、第十二代将軍の家慶《いえよし》が、「享保《きょうほう》・寛政《かんせい》の改革」の精神にのっとり、幕政の改革を断行すると訓示した。それが諸藩および江戸町奉行を通して江戸市中にも布告された。

当座の重大な案件は、西の丸御政事から発布されていた三方領知替《さんぽうりょうちが》えだった。

・武蔵の川越《かわごえ》藩が庄内《しょうない》藩へ
・出羽の庄内藩が長岡《ながおか》藩へ
・越後の長岡藩が川越藩へ

いちばん悪影響を受けるのは庄内藩で、その領民から反対運動がおきた。かれらは近隣の藩や江戸に代表を送り衷情《ちゅうじょう》を訴えた。

というのも、次にくる川越藩は税の取り立てがひどく、苛斂誅求《かれんちゅうきゅう》だと噂《うわさ》がひろまっていたからだ。

――そんなむごい領主がくれば、庄内藩の領民から餓死者が続出するぞ。

かれらは江戸に出むいて、大老や老中への駕籠訴《かごそ》の陳情をくりかえす。

「とても、素晴らしいお殿様です。どうか、庄内に残してください」

かれらは領主の善政をいくつもならべた。

これまでの農民一揆の駕籠訴といえば、領主の罵詈《ばり》雑言《ぞうごん》をならべたてるものだ。それとは真逆である。

「庄内藩の民は、藩主を慕《した》っておる。ここはいちど白紙にもどされた方がよい。それに三方領地替えの理由を明確にするべきである」

名奉行の矢部貞謙《さだのり》が、幕閣にあらためて再評議をもとめた。だが、老中首座の忠邦は、白紙撤回にはつよく反対の立場をとり、矢部の失脚を謀《はか》った。

将軍・家慶は独自にお庭番(公儀《こうぎ》隠密)をつかい、情報収集をおこなう。

姉小路は鋭い勘で、これには悪女・お美代がからんでいる、と見破っていた。

家慶の午前中は、まず中奥から大奥の「御仏間」に出向き、仏壇に安置している歴代の位牌《いはい》を拝む。その一つ家斉《いえなり》の位牌は真新しい。将軍に添うのは、数珠《じゅず》をもった姉小路で御台所《みだいどころ》の代理をつとめる。

やがて、家慶の上半身と視線が仏壇から姉小路に向けられた。

「三方領知替えだが、奉行・矢部貞謙の意見はもっともだと思う。だが、もとよりわしの名前でだした幕命じゃ。不本意だが、撤回《てっかい》できない」

大御所の生前の家慶は表向き将軍であるが、実権は家斉にあった。家慶は「そうせい公」と綽名《あだな》される飾り物であった。意見は述べず、言われるまま証書に署名捺印《しょめいなついん》していた。

「上様。これはもとを糺《ただ》せば、お美代と三佞人《さんねいじん》が画策した悪だくみやね。撤回せえへんとあきまへん。悪政の大御所のまま、天保の改革が推しすすめられると諸藩にも民にも嫌われますえ」

「それは悩むところだ」

「問題の発端は、武蔵川越藩どおす。失脚する前の、お美代の陰謀《いんぼう》がからんでおるさかい、このさい白紙にせんとあきまへん」

姉小路が迷いなく、きっぱり親身に助言した。

ちなみに川越藩の借財が、二十六万六千余両もあり、財政はいまもって火の車である。藩主の松平斉典《なりつね》が自力による負債の返済でなく、商業が栄えて肥沃《ひよく》な十四万石の庄内藩(実高三十～四十万石)への移封《いほう》で解決しようと画策したもの。

その策から、お美代をとりこみ、その口添《くちぞ》えで家斉二十五男・斉省《なりさだ》を川越藩の養子に迎えた。この養子縁組の優遇策をもって、川越藩が領知替えを謀ったのだ。

「上様、えろう口幅《くちはば》ったい言い方やけど、善政は勇気といいますやろ。三方領知替えは家慶将軍の名で発布なされはった『西の丸御政事』の悪事の残り火でおす。ここは非を認め、白紙撤回なさったら、新将軍は領民の意見にも、よう耳を貸しなはると歓迎されますえ」

「さしずめ、姉小路の知恵で撤回とするか」

この翌日には、気性のつよい忠邦が、家慶に次のような建白書をだしてきた。

――いかに将軍とはいえ、幕命で通達した以上は、領民ごときの声で、領地替えを取り消すのはよくありませぬ。権現《ごんげん》さま(家康)が幕府を開いてから、たとえ御三家であろうとも、領地替え命令に従ってきました。そのこと自体が、徳川将軍の絶対主義という権威の証《あかし》です。

ここから姉小路と忠邦のせめぎ合いとなった。

将軍・家慶が放ったお庭番が、川越、庄内、長岡のそれぞれで探索にあたっていた。かれらは長岡藩の新潟港で、薩摩藩の密貿易(抜《ぬ》け荷《に》)を摘発した。この摘発は天保六(一八三五)年につづいて二度目となる。

――薩摩藩の船が遠く蝦夷地《えぞち》(北海道)に出むき、コンブ・わかめなど海産物を仕入れてきて琉球《りゅうきゅう》を介し、中国大陸の沿岸で売りさばく。帰り船には唐物《とうぶつ》を満載し、蝦夷にむかう。中継地の新潟港で、違法な唐物《からもの》の陶器・磁器などが問屋に卸《おろ》される。

御禁制の物品は希少価値だから、とかく荒っぽく稼げる。

――いつの世も、悪い奴ほど、違法な手口でもうかる術《すべ》を知っているものだ。

九州南端の薩摩は霧島《きりしま》、桜島《さくらじま》の火山灰地で、もとより米作に適さない痩《や》せた土地である。そのうえ、非生産者の武士が人口比の約四割と全国でもずば抜けて高い。

――薩摩藩は恒常的に財政難で、琉球を介した密貿易(抜け荷)で藩財政をささえている。

時代をすすめてみると、西郷隆盛《たかもり》や大久保利通《としみち》などが薩摩藩のトップに伸《の》したころ、この密貿易がいちだんと拡大し、武器・弾薬、軍艦などの購入の主要資金源で、倒幕運動につかわれた。

天保十二(一八四一)年に話をもどすと、お庭番の報告が将軍・家慶から忠邦に伝えられた。

「これはまさに好都合です。長岡藩をも総替えすれば、移封されてきた新藩主は癒着《ゆちゃく》もなく、薩摩密貿易に手をかす新潟の廻船問屋を根こそぎ摘発できます」

忠邦は三方領知替えの推進に勇んでいた。正式書面で、二度も建白してきた。

姉小路の頭脳も負けておらず、

「ここは三方領地替えまで大々的にせんと、新潟港のみ取り上げて幕府直轄地《ちょっかつち》にされたら、よろしゅうおす。長岡藩には新潟港に見合った代替地を与えてあげる、どうやろ」

「さすが姉小路じゃ。新潟港上知のみとは妙案だ。良い知恵をさずけてくれる」

家慶は忠邦にたいして「三方領知替えの中止を早々に申し渡しせよ、これは将軍としての命令（思召《おぼしめ》し）である」と断乎《だんこ》発した。

新潟港上知は、お庭番の再捜索で天保十四（一八四三）年六月に実施されている。

領民らは白紙撤回に拍手喝采《かっさい》だった。


水野忠邦自身にも、かつて青雲《せいうん》の志《こころざし》をつらぬくために、三方領知替えを強引におこなった過去を持つ。有名である。

肥前《ひぜん》国・唐津《からつ》藩主の水野忠邦は二十二歳のとき、幕府から奏者番《そうじゃばん》に任命された。

ある日、忠邦は唐津城の天守閣から眼下で海岸を縁取る美景をみていた。緑の松原と白い砂の砂嘴《さし》が遠くのびている。

この唐津藩には一年ごとに、長崎港の警備と見回り役の任務がある。外国貿易にからむ実入りもあり、ほかの譜代大名の多くがうらやむほど藩の実高は豊かである。

「余は不満だ。幕閣に名を連ねたい」

幕府の奏者番は約三十人で構成されている。ここから幕府の頂点・老中首座へと競う、登竜門である。しかしながら、唐津藩の場合は奏者番止まりなのだ。

というのも、寺社奉行以上の要職に就《つ》くと、参勤交代は免除で、江戸在府になる。

――幕府にとって長崎警備は重要な位置づけである。唐津藩主が何年も国許《くにもと》不在ではかんばしくないため、さしずめ奏者番以上にさせない。

「幕府の老中まで昇進し、余のすこぶる秀《ひい》でた才能を生かしたい。されど、幕府の不文律《ふぶんりつ》があるかぎり、夢のなかの夢だ。まさに無情だ」

天守閣には潮風が吹き抜け、眼下に広がる海には白波が立つ。忠邦の心は荒波が磯に砕け散るに似ている。

「言うにおよばず、この唐津から江戸に近い譜代の領地に転封《てんぽう》されればよいのだ。藩収入が落ちるともかまわぬ」

そう決断すると、忠邦は大広間に藩の重臣をあつめ、青雲の志を熱気をこめて語り、領知替えの決意を明かした。

「そのための活動資金を用立ててくれ」

家斉政権の下では、猟官《りょうかん》運動がまん延しており、地位も役職も金で買える。

「殿。水野家の石高が減れば、家臣の生活は苦しくなります。引越し費用もぼう大です。家臣一同、転封を望むものではありません」

家老の二本松義廉《よしかど》が諫言《かんげん》した。

「よいか。幕府の役職に就くために、多額の運動費を投じても、老中になれば、それを補ってもあり余る賄賂《わいろ》が入ってくるのだ」

忠邦が頑《がん》としてうけいれず、家老・二本松が腹を切り憤死した。

それでも、青雲の志の忠邦は、猟官運動で多額の金をつかった。その結果として、文化十四(一八一七)年九月、「三方領知替え」がおこなわれた。

・唐津藩の水野忠邦は遠江《とおとうみ》浜松藩へ
・陸奥《むつ》棚倉《たなくら》藩の小笠原長昌《ながまさ》は唐津へ
・浜松藩の井上正甫《まさもと》は棚倉藩へ

この工作には別のいやらしい面がある。

――棚倉藩は奥州山地で、土地がやせている。いずこの大名も行きたがらない。この棚倉に追い落とす大名をつくればよいのだ。

「そうだ。半年前の農婦強姦《ごうかん》事件をぶり返せばよい。これを利用しない手はない」

忠邦は自分の思いつきにほほ笑んだ。

その強姦事件とは、浜松藩主の井上正甫が、信州高遠《たかとう》藩の内藤家の別荘に招かれて遊宴《ゆうえん》したおり、泥酔し、近所の農家に押し入り、その妻を犯した。ちょうど農夫が帰宅してきた。

「おらの女房になにすんだ。手籠《ご》めにして」
夫が怒り大名の正甫を殴り倒した。

浜松藩は内々に多額の金銀で、事件を処理したけれど、世間に知れわたった。幕府は奏者番だった正甫に逼塞《ひっそく》を命じた。

――この事件で、井上はすでに逼塞の処罰をうけている。ここはいまいちど蒸し返そう。

そう画策した忠邦が、水野忠成《ただあきら》に金を使い、井上正甫を正式な処分として浜松藩から僻地《へきち》の棚倉藩へと左遷させたのだ。かくして忠邦は唐津藩二十五万石から、遠江国浜松藩十五万三千石へ転封がなされたのだ。長崎警備関連の実入り(約十万石)もなくなるし、実質二十万石減、それ以上の減少ともいわれている。

――めざす老中になれば、在京賄料《まかないりょう》として一万両の加増になる。わが娘は高い家格に嫁がせられる。それも期待のひとつ。

強引な三方国替えで、水野忠邦の名が一躍《いちやく》ひろく知れわたった。

この文化十四年に、忠邦は奏者番から次なる寺社奉行に昇格している。さらに大坂城代、京都所司代(ここで越前守となる)、三十五歳で江戸城西の丸老中となる。当時は世子《せいし》だった家慶付き老中へと昇進してきたのだ。いまは本丸老中の首座(現・内閣総理大臣)である。

こうして忠邦は賄賂をうけとる側となり、家臣たちの不満もおおむね和らいだ。

この天保時代に突出していた人物が、御三家水戸藩の徳川斉昭《なりあき》である。かれは三十歳で水戸藩主になったときから、他藩よりも、さきがけて天保の改革に取り組んできた。

……倹約の徹底、軍制の改革、追鳥狩《おいとりがり》の実施、「弘道館《こうどうかん》の設置」といった文教政策、藩内の総検地など多岐にわたる。

天保九(一八三八)年に、斉昭が本丸老中・水野忠邦へおくった書簡がある。

——常陸《ひたち》の国は、土地はやせ細っておる。領民一人ひとりが倹約を徹底し、水戸藩を支えておる。大名や武士といえども倹約は例外ではない。聞けば、大奥の華美《かび》は目にあまるものがある。強く改善させるべきだ。

斉昭はまれにみる粘着質な性格で、手紙魔《ま》である。あらゆる機会をとらえ、幕閣にたいして大奥の華美を、これでもか、これでもかと攻撃・批判するのだ。

反して、大奥に限らず、多くの女の心は美しくありたい、飾りたい、よく輝きたいと、ありったけの金をつかう。当然ながら、大奥の老女(上級職)たちは、斉昭の抗議が耳に入るたびに反発が高まり、末端まで渦《うず》巻く。

「水戸なんて、大嫌いよ。マムシのように執念《しゅうねん》ぶかいし、斉昭の女癖《おんなぐせ》は悪いし」

水戸藩そのものが憎悪であった。

時代をすすめれば、将軍家定《いえさだ》の継嗣《けいし》をきめる際、南紀派と一橋派の対立がおきた。大奥の水戸嫌いがつよく影響し、一橋派の慶喜《よしのぶ》の敗因にもなった。

斉昭が忠邦への書簡で、こうも記す。

——大奥が権勢をほこり、女謁《じょえつ》がもっぱらである。

女謁とは表向きの政治にまで、大奥が干渉するとの表現である。

――実力者の老女の野村、飛鳥井《あすかい》、瀬山らの三人は権強くして、賄賂をもって、人を推挙《すいきょ》しておる。これはあるまじき行為だから、本丸老中は厳重に糾弾《きゅうだん》すべきだ。

ここに名をあげられた三人の老女のなかには、姉小路の名前がない。当時の家慶新将軍は「そうせい公」といわれて、政治の実権がなく、姉小路の出番がうすかったからだ。

大御所家斉の死後から、

――将軍・家慶より出てくる意思(裁決)は、一より十まで、姉小路を通してくる。

といわれるほど、姉小路は家慶の政策頭脳として台頭してくるのだ。

老中首座・水野越前守忠邦は、天保の改革に取り組む。

かつての「享保・寛政の改革」の精神にのっとり、乱れた社会風潮を糺《ただ》し、江戸風俗の矯正《きょうせい》のためだと忠邦は掲《かか》げた。その趣旨から、倹約令・節約令などきびしいお触れをだす。

それは急激にして、峻烈《しゅんれつ》だった。

なんとなれば、忠邦は独断的な性格で、微《び》に入り細に入り、やたら細か過ぎる。

ひとつ法令でも、その補則が追っかけて翌日にでてくる。まさに法令雨下《ほうれいうか》のごとくである。

天保の改革は法令だけでも、最終的には百七十八点にもおよぶ。姉小路が頭のなかで、さっと思い浮かぶ法令だけでも、次のような項目がある。

・華美な着物、贅沢《ぜいたく》な食事、高価な菓子は禁止する。

・棄捐令《きえんれい》(大名と旗本の困窮を救うために、借金は無利息で年賦払い)。
・人情本の作者は、風俗を乱すので、手鎖《てぐさり》五十日の刑。
・季節初めの魚や野菜を「初物《はつもの》」として高価に売買することは禁止。
・歌舞伎《かぶき》の江戸三座《さんざ》は移転。

ほかにも目ぼしい禁止令として、富くじ、華美な庭園、娘義太夫《ぎだゆう》、堕胎《だたい》、能などの禁止である。

これまでにない生活統制である。

姉小路はもどかしく腹立たしかった。

・高値の植木鉢、金銀や彫刻や象嵌《ぞうがん》をほどこした煙管《きせる》の売買の禁止。
・神社仏閣の境内で、金銀の金物をつけた破魔矢《はまや》、菖蒲《しょうぶ》刀、羽子板などの販売の禁止。

人びとの生活にうるおいをもたらす庶民の冠婚葬祭《かんこんそうさい》、年中行事、休養、娯楽、催しもの、遊芸《ゆうげい》にいたるまでも制限している。

「越前守は徹底した節約・倹約が人間の美徳《びとく》と、えろう勘《かん》ちがいしてはる。もう、あほらしい。うんざりや。不愉快で、ほんま、心がややこしくなるわ。このままだと、しまいには天保の改革そのものに、えろう悪評が立ってしまうえ」

姉小路は失望と怒りを感じていた。上臈ともなれば、姉小路は江戸城から外出もままならず、将軍の代参で上野寛永寺、芝増上寺に行くていどで、江戸庶民と接する機会はほとんどない。

——町の様子を知りたい。

そこで考えたのが十代、二十代の部屋方(行儀《ぎょうぎ》見習いの奉公人)が「宿下がり」で実家に帰り、親元が持たせるお土産を手に大奥にもどってくるときだ。姉小路にすれば、彼女たちから、手土産をうけとる機会に話を聞くのがいちばんであった。

「父ちゃんは、根っから落語好きですけれどね、ぜんぜん笑えないし、面白くないって」

二重まぶたのあどけない十代の部屋方は、鈴のような声で話す。

実家が商人《あきんど》で、奉公三年目だから、年一度、六日間の宿下がりがあった。

「どんなふうに、面白くないのやろう」

姉小路はやわらかな口調で、部屋方の緊張をほぐしながら聞いてみた。

「お寺の坊さんの説教よりもむずかしいみたいです」

江戸に五百軒あった寄席《よせ》が十五件に減り、内容も神道講釈《しんとうこうしゃく》、心学《しんがく》、軍書講談《こうだん》、昔話という教化《きょうか》的な四つにかぎられていた。

「他にはどんなことがあったか、おしえて」

「うちが実家に帰った、次の朝方です。捕り方の笛が鳴りひびいて、近所の鼈甲《べっこう》屋さん、煙管屋さん、呉服《ごふく》屋さんらの家が同心に踏《ふ》み込まれたんです。高い品物を扱った廉《かど》で、しょっぴかれました。お気の毒です」

前日にも寿司《すし》屋、菓子屋が処罰されて手鎖をかけられたそうです、と加えた。

（庶民を敵にまわす、えろうむちゃな厳しい取り締まりやね）

「近所の若奥さんが、日本橋の越後屋で、絹の本帯を買ってもち帰っているとき、町方に呼び止められたそうです。これは御禁制《ごきんせい》だ、着物改《あらた》めだ、といわれて長襦袢《ながじゅばん》まではぎ取られ、泣いたそうです」

（おぞましいことをするんやね。これって越前守の暴走や。天下の悪法《あくほう》になってしまうえ）

姉小路は腹立ち、苛立《いらだ》つ自分を知った。

「通りの縁台将棋《えんだいしょうぎ》も、碁《ご》も、往来のじゃまだと禁止です。夕涼みの子どもの花火も火事になるとい、禁止です。まだ、あります」

赤い唇がかわいい部屋方は、小鳥のように囀《さえず》りはじめたら止まらなかった。


天保期には飢饉《ききん》がつづいた。

農村から脱出し、都市へと農民の流入がつづき、その勢いは止《や》まない。いうにおよばず、幕府の財源は米穀《べいこく》の年貢《ねんぐ》であり、農民が減れば、幕府の財政は減少する。

そこに危機感をもった忠邦は、改革の重点項目として、農村の復興に力をおいた。

――農民の離村《りそん》、出稼ぎを禁ずる。

もっと働け、働け、とばかりに、農村向けのお触書《ふれがき》を次々にだす。とくに農民らの休養や慰安をかねた催し物、芸能にまでも統制を加えた。若者が秋祭りの神輿《みこし》をかつぐことまでも禁止する。

「お上の法令って、どうせ三日法度《みっかはっと》。三日も経てば、泡《あぶく》のごとく消えるわよ」

そのように嘲笑《あざわら》う若い百姓女らは、洗濯したばかりの野良着で、機織《はたお》り女として、機業地（桐生・足利）に、高い賃銀で働きにでていく。

「副業は禁止のお達しだ、こんどばかりは、お上も本気らしいぞ」

「うちの村は江戸とちがって、捕り方役人はいないし。名主さんが目を瞑《つむ》れば大丈夫」

幕府のお達しだけで、十代、二十代の娘がすなおに従うわけがない。

農民が、江戸にでてきても人別《にんべつ》（戸籍）に加わることは禁止となった。

忠邦は松平定信《さだのぶ》による寛政の改革の「旧里帰農令《きゅうりきのうれい》」をまねて「人返し」政策をだした。

裏店《うらだな》にすむ者で、妻子もいなければ、このさいは帰郷させる。ただ、木挽《こび》き、大工は江戸に火災があれば必要な仕事だから、一時的な出稼ぎとして届け出せば、認められる。庶民はそこに抜け穴をみつける。

「姐さん。ちょっと話があるんだ。いま所帯をもてば村に帰らなくてもいい。夫婦になってくれ」

「いきなりなんなの。他の女を当たったら」

「俺の稼ぎは悪いけどよ。一人口は食えぬが、二人口なら食える、というし」

「あんた。口説き方が下手だね。そうね。うちも百姓をきらって、江戸にでてきた身だし。隠れ蓑《みの》の夫婦も悪くないわね」

ふたりは長屋の大屋にたのみ込み、濁酒《どぶろく》で三々九度、その日のうちに床入り。

「人返し令」は人口比の数字からみると、ほとんど効果が出ていなかった。

天保十四(一八四三)年九月十五日の神田祭は本祭だった。前日の夜、幕府から急きょ中止のお沙《さ》汰《た》が出された。

「神田祭も奢侈《しゃし》禁止令かよ、子どもらは髪をかざり、衣装も準備して楽しみにしていたのに」

丘陵の神田明神《かんだみょうじん》の境内では、男女を問わず、その話題で大騒ぎである。

「それは違うみたい。公方様の側室がえらく難産で、母子とも死んだんだってさ。それも男の子(照《しょう》耀院《よういん》)だったというじゃない」

「それは気の毒というもの。生まれた男児が死んだというのにさ。江戸城内に入ってわっしょい、わっしょい、とはいかないな。徳川将軍家さまとご縁がある天下祭《てんかまつり》だしよお」

将軍側室の「お金《きん》」は享年二十五歳だった。江戸《えど》南鍋町《みなみなべちょう》(現・銀座六丁目)の菓子屋・風月堂の娘で、美人で名高かった。

水野忠邦の口利きで江戸城大奥にあがった。

将軍・家慶のお手がついた。お金が産んだ女児はかつて三人だが、ともに早世《そうせい》だった。四度目もなおさら運悪く母子とも亡くなったのだ。

「そんなら仕方ねえな。神輿《みこし》は拝殿わきの蔵に片づけるとするか。境内に組みたてた座敷も解体だ」

大奥のなかも、重苦しい哀《かな》しみの空気がただよう。姉小路は窓辺から夕霧がかかる城内をみていた。

「気の毒な上様。なぜなの。神がちぎって捨てるように、みな早世《そうせい》してしもうて」

この沈鬱《ちんうつ》な感情を、姉小路は吐息ではきだした。

お金が懐妊したとわかったとき、家慶は男児の出産を期待していた。将来は将軍を任せられる男児かもしれないと喜んでいた。その期待もつかの間であった。このたびの喪も、姉小路は心底から悲しく切なくて、やり切れなかつた。

いまは家慶四男で、十九歳の家祥《いえさち》(のちの家定)がただひとり成人まで達し、世子《せいし》となっている。家祥は内向的なうえ、面と向かって話さない。すぐ目をそらす。情緒がなにかと不安定である。賢い面もあるが、むやみに怒ったり愚かな行動も目立つ。まわりの評価は低い。人物眼の優れた姉小路だが、家祥にかぎっていえば、よくわからない面が多々あった。

——上様は、家祥の長子相続にこだわらず、生前には別の賢者を将軍継嗣《けいし》にしておきたいようにも思える。その点はどうやろうか。

将軍・家慶はいっさい口にしない。姉小路にすれば、家慶の胸の内まで理解に及ばなかった。

神田祭はひとたび中止となったが、十日のち同年九月二十五日に実施されている。

＊

武士は商人をみくだす。

日本には古来、経済を卑しいものとみる傾向があった。

水野忠邦は、天保の改革の一環として物価騰貴をおさえることに腐心《ふしん》していた。

「さては、物流の問屋や同業者組合が価格操作をしておるな。おそらく、これが物価上昇の犯人だ。市場・流通にメスを入れないと物価が下がらない」

そう考えた忠邦は、大坂と江戸の物流を調べた。

西日本や日本海側の特産品や日用品が、北前船で、大坂に集められる。集積地の大坂で荷物を捌《さば》くのが「二十四組問屋《にじゅうしくみとんや》」である。これら物資は紀州沖まわりの海上輸送で、江戸に運ばれてくる。つまり、こうだ。

北前船→大坂二十四組問屋→菱垣廻船《ひがきかいせん》→江戸十組《とくみ》問屋→江戸の消費者に届けられる。

江戸で買い取るのが「十組問屋」である。

――大坂と江戸の力ある問屋を解散させれば、物価が下がる。

忠邦は粗暴《そぼう》にも、全国に「株仲間の解散」を命じた。問屋、という名称すらも禁じた。

――素人直売買《しろうとじきばいばい》勝手。文字通り、だれでも問屋をとおさず、物品の売買は自由である。まさに流通の自由化である。

これまで問屋組合が、主要品目の江戸への入荷量を調整していたのだ（ダム機能）。忠邦はそこまで思い至らず、現実は大坂から江戸へ入荷量が激減《げきげん》し、かえって品不足から物価は高騰《こうとう》する。

「だれだ。こんな悪法をつくったのは」

商人らは個々の商品の値上がりをみこし、買い占め、競り売り、横流しをする。それが起因して、なおさら物価上昇をまねいてしまったのだ。

この株仲間の解散は、諸藩のうけとり方がそれぞれにちがう。無視とか黙殺《もくさつ》とか。なかには広島藩のように問屋株の結成を推奨《すいしょう》させたところさえあった。

薩摩藩では黒砂糖の専売が強化され、巧《たく》みな密貿易で経済力をたくわえた。

長州藩では紙や蝋《ろう》の専売《せんばい》で、藩財政をたてなおす。さらに下関などの港で他藩の船にたいして金融業で蓄財《ちくざい》した。

肥前藩ではお茶、石炭などの殖産《しょくさん》興業を推進する。やがて反射炉を建設して大砲をつくる。

ここ天保期において、独自の改革路線や、物品の専売制に成功した藩は、のちに雄藩《ゆうはん》といわれた。この雄藩が政治的な発言力をもち、幕末政治をうごかす存在になっていく。

天保の改革はおおむね諸藩にも拡散し、武士や庶民の衣食住、風俗にきびしい統制を加えて、ガマンを強制するものだった。

消費の落ち込みで、不況が深刻化した。江戸の町の空気すらも凍りつくようだ。

景気が冷えこめば、高額の呉服は御禁制あつかいだし、まずもって売れない。すると、縫製《ほうせい》職人の仕事がなくなる。

まさに経済の悪循環に陥ってしまった。

「御改革につき、身上(生活)は立ち行かなくなり、首つりをする」と職人が自殺した。

「町人の分際《ぶんざい》で、ご政道《せいどう》にあれこれ批判するとは、言語道断だ」

町役人はその葬式を禁じ、死体を浮き島に捨てるように命じた。民衆にとっては、こころない冷《れい》酷《こく》で非情な処置であった。

忠邦の掲げる低価格の政策下では、手間賃をもらう職人・日雇いの賃金なども手あたりしだい下げさせる。地代、店賃《たなちん》、質物《しちもつ》の利子などもことごとく下げさせる。すると、益がでないと質屋はいっせいに休業してしまう。

「わしら長屋の貧乏人は朝、鍋《なべ》を質に入れて、夜に引きだす。質屋が店じまいすると、日銭《ひぜに》すら借りられない」

――買い占め、値待ちの禁止。一品ごとに自粛《じしゅく》値段を店頭に貼《は》りだすこと。

幕府の役人はこっそり巡回して、果ては違反者をみつけて厳罰《げんばつ》にする。

むりに値段を下げさせると、商人は品物の質と量を落とす。

「なんだ。ここの豆腐も油揚げも、ひどく小ぶりになったな」

「こうでもしないと、わしら生きていけん」

今も昔も変わらない。

「でもよ。豆腐屋は売る物があるから、まだましだぜ。いずこも不景気で、建築の仕事などありゃしない。大工の仕事がなくなったから、わしらノコギリの目立て職人はおこぼれすら回ってこない」

豆腐が手渡された。

「いましがた、ちかくの神社で大地震、火事、水害がおきますように、とお祈りしてきた。それで建築の仕事が湧《わ》きあがりますように、と。神前で災害を祈らせちゃあ、この世も終わりだな」

職人は立ち去った。

鳥居甲斐守耀蔵《とりいかいのかみようぞう》をぬきにしては、天保の改革は語れない。

この鳥居は、幕府の儒学者・林述斎《じゅっさい》の子で、親、きょうだい、いとこなどは教養が高く国難の時代に欠かせない優秀な人材であり、多くの偉業を成したものが多い。

なぜ、鳥居耀蔵だけが残忍酷薄《ざんにんこくはく》な行動をとったのか。まったく理解に苦しむ。

天保十二(一八四一)年末、鳥居は市民に人気があった南町奉行の矢部定謙《さだのり》をあきらかな讒言《ざんげん》によって失脚させた。そのうえで、後任の南町奉行になった。

動員する同心や岡っ引きを隠密に仕立てている。密告も推奨する。風俗の取り締まりにおいて、庶民を信じず、軽微な法でも守らない者は幕府の敵だとみなした。

街なかの法令違反者を片っぱしから摘発した。

鳥居の目はヘビのように冷たい。いちど狙ったら獲物はかみついて放さない。ときには無実の人にまで惨禍《さんか》をおよぼす。

とくに目を引いたのが、着任の翌々二月、袋物屋五軒、鼈甲屋三軒、煙管屋四件、呉服屋、傘屋など計二十六軒に、高価な品物を販売した咎《とが》で踏み込んでいる。

「妖怪《ようかい》がくるぞ。逃げろ」

鳥居の過激な取り締まりは、市民の怨嗟《えんさ》のまとになり、恐怖の念をいだかせた。そこで市民から、甲斐守と耀蔵をもじって妖怪と称されたのだ。

「ぜいたくな豪邸は違反だ。障子の桟を漆塗《うるしぬ》りにした杉の戸、金銀箔を押した襖《ふすま》、彫刻があれば建物ごと取り壊せ。手加減するな」

かえりみれば、化政時代の浮世絵の多くが、おしなべて遊女や風俗描写など耽美的《たんびてき》であった。天保に入っても、それら極彩色の一枚刷りは人気で希少価値として、高価で出まわっていた。それが奉行の鳥居には許せないのだ。

「好色画本《こうしょくがほん》はかたく禁止する。新書の版木《はんぎ》ができたら、一部は奉行所へ差しだせ。内証《ないしょう》で刊行したばあいは、版木は焼きすて、かかわった者は、厳罰で鎖《くさり》をかけろ」

水野忠邦からすれば、融通《ゆうずう》のきかない鳥居はうってつけの腹心で、よくはたらいてくれた。むろん、こまるのは庶民であった。

鳥居耀蔵は、冷酷無比《れいこくむひ》の性格だろう。

ふだんから南町奉行所の配下の同心や目明《めあか》しすら信じず、疑いの目をむけている。

おとり捜査で、同心たちが天秤棒《てんびん》をかつぐ行商(棒手)、左官・大工などの職人などに変装し、仲間の目明しを尾行する。

みたところ二十一、二歳の色白のきれいどころの芸者をつかう。島田に華美な簪《かんざし》をさし、御法度《ごはっと》の粋《いき》なきもの、本繻子《ほんじゅす》の帯をしめ、大店《おおだな》の娘ふうにしたてる。

そこで、上野広小路の月明かりの路地を歩かせる。美女がしなやかな姿でいく。

「待て、女。その縞《しま》模様のきものは絹じゃないか。ご法度だ。番屋にこい」

「ご勘弁《かんべん》を。お許しください」

女は鼻に抜ける甘い声で艶《いろ》っぽい。

「曲げられぬ。女の夜ひとり歩きも怪しい」

目明しは三十歳に近い。

「おねがい。これで一つ勘弁してください」

化粧の厚い女は媚態《びたい》をつくり、目明しの懐にさっと一両を入れる。

「うぬ。買収とは許せぬ。名はなんという」

「名は勘弁してくださいな。呉服問屋の娘です。いつも地味な着物ばかりですし、十三夜の月夜に、せめても華やかな着物で歩きたかったのです」

女の視線が上空の月にむけられた。

「女。住まいはどこだ。近くだろうな」

「それも申せません。きかれても困ります。もう一枚、この黄金の一枚で、ご勘弁をねがいます」

「駄目なものはダメだ」

「ね、野暮《やぼ》なお断りはしないでくださいな」

芸者は誘惑のまなざしになり、目明しの腕をちょっとつねり、その手をとって頬《ほお》をなでさせた。そして指を両唇に挟《はさ》んだ。

「……。見逃すのは今夜だけだ。女、早く自家《いえ》に帰り、木綿のきものに着換えろよ」

「ありがとうさんね」

女が離れると、捕り方の笛が街に鳴りひびく。二両をうけとった目明しが同僚から後ろ手に縛られた。

「うわさ通り、目明しともあろうものが、金と女には甘いな。告げ口があったんだ。見せしめに、重い処罰をあたえてやる」

摘発した鳥居耀蔵が嘲笑《あざわら》っている。

鳥居耀蔵は、朱子学《しゅしがく》を正統《せいとう》とし、ことのほか洋学嫌いであつた。

それにましても、鳥居の頭脳にはまったく柔軟性がない。

さかのぼった天保八年は、異常な事件が相次いだ。その一つが同年二月の大塩平八郎の反乱である。当時は目付だった鳥居が、死後の大塩の罪状を書き起こしている。

——救民《きゅうみん》の義挙《ぎきょ》といつわり、計略《けいりゃく》をもつて町奉行をうちとり、百姓どもを脅《おど》し、多人数で徒党《ととう》を組み、大筒、火矢などを打ち込んで、放火し、乱暴をはたらいた。公儀《こうぎ》を恐れざる者。大塩の死体は塩詰めにし市中引き回しのうえ磔《はりつけ》にするべきである。

鳥居にはねつ造のくせがあり、大塩死後の調査だけに、どこまでが真実なのか、今となれば、実に疑わしい。うわさていどなのか、と。

同年六月にはアメリカの商船・モリソン号が浦賀《うらが》の沖にあらわれた。

浦賀奉行所の役人は、来航目的などまったくおかまいなしで、「異国船打払令《いこくせんうちはらいれい》」にもとづいて砲撃をくわえた。同船は退去して鹿児島湾に入った。ここでも追い払われ、清国の広東《カントン》にむかった。

翌年、長崎出島のオランダ商館長から、

——モリソン号の渡来目的は、日本人の漂流民・七人の送還《そうかん》であり、あわせて日本と通商交渉することにあった。

と幕府に情報がよせられた。

かくして本丸老中の水野忠邦が、幕議に諮《はか》った。大目付、勘定奉行、林述斎《じゅっさい》などは、オランダ船からのみ日本への漂流民の送還をみとめた、旧習に拘泥《こうでい》する意見もあった。

「日本人の流民の生き死によりも、国家の海防《かいぼう》と安全がたいせつだ。従来とおり、異国船打払令を堅持《けんじ》するべきである」

この強硬な評定所の意見は、忠邦に採用されなかったが、ただ外部にはもれていた。

渡辺崋山《かざん》が「慎機論《しんき》」、高野長英《ちょうえい》が「戊戌夢物語《ぼじゅつ》」を著し、幕府の異国船打払の政策を批判したうえで、開国を説いた。

天保十(一八三九)年五月、鳥居は権力を乱用し、渡辺崋山や高野長英らに、おそるべき思想弾圧「蛮社《ばんしゃ》の獄」をおこなったのだ。捕縛《ほばく》された崋山は、蟄居《ちっきょ》の後に自殺した。長英は永牢《えいろう》で入獄したが、脱獄し、捕吏《ほり》に追われて六年後に自殺した。


大奥の「御小座敷」で、先刻《さっき》から姉小路は将軍家慶の「雪見」のお相手をしていた。

火鉢に炭火を盛り、障子窓を開け、降りやんだ白い雪をながめていた。姉小路は火箸《ひばし》で、新宮・備長炭《びんちょうたん》を加えた。

ふたりは雪面に反射する月の情景と情感を和歌に詠っていた。そのあと、

「上様。聞いたところ、アヘン戦争で英国は一人の死者もでておらへん、ところが清国ではえろう死人がでたといいますな。なぜやろう」

「戦争は時の運もあるし、地の利もある。ただ、オランダ学の書によれば、欧州はナポレオン戦争の経験があり、それに新式の武器と艦船をもっておる。こわい相手だ」

幕府は鎖国ゆえに、世界の情勢の変化には敏感で、長崎奉行を窓口にしオランダと清国経由で海外情報の収集につとめている。

敗戦した清国は、勝利したイギリスと南京条約を結んだ。……香港を割取《かっしゅ》されたうえ、上海など五港の開港をさせられた。輸出入税は従価量五分の一、領事裁判権《りょうじ》の承認、という半植民地の第一歩だ。

「西洋に負けたら怖《おそ》ろしゅう目に遭いますな」

「さようだ。長崎会所《かいしょ》頭取の高島秋帆《しゅうはん》から、上書《じょうしょ》がきておる。……幕府も諸藩も、西洋火器や洋式軍隊にかえないと、異国に侵略されたら、対抗できない、と。高島は長崎郊外の野戦場で、西洋式の訓練をしておる」

「上様。江戸でも、おなじ西洋式の模範《もはん》演習をしてもらうと、ええのとちがいますか。幕府も大名もみなが見学し、西洋の威力《いりょく》を知りはって、海防《かいぼう》に備えはる」

「さすが姉小路だ。妙案である。わしの懐刀《ふところがたな》だ。越前(忠邦)に、そう命じておこう」

「上様、うち一つ、おねだりしてもよろしゅうおすか」

「お城が欲しいか。姉小路城か」

家慶が悪戯《いたずら》っぽく揶揄《からか》ってきた。

「そんなの要りまへん。孫子《そんし》、呉子《ごし》、戦国策の書籍が読みとうおす。中国は千年の兵法をもって、アヘン戦争で、なぜ役立たなかったのか、知りとうおす。あきまへんか」

「さすが姉小路だ。目のつけどころがよい。わしの代わりに研究してくれ。紅葉《もみじ》山御書物蔵にある、書物奉行に申しつけておく」

姉小路は『日本外史《がいし》』も通読している。

＊

早朝から、小雨が降りつづけている。

武蔵野の徳丸《とくまる》が原《はら》で、大砲が火を噴《ふ》いた。ごう音がひびきわたり、砲弾《ほうだん》が戸田川（現・荒川）の鶴土手に着弾する。

高島秋帆がつくった国産モルティール砲が八町（約八七〇メートル）離れた目標にむけ、号令ひとつで三発つづけざまに発射された。黒煙が周辺をつつむ。火薬の臭いがただよう。

「すごいものだ。大国の清国がこの西洋式軍隊に負けたのか」

来賓用の仮小屋には、大名が十二人参列し、その中央の席には水野忠邦が座る。

天保十二（一八四一）年五月九日朝、高島秋帆による「西洋砲術の調練《ちょうれん》」が一般公開されていた。

敷地内には幕臣の旗本、砲術関係者、水戸藩、佐賀藩、田原藩、宇和島藩など諸藩士らが立ち見している。遠巻きには町人、農民も見学する。

秋帆は長崎会所調整頭取（現・税関長）で、ふだんは海外貿易にかかわっている。

私費で欧州の兵学書を輸入し、オランダから同類の兵器を買いそろえ、長崎郊外で野戦訓練をおこなう。出島のオランダ商館の武官にも協力を仰ぎ、高島流砲術と洋式軍隊の編成を完成させていた。

このたびは幕命で大砲、小銃、軍服など一式は長崎から海路、陸路で江戸に搬入してきた。長崎の門弟は六十一人、江戸では諸藩から募集した三十九人がにわか仕立てのわずかな日数の訓練で調練に臨む。

秋帆の号令で、百人の歩兵、騎兵、砲兵が敏捷《びんしょう》に整列する。そして全員がむきを変えて駆《か》けだす。さらなる号令で、射撃の構え。百挺《ちょう》の銃がいっせいに火を噴く。

「射撃もすごいが、弾づめが速い。武備《ぶび》の優劣が日本の運命をきめる」

見学する忠邦がこの場で、韮山《にらやま》代官の江川英龍《ひでたつ》にたいして高島流砲術の導入を伝えた。

円錐《えんすい》の笠(トンキョ笠)をかぶった射撃隊九十七人が組織的に機敏にうごく。またしても、ゲーベル銃がいっせいに射撃する。

このあと、秋帆の調練が諸藩に高い関心をもって伝播《でんぱ》した。ところが、翌年、西洋嫌いの鳥居耀蔵から、秋帆は冤罪《えんざい》「謀反《むほん》の罪」を仕掛けられて罪人となったのである。

＊

ある日、老中首座の水野忠邦がきりっとした裃《かみしも》姿で大奥にやってきて、御対面所に通されていた。きらびやかな姿の姉小路が上座に座る。

「奥女中のお召し物は高価すぎます。絹から麻に、さもなければ木綿に切り替えていただきとうございます」

下座の忠邦が「天保の改革」の奢侈《しゃし》禁止など、こまかな説明をはじめていた。

御対面所の後方には、姉小路付きの十数人の奥女中らが控えている。

「もとより、節約の精神はわかっておりますえ。上様がお決めになりはった『天保の改革』やろ。反対など申しあげませぬ」

上品な微笑《ほほえみ》を浮かべた姉小路は、袷《あわせ》の白綸子《しろりんず》に金糸と白糸で鯉、水車などの模様を総縫《そうぬ》いしている。大和錦の帯をまとう。

「このたびの奢侈禁止令では、金銀を材料とした煙管や鼈甲《べっこう》などの調度品は禁止です。……聞けば、大奥御女中の上草履《うわぞうり》は一日一足とか。ご老女ともなれば、いちど履けば二度と使わないと聞きおよびます」

「うちも、そうしておりますえ」

姉小路の黒い眼が妙に落ちついていた。

「儀式以外、洗ってつかえる足袋《たび》はなんどもつかっていただきたい」

忠邦が眉間《みけん》に気むずかしいシワを寄せている。その忠邦がふりかえり、背後にひかえる奥女中を一人ひとり着るもの、化粧、飾り物などを吟味《ぎんみ》している。

彼女らはちりめん地にナデシコの花、源氏車など派手な模様のきものである。

忠邦の視線が姉小路にもどった。

「部屋でつかう炭火は、三分の一の量に減らしても、冬場は存分に暖かいはずです」

「うちらの備長炭《びんちょうたん》は、南紀の新宮城主・水野忠央《ただなか》からのつけ届けですえ。これを賄賂と申されるなら、水野家の先祖はおなじやろう。越前どのから、お断りしなはれ」

「……、つけ届けはよかれとして。厚化粧から薄化粧にするとか。このたびの倹約令は決して大奥を例外とするものではありません。そこをご理解ねがいたい」

「ようわかりましたえ。心にとめおきます」

姉小路は物静かな口調で、心にとどめるというが、実行まで約束していない。

――女は魔物だ。

この姉小路に逆らえば、奥向きから将軍・家慶に進言し、老中批判まで火の粉がとんできて、騒動になるかもしれない。過去には、老中首座の松平定信公が大奥に憎まれて失脚した事例もある。

（この越前守が、そのように身構えている）

姉小路は忠邦の心のなかを読み解《と》いていた。対峙《たいじ》する忠邦の口から、大奥への苦言がなおもつづいていた。

「大奥内の催し物の芸能も、ほどほどに」

「芸能はあきまへんか。ほどほどとは、えらくややこしい基準ですやね」

「ところで、姉小路さま。ここ数か月間の大奥の出費ですが、ほとんど減らず、月によっては逆行して増えております」

忠邦が数字による攻撃にかえてきた。

江戸城大奥の年間経費は約二十万両（現・四百億円）である。ちなみに江戸町奉行は北、南をあわせて年間経費八千九百両である。つまり、役人の扶持《ふち》・諸費用・囚人の食費の合算に比べると、大奥の経費はその二十倍以上であった。

「なにはともあれ、大奥において節約の成果は数字上でまったく出ておりません」

「会計係の御右筆《おゆうひつ》によう言うときおす」

「……。上様におかれましては、率先して、お召しものは木綿で質素です。ふだんの食膳に煮魚、焼き魚がでる場合、好物の芽生姜《めしょうが》もお控えになられております」

「その説明は正確でありまへんな。上様から、うち直接聞いてまんね」

ある日のこと、将軍家慶が料理をのぞき込んだ。給仕の世話役にたいして、

「芽生姜はどうした？」

「奢侈《しゃし》禁止令で、季節まえの初物は売買禁止になり、農家がつくっておりません」

「食味をたすける芽生姜まで、越前が禁止するとは思わなかった。やりすぎだ」

家慶は血相をかえて怒ったという。

天保十三（一八四二）年五月八日、「野菜物売買の義、新生姜、貝割菜《かいわりな》の売買は差しかえなし」と発令された。

「これが真相や。ウソついたらあかんで」

忠邦が大奥から逃《に》げ腰《ごし》になってきた。

これにて、と忠邦が辞する挨拶《あいさつ》をした。

「越前さん、異《い》なことを申すようですが」

姉小路が、忠邦を引き止めた。

「なんでしょうか」

「人間には男と女がありますやろう。男が女を愛するもの、女が男を愛するもの。情と快楽とは一《いっ》対《つい》のもので、平等と言いますや。いかがお考えですやろう?」

忠邦が姉小路の質問に首を傾《かし》げ、

「いかにも、褥《しとね》のなかで男と女の快楽は公平でござる。ともに性を歓び愉《たの》しむもの」

「そんなら、うかがいますえ。越前さんには、側室が何人おられますやろうか」

「三、四人。あるいは五人かもしれぬ」

老中が昼間に堂々と語れる自慢ばなしでもない。忠邦がことのほか口ごもった。

「それはえろう結構なことですやね。昨今、娯楽や享楽《きょうらく》はご法度《はっと》ですや。そんなら、武士、豪農・豪商の男衆に『側室の数を制限する倹約の令』を発布されてはいかがおす」

「うむ」水野はことばを失った。

「この大奥には千人ちこう奥女中がおりますえ。みな女に生まれてきても、一生『お清』が九割九分やね。男に愛される性の享楽《きょうらく》すら知りません。性が禁じられ、楽しみといえば、せめて甘い物を食べるとか、美しい物を身につけるとかや。そんな楽しみまでも奪われたら、えろう気が荒《すさ》んで、頭は狂うか、江戸城内で、奥女中ら千人が薙刀《なぎなた》をもって籠城《ろうじょう》しますえ。大勢の女が反乱をおこしたら、男以上に強いですえ」

「わからぬでもないが……」

「美味《おい》しいものを食べ、平安貴族ふうに着飾るのが、せめてもの人間らしさ。これを奢侈《しゃし》として、断罪なされるなら、側室と褥する殿方の楽しみも、一律に奢侈として罰せられるのがよろしゅうますな。違反すれば、将軍、大名、重臣を問わず、手鎖《てぐさり》のお仕置きがよろしゅうおす」

あ然とした忠邦の顔には血の気がなかった。

「越前さんが男ゆえ、上様に申し上げにくければ、うちから越前さんが『側室の数を制限する倹約令』を提案したいと、えろう張り切ってはったと、お伝えしてあげるえ」

「それにはおよばぬ。これにて」

肝を冷やした忠邦は、それ以降の大奥の改革はすっかり腰砕《こしくだ》けになってしまった。


水野忠邦は、まず法令をつくり、きびしい取り締まりへと突きすすむ。他の幕閣から批判されても、物おじしない唯我独尊《ゆいがどくそん》である。

凄腕《すごうで》ゆえに、幕府内には公然と反対できない空気があった。

忠邦は南町奉行の鳥居耀蔵に勘定奉行を兼務させた。三奉行（寺社奉行・町奉行・勘定奉行）のうち、ふたつを兼務するのは、異例中の異例であった。

「鳥居。市中の物価は下がっておらぬぞ。高価な絹・紬《つむぎ》の生産の中止、湯屋や髪結床《かみゆいどこ》を解散させよ」

忠邦にすれば、秀才の鳥居は役目となれば苛酷《かこく》で冷淡で、あまたの民に刑罰を課す、忠実な男でつかいやすかったのだ。

「おおせに従います。おそれながら、越前様、物価高騰の元凶は劣悪な貨幣にあります。市中に出回る悪貨を良貨にしなければ、究極《きゅうきょく》の物価の安定はあり得ません」

鳥居はときに的を射た進言もする。

「悪貨の出回りは重要事項だと考えておる」

――先の家斉は在位五十年間において、豪華な生活を好み、かたや、金銀の純度の高い「元文《げんぶん》小判」を回収したうえで、含有量《がんゆうりょう》を落した粗悪な「天保小判」の鋳造《ちゅうぞう》を八度もおこなわせた。粗悪な改《かい》鋳《ちゅう》はうわべだけの巨額の差益《さえき》をうみだす。麻薬とおなじで、悪循環になった。結果、貨幣インフレーションで物価高騰の元凶となっていた。

西の丸下の忠邦の役宅に、後藤三右衛門《さんえもん》がやってきた。

この後藤は「金座の御金改め役」で、家斉の治世において、やみくもに悪貨の改鋳を請け負ってきた商人である。

「越前守さま。ここで貨幣を良品質に復古させないと、物価は下がりませぬ。良貨への改鋳を手前にやらせてください」

後藤は顔つきからしても、癖のある男だ。

「そなたは、これまで品質の劣る悪貨を造りまくり、こんどは良質な小判を造らせてくれとは、よくよく面《つら》の皮が厚い男だ」

「心外な。小判の形状、品質は、徳川さまのご要望とおりに、応じてきたのです」

後藤の話を聞くほどに腹立たしい。ただ、貨幣の改鋳となると、金・銀の分量の扱いなど、技術で後藤の右にでる者もいない。

徳川家斉の治世・五十年は六、七年に一度は貨幣改鋳をくり返し、そのみせかけの差益で幕府の赤字財政を支えてきた。

現代的にいえば、日本政府は日銀に国債を印刷させれば、いくらでもつかえるし、昭和四十(一九六五)年から、平成、令和と毎年のように理由をつけて赤字国債を五十七年間も刷りつづけてきたことに似る。

その国債発行残高がいまや一千兆円、地方債の発行残高が二百兆円で、国と地方を合わせると一千二百兆円である。

「五十年の歳月にして、ほぼおなじ体質」

ここで、良貨の鋳造《ちゅうぞう》にもどすとなると、いくら巨額の差損《さそん》が出てくるか。忠邦が後藤三右衛門に試算させると、なんと二千万両の不足金(準備金)が必要だという。当時の幕府の歳入出が約九十五万両、それを総《すべ》てあてがっても二十年間はかかる。

いま現在、日本国債は一千二百兆円である。赤ん坊から百歳を越える人口は一億二千万人。割りふって買いとらせれば、

「赤ん坊の数もふくめて、国民一人あたりが一千万円になる。できる相談ではない」

忠邦は、深刻な事態に陥った。

——幕府支配の佐渡金山も、石見《いわみ》銀山も甲府金山も、すでに枯《か》れてきた。

「ここは新旧交換比率の引き下げをする」

わかりやすくいえば、近々、一万円紙幣の顔が福沢諭吉から渋沢栄一に代わる。

――福沢諭吉百枚＝百万円と渋沢栄一を八十枚で引き換える。二割も損すれば、国民や産業界の反対はつよいだろう。

忠邦はそれを承知で、まず天保十四(一八四三)年八月十七日に、粗悪《そあく》な「天保小判」の鋳造を中止させた。その先は良貨の元手がなくて、新旧交換用の良貨の鋳造まで追いつかず、やがて忠邦は政権を追われてしまう。結果は挫折であった。

家斉五十年間の膨大な財政赤字が解消されず、むしろ悪化の一途をたどる。海防費はない。江戸城の再建費すらない。経済破綻《はたん》から、二十年のち、幕府は求心力を失って自滅した側面もある。

――歴史から学べば、個人も国家も長期に赤字体質になれば、剛腕な手段と叡智《えいち》をもってしても、奇跡や異変がおきないかぎり黒字にもどらない、と心すべきだろう。

話は水野忠邦の手腕にもどる。天保期はいわゆる内憂外患《ないゆうがいかん》の時代である。

「内憂」とは天候不順による飢餓《きが》や過剰人口による食料問題、「外患」とは欧米の武力侵略《しんりゃく》という脅威《きょうい》、このように内にも外にも憂慮《ゆうりょ》すべき問題が多い時代をいう。

――異国船打払令は、文政八(一八二五)年に定められた。日本沿岸に近づく異国船は無差別に砲撃を加え、撃退させる。

問題なのは、海難で救助をもとめて、わが国のいずこかの港に入ってきても、無差別に砲弾で撃ち払うことである。

欧米の立場からみれば、当然ながら非人道的な対応だといい、軍艦をもって報復してくる可能性がある。忠邦はそこに強い危機感をもっていた。

——近年は欧米の捕鯨船が多くなってきた。この法令は戦争の火種《ひだね》だ。今、外国と武力戦争をおこすわけにはいかない。これまでの異国船打払令は廃止し、遭難船には薪水給与令《しんすいきゅうよれい》でのぞむ。いかなる国の難破船でも、わが国に入港すれば、薪《まき》、水、食糧を無料で提供する。

この通達文は天保十三(一八四二)年、長崎出島のオランダ商館から、同国のジャワ基地を介し、世界へと発信してもらった。……外国が通商をもとめて来航する場合の窓口は長崎だ、これもジャワを介して発信している。幕府は世界の一員としてゆるやかにつながっていた。

忠邦には対外危機で、別の問題意識があった。……江戸・大坂の知行地の支配がバラバラで統一性がなく、飛び地の支配も多く、なかには持ち主さえ不明瞭な土地もあり、かつ複雑に入り組んでいる。

いざ異国と戦いという有事になれば、江戸湾、大坂湾は、だれが責任をもって防衛に取り組むのか。曖昧模糊《あいまいもこ》としている。

——天保十四(一八四三)年、江戸と大坂周辺(約十里)に上知令《あげちれい》を出した。

上知(領地の召し上げ)に応じた分、代替地をあたえる。対外的な有事の際は幕府が一括して指揮命令をおこなう。ことのほか反響が大きかった。

「良い領知を幕府に奪われ、収入のわるい代替地となれば、藩財政がさらに悪化する。これは死活問題だ」

領主の大名、旗本などから水野忠邦への批判がいっせいに火を噴《ふ》いたのだ。

徳川政権の幕閣たちは、はやくから長崎出島のオランダを介し、西洋の政治・経済・医学、天文学、植物学、地図など幅広くヨーロッパの知識を吸収していた。

アヘン戦争に衝撃をうけた忠邦は、オランダの輸入書物から、陸の蒸気機関車、海の蒸気船の存在を知った。

――敵を知り己を知れば百戦危うからず。

天保十四年四月、忠邦が蒸気機関車と蒸気船の導入を計画し、長崎のオランダ商館にはたらきかけている。

「蒸気鑵《かん》、(蘭語《らんご》)ストームマシネ、蒸気船、(蘭語)ストームボートは、陸上、海上の運航が自由で、近年イギリスで盛んに用いられていると聞くので、これを入手したい」(蒸気鑵の原文、長崎会所御取締方書留)

その製造費ならびに日本までの輸送費。あわせて、蒸気船を操船する指導者として海軍士官の招聘《しょうへい》も打診している。

時は不運にも忠邦に加担しておらず、見積書や設計図、さらに海軍士官の派遣計画がとどくまえに、水野政権が失脚した。

同年閏《うるう》九月には、ひとたびこの蒸気船購入計画がすえおきになった。

ただ、次の阿部正弘政権に引き継がれ、ペリー提督と日米和親条約を交わした翌年の安政二(一八五五)年に、阿部が長崎海軍伝習所(のちの海軍兵学校)を発足させ、オランダに蒸気船を発注した。

その第一号が咸臨丸《かんりんまる》(スクリュー式蒸気コルベット艦)である。天保の水野忠邦の計画から十年余りを要していた。

現代でも、戦闘機、空母、最新兵器など立案から、設計、予算、着工、完成・導入まで最低十年は要するものだ。時代が変わってもおなじ。咸臨丸の操船指導者としてオランダ海軍士官の招聘もおこなわれた。

皇国史観的な幕末史といえば、ほとんどがペリー来航からはじまってくる。

――浦賀《うらが》の黒船(蒸気船)におどろいた幕府は、右往左往《うおうさおう》し、冷静な判断を失い、砲艦外交に屈して開国させられたという。

ペリー来航よりも十年前に、水野忠邦による蒸気船の購入計画があった、とふれたくないのだ。なにしろ、徳川政権を見下すストーリーの主軸が蒸気船だから。

＊

大奥の「御対面所」は、二十畳、十畳、そして八畳と三か所に分かれていた。いずれも天井、欄間《らんま》、長押《なげし》、壁などの建具や壁画はとても豪華できらびやかである。

この大奥は、将軍の私的な機密の場であり、本来は厳格な男子禁制であった。

天保時代の後半ともなると、老中のほかに、徳川御三家の殿様など、特別に許可されたものも対面所まで入室できたようだ。

となると、迎賓の公的な空間であり、内装の意匠《いしょう》は特別に凝《こ》っている。壁画の松、雉《きじ》などは金箔《きんぱく》や銀泥《ぎんでい》を豪華につかう。

上臈の姉小路がきものの裾《すそ》を滑らせ御対面所の十畳間に入り、上座に着座した。

「権大納言さま、お待たせしもうて」

下座は紀州藩主・徳川斉順《なりゆき》である。正二位で権大納言。徳川御三家のなかでも、際立った大物である。時候の挨拶のあと、

「折り入って、ご相談というよりも、お力をたまわりたい」

斉順は四十三歳で、背筋が伸びて、きりっとした目つきである。のちの十四代将軍となる家茂《いえもち》の実父である。

「うちが権大納言さまのお力添えになれるやろうか」

知的な顔の姉小路は落ち着いていた。

「人払いを」

「かしこまりましたえ」

姉小路が奥女中たちに目で指図すると、全員がしつけ通り静かに出ていった。

「いま、取り沙汰されておる大坂・江戸の上知令《あげちれい》ですが、これは上様みずからの思召《おぼしめ》しですか……」

斉順が食い入る目で訊《き》いてきた。

「大奥の上臈ごときが、上様の考えとか、思召しの真意とか、論ずるなど、おこがましゅうて、よう言えへん。政事は表向き老中のお役目でしゃろう。余計にそうですえ」

姉小路は落ち度のない口ぶりであった。

「立場上、そう申されるのは重々わかっております。いま紀州藩の立場から、お話をしますと、わが勢州三領《せいしゅうさんりょう》(現・和歌山県と三重県南部)は重要な領地です。上知令で、これを手放すなど、承諾できませぬ」

斉順のことばには、老中・水野忠邦への批判が折り込まれていた。

紀州藩の飛び地「勢州三領」は松坂、田丸、白子の十七万九千石である。もともと戦国時代に蒲生《がもう》氏郷《うじさと》が領していた。

やがて徳川御三家の勢州三領になると、松坂に城代がおかれていた。

松坂といえば、お伊勢参りの旅人がいきかう宿場の町、伊勢商人で名高い。大坂商人、近江商人とならぶ三大商人のひとつである。綿、呉服、木材、紙、酒をあつかう。

伊勢商人は紀州藩の重要な稼ぎがしら。これを上知されたら、紀州藩の経済的な損失が大きいという。

「越前の凄腕《すごうで》には、正面きって抗議できない。わが紀州は上知令に反対と、姉小路どのから上様に申しあげていただきたい」

かれの眼には押しの強い光があった。

「どないしましょう。ほんま、うちにそんな力がありますやろか」

「ご謙遜《けんそん》です。飛ぶ鳥を落とす勢いの越前を矢で射ることができるのは、いまや姉小路どのをおいて他にはいますまい」

「そやかて。将軍家と御三家の間にたてば、えろうむずかしゅうおす」

「権現さま（家康）から朱印状（主従契約）を賜《たまわ》って与えられた知行地。それぞれが領地と領民の統治を任されている。その代わり将軍に忠誠をつくし、軍役の義務を負う。大名は上知を命じられたら、幕府にすなおに奉還《ほうかん》する考えでした。それから二百四十年が経《た》ちました。太平の世です」

公家出身の姉小路は、武士の問題だと突き放しながらも、相手の熱意を感じていた。

「大名・旗本はこれまで上知令には黙って従ってきた。その空気はいまや薄れ、消えかけております。上知の推進役で旗をふっていた大名・旗本すらも、反対派にまわってきました。百姓や町人からも、上知に反対がおきています」

姉小路はなお無言だった。

「いずこも、幕府よりも藩優先の考えです。わが紀州藩は武力を使ってでも、勢州三領は手放さない。ただ、将軍家と紀州藩の戦いなど、ぜったいにあってはならぬこと」

「戦争はあきまへん。紀州さまが勢州三領と一蓮托生《いちれんたくしょう》とそこまでいわはるなら、うちは戦争の回避《かいひ》で、上様に問うてみまひょう」

姉小路は重い仲介の任を承諾した。

アヘン戦争の第一報からこの方、水野忠邦の危機意識と、海防意識はことのほかつよかった。

「欧州はきっとわが国に侵略してくる」

アヘン戦争では、イギリス海軍が軍艦で長江《ちょうこう》を封印した。もし狼藉《ろうぜき》のイギリス軍艦が三浦半島と房総半島をむすぶ江戸湾口で居すわったら、どうなるか。

上方と江戸をいきかう貨物輸送は船運《しゅううん》だ。江戸湾口が遮断《しゃだん》されると、江戸市民むけの米穀や産物が途絶えてしまう。それは恐怖だ。

——異国の軍艦による江戸湾封鎖《ふうさ》がある。

それを想定し、利根川と江戸川をむすぶ水路(銚子、利根川、印旛沼《いんばぬま》、割堀《わりほり》、検見川《けみがわ》、江戸湾)をすみやかに掘削《くっさく》し、非常時の食糧の流通をはからねばならぬ。

それが印旛沼《いんばぬま》掘削工事だった。この工事に先立って天保十三(一八四二)年に忠邦が、試験掘りをさせている。……花島観音下《はなしまかんのんした》はやわらかな腐敗土からできており、工事はきわめて困難であろう。

「今日において、異国船の侵攻《しんこう》は時間の問題だ。多少の難儀はのり越えていく。とりもなおさず江戸城を守ることにつきる」

こうして忠邦は幕命で、沼津藩、鳥取藩、庄内藩、貝淵藩《かいふちはん》、秋月藩《あきづきはん》に普請《ふしん》をさせた。総出費の見込みは二十三万両である。ぼう大な費用はお手伝い普請《ふしん》として、五藩それぞれに負担させた。

この印旛沼掘削工事は天保十四(一八四三)年七月からはじまり、延べ一千万人もの人夫がかりだされている。真夏の労働条件は劣悪で、なおかつ苛酷《かこく》な工事で、病人が続出し、死者までだしていた。

約三か月の突貫工事で、九割方できていた。いよいよ最後の山場となる花島観音下工事がことのほか難関をきわめた。運わるく、台風の豪雨で利根川に大氾濫《はんらん》が発生したのだ。

一夜にして、掘削工事の堤《つつみ》が決壊し、膨大《ぼうだい》な金をかけた水路が水の泡になった。

こうした忠邦の失策は、上知令の反対運動の連中を、いい気味だ、と喜ばせた。

老中・土井利位《としつら》が態度を豹変《ひょうへん》させ、上知令の反対運動の先頭に立った。

鳥居耀蔵までもが忠邦を裏切り、上知令の極秘文書を土井に横流しした。

＊

大奥の茶室の白障子には、青い稲妻が走った。

お茶を点《た》てる上臈・姉小路と、むかいあう将軍・家慶の顔が、その一瞬だけ浮かびあがった。ふたたび家慶と姉小路の顔がロウソクの細い灯《あか》りのなかに沈んだ。

大雨が銅《どう》屋根をはげしくたたきつける、その音が茶室のなかまでひびく。

「おてまえをどうぞ」

姉小路が両手の細い指で、茶碗《ちゃわん》をさしだす。こころは雷鳴に奪われていなかった。

「お庭番の報告だと、江戸・大坂の上知令《あげちれい》はずいぶん荒れぎみになったらしい。時間が経《た》てば解決するのか。この夕立のように待てば、収まり、晴れてくるのか」

家慶が両手先で、お茶碗を型どおり口に運んだ。

「夕立もあがれば、うつくしい七色の虹も架《か》かりおす。上知令は秋の大嵐（台風）とおんなじ。はげしい暴風雨となり、家屋は吹き飛び、大樹も倒れますやろうな」

姉小路の美貌のととのった顔が、稲妻の一瞬で、白く鮮明に浮きあがる。

「わしは越前（忠邦）の認識とおなじじゃ。私領地の石高が減るからと、大名や旗本は上知反対だとさわいでおる。異国が侵攻《しんこう》してきて江戸・大坂で戦火となっても、『われこそは』と采配《さいはい》をとるものはおそらくいないだろう。戦禍《せんか》では命を惜《お》しむ。上知にたいしては私領を守る、この考えだ」

家慶の顔には歯がゆい怒りの表情があった。

「もう一杯いかがですか」

「所望《しょもう》いたそう」

「上様。おことばですが、国が滅びるのは、異国との戦争だけではありませぬ」

姉小路が背筋を伸ばし、赤い袱紗《ふくさ》で茶筅《ちゃせん》や茶器を清め、茶釜から湯をすくった。

紀州藩の徳川斉順の話をもちだし、あらかたの説明をはじめた。

「すると、紀州は幕府に楯突《たてつ》き、戦争も辞《じ》さないというのか。斉順はけしからぬ」

怒った家慶の顔がとたんに稲妻にうかぶ。家慶と斉順は家斉の子で、異母兄弟である。

「御三家の紀州と将軍家が、こうも険悪《けんあく》になりはったのは、元を糺《ただ》せば、越前守のやり方が傲慢《ごうまん》で高飛車すぎるからですえ」

「斉順が幕府に非協力ならば、上知令から紀州を外してもよい」

家慶がこの翌日に、忠邦にたいして上知令《あげちれい》で御三家の紀州藩を外す、その可否を検討せよと命じた。

忠邦は鳥居がすでに裏切り反上知派とも知らず、内々に相談をもちかけたのだ。

すると、鳥居が小姓・中山肥後守に、

――忠邦は、紀州家の飛び地「勢州三領」十七万九千石だけを優遇し、それを除外して江戸・大坂上知を実行しようと策略《さくりゃく》しておる。忠邦の思惑《おもわく》が成功したら、それこそ天下に騒動をひき起こし、徳川家が破滅する。

と吹き込んだのだ。

小姓・中山はつまり鳥居の口車にのり、将軍・家慶に、越前守の進言を採用されないように、と直諫《ちょっかん》した。

これが中山の上司になる御側御用取次《おそばごようとりつぎ》・新見伊賀守に知られた。新見は中山を呼んで詰問《きつもん》した。

「小姓が政事に介入することは厳禁だ」

「軽率でした」と中山は自殺した。

将軍に最もちかい小姓の自殺は、家慶にも、姉小路にも、幕府にも衝撃をあたえた。

老中首座・忠邦は中山の死諫《しかん》の真の経緯も知らず、「紀州藩外しの上知令」が、もはや将軍の決定だと勘《かん》ちがいしたらしい。

「将軍の本意を糺《ただ》す」

忠邦は側用人《そばようにん》に家慶に謁見《えっけん》をねがった。だが、側用人は独自の判断で、それを拒否した。

「ならば、かまわぬ」

と忠邦は、中奥の将軍執務室をかねた休憩所へと突入した。これは老中首座といえども、将軍の寝首をかく刺客《しかく》にもつながる、重大な掟《おきて》違反だった。

家慶は激怒した。

数日のち、大奥のいつもの茶室で、姉小路が将軍・家慶に茶を点《た》てていた。

「越前(忠邦)が、中奥に無断で侵入するとは、老中にしろ、わしの命を狙ったにひとしい」

家慶は両手で名器の茶碗を口もとに運んだ。

「上様、越前守を解任し、上知令は全面中止で、幕引きされたら、どないですやろう」

「問題は後任だな」

「そんなら、寺社奉行の伊勢守（福山藩主・阿部正弘）を本丸老中にされたら、いかがです。優秀な二十三歳ですえ」

「逸材《いつざい》だとは認めるが、あの若さで内憂外患の国難にたちむかえるとは思えぬ」

「あきまへんか。上様、『地位はひとをつくる』ともうしおすね。柔軟な頭脳《あたま》に、この徳川幕府の将来を託《たく》しはったら」

姉小路の目が若返ったように期待で輝いた。

将軍・家慶が「江戸・大坂四方の上知令」の中止を命じた。

天保十四（一八四三）年閏九月十三日、水野忠邦が罷免《ひめん》された。

その夜には大勢の民衆が、忠邦の屋敷まえに集まり、天保の改革の苛酷《かこく》な政令や、奢侈《しゃし》禁止への怨念《おんねん》から投石をはじめた。

「ばかやろう。恨《うら》みを知れ」

家屋内に浸入し、畳や家具を溝に投げ棄てた。このなかには武士もいた。警備の役人すら暴徒《ぼうと》を傍観《ぼうかん》していたという。

かくして乾坤一擲《けんこんいってき》の「天保の改革」も、わずか二年余りで、おわりをつげた。

――大奥の姉小路は、歴史に名を残す剛腕《ごうわん》な水野忠邦すらも失脚させたのだ。

それにしても、阿部の年齢がずば抜けた若さで光る。
大抜擢《だいばってき》した姉小路の目のたしかさ、その頭脳はすごいにつきる。

あらためて老中の構成をみると、土井利位《としつら》(五五)、阿部正弘(二四)、牧野忠雅《まきのただまさ》(四五)、堀親寚《ほりちかしげ》(五八・老中格)である。

このときの老中首座(現・内閣総理大臣)は土井利位(下総古河藩主)で、単に老中歴五年の経験から選ばれたにすぎない。

当時の空気を察するに、多くの譜代大名から「わしを差しおいて、二十代の若造が老中か」と嫉《ねた》まれ、風当たりも強かったはずである。この先、阿部は享年三十九歳で死ぬまで現役老中として国難の日本をけん引する。

組閣人事の翌年、天保十五(一八四四)年五月十日には、江戸城本丸が全焼した。

——この物語の冒頭に展開した本丸の大火事である。姉小路らが大奥から将軍・家慶を救出し、ゴザイという雑役女に背負わせて茶屋まで避難し無事だった。

全焼した本丸の再建費用は膨大であり、老中首座・土井が充分に資金をあつめられなかった。将軍・家慶がいつまでも仮住まいだと、徳川家の威厳と権威を損ねると、土井は不興《ふきょう》を買った。

ここで思わぬことがおきた。将軍・家慶が土井の力量不足に見切りをつけたのだ。そのうえで、水野忠邦を老中首座に再任した。

「えっ。先の罷免から、わずか九か月で復帰なんて。そんなことあるのか」

おどろいたのが、西の丸下の水野役宅に投石した江戸っ子らである。

「これはまずいぞ。水野に復讐《ふくしゅう》されるぞ」

水野忠邦という名を聞いただけでも、人々は恐怖に陥るに充分であった。

再任された忠邦が、いきなり復讐《ふくしゅう》人事に手をそめはじめた。江戸・大坂の上知令で自分を裏切った鳥居耀蔵を断じて許さず、職務怠慢《たいまん》と不正を理由に全財産を没収した。さかのぼり、鳥居がねつ造をした「高島秋帆の冤罪事件」も問う。ただ、忠邦自身も多少のところ不正吟味《ぎんみ》にかかわっていたので、この事案はやや曖昧だった。

鳥居は丸亀藩京極《きょうごく》家に永預《えいあず》けとなった(明治初期まで、だれからも放免の手がさしのべられなかった)。

ところで水野忠邦は、将軍・家慶から勝手掛(財政と予算の権限)が与えられていなかった。これはなにを意味するのか。政治家は予算が取り扱えなければ、老中首座(総理)でも仕事ができない。江戸城に登城しても、忠邦には取り立てて重要な任務もなく、御用部屋で木偶人《でくのぼう》のように、ただぼんやりしていた。察するに、首座の忠邦は陰口もたたかれただろうし、惨《みじ》めな、さらし者に似た心境だったことだろう。

かたや、弘化二(一八四五)年二月には、若き阿部正弘が老中首座になった。

忠邦の立場がいっそう悪くなり、過去の不正が暴《あば》かれた。……忠邦にすれば、念願の良貨への改鋳がなされず、一方で後藤三右衛門から賄賂をうけていたのだ。

いつの世も、世界を見渡しても、政治家が権力を利用した通貨発行の賄賂は重罪であり、忠邦は改易《かいえき》された。後藤は、家斉の時代から悪貨を鋳造し、四方に賄賂をバラまいており、民間人ゆえに死刑がいいわたされた。

阿部正弘は、清廉《せいれん》潔白でまったく賄賂をうけとらない。福山藩の祝い事で鯛《たい》をとどけても、数日後には腐っていようが、そのまま返しにくる。

――阿部家には、つけ届けをもっていくな。双方の手間がかかるだけだ。（徳川斉昭）

賄賂で政治判断をしない。阿部正弘が長期政権を維持できた要因の一つだろう。

大奥は男子禁制だが、月に一度、老中による検分がある。これまで老中の多くは五、六十代である。若い奥女中らは浴槽を開けっぱなしにし、わざと裸をみせ、愉快がっていた。

「きょう阿部殿が来るよし」

その刻限には、長局《ながつぼね》より奥女中らが出てきて、空き部屋に潜み、障子、襖《ふすま》の隙間から覗く。

――好男子で、秀才、かつ満二十五歳の老中首座をのぞき見て、かれこれと評しあう。奥女中のなかには部屋着、または簪《かんざし》に、阿部家の御紋「鷹《たか》の羽」をつけて吾《われ》ひとり楽しむものも多かった、と記録されている。

姉小路は、こんな阿部を抜擢《ばってき》したのだから、大奥内でさぞかし鼻がたかかったことだろう。

第五章

お琴への密命

お琴のからだが緊張からふるえていた。

十七歳の彼女はすでに風呂でからだを清め、寝化粧をすませている。長局《ながつぼね》から出仕《しゅっし》廊下をとおり、奥御殿の御小座敷《みこざしき》(将軍寝所)にむかう。

このさきは御中臈《おちゅうろう》の処女のからだに、公方さまのお手がつくのだ。彼女の胸の奥が、重く沈んでいた。

廊下を折れると、御小座敷と隣りあう「御次《おつぎ》の間」があった。入ると、五十代の老女(御年寄《おとしより》)が鋭い目つきで、「こちらで、検査するから」といい、まわりの五、六人の奥女中にそれを命じた。洗い髪をほどかせる途中で、

「かんざしはダメ。これは武器じゃないの。徳川将軍を殺す気なの」

「とんでもございません」

お琴は平伏しておののいた。

目をつりあげた老女が、頭髪の地肌までも細かくたんねんに調べさせた。

「凶器《きょうき》のかんざしを持ち込むようだと、危ない御中臈だから、念のために、全身をしっかり調べなさい」と甲高い声で命じた。

容赦《ようしゃ》なく四肢を開閉させられたお琴は、羞恥心をはがされ、くまなく調べられた。

「あとは良いでしょう」老女の口調がとたんに優しくなった。櫛巻《くしま》きの髪、白無垢《しろむく》姿の微細な崩れすらも、手直ししてくれる。

「お琴は初夜なんだから、閨《ねや》でなんの工夫もしなくていいのよ。公方さまがなされるがまま、風が

吹けば、柳がしなやかに身をよじらせるようにね。風が止《や》めば、すなおにからだを横たえておけばいいのよ」

「ありがとうございます」

「きょうは余計なことを考えないこと。そのうちお琴の体が、自然に女の歓《よろこ》びをおぼえてくるようになるから」

これで検査は合格。老女から、春画をみさせられたうえで、隣室の「御小座敷」に送りだされた。行燈《あんどん》の明かりが寝床の数を四つだとおしえる。お琴は指定された布団で両手をそろえて端座《たんざ》し、公方さまのお出ましを待つ。

老女がいう柳の枝を考えるが、待つほどに、こころの底に不安がたまってくる。

十二代将軍家慶《いえよし》が中奥から御鈴廊下《おすずろうか》をとおり、夜の五ツ時(午後八時ごろ)に、御小座敷に入ってきた。

五十二歳の公方さまの手がのびてきた。白無垢《しろむく》がはがされ、裸体がながめられている。行燈の灯りの下で、羞恥がさらけ出されてしまった。

お琴が目を閉じると、乾いた唇で、ふいに口を吸われた。またしても、脂気がない掌《てのひら》が、素肌をくまなく撫《な》ではじめた。

「お琴はうつくしい。わしがみてきた奥女中のなかで、最高だ。白いもち肌が、なんとも言いがたい。いい香りだ。本丸が焼けた日、避難した茶屋で、わしに世話してくれた奥女中のなかで、お琴がいちばん光っておった。てきぱきとしていたし」

天保十五(一八四四)年に、本丸御殿から出火し、江戸城は全焼した。

姉小路《あねがこうじ》の俊敏な判断で、大雨のなか、吹上御所の茶室まで避難できた。

その日のうちに姉小路に、お琴と閨《ねや》をともにしたいと告げると、「お琴は大奥に上がり、まだひと月しか経《た》っておりません」といい、大奥の「しきたり」と「作法」ができるまで、お待ちいな、と冷たく止められた。

「ならば、いつまでだ、はっきりさせよ、といえば、姉小路は『焼けた本丸が再建される日まで、待っておくれやす』と長々とお預けじゃ。きょうまでがずいぶん長かった」

夜閨《やけい》の会話をたのしむ口調だった。

愛撫する手が、しつように彼女の四肢をなでていた。家慶はこれまで側室八人、二十三人のこどもをもうけている。

家慶の子はほとんど夭折《ようせつ》し、成人まで達したのが、家定《いえさだ》(当時は家祥《いえさち》)のみである。

家慶は胤《たね》の多さと、女を扱いなれた技巧からして、お琴は柳の枝葉のようにゆれた。

「本丸再建の九か月が、遠く感じた。お琴にほれた弱みじゃ。再建を早くせよ、と老中になんども声をかけたくらいだ」

江戸城はこれまで火災が多く、六度も大火に遭っている。

建物の再建は、そのときの政治責任者の老中勝手掛がうけもつ。

このたびは老中首座の土井利位《としつら》だったが、再建資金の確保がおもうにまかせなかった。しびれを切らした家慶が、若き老中・阿部正弘に担当をかえさせたほどだ。

御中臈のからだが震えている。

「この世には男があり、女があり、閨に入れば、平等じゃ。そう緊張しなくともよい」

相手は公方さまだ、ここは耐えがたさに耐えねば、とお琴は唇をかみしめていた。歳《とし》の差が三十五もちがう。そこからしても、いやらしさ、いたたまれなさがあった。

――将軍・家慶の子どもを産む。それが南紀・新宮水野家のためになるのだ。

お琴の脳裏には、兄上からの密命の声がひびいた。

さらには、あの日がよみがえってきた。


新宮水野家が拝領する中屋敷は、江戸市ヶ谷の浄瑠璃坂《じょうるりざか》にあった。六段坂ともいう。敷地内には軍事訓練の練兵場があり、ひろい馬場や、弓場などがある。

そのうえ、兄の忠央《ただなか》が最近たちあげた学問所「育英館」が加わった。

「馬で遠乗りした兄上が、帰宅してくる刻限ですわ。きょうは、わたしに話があるといわれていましたが、どんなことかしら」

十六歳のうりざね顔のお広(のちのお琴)が、母屋の座敷で、三十歳代の侍女頭に長髪を梳《す》いてもらっていた。

目のまえには風雅《ふうが》な庭園がひろがる。弥生のころの柳と桜が過ぎ、いまは藤、牡丹《ぼたん》、カキツバタなどが春の名残りをとどめる。

「好《よ》い縁談話にきまっています。お広さまは、宝石のような瞳《ひとみ》で、目鼻立ちも素敵ですし、立ちふる舞いも優雅で、女のわたしでもほれぼれいたしますもの」

柘植《つげ》の櫛《くし》をつかう侍女が、お広の黒髪を結《ゆ》う。

「それはどうでしょう。これまで親戚筋が持ち込んでくださった縁談を、兄上はことごとく壊《こわ》してきましたからね。いったい、なにを考えているのやら」

お広は透きとおった艶《つや》やかな声だった。

「浮世絵以上のお美しさですもの。安売りなどできない。それが兄妹愛というものです。とても楽しみですね」

遠く近くから朝売りの納豆、アサリ、シジミなどの呼び声や、豆腐屋の吹く笛などが、ふたりの会話と重なりあっていた。

丸鏡のなかのお広が、白粉《おしろい》をぬり、両唇を紅《あか》くひいた。

その浄瑠璃坂の記憶から、上様の寝床に呼びもどされた。

「お琴、がまんせずともよいぞ。声をあげてもよい。ここはどうじゃ」

公方さまが、やみくもに一つひとつの反応を聞いてくる。彼女はときに、ぞーっと身をすくませる。身ぶるいもおこす。

その質問から逃げたくて、お琴はあえて、この運命に至ったいきさつ、兄上とのやり取りなど、一年まえの光景に気持ちをむけた。

――兄の忠央は、新宮水野城の城主である。この水野家は代々、紀伊徳川家付家老《つけがろう》である。江戸定府《じょうふ》で参勤交代はない。

天保六(一八三五)年八月、弱冠二十二歳の忠央は五男で、ほかの四人をさしおいて九代目家主になった。

江戸でも、新宮水野家といえば、騎馬調練《きばちょうれん》の「丹鶴流《たんかくりゅう》」として有名で、競技となると、遠方より来訪者・参加者が多い。

忠央はふだん夜明けまえから愛馬で近郊へ遠乗りする。帰宅し、朝食を摂《と》ると、書斎に入るほどの勉強家である。妹の目からみても、忠央は頭の回転が速く、鋭くきれる。

兄は『丹鶴叢書《そうしょ》』という後世にのこる文化的事業を成している。水戸藩の『大日本史』、塙保己一《はなわほきいち》の『群書類従《ぐんしょるいじゅう》』の編さんにならぶ、江戸三大名著として名高い。

歴史、記録、故実、歌集、物語など、めずらしくて手に入れにくい書籍類をあつめている。百七十一部、百五十二冊である。

この叢書は校訂《こうてい》が厳密で、板刻が精美である。版木《はんぎ》はおよそ一万五千枚を要している。一字一字、彫刻刀で木に刻み、一枚ずつ摺《す》りあげられていた。

版下のほとんどは、常典《じょうてん》の能書(手書き)によるものだと評判である。

「肌の汗は、いい香りだ。お琴は空を舞う丹頂鶴《たんちょうづる》のようにうつくしい」

公方さまの言葉で、はっとさせられた。

(丹頂鶴がでてくるなんて。兄の密命が、公方さまに知られているのかしら。そうだとすれば、お

ぞましい結果になる。いのちが危ない）

お琴は、肌の汗がとたんに冷たくなり、小刻みにふるえた。そのふるえまでも性のうごきと勘ちがいされてしまった。

お琴の目がさめた。女がはじめて男に身をまかせた。この一夜で、人生が変わったようなふしぎな感覚だった。

行燈《あんどん》のうす暗い明かりの下で、目を凝《こ》らすと、公方さまも、監視役のふたりも寝息を立てていた。

行燈上部の光をうけた天井では、極彩色の絵が浮きあがる。見るでもなくみつめる彼女は、記憶のなかから、みたび浄瑠璃坂の弓道場の情景をよびおこした。鋭く空気をきる矢の音がくりかえし、ひびく。

兄の忠央は、きものの右肩をぬいた、筋肉質なからだである。武芸にも優れ、武将の風格があった。背筋をしっかりと伸ばした忠央が弓の弦をひく。ふいに、浅黒い日焼け顔をお広にむけた。

「養女に出てもらうぞ」

「婚礼でなく、養女ですか」

「さようだ」

兄は神妙に矢を放った。その矢が的の輪に射通した。

（京都の五摂家の近衛《このえ》家、一条家あたりの養女かしら。そして、徳川御三卿《ごさんきょう》にでも嫁がせる。そのために、この新宮水野家よりも高い家格に輿入《こしい》れさせる。この兄上ならば、そのくらいの画策は考えるわ）

花嫁姿は幼少のころからの夢だった。その願いがいま叶《かな》うのかと、お広はこころが嬉《うれ》しさではずんだ。

「養女先はぱっとしないが、二百俵取りの下級旗本で、無役だ。杉重明《すぎしげあき》という」

「えっ。二百石の旗本の養女だなんて……。納得できません。わたしになにか落ち度がありましたか、おっしゃってください」

お広はとっさに憤りを兄になげつけた。

それには応えず、忠央は弦を引く。心身鍛錬《たんれん》のほうが重要なのかしら。

「兄上がいくら家長《かちょう》だといっても、こんな乱暴な話は認めたくありません。かりそめにも、わたしは三万五千石の娘ですよ。毒蜘蛛《どくぐも》にかまれたより、心の臓が痛みます」

「お広。落ちつけ。これは形だけの養女だ」

「その旗本に、なにか弱みでも握られているのですか。それで、兄上は、わたしを養女に差しだすはめになったのですか」

お広が本気で怒りはじめた。

「わたし南紀新宮に行って、亡き父の墓前で、よく相談してみます。それでも納得できなければ、頭髪を削《そ》いで尼になります」

お広は泣きながら怒っていた。彼女は亡き水野対馬守忠啓《ただあき》の四女である。

「墓が口を利《き》くものか」

忠央が羽矢をもう一本取ろうとする。お広の腹立たしさはこの上なかった。

「真剣に話しているのですよ」お広が忠央の目のまえにまわりこみ、「わたしを殺してください。矢で胸を撃ちぬいてください」

矢に刺さって、十六歳で終える人生でもよいと考えた。

「お広は、江戸でも評判の美貌の妹だ。親からもらった貴重な容姿をつかわずして、急いで死ぬこともなかろう」

「その言いぐさは、親が存命ならば、目から火を迸《ほとばし》らせて怒り狂いますよ」

兄妹といえども無礼極《きわ》まる。

「江戸城大奥にあがるためには、家禄《かろく》が千石を超えると、採用されない。養女先として、金でかんたんにうごく貧相な旗本を選んだ、それが最大の理由だ」

「わたしを奥女中にさせて、兄上は何をなさりたいのですか。天下に動乱でもおこす気ですか」

それもやりかねないと思った。

「将軍の寵愛《ちょうあい》をうけて、男児を産んでもらいたい。それにつきる」

「頭は正常ですか。雲の上にのぼり、かがやく太陽をつかんできなさいと、命じられたようなものです。常軌《じょうき》を逸《いっ》しています」

「ずいぶん気が立っておるな。お広が将軍の男児を産めば、この新宮水野家は徳川宗家の外戚《がいせき》(母方の親戚)となれる」

全国におもだった水野家は五家あげられる。福山・結城水野家、松本・沼津水野家、北条・鶴牧水野家、岡崎・浜松水野家。いずれも譜代大名だ。

しかしながら、この新宮水野家だけは、紀伊徳川家付家老である。大名格でなく、陪臣《ばいしん》だった。

「生まれながらにして、付家老の運命には抵抗を感じてきた。あらゆる手をつくし、譜代大名になってみせる」

忠央が語気をつよめた。

水野家の五家の先祖は、すべて戦国時代の武将・水野忠政《ただまさ》という人物にいきつく。この娘が有名な「於大《おだい》の方」で、徳川家康の生母である。

ところで、付家老とはなにか。徳川御三家には、それぞれに筆頭・付家老がいる。あわせて五家である。

・尾張徳川家
　成瀬家（尾張犬山城三万五千石）
　竹腰家（美濃今尾城三万八千石）
・紀伊徳川家
　安藤家（紀伊田辺城三万八千石）
　水野家（紀伊新宮城三万五千石）
・水戸徳川家
　中山家（常陸松岡城二万五千石）

この五家の先祖は、ともに江戸幕府を開いた徳川家康の優秀な重鎮《じゅうちん》だった。家康が、わが子(義直、頼宣《よりのぶ》、頼房《よりふさ》)をそれぞれ徳川御三家の藩主とした。この折、藩政や軍議はわが子だと心もとないので、つよい権限をもった輔弼《ほひつ》(全責任者)が必要と考え、特別に付家老を配置した。新宮水野家の初代の重央《しげなか》は、家康とは、いとこの間がらである。とても有能な武将ゆえに、紀伊徳川家の付家老となった。

一万石以上で、かつ徳川将軍に直接仕えれば、直参《じきさん》大名である。

付家老は上司が将軍でなく、御三家の藩主ゆえに陪臣になる。将軍拝謁《はいえつ》は単独でできず、藩主に付き添うときだけだ。

五家は過去からときに連帯し、あるいは個々に譜代大名へ格上げ運動を展開してきた。いまだに格上げされなかった。なぜか。

――付家老は、将軍家側の立場から、徳川御三家の藩政や人事を誘導し、幕府寄りに展開できる、貴重な存在だからである。

事実、この五家の付家老は幕末政治において、いずれも重要な陰の主役である。

御三家の主だった出来事や政変は、現在に藩主名のみが伝わるが、実際に活躍したのは付家老たちである。

――水野忠央による単独の大名格上げ運動がなければ、このさき南紀派は生まれず、安政の大獄すらも起きなかっただろう。

それを当時から見抜いていたのが、萩藩の吉田松陰である。

忠央がお琴を江戸城大奥に入れたことから、歴史がおおきくうごいた。

赤い陽が昇る。

大奥で、お琴と一夜をすごしてきた将軍は御鈴廊下をとおり中奥にもどってきた。

家慶はうがいをし、手水をつかい、便所にもいく。月代《さかやき》を剃《そ》り、ひげを剃り、髪を結う。それら小姓・小納戸《こなんど》らが手をそえてくれる。

ここ一か月半の家慶の心象が変わった。

家慶は手鏡にうつる五十二歳の自分を凝視した。細長い顔の前頭部が大きく、受け口である。尖《とが》ったあごが目立つ。それがより老けた顔にさせていた。

「お琴は奥のふかい女だ。手間をかけるほど、繊細《せんさい》で、よりうつくしい姿になる。薄い花弁を透かしみるような肌だ」

鏡のなかの自分と、こころで対話していた。昨晩の会話がよみがえる。

「なんでも、わしにもうせよ。困ったこと、欲しいもの、遠慮はいらぬ」

気を引こうとする家慶は、禁止された奥女中の「おねだり」すらも破る口調だった。

「わたしは、愛する方のお子さまが欲しいだけでございます」

「なんと、可愛《かわい》い女よ」

「公方さま、本気で愛してもよろしいですか。わたしそういう情熱的な女です」

お琴のことばに、こころがしびれた。

奥医師が午前に診察する。内科、外科、雑科など……。問診など上の空で、お琴のことばかりが脳裏を横切る。

いつもながら木綿の地味なきものに着替えた。昼食の膳は一汁二菜で質素である。ご飯の盛替《もりか》えは小姓がおこなう。

「今晩も大奥で寝るぞ。お琴以外の奥女中はいらぬ。わしは盆栽が好きだが、お琴は盆栽の赤松だ。葉が細く、やわらかく繊細だ」

と小姓に告げている。

「楓《かえで》の間」では別の小姓をあいてに将棋や碁を打つ。頭脳に焼き付いたお琴がよみがえる。……十七歳のお琴は気の強さもあるし、時には顔を横にして、すねてもみせる。

夜の肉体《からだ》を提供させられる受け身の御中臈でなく、お琴には真剣にひとりの男を愛したいという一途《いちず》な情熱がある。

お琴の恋心は本気だ。将軍の自分までも恋心で若返ってくる。家慶には、老木から青年に似た恋の萌芽《ほうが》が伸びていた。

中奥の「御休息之間《ごきゅうそくのま》」(十八畳)で、家慶は奥儒者《おくじゅしゃ》の講釈を聞いた。

終わると、小部屋「鷹の間」に移り、過去の書き物(日記)をだして開いてみた。

――われは将軍に宣下《せんげ》されてから、一つとしてよき事はなかった。越前(水野越前守)に期待した天保の改革は失敗し、その後も地震、大火、大水で民の命をいちじるしく失った。近年は異国船のことが容易ならず、天にたいして恐れることが多い。

精神はふかく落ち込んでいた。

――天下津々浦々のもの、一人も我百姓にあらずという事なし。多く死に至り候を見るに忍びんや。

ここを要約すれば、

「この国を支えてくれている百姓は、一人といえども、疎《おろそ》かにできない。犠牲がでると胸を痛めてしまう」

このさき頁《ページ》をくっても、天災や外夷《がいい》に関するなげきと愚痴《ぐち》がやたらと多い。

……従前のわしはこうも気が弱く、暗く、うしろ向きだったのか。たびたびの惨禍《さんか》に打ちのめされて希望を失っていたのか。

「これでは政事が弛緩《しかん》する。前向きな闘志をもて」と自分を叱咤《しった》した。

「それにしても、叱る自分が勢い活気に満ちておる。お琴の影響だ。男と女の関係で、こうも気持ちが変われるものなのか。おどろきだ」

家慶の視線がふいに前庭にながれた。

音もなく身軽なうごきで、庭師が両手をついて深く上半身を折って伏《ふ》す。

敏捷《びんしょう》な村垣某で四十五歳である。

「本日の御用の旨《むね》はいかがでございますか」

「薩摩藩の動静に、お庭番をむけてくれ」

「承知つかまつりました」

かれは将軍から直接命令をうけて隠密裡《おんみつり》に諜報《ちょうほう》活動をおこなう。

「広大院《こうだいいん》(家斉《いえなり》公の正妻)さまは、島津家の出自だ。それを良いことに、薩摩藩は幕府の目をごまかす抜け荷(密貿易)で、利を得てきた」

広大院は昨年の天保十五(一八四四)年十一月十日に死去した。

「いまなお、抜け荷をつづけておれば、これは悪政とされた大御所政治の遺産だ」

「ははあ」お庭番頭の村垣はすべてを飲みこんだ態度であった。

家慶は、お庭番の村垣某には、薩摩偵察に関して、もうひとつの命をあたえた。

「南の端でなにを企《たくら》んでおるか。目が離せないのが島津家だ。幕府を裏切っておる」

「なにゆえに」

「二年前のことだ。フランスが琉球政府に開国をもとめてきた」

それは天保十五(一八四四)年三月十一日、フランス・インドシナ艦隊に所属するアルクメーヌ号が琉球の那覇《なは》に来航した。そして通信、布教をもとめてきたのだ。

現地通報から薩摩藩の家老、調所広郷《ずしょひろさと》が幕府に指示を仰《あお》いできた。そのさなかに、これは琉球政府の貿易であり、薩摩は関与しませんという誓約をした。

「わしは老中に決裁のとき、念をおすが薩摩藩とフランスの通商ではないぞ。よく心得ておかせておくようにと、楔《くさび》を打たせておいた」

運天港を貿易港に指定し、琉球とフランスの通商を認めた。

家慶は語るほどに不機嫌になった。

――三代将軍家光の時代から、わが国はオランダ、唐（清国）の二か国にとどめた貿易だった。このたび琉球国の限定にしろ、あらたにフランスとの通商を認めるに至った。

「ところが、薩摩は千載一遇《せんざいいちぐう》の好機だと考えたらしい。薩摩と琉球とフランスの三角貿易を組んだ。幕府を鼻先であざ笑う、許せない体質が島津にある。薩摩人にはウソを嫌う武士道はないのか」

家慶は本邦（日本列島全体）防衛の観点から、もし、フランス軍が本邦に侵攻《しんこう》するおそれが生じたならば、薩摩は琉球を盾《たて》にして防波堤になれ、と命じた。そのためにも、薩摩兵を琉球に派兵し、軍事でフランス海軍を遮断《しゃだん》せよ、と下知した。すると、

――藩主の島津斉興《なりおき》の名で、七千八百人の琉球派兵をおこなうと幕府に届けがでた。

この実数は、どうも大ウソらしいと、先発したお庭番の隠密情報からわかった。

「いったん琉球に送りこんだ薩摩兵を山川港に引き揚げさせておる。琉球には百五十人足らずしか残していないようだ。これが事実だとすれば、幕府を愚弄《ぐろう》している」

家慶は憤然《ふんぜん》とした面持ちだった。

お庭番が音もなくさっと消えた。

家慶は中奥の「御小座敷」に移った。そこは将軍秘密の四畳半の部屋だった。一瞥《いちべつ》すれば、黒塗りの御用タンス、将軍・家慶の直筆の書類、それに目安箱がおかれていた。

この目安箱は紀州藩から将軍になった吉宗《よしむね》の「享保《きょうほう》の改革」からはじまったものだ。

その鍵は厳格な扱いで、家慶の錦のお守り袋に入れている。

投書を箱から取りだすまでは、御側御用取次《おそばごようとりつぎ》の本郷泰固《ほんごうやすかた》（将軍の秘書室長）が手を貸す。さらっと目

を通す。記名がある投書のみ家慶の手元にのこす。将軍が独りで見る。

「どうした」と家慶が聞いた。

「一瞥した瞬間、文面を読みとりましたので。無記名でした。破棄します」

「記名して、身命を賭《と》した投書だけでよい」

「重々、承知しています」

本郷が御小座敷から、無記名の投書を笊《ざる》につめて運びだそうとしていた。

「いま、気になった投書をそこに置いていけ」

「はい。かしこまりました」

本郷の姿が消えると、家慶は真っ先にそれを読みはじめた。

――私の母は、江戸の旗本の娘でした。江戸城大奥に三年ほど勤めましたが、病で実家に帰り、養生の身でした。回復しある大藩のお屋敷に奉公し、大名の手がつきました。殿の正妻は江戸にいます。参勤交代で、母は殿とともに帰国し、国許《くにもと》で正室がわり〈御国御前《おくにごぜん》〉となりました。どこまでも妾《めかけ》です。

生まれた私は、幕府に出生の届も出せず、日陰者です。養子の口すらありません。あげくの果てに、〈御国御前〉のせがれは、お家騒動のもとだから出ていけと、追いだされて流浪の身です。

これも幕府が寛永十二(一六三五)年に、大名の婚礼は江戸でおこない、夫人を国許に移すのを禁じた制度が原因です。そのために、「入り鉄砲に出女」の関所警備は厳重です。

現実は、江戸に正妻、国許に〈御国御前〉をおく。このいびつな制度は戦国時代の遺物で、夫婦の情愛に反し、形骸化《けいがいか》しています。見直されては如何《いかが》でしょうか。

家慶は腕を組んで、考え込んでしまった。

天保から弘化へと元号が変わった。

時ほぼおなじく、天保十五年(一八四四)年にオランダ国王から『開国のすすめ』の国書がとどいた。その趣旨は西洋における蒸気船と兵器の進歩を述べたうえで、日本の孤立(鎖国)が西洋との対立を生じ、戦争の危機をまねくと、開国を勧告してくれたものだ。

――開国・通商か、あるいは鎖国・攘夷《じょうい》か。

海防(列島防衛)をいかに成すか。オランダ国王への返書はどうするか。剛腕な水野忠邦《ただくに》すらもこれを処理できず、失脚してしまった。

幕府は、この国難に対応できる有能な老中首座(内閣総理大臣)を必要とした。人選をまちがうと、重大な結果をまねく。情勢を悪化させて、清国なみの半植民地、もしくは亡国におよぶかもしれない。

弘化二(一八四五)年二月二十二日に、将軍・家慶は老中首座に、大胆にも満二十五歳二か月の阿部正弘を任命した。大奥の姉小路のつよい推薦があったといわれている。

硬派で老獪《ろうかい》な人物よりも、柔軟な機知《きち》にとんだ若い阿部の方が政事は治まりやすいと、家慶と姉小路は考えたのだろう。

ここに阿部正弘新政権が誕生した。賄賂《わいろ》や進物もいっさい受けとらない稀有《けう》な老中首座は松平定信《さだのぶ》以来で、それが身分を問わず優秀な人材を集約する力になっていた。

「国は武器でなく、有能な人材で守る」

ほかに牧野忠雅（四十七歳・長岡藩主）、青山忠良（三十九歳・篠山藩主）、戸田忠温《ただはる》（三十九歳・宇都宮藩主）が老中に座った。

翌日、正弘は四ツ刻（十時）に登城し、中奥の「御用部屋《ごようべや》」で初の協議をおこなった。安定した長期政権を確立するには、なにを為すべきか、と四人で熟慮したようだ。

水野政権の悪しきやり方、独断専行《どくだんせんこう》、民衆の離反《りはん》となる法令の乱発《らんぱつ》などは、反面教師とし、徹底して排除しよう。

――幕閣の諮問《しもん》で、整合性を図るけれど、多数をもって決するなど、一切やらない。最善の策が出てこなければ、妥協せず、採用はしない。最後は自分の責任で決断すると、正弘はそのように決意している。

真冬の太平洋上で、死の恐怖におびえる日本人がいた。

――阿波国の撫養湊《むやみなと》（徳島県）の幸宝丸で、乗組員は十一人、千百石積の廻船《かいせん》だった。塩、米、藍玉《あいだま》、干し貝を積んで江戸にむかっていた。暴風雨で難破し、溶岩島「鳥島《とりしま》」に漂着した。

飲料水のない島だった。数日間、岩の裂け目の細くながれる水を飲んでいた。

沖合にあらわれた待望の船は異人船らしい。黒、白の異人ら数人が、ボートで島に上陸してきた。

岩陰でみていると、かれらは食料になる亀や鳥を捕りはじめた。

「助けてくれ」

幸宝丸の遭難者たちは飛びだし、身ぶり手ぶりで救助を乞《こ》うた。やっと通じた。

日本人全員がボートから本船に乗り移れた。甲板には銛《もり》があり、鯨の油を精製する捕鯨船《ほげいせん》だった。

大きさ二間ほどの竈《かまど》がある。まわりを石で囲い、なかは鉄製だ。そこに鯨肉の油を落とすらしい。

鯨の骨は薪《まき》にしている。船底には油樽《あぶらたる》があった。

「えらく鯨油《げいゆ》が臭いのう。でも、命が助かった」

日本人はもの珍しくみてまわった。

このころ、洋上には別の遭難船がいた。

――下総国銚子湊《ちょうしみなと》の廻船・千寿丸である。こちらも乗組員が十一人だった。

かれらは弘化二(一八四五)年正月十日、釜石港で塩鮭《しおざけ》を荷積みして出帆した。同十三日にひとたび仙台に入港したうえで、十八日には順風をみて出帆した。そして江戸へとむかっていた。

数日後、暴風雨に遭遇した。千寿丸の乗組員らは沈没を防ぐために、重い船荷を海に棄《す》てた。それでも、漏水つづきで、沈没寸前のまま南の沖へとながされた。

次の手段で、帆柱を切り倒した。二月九日朝十時頃、大きな異国船がみえた。

「おーい、ここだ。助けてくれ」

乗組員は声を上げ、手をふり、救助をもとめた。異国船の船員がボートを降ろし、沈没寸前の千寿丸まで近づいてきた。

オールを漕《こ》ぐ黒と白の肌の男たちが、半分は沈んだ千寿丸に乗り込んできた。かれらは衣類や米、滑車《かっしゃ》、麻縄、索具《さくぐ》などを捕鯨船まで運んでくれた。

異国の捕鯨船には白人が十八人、黒人が八人いた。

大将（船長）はクーパーだと聞きとれた。年格好は五十歳くらい。背が高く、赤いラシャのボタン付き上着に、ズボンをはく。船中ではいつも靴を履いていた。

ほかの水夫は全員ラシャの衣類で、黒白青などいろいろだった。

異国人は甲板で食用の豚を二十頭ほど飼い、人間との雑居だった。船員らはトウキビを煎《い》り、獣肉に混ぜ、酢もいれて食べている。

「なんの肉か」と手ぶりで聞くと、異国人は二指を頭において牛のツノの形をしてみせる。それを焼いた獣肉を小刀で切り、二股の柄《え》のついたもの（フォーク）で刺して食べていた。砂糖、お茶、葉煙草《はたばこ》があった。煙管の雁首《がんくび》は素焼の陶器だった。

酒はいっさい無いから、異人どうしの諍《いさか》いはみかけなかった。

日本人はあわせて二十二人で、千寿丸から移した糧米《りょうまい》を食べていた。食事していると、豚の群れが追い払っても、追い払っても、ブーブー近づいてくる。

「豚には、えろう困るのう」

捕鯨船の大将は、エド、エドばかりいう。

どうも鯨の漁を止めて、日本に送りとどけてくれるらしい。日本人遭難者らは生きて帰れそうだと多少の期待がもてた。

船のなかに神棚はなかった。そこで線香を立てて、首尾よく帰国できるようにと、金毘羅《こんぴら》さまを念じていた。読経がおかしいのか、異国人は都度、笑っていた。

日の出と夕日が幾日かくりかえされた。緑色の房総半島と三浦半島がみえてきた。とても感動した。

大将が、日本人二十二人のなかから四人をえらび、ボートで二人一組ずつ房総のすこしちがう場所におろした。

一組は名主と村役人に付きそわれ、十三里の道をあるき、富津《ふっつ》(千葉県)から浦賀奉行所(神奈川県)へおくりとどけられた。

もう一組は上陸地点が御三卿・清水家の知領地《ちりょうち》だったことから、清水家江戸屋敷に送られた。家老がひととおり尋問《じんもん》した。供述調書とともに、このふたりは浦賀奉行所の江戸詰《えどづめ》へひきわたされた。

白州で一人ずつ尋問がはじまった。四十歳の奉行・土岐頼旨《ときよりむね》が問いただした。

「ありのまま話せ。異人の国はわかるか」

オロシアか、オランダ船かもしれねえな。横文字ばかりで、ようわからん。

「千寿丸の十一人はみな同年代か」

ちがうだ。数え十歳になる勝之助がおる。

「すると、満九歳か。そんな子を船乗りにつかっておるのか。そなたたちは」

釜石の荷積みのまえ、貧しい子が船に乗ってきた。空腹で可哀《かわい》そうだから、マンマを食べさせておった。出帆のとき、家がないから帰らないと強情を張った。そのまま乗せて、飯を食べさせておった。

「殊勝《しゅしょう》だな。異国船に切支丹《きりしたん》の像はあったか」

切支丹はみなかった。

長々とくりかえし尋問をうけた。

「この先は、お上のご沙汰を待っておれ」

土岐は尋問のあと、捕鯨船マンハッタン号に救助された日本人漂流者たちを、浦賀港で引き取りたいと老中に伺《うかが》い書をあげた。

若き阿部正弘が、ちょうど将軍家慶から老中首座に指名された日であった。

重要な案件だと判断した正弘は、評定所一座(幕府の最高裁判所。寺社奉行、町奉行、勘定奉行、大目付、目付)に諮問《しもん》した。

——マンハッタン号は長崎港へ回航させるべきである。オランダ船か唐船で、日本人をいちどマカオに連れていく。そこが遭難者の引き取りの出発点であり、日本人二十二人はあらためて唐船か、オランダ船で長崎に連れてくる。そのうえで、長崎奉行所が尋問《じんもん》する。とくにキリスト教に接していないかと、遭難者をきびしく取調べるのだ。

とても回りくどい仕組みだが、評定所一座にすれば、法令・規律がすべてである。土岐が提案した浦賀上陸には猛反対だった。

ところが肝心なマンハッタン号が、暴風雨のさなか、こつ然と房総半島や三浦半島の各監視所の視界から消えたのだ。

「遭難したのかな。それはそれで良かろう」

評定所一座から、厄介な問題に解放されたという安堵《あんど》の声すら聞こえた。

それから数日のち、マンハッタン号がふたたび江戸湾口に現れた。評定所一座は頑《がん》として長崎に回航させよ、と主張した。

土岐頼旨から二度目となる伺い書が、老中首座・正弘の手もとにとどいた。正弘はそれに胸を打たれた。

全文は次の通り。

――先だって、日本人漂流民二十二人の受け取り方について伺いましたが、そのあと下知がないので、愚考《ぐこう》を申し上げます。

今般の儀は、海上の難風に遭った乗組員であり、外国に居候《いそうろう》したものとはちがいます。西洋の捕鯨船ですが、かれらは他国の海難者を助けるために、自分の産業(仕事)をいっとき止め、誠実をもって、日本に送ってきたのです。これにたいして受け取りを拒否すれば、日本は自国民を遺棄《いき》した不仁(非人道)になります。

ここで長崎に回航せよ、と命じても、捕鯨船は産業ができなくなります。異国人のことですから、長崎行きは不合理だといいだす可能性もあります。

そうなれば、かれらは日本人海難者をアメリカに連れていくでしょう。それは〈恩を仇《あだ》〉で報いる結果になり、わたしは心底から残念でなりません。

このさいは、日本人漂流民を浦賀で受け取り、捕鯨船には厚く謝し、相応の手当も下《くだ》すべきではないでしょうか。

漂流人たちは恐怖の末に幸運にも救助され、ようやく日本にたどり着いて、人生再生の気持ちで悦《よろこ》んでいるはずです。すでに上陸した四人の外は、いまは一日千秋のごとく上陸を待つ、と推察できます。それが叶《かな》わず、長崎、マカオへ渡海《とかい》すれば、精神が衰弱し、病気なども発症するでしょう。

とくに、南部藩領の船には十歳の男児がおります。骨肉がいまだ固まらず(未発達)、ここでジャワから長崎に送るなどすれば、命が絶えるでしょう。

釜石の両親にも見棄《みす》てられた貧しい孤児《こじ》ゆえに、幕府が温かく救ってあげる。そうでなければ、仁恵《じんけい》のない国となり、残念な気持ちになります。

アメリカ捕鯨船の者たちは、日本は禽獣《きんじゅう》のごとき野蛮《やばん》国家だ、と悪態をついて立ち去っていくでしょう。それが世界じゅうに広がり、(外国から)非礼・非義《ひぎ》の虚名《きょめい》を受けては、国体に拘《かか》わりかねない事態となります。後患《こうかん》を残すことになります。

土岐伺い書は次のように結論づけている。

――マンハッタン号には、こんご日本人を救難する確率などほとんどありません。二度目は浦賀で引き取らない、といちおう言い渡しておけば、よろしいでしょう。

正弘は老中たちにそれを読ませた。

その通りだという。生死をさ迷い、九死に一生をえた十歳の男児は、不憫《ふびん》だ。親が見棄《みす》てた孤児ゆえに、幕府が救うべきだと、男泣きする老中もいた。

老中どうしの討議の結果、多少の微妙なちがいはあるが、浦賀引き取りで決まった。

「老中筆頭・阿部正弘の指示書」が、浦賀奉行所の江戸詰にだされた。それには、

――土岐丹波守頼旨は浦賀に出むいて、日本人遭難者の引き取りに立ち会うこと。江戸に帰ってきたら、その状況を報告せよ。

と付帯《ふたい》している。

その役目を終えた土岐が、辰之口《たつのくち》の官邸(阿部正弘の役宅)に訪ねてきた。

遭難者たちには、キリスト教との接点に問題のないことが確認できたという。

「……、十歳の勝之助が不憫《ふびん》だといい、異国船員たちは救助した船中で撫育《ぶいく》し、はなはだ親切で労《いたわ》っていたと申していました」

土岐は情景がみえるように説明する。

「さようか。真冬の荒海にもかかわらず、遭難民を日本に連れてきてくれた。産業よりも人間をたいせつにする。そこに感動した。浦賀で引き取って正解だったな」

このさき土岐が浦賀奉行のままだと、頑固な保守派にいじめられるだろう。正弘は老中首座がもっている人事権をいきなり発動した。

マンハッタン号の浦賀受け入れ大反対の先鋒《せんぽう》となった大目付は、おもいきって左遷《させん》した。後任には十歳の孤児のいのちを大切にした土岐を褒賞《ほうしょう》として大目付にすえた。

老中首座が二十五歳の青年だと甘くみていると、閣老《かくろう》でも、あすはわが首が飛んでしまう。正弘人事のすごさに畏怖《いふ》をおぼえたにちがいない。

「日米交流のあけぼの」は、この弘化二年の土岐頼旨の人道的なマンハッタン上書《じょうしょ》からはじまる。決してペリー提督からではない。

＊

お琴が将軍・家慶のお手付きになり、最初の子が鐐姫《りょうひめ》で、八か月で夭折《ようせつ》した。その失意を胸に抱いたまま、彼女は二度目の懐妊《かいにん》となった。

乳母の制度の狙いの一つは、出産直後から母親が乳を与えなければ、次の妊娠が早められるためだとも聞く。将軍家は世継ぎなど多産を望むだけに、乳母の仕組みが徹底している。お琴の場合も、まさにそのとおりの早い懐妊であった。

お琴は将軍の胎児を宿した今、口にせずとも、兄の密命通り、男児の出産を期待していた。当時は子どもが生まれてみないとわからない。出産するまで、お琴は奥女中らの嫉妬《しっと》の的となる。敵意に似た感情すら投げかけてくる。

むろん、細心の用心を払わなければ、お琴は長局《ながつぼね》(奥女中の寄宿舎)の二階の階段上からふいに突き倒されたり、廊下で故意に足をかけられたり、想像外の悪だくみが仕掛けられる。つねに流産させられる危険がある。

それを警戒するお琴は、宿る胎児をしっかり守るように神経をつかっていた。

大奥の室内が菊で飾られた「重陽《ちょうよう》の日」が妊娠五か月目で、「七宝之間《しっぽう》」に住み替えとなった。さらに十月最初の「戌《いぬ》の日」には帯祝いの儀式があった。胎児保護のために腹部には帯が巻かれる。「呉服之間」の奥女中が、長さ八尺の生絹《すずし》を折りたたみ、その帯のなかに白米を八十八粒、さざれ石（固い礫《れき》岩《がん》）をこまかく砕《くだ》いて形良い五個を帯に縫《ぬ》い込んでくれた。

お琴の脳裏には、「将軍・家慶の子どもを産め。水野家のためだ」という兄・忠央の密命が植えつけられていた。

（わたしのために産むのよ）

いまでは、そんな女の気持ちにかたむく。

兄上の忠央から時折り、大奥に手紙をもらう。時候の挨拶や、妹のからだを気づかうていどのもので、秘密めいた内容などはない。当然、男児に期待しているはず。それすらみじんもふれてはいない。七か月、八か月とまたたくまに、月日がすすむ。腹部が目立ち、胸もはってきた。

夜閨《やけい》において、公方さまがお腹に手をあてて、「動く、動く」と喜ぶ。ときには腹部に耳をあてて、胎児と対話している。

出産は母子ともに危険だと聞く。

「女の子でも、男の子でもいいわ、安産で五体満足で生まれてほしい」

無事に出産が成功しても、そのあとの生存率が低い。家慶の子女では家定しか成人していない。そこらまで考えると不安である。

「怖がってはいけない」

お琴はじぶんを叱咤《しった》した。

臨月を迎えると、お琴は産所に入った。そこでは白い綾《あや》で縁どりした畳をつかい、あたらしい布団をしく。うしろには屏風《びょうぶ》が立てられた。

神事として、「三方《さんぼう》」(正方形の供え物台)に白い半紙がしかれて、洗米《せんまい》、山椒《さんしょう》、勝栗《かちくり》、昆布などの縁起ものがそなえられた。

弘化二(一八四五)年十二月、出産が間近になり、産所は、あらたな模様がえになった。天井からは「子安縄」という藍染《あいぞめ》の一丈二尺(三・六メートル)のひもがさげられる。

お琴は白無垢《しろむく》の装束で、頭髪を引っ詰めにむすぶ(後ろにたばねる)。

「両手で子安縄にすがり、座居のかっこうで出産するのよ」

御年寄から、こまかくおしえられた。陣痛がはげしくなり、全身の皮膚から汗がふきだす。刻々と、突きあげる痛みが、容赦なく腰まわりに走る。顔をしかめてしまう。

「頑張ってくださいまし」

たすき姿の奥女中たち五、六人が脇からお琴のからだを支えてはげます。

耐えに耐えていると、赤子の鳴き声があがる。

「男の子よ」……お琴のこころには感動と安堵《あんど》と開放感とがひろがった。

奥女中の産婆が、白木《しらき》のたらいで産湯《うぶゆ》をつかう。赤子のからだに「させ綿」を巻き、産婆がへその緒《お》を切る。初産着をまとう。

御年寄が、男子誕生で「被子《ひし》一決好父愛敬《いっけつこうふあいけい》」と唱え、それを奉書《ほうしょ》に書きつけ、産所の柱に張りつけた。さらに、赤子の成長を祈願し、三方に洗米をまく。

一通りの儀式がおこなわれていた。

お琴はわが子に乳房をむけた。赤子が口をとがらせて教えられなくても、乳首に飛びついてきた。乳を与える女の歓《よろこ》びが、お琴のからだをかけめぐった。彼女はじっと嬰児《えいじ》の顔をみつめていた。

お七夜の命名式で、田鶴若《たづわか》と名づけられた。将軍の子はすべて正室の子とされる。

男子の出産で、「御部屋さま」とよばれ、お琴の地位は上がったが、手もとから嬰児は離れた。産んだわが子を育てられない。それがせつなくて、悲しかった。

二月の初午《はつうま》は、江戸の祭りのなかでも人気が高い。

江戸城でも、最大級の行事である。城内の稲荷《いなり》神社では、地口行燈《じぐちあんどん》がつるされ、幟《のぼり》や絵馬《えま》も奉納《ほうのう》されている。太鼓が打ち鳴らされる。

大奥「御座敷之間《おざしきのま》」の前庭で、演芸大会がおこなわれていた。奥女中たちが狐《きつね》さまのまねをして無《む》邪気《じゃき》にゆかいに踊りたわむれる。茶番・狂言《きょうげん》などを催す。

初午の一番の出しものは、高い壇上からの、投げ物である。豪華な呉服、髪飾り、菓子、細工物……、こっちに投げてぇーと大勢の奥女中が先を争って嬉々《きき》として拾う。

お琴は「御部屋さま」として権威がついたことから、高い場所に立ち、物品を投げる役になった。

……将軍家慶の男子となると、世子《せいし》の家定、つづく田鶴若《たづわか》のふたり。もしも、家定が不慮《ふりょ》の死にでも遭《あ》えば、田鶴若が将軍の世嗣《よつぎ》になる。となると、お琴は格の高い「将軍実母」も掌中《しょうちゅう》にできる可能性も出てくる。そんな目で、まわりから見られたりもする。

お琴の横では、姉小路が奥女中らの喜ぶ反物を空たかく投げている。

「田鶴若ぎみは、部屋の明と暗が、ようわかるみたいやで。手足を活発にバタバタ動かしなはる。指や手をしゃぶってはるえ」

（わが子に会いたい。もっと話して）

姉小路からもうことばは出なかった。

お琴は初午の狐さまの面をみて、授乳《じゅにゅう》のうわさが気になった。乳母には二種類あり、授乳と養育である。授乳の乳母は身分が低く御家人の妻女から選ばれる。

——将軍のお子さまです。抱きあげて、鼻息を吹きかけて、乳を与えてはなりませぬ。乳房だけをだしなさい。

ときには乳母は顔隠しの狐面すら被《かぶ》らされる。監視の目が光る。授乳の乳母は精神を痛め、乳がたちまち出なくなる。あらたな乳母と入れ替わる。

養育の乳母は、上級旗本の妻から選ばれる。子育てなのに規則通り、時間通り。愛情をもって可愛《かわい》がり育てる面がうすい。その結果として一、二年内に多くが発育障害、呼吸器不全《ふぜん》を起こし、感染症に弱く疱瘡《ほうそう》、麻疹《ましん》で夭折《ようせつ》する。

たとえ、生きながらえても、赤子の情緒は安定せず、愛情不足から精神が歪《ゆが》んで育つ。それが家慶の世子・家定であるとも聞く。

お琴はそれがとても不安だった。

花見の宴が、吹上御庭《ふきあげおにわ》で開かれた。

あちらこちら練綾《ねりあや》の縄を伸ばし、幕がひろく張られている。紫、萌黄《もえぎ》、空色または五色の縫合《ぬいあ》わせである。

奥女中たちは連れ立って幕内をあるく。

満開の手前六、七分咲きで、しずかで暖かな日である。

――花は咲きそろわず、散りもはじめない。

これが江戸いちばんの花見の日だとされている。庶民も、武士も、大奥も、その日をピタリと当てて花見の宴をたのしむ。的中率のよさが、これまた自慢になるのだ。

「花見は、いつにもまして貴《たっと》くも、うつくしい姿」と奥女中らは競う。加えて、徳川御一門の御簾中《ごれんちゅう》も招かれている。腰元たちも付き添う。いずれも黒髪の飾りから華美な晴着、はきものまで高価な真新しい身なりである。

花見の女の虚栄心はつきない。

大奥の老女ら「世話親」は、部屋方など使用人たち数十人をしたがえている。それをもって上級奥女中らは大奥での権威をみせつける。花見にかぎらず、行事ごとに、世話親は逐一《ちくいち》きものや装飾品を買いそろえてあげる。それが大奥での権力維持になっている。

当然ながら、幕府の給金だけでは到底やりくりできない。上級奥女中らは裏金づくりが上手だ。

ここ吹上御庭の花見の宴に立てば、奢侈《しゃし》禁止を掲げるものは嫌われるとよくわかる。

かつて松平定信、水野忠邦らが大奥の老女に反発され、老中首座から蹴落《けお》とされた。ちかごろは徳川斉昭《なりあき》が、大奥の豪華さ、贅沢《ぜいたく》や派手さを批判し攻撃する。

「吉子《よしこ》女王さまは、水戸藩に入輿《にゅうよ》されても、京都西陣織のお召しものは着させてもらえず、紬《つむぎ》と綿《めん》布《ぷ》だそうですよ」

「そんな粗末なきものだと、江戸城の花見にも参加できず、おかわいそう」

花見の宴の彼女らが口々に語る水戸嫌いは、根っこからの憎悪にちかいものだった。

距離をおいて聞くお琴が、御座所のお茶屋に視線をむけた。すると、姉小路が手招きする。あゆみ寄った。

「田鶴若ぎみは、よく笑うし。目がとても可愛い。人見知りがはじまったえ」

姉小路が独り言のように呟《つぶや》いてくれる。

新宮城主の水野忠央は、江戸定府である。めったにないが、海路で新宮まで帰国してきた。熊野川の河口では、白い海鳥が群れて乱舞している。

炭をはこぶ六百〜八百石積の御手船《おてぶね》(藩船)が、五十隻ほど停泊する。はるか熊野上流から、筏師《いかだし》が竹竿《たけざお》をつかいながらスギ、ヒノキを海辺までおろしてきた。

川面は五月の陽光でかがやいている。「みなの衆。お殿さまが江戸からお帰りになられたぞ」

船頭が大声を張りあげている。

「大儀《たいぎ》である」

厳《いか》つい顔の忠央は三十二歳で、肩幅があり頑丈な体躯《たいく》である。藩船から桟橋に上陸した。「出迎えご苦労」と、裃《かみしも》姿の家臣たちにかけることばも太い。

忠央が丹鶴城《たんかくじょう》に目をむけた。三層の天守をもつ城郭《じょうかく》は、鶴が青空に羽ばたくように浮かぶ。築城は元和四(一六一八)年で、城主は浅野忠吉《ただよし》である(翌年、浅野家が紀州国から安芸国広島に転封され、伴って忠吉は備後三原城代になる)。

翌元和五年には、遠江国浜松城から水野重央《しげなか》が新宮城主になった。それから約二百三十年の歴史をきざむ。

「わが新宮水野家は、紀伊徳川家付家老(陪臣)にあまんじてきた。かならず譜代大名に昇格してみせる」

それを誓った忠央が、黒塗りの大名駕籠《かご》にのりこんだ。急な石段をつづら折りに登っていく。

城の東側一帯は、炭火小屋が数多くならぶ。領内の熊野《くまの》から集積された良質な備長炭《びんちょうたん》がここに収納されている。

燃料と夜の灯《あか》りは炭であり、現在のガソリンとおなじで需要は膨大《ぼうだい》にある。池田港、あるいは鵜《う》殿港《どのこう》から積みだされる。

物おじしない性格の忠央は、御手船に紀伊徳川家の御紋「葵《あおい》の旗」をたてさせている。伊豆下田、浦賀の幕府番所《ばんしょ》では他藩の舟とちがい、入船の銀は免除《めんじょ》だ。

江戸市中で売りさばくうえで、輸送費用が下がり競争力がつく。その分、新宮水野家は利益があがり、より財政は豊かになる。

水野忠央の大名駕籠が、丹鶴城の二の丸を通りぬけた。松の丸、鐘の丸、やがて本丸の広場までやってきた。

大名駕籠からおりた忠央は、両手をあげて背伸びをした。視線を城の北側にむけると、深緑のつらなる熊野山系である。歴史ある貴重な財産だ。

かたや、南に目をもどせば、青く広がる熊野灘《くまのなだ》である。世にも名高い熊野水軍の拠点《きょてん》だ。荒海《あらうみ》を恐れない船乗りの豪胆《ごうたん》な気風《きふう》が、この城下にあった。

——お琴は雲の上で、太陽の子を産んだ。四人の妹のなかで、最も利巧ものじゃ。

将軍の男子・田鶴若は、いずれか徳川御三家、御三卿、親藩の養子になるだろう。

これをもって、忠央は徳川将軍家の外戚《がいせき》(母方の祖父)となれるのだ。と同時に、新宮水野家としては、付家老から譜代大名への格上運動がすすめやすくなる。

水平線に一塊の白い雲が浮かぶ。やがて重い雲に変わり、雨雲になるだろう。

「あした午前中は、天候にかかわらず、予定どおり鷹狩《たかがり》をおこなう」

と側《そば》につきそう家臣たちに命じた。

幕府は、陪臣の鷹狩を禁止している。

忠央はまったくお構いなしだ。国に帰ると、かれは家臣らと鷹狩をやる。全竜寺《ぜんりゅうじ》(新宮)の門前には鷹部屋を設置しているのだ。

――幕府を恐れぬ男だ。

忠央はふだん幕府の閣老や大藩の藩主・重臣と深いかかわりをもつ。批判、中傷、陰口など、かれは微動だにしなかった。

忠央から季節・祝い事などの付届けはほとんどが妻女宛てで、おしみなく豪勢である。……重臣の妻女がよろこんで受理すれば、亭主はなにかと忠央に忖度《そんたく》せざるを得ない。

「あしたの予定はもう一つ。昼食後は、領内の産業をみてまわる」

忠央は産業振興にもことのほか積極的だ。……製紙業を起こし、薬草を栽培させて製薬局をつくり、ミカンの栽培も奨励《すいしょう》してきた。さらに、陶器、漆器、瓦《かわら》の製造も開始させた。

この当時、最も貴重なガラスの製造場を設けた。桑皮から紙を作らせている。かれは産業向上に意欲たっぷりである。

安藤直裕《なおひろ》が丹鶴城の本丸に訪ねてきた。書院にお通ししているという。

安藤は二十五歳で、紀伊田辺《たなべ》城の城主、三万八千石の所領が与えられている。紀伊徳川家の付家老である。

水野忠央が江戸詰、安藤直裕が和歌山の本藩の城詰である。

「お待たせしたようだ。けさは馬で海岸を走り、日の出を拝み、いつもどおり熊野速玉大社《はやたまたいしゃ》を参拝してきた」

忠央はむかいあわせに座り、帰国の挨拶をしておいた。

「当方は、別に急ぐ話ではありません。……。あまり早朝から、水野家に押しかけるのも気が引けましたから、前々から気にとめていた神倉《かみくら》神社の奇岩《きがん》の岩場を登り、新宮一帯のすばらしい絶景を堪能《たんのう》してきました」

（話の用向きは何だろう）

この安藤は七歳下で、男とすれば温和な顔立ちである。顔つきはよいけれど、みた感じは線が細く、押しのなさを感じさせる。性格はすこぶる几帳面《きちょうめん》である。

小柄な女中が入室し、忠央がお土産品にした日本橋の練羊羹《ねりようかん》とお茶をだす。

「いつきても、ふしぎな新宮です。巡礼が旅する古道と、霊場《れいじょう》がしぜんに折り重なり、まさに神代と今世、神域《しんいき》と俗界《ぞっかい》が一体になっておる」

（安藤の本題はなにか。切り出しにくい内容なのか。まわりくどい話だ）

忠央は剛毅《ごうき》で、決断が速く、安藤とは性格的に合っていないし、苛立《いらだ》つ。おなじ付家老の立場でなければ、追い返すだろう。

「新宮は、日本書紀にも、『熊野神邑《みわのむら》』として登場していると聞きました」

「さよう。平安から鎌倉にかけて、上皇や貴族の間で熊野詣《くまのもうで》が盛んにおこなわれた」

忠央が考えるに、紀州藩の財政は慢性的な赤字である。潤沢《じゅんたく》だった年は一度もない。これは決して、貧しい民の責任ではない。藩主と重臣が政治的な資質に欠けているからだ。財政改革がいっこうに進まず、幕府からの支援と借入ばかりを当て込んでいる。

けさも、金を借りる話ならば、安藤としては切り出しにくいのだろう。

徳川時代の大御所政治といえば、先の将軍家斉の三佞人《さんねいじん》と、紀伊徳川家の治宝《はるとみ》による隠居政権が有名である。

双方とも、老政治家が第一線を退いても権力を手放さなかった。取り巻きの執政《しっせい》らの目は民にむかず、ひたすら大御所の機嫌を損なわない姿勢に徹していた。

――治宝は従一位、大納言である。狡猾《こうかつ》で姑息《こそく》な治宝をあいてにしても、温和な安藤は歯が立たないだろう。

そう考える忠央も、本藩の治宝とは馬があわず、顔すらみたくない心境であった。

「ところで水野どの、貴殿の妹が大奥に入られたとか。妹八人のうち、どなたですか」

安藤直裕がさっと新たな話題を差し込んだ。

「お広だ」

「あの美しい顔立ちのお広さんですか。江戸市ヶ谷の浄瑠璃坂で二度ばかり、お会いしています。大奥にあがられて、将軍家慶公のお手付きになった、と某君から聞きましたけれど……」

(安藤には、もっと先まで語らそう)

忠央は黙っていた。

「聞けば、江戸城の奥女中は、下級旗本の娘にかぎられておるとか。水野どのはその決まりを破り、妹姫を大奥に入れられた。お広さんが家慶公の男児を産んだ、その名が田鶴若ぎみ。これら一連の話は定かでござるか」

安藤の眼がしだいに問いつめてくる。

「さすが紀州本藩だ。吉宗公以前から、諜報《ちょうほう》活動は天下一品。よく調べておる。事実だ」

「事実ならば、まずい。とても、まずい」

「不都合だという理由を聞きたい」

忠央は湯呑《ゆのみ》茶碗を手にした。

「水野どの。語るまでもなく、紀州本藩はこのところお世継ぎが生まれず、養子で藩主を迎えてきた。その都度、貴殿もご存じのとおり、厄介《やっかい》なもんちゃくをおこしておる。水野どのが、田鶴若ぎみを紀州藩主に推《お》すと、わが藩内はふたたび騒動になる」

安藤の語調が、さすが付家老だと思わせるほど強くなった。

「どんなもめ事が考えられるのかな」

忠央が扇子で、悠然《ゆうぜん》と胸元をあおいだ。

床の間に、紫陽花《あじさい》が活《い》けられていた。それを横目でみたあと、安藤直裕がこういった。

「打ちあけた話をいたそう。これは内密ですが、藩主の斉順《なりゆき》どのは体調が悪く、そう長い命ではないとおもわれます」

「それは承知しておる」

「治宝の隠居勢力が、次の紀州藩主として、西条の藩主・松平頼学《よりさと》どのを推している。画策《かくさく》というよりも、既成事実《きせいじじつ》になっておるのです」

伊予西条藩は、紀州本藩の支藩であり、そこの藩主が和歌山に移る、それは決して矛盾ではない。

尾張徳川家が支藩・高須《たかす》藩から藩主が出たように、正常である。

「そこでお願いですが、数え一歳の田鶴若ぎみを強引に紀州藩主に押し込まないでいただきたい。

藩内は大ごとになります」

「治宝の推薦《すいせん》など、叩《たた》きつぶせばよい」

剛毅な忠央は、拳《こぶし》で畳をたたいた。

安藤はあ然としていた。

「実は、安藤どの。甥《おい》の田鶴若がどこの養子になるか、余は悩んでもいないし、迷ってもいない。それは将軍家が決めることだ。大奥の姉小路あたりが決めるだろう。余の心配は、甥がぶじに幼少期を超えられるのか、そっちが気になっておる」

ちなみに、将軍家斉は五十三人の子どもをもうけた。十五歳まで生きたのが二十一人。四十歳を超えたのが七人である。

これに対して、将軍・家慶の子どもとなると(お琴の子を除いた段階)男十二人、女十一人、よって二十三人で、成人に達したのが、わずか家定ひとり。あとは全滅である。

「毒殺ですか」

「それもあるだろう。おそらく高い確率で」

忠央は、家慶の子女が全滅だけに、田鶴若の命にも危惧《きぐ》をいだいていた。お琴が産んだ田鶴若が一、二歳で死に至れば、譜代大名格の昇進運動に支障をきたす。

当時は白粉《おしろい》の原材料に水銀や鉛《なまり》がつかわれていた。乳母が白粉を首筋や乳房にまで塗る。嬰児《えいじ》が顔をぴたりつけて乳をのむと水銀中毒で死に至る。……老女が女の勘で、嬰児の目、口許《くちもと》の異物に疑問をもち、乳母には狐の面を被らせて授乳させるのだろうか。それも考えられる。

水野忠央が話題を変えた。

「……もう一昨年になるかな。藩主の斉順が大奥の姉小路とともに、水野忠邦の上知令《あげちれい》に反旗をあげた。その戦いに勝利し、紀伊徳川家の領地は従来どおり確保できた。

そのあとの斉順は豪華な湊《みなと》御殿に入り、愛玩《あいがん》鳥類を数万羽も飼育し、陶器にも凝《こ》っている。隠居政事に流されっぱなし。吉宗の血筋の徳川家には、異常なほど鳥類に熱を入れた人物が多いのが特徴だ。斉順も多分に漏《も》れず政事から逃げ、趣味の世界に走っている。

かれはもはや紀州の民のためでなく、自分のために生きている。

「伊予西条藩からあたらしい藩主がきても、隠居政事があるかぎり、本質は変わらぬ。機をみて、安藤家と水野家の両家が隠居政事の一派を根こそぎ排除するべきだ」

「付家老政事ですか」

「さよう。西洋の書物には、『政治は民のためにおこなうもの』と記す。これまで政事にかまってもらえなかった農民が喜ぶ、そんな政権を紀州藩につくろう」

このように民主的な時代を先読みする、開明的な思想はどこから出てきたのか。

忠央は学問好きで、研鑽《けんさん》する国学にも優れているが、浄瑠璃坂に学問所「育英館」を立ち上げている。館内には地球儀をおく。そして、領内・外、および長崎などに遊学中の者のなかから英語、蘭《らん》語《ご》、仏語の英才をあつめている。豊富な資金を背景にして、おしみなく輸入書籍をあたえ、西洋の原書を数多く翻訳《ほんやく》させる。

政治、産業、薬学など多岐《たき》にわたる。軍事では洋式の砲台、洋式軍隊、「大船製造の禁」の解除も視野にいれた造船業、および操船術の研究などもすすめている。

ここで二十年のち第二次長州戦争に歴史を高跳《と》びさせると、芸州口の戦いで長州奇兵隊が小瀬《おぜ》川をわたり、彦根藩、高田藩に攻撃をしかけ、広島城下まで進軍した。

敗戦ぎわの幕府は、切り札として南紀新宮水野家の洋式軍隊を前面にだしてきた。

かれらは黒潮精神の気迫と、日ごろの洋式軍隊の訓練と、高性能のライフル銃とで長州軍に襲いかかり、岩国までたちまち撃退した。「鬼水野《おにみずの》」と恐れられたことでも名高い。この西洋式軍隊は、嘉永《かえい》・安政の水野忠央時代からつくられた軍隊である。

第二次長州戦争で長州藩は勝った、勝ったと吹聴《ふいちょう》するが、芸州口の戦いでは「鬼水野」に押し戻されているだけに、長州の口は重い。


「きょうは、腹をわって話せました」

安藤直裕は、本丸広場から、かれの家臣の騎馬と駕籠に囲まれて帰っていった。

丹鶴城の松が、海からの風で鳴りつづける。見送った忠央は、黒潮の海を眺めた。三角波の頂きが白いしぶきを飛ばす。帆船がゆれている。

「安藤には、付家老政権をつくろうと嗾《けしか》けながらも、余は譜代大名になろうとしておる。人間は矛盾で生きるものだな」

忠央は苦笑した。

「譜代大名に昇格すれば、余にも幕閣への道が開かれる。水野一族の、忠邦のように老中首座までかならず昇りつめて、天下・国家をうごかす。どの譜代大名にも負けぬ。一世の英傑《えいけつ》たる実績を残す」

かれは胸の内で、その目的を成すためには手段を選ばず、とつぶやいていた。

……新宮には熊野三山の特権があり、全国からの寄付が膨大にあつまり、その金で大名金融をおこなう。大藩の加賀藩や薩摩藩にも貸しつけている。

さらに三山を維持する名目で、「熊野三山万人講」という富くじ興行まである。

天下に名高い備長炭《びんちょうたん》、熊野木材と、この新宮水野家にはばく大な経済力がある。

妹・お琴の声が松風のなかで、ふいに聞こえたような気がする。

――わたしの産んだ子が将軍さまになれる。兄上、夢が実現しそうです。

「妹よ。みごとに田鶴若を産み、『御部屋さま』として大奥で威光《いこう》がついた。この先は姉小路とならぶ権威と人脈をつくれ。熊野の大金をいくらでもつぎ込んでやる」

お琴は利巧だし、将軍・家慶の寵愛《ちょうあい》を受けているし、大金が不自由なく使えれば、大奥に一大権勢がつくれるだろう。

「次は中奥だ。将軍の秘密をにぎる側用人《そばようにん》たちを家族として取り込む。その先は、実弟たちを膨大な持参金付きで養子縁組させる」

大奥と中奥が、新宮水野家の影響下に入れば、幕府はうごくだろう。否。幕府は二百四十余年にわたる前例がない事案に対してはうごかない。辣腕《らつわん》をふるう忠央はなおも気を緩めていなかった。

第六章

欧米からの外圧

十二代将軍・家慶《いえよし》が三つ葉葵《あおい》の乗物（駕籠《かご》）で浅草寺《せんそうじ》にむかう。槍《やり》をかかげた徒組《かちぐみ》が先払いでいく。浅草寺御成《おなり》である。

沿道の家々は、幕府のお達しで戸を閉めている。軒下にムシロを敷いたうえで、民は正座し、平伏する。女は顔をあげて将軍の一行をみられる。芸者衆もいる。

浅草寺の境内に入ると、家慶が乗物から降りた。参道をいく。数日ぶりに、冷気がゆるんだ小春日和だった。境内の隅々には、落ち葉が吹きだまりになっていた。

上臈《じょうろう》御年寄・万里小路《までのこうじ》が御台所《みだいどころ》の代役である。はなやかな衣装と鬢《びん》飾りの奥女中たちがうしろにつづく。

粋《いき》な浅草芸者たちの好奇な目が光る。その視線は人気者の老中首座・阿部正弘にもむけられていた。

「伊勢守は、浅草にくわしいそうで」

老中次席の牧野忠雅《ただまさ》にそう聞かれた。

「さよう。この近くの、本所に福山藩下屋敷があり、実母が住んでおる」

正弘の母親・高野具美子《くみこ》は、阿部正精《まさきよ》（元老中）の側室だった。正弘がまだ甘えたい盛りの七歳のとき、父・正精が亡くなり、母は下屋敷の離れに別宅（庵《いおり》）をもらい独り住まいの身である。

「それがしは月に一度、長命寺の桜餅《さくらもち》を買って、庵の母上を訪ねておる」

正弘は牧野のもとめに応じ、頭のなかにある浅草寺の歴史をめぐって聞かせた。

家康が江戸に幕府を開くと、徳川家は江戸城からみて鬼門《きもん》の方角にある浅草寺を祈願所にさだめた。逆方角が芝増上寺である。

二代将軍秀忠《ひでただ》は、家康の死後に、浅草寺の境内に東照宮《とうしょうぐう》を建立した。毎十七日が家康の命日で大勢があつまり、繁栄した。

ところが、三代将軍家光《いえみつ》は父親嫌いであった。天海僧正《てんかいそうじょう》のすすめで、上野に東叡山寛永寺《とうえいざんかんえいじ》をつくり、徳川家は浅草寺とは疎遠《そえん》になった。そのあと大火事で、浅草寺の本堂や東照宮が焼け落ちた。残ったのが随神門《ずいしんもん》と六角堂のみである。

「父・秀忠が造った浅草寺など、再建せずともよい。ならば、浅草神社を建てよ」

ここから将軍家に冷遇された。ちなみに、このころ浅草田圃《たんぼ》に、男があそぶ新吉原の遊郭《ゆうかく》ができた。

五代将軍綱吉《つなよし》のとき、浅草寺に事件がおきた。同寺のお坊さんが犬を殺したとうわさがひろまり、「生類憐《しょうるいあわれ》みの令」から、綱吉の逆鱗《げきりん》にふれてしまった。

この浅草寺が寛永寺の支配下におかれて、独自性を失った。それでも、境内の清掃者たちが、よしず張りの露店で、細々と商いをしていた。それが現代の浅草仲見世である。

さらに、吉宗《よしむね》の享保《きょうほう》の改革のおり、仲見世は二十件くらいに減らされてしまい、浅草寺はいよいよもって廃《すた》れた。

それでも、長い歳月をかけて地元有志の手で、大黒堂《だいこくどう》、えびす堂、地蔵動、薬師堂《やくしどう》が建立された。将軍家とは疎遠でも、「民の願いを聞いてくれる」という庶民の寺に変わっていった。境内では相撲興行がおこなわれ、人気を博した。

長崎出島の商館長(カピタン)が、年に一度は将軍拝謁《はいえつ》で江戸参府《さんぷ》をおこなう。寛政二(一七九〇)年から四年に一度となるも、徳川時代におこなわれた回数は延べ百六十六回におよぶ。

江戸の定宿《じょうやど》・長崎屋が火事で焼けたときには、臨時の宿泊場として浅草寺がつかわれた。一回が二十日間ほどの宿泊である。

「紅毛《こうもう》の異人がみられるぞ」

それも熱狂的な人気で、浅草寺の人あつめに寄与した。

近いところでは「天保《てんぽう》の改革」のとき、町奉行・遠山景元《かげもと》（遠山の金さん）が老中水野忠邦《ただくに》にたいして、「庶民の娯楽を全部やめさせると、暴動が起きる」と芝居小屋をのこさせた。と同時に、歌舞伎《かぶき》三座を浅草に集約し猿若《さるわか》町をつくった。

これが庶民に受けた。

ただ、歴代将軍は浅草寺にみむきもせず、大川で釣りに興じても、立ち寄らない。大奥女中の代参ていどだった。

そのなかで、「わしは、この浅草が大好きじゃ」と将軍・家慶はみずから足をはこんでくる。本堂で開帳《かいちょう》本尊の御拝《ごはい》の儀をおえると、御膳所《ごぜんしょ》で食事休憩をとる。

「浅草奥山《おくやま》、これもたのしみじゃ」

御成《おなり》の八日前から、江戸城の目付《めつけ》や普請《ふしん》方が入り、念入りに本堂の修復、浅草周辺の清掃、安全の検分などをおこなっている。

将軍・家慶は奥山に到着すると、曲芸やコマまわしの芸を上覧《じょうらん》する。見世物小屋なども興味津々で見物していた。家慶にすれば、江戸城の窮屈《きゅうくつ》な生活をぬけだし、庶民の娯楽がたのしめる日なのだろう。

付き添う奥女中たちは旗本の娘が多い。
奥山までくれば開放的で、「あそこの店、両親に連れられてきた。甘味処《あまみどころ》よ」と弾んだ声で、おしえあっている。

将軍御成の一行が立ち去っても、浅草寺《せんそうじ》は家慶からの恩恵《おんけい》だといい、「御成跡開帳《おなりあとかいちょう》」として秘蔵の本尊を拝観《はいかん》させた。

参拝の民はこれを喜んだ。「天保の改革」のきびしい規制から、こころがすさんでいた民衆が、江戸っ子だ、おらたちの徳川さまだと気持ちがもどってきたのだ。

ここから約二十年あと、鳥羽伏見の戦いのさなか、大坂城から江戸に帰ってきた徳川慶喜《よしのぶ》が上野寛永寺で謹慎《きんしん》した。

すると、一橋家を中心とした旧幕臣たちが、慶喜の警護を目的とした彰義隊《しょうぎたい》を浅草で発足させた。

「上様あっての江戸だ。死しても護《まも》る」

町人、博徒、侠客《きょうかく》らも参加し、千人以上の規模になった。浅草では手狭になり、かれら彰義隊は拠点《きょてん》を上野の山に移した。

たちまち三千人から四千人の規模となった。一方で、朝廷が東征軍を江戸に進発させる容易ならざる事態になった。

このとき寛永寺貫主の輪王寺宮能久《りんのうじのみやよしひさ》が慶喜の復権・助命嘆願でうごいた。さらに大奥の天璋院《てんしょういん》・篤姫《あつひめ》、静寛院《せいかんいん》・和宮《かずのみや》らがともに「この身はいったん将軍家に嫁いだからには……」と徳川家の存続で奔走する。結果、江戸城が無血開城された。

だが、それをもって終焉《しゅうえん》とはならず、町人までよせあつめた彰義隊と、西の下級武士たちの新政府軍との上野戦争が勃発《ぼっぱつ》した。

寛永寺が陥落すると、旧幕府軍は輪王寺宮を擁立《ようりつ》し、東日本戦争へと拡大し、本格的な戊辰戦争で、上越、福島・仙台、会津で激しい戦闘がおこなわれた。

家慶の浅草寺御成は、幕末ぎりぎりの局面で、江戸庶民のこころを幕府びいきで動かした歴史的ドラマの発端《ほったん》をもっていた。

弘化三(一八四六)年五月は長雨がつづいた。

一昨日から晴れ間がでてきた。阿部正弘が、江戸城大奥の対面所で姉小路《あねがこうじ》に、きのう浅草で買いもとめた桜餅の包みをさしだした。

「あきまへんな。これワイロですやろ」

「さようワイロです。ただ、なかは黄金の小判でなく、正真正銘のあんこです」

正弘はちょっと砕《くだ》けた口調でいった。

姉小路が包み箱をひらいた。桜の葉の甘い匂いがぷーんとただよう。

「あら、たった六個。どないしよう。部屋方にまわりまへんがな」

上臈は世話親として、もらい物は使用人の部屋方などに等分に分け合っている。それがしきたりでもあった。

「それがし、ふだんつけ届けをせず、一切もらわずで、気がまわらず申し訳ない」

「そやろうな」

姉小路がさわやかな笑みを浮かべた。

「母上はこの桜餅が大好きで、いつも六個持参し、分け合って食べております」

「ずいぶん母親想《おも》いやね。ひとり三個食べたら、まあ、あとには引けない数やね。なら、うち今いただこう。おいしいわ。江戸城にきて、最上のワイロやね」

姉小路が微笑《ほほえ》みの目で、袖で口もとをふさいで食べている。その姿が実に上品である。正弘も手を伸ばした。

「奥方にも、桜餅をお買いになってあげますの」

「このたびは下心で姉小路さまだけです」

「それはあきまへん。焼きもちで、奥方に叱られますえ」

姉小路がからかっていた。

正弘の結婚は十九歳で、十六歳の松平謹子《きんこ》を正室に迎えた。彼女は越前福井藩の第十一代藩主・松平治好《はるよし》の次女だった。三代あとの福井藩主が、松平慶永《よしなが》(春嶽《しゅんがく》)である。

安政に入ると、正弘が若き慶永をよびだし、縁戚関係のよしみで、そなたは水戸藩の攘夷《じょうい》に染まりすぎておる、反幕府の行動だ、と叱責《しっせき》したこともある。

「下心は、厄介《やっかい》なお話みたいやね」

「ずばりです。ご存じか、否か。オランダ国王の親書の件です。上様からいつまで放置するのか、と叱責されました」

オランダ国王から開国勧告《かんこく》の親書が幕府にとどいてから、もう二年近くが経《た》つ。返書も出さず、そのままズルズルときた。

「上様から、これ以上の引き延ばしは芳《かんば》しくない、と対処を命じられました」

「それで、うちに。オランダ国王さまの親書の話といわれても、海のかなたのことは存じませんえ」

「二人よれば、文殊《もんじゅ》の知恵といいますし」

怒るかな。

「屁《へ》のツッパリにもなりまへんで。下品どしたな」

と笑って聞きながしてくれた。

「これまでの推移を説明します」

天保十五(一八四四)年七月二日、オランダ国のコープス大佐がヨーロッパから遠路、フリゲート艦・パレンバン号(乗組員は約四百五十人)で、正式な使節として、「オランダ国王の親書」をたずさえて長崎にやってきた。

「この開錠ができるのは、日本国帝殿下が命じた人物だけである」(オランダ国王密議庁)

と極秘扱いで、箱の鍵とともに荷揚げされた。

長崎奉行がそっくり江戸に送ってきた。

家慶が受理し、幕府天文方《てんもんがた》の蘭学学者の渋川六蔵《ろくぞう》にそれを翻訳させた。

――オランダとは貿易しているが、国交が樹立《じゅりつ》されていない。本来は親書は受理するべきでなかった。

徳川幕府は独裁政権である。

将軍みずからの判断で、それを開封したのだから、だれもとがめられない。

ちなみに、幕府が次に国書を受理したのが、約九年のち嘉永《かえい》六(一八五三)年六月、ペリー提督が持参してきたアメリカ大統領の親書と、翌七月のプチャーチン提督によるロシア皇帝の親書である。

これらオランダ、アメリカ、ロシアの親書の受理は幕末政治におおきな影響をあたえた。

「姉小路どの、日本語に翻訳《ほんやく》された親書をまず読んでいただけますか」

「そなら、読ましてもらいます」

姉小路が、餅粉《もちこ》のついた指を紙で拭《ふ》いてから、親書の翻訳文をうけとった。

親書の要約は次のとおりである。


「いま貴国(日本)が傍観《ぼうかん》できない一大事がアジアでおきました。それはアヘン戦争です。武威《ぶい》のつよい清国が、イギリスの優秀な軍事力に押されて、数千の人々が死亡し、ついには和睦《わぼく》を乞《こ》いました。清国政治ははなはだ錯乱《さくらん》し、鎖国は止めさせられ、五か所の港を開かされました。

(広州、福州、寧波《ニンポー》、厦門《アモイ》、上海)。

賠償金として二一〇〇万ドルをイギリスに払うことにもなったのです。

貴国(日本)にもいま、おなじ災難がふりかかろうとしています。

いまから三十年まえ、ヨーロッパ諸国ではナポレオン戦争が終わりました。そして、各国の帝王が人民のために商売の道を開き、産業を興し、促進しています。

いまや物理・化学の技術が発達し、人力をついやさせず、転じて機械が貨物をつくっています。製造機械の発明で、商売はますます発展しています。

そのなかでも、イギリスはとくに産業技術が優れており、国が豊かで、優秀な軍事力を持っています。

現在、ヨーロッパでは蒸気船が製造されています。世界の国々との距離が縮まり、おおいに交流を推進しています。

これに反して、日本が国を閉ざし、他国と交流しないのは、好ましいことではありません。

先に、日本から各諸国に通達された法令(薪水給与令《しんすいきゅうよれい》)は、船が大嵐に遭遇し、食料や薪水が欠乏し、日本海岸に漂着した場合のみにかぎられた適用です。

初めから正当な理由がある外交特使の船の入港を、難破船でないとして、貴国が排除すれば、かならずや争いがおこるでしょう。その争いは対外戦争に発展し、おそらく貴国の荒廃《こうはい》を招くでしょう。

今後の日本近海は、異国船が出現することが、過去に比べて多くなります。異国船の船員もしくは軍艦の兵士との間で諍《いさか》いが起これば、それが戦争にまで発展します。それを考えると、オランダ国王としてはこころを痛めるものです」

親書の結びは次のとおり。

「世界情勢をかんがみると、ヨーロッパは蒸気船の発展、科学進歩で、遠洋航海の時代になり、自由貿易の時代に突入しました。にもかかわらず、日本がいつまでも国を閉ざしていると、清国のアヘン戦争とおなじ戦争状態に陥り、亡国になりかねません。

貴国は交易で、世界と親しく交流することで、平和が保てます。願わくは叡智《えいち》をもって熟考《じゅくこう》されたし。この勧告を採用されたと、殿下(将軍)から返書を賜れば、腹心の臣下を日本に送ります。

この助言は二百年間にわたり、オランダが特別に貿易を許されてきた厚遇への返礼です。戦争回避《かいひ》の開国をお勧めします。オランダ・ウィレム二世」

姉小路がきびしい表情で吐息《といき》をもらし、もういちど丹念に読みなおした。

「亡国……。戦争で外国に負けるって、どないに恐ろしいことやら」

「国破れて、山河ありです。民も武士も、上様すら悲惨《ひさん》な生活に堕《お》ちるでしょう」

このオランダ国王の親書がとどいたときが、おりしも、水野忠邦が老中首座に再任されたときである。

忠邦はこれを評定所一座に諮問《しもん》した。評定所一座とは寺社奉行四人、勘定奉行二人、町奉行二人。それに老中一人で構成されていた。

評定所一座は鎖国維持の考えだった。忠邦は、オランダ国王の勧告に従って開国するべきだと主張した。

――ところで、現代の小中学生の教科書から、「鎖国」や「士農工商」という用語は消えた。蘭学者の造語「鎖国」は、江戸時代には使用されず、明治に入り一般に普及《ふきゅう》したからである。

当時の幕府は四か所を窓口として管理貿易をおこなっており、排他《はいた》的な国際孤立の鎖国ではない、という理由である。

『泰平の眠りをさます上喜撰《じょうきせん》たった四盃《はい》で夜も寝られず』という有名な狂歌も、明治十年頃の創作である。史実の実態ともちがう、と現代の教科書から削られた。

鎖国、藩、天領などは明治からの用語だが、作品では便宜上、使用する。

なお、外国文学の一部で鎖国は、「Locked Japan」と表記されている。

*

幕府の三奉行は、ふだん法や判例で裁《さば》く。よって体質が保守的である。それゆえに、「鎖国は祖《そ》法《ほう》」だと主張した。

幕府にとって重大な政策は、毎月二のつく日(二日、十二日、二十二日)に、評定所一座の構成員のほかに閣老、大目付、目付も一堂に会し、審議した。

そこに老中再任の水野忠邦が出席し、怒る顔をさらに赤らめて反撃した。

「みなの頭は石碑《せきひ》のように、『鎖国は祖法』と刻まれておられるのか。祖法とは神君・家康公だ。神君は朱印船《しゅいんせん》貿易をおしすすめていた。いつ鎖国といわれたのだ。祖法が神君でないというならば、申してみよ」

忠邦は一人ひとりに、応えてみよ、と迫る。強い威圧のことばと鋭い目から、奉行たちは青ざめ、物言えぬ顔になった。

「これでは幕府の諮問《しもん》機関として役目をはたせない。首をすげ替えた方がよい」

と弁が立つ忠邦の叱責《しっせき》は辛辣《しんらつ》だった。

「神君は、島津、鍋島《なべしま》、加藤、細川などの大名家、および大坂、博多、長崎の商人にも、朱印状（渡航許可書）を発行した。かれらはルソン（フィリピン）、ベトナム、カンボジア、シャム（タイ）へ渡航し、交易した。日本町も発達していた」

三代将軍家光のとき、島原の乱がおきた。それをもって寛永十六（一六三九）年にキリスト禁教令が決定的になった。

されど欧州では唯一、オランダが「キリスト教の布教をおこなわない」と約束したことから、長崎出島に隔離したうえで交易を認めた。

貿易の窓口としては長崎、対馬、薩摩（琉球）、松前の四か所に絞り込まれた。

そこから約百五十年の歳月がながれた。

凍《い》てつく国土のロシアは、つねに不凍港《ふとうこう》の確保をねらって南下してくる。

寛政四（一七九二）年に、ロシア使節のアダム・ラックスマンが漂流民の大黒屋光太夫《こうだゆう》をつれて蝦《え》夷《ぞ》・根室にあらわれた。

当時の老中首座・松平定信《さだのぶ》は、通信・通商のないロシアの女帝エカテリーナの国書はうけとれない、「鎖国は祖法」だという理由で拒絶した。このときから「鎖国は祖法だ」という表現が定着したのだ。

戦争は金持ちが勝つ。かつて日本は貴金属の輸出で、世界に君臨《くんりん》していた。とても豊かな国だった。

ただ、わが国は「金」算出量が世界の上位でありながら、秀吉の時代に掘りつくされた。徳川幕府の初期には、上質な純度の「銀」が海外に流出し、銀山は枯渇《こかつ》してしまった。

近年は「銅」の鉱脈までも枯れてきた。

「いまや西洋は、金銀銅の産出量の少ない日本との交易に魅力を感じていない。幕府が銅を高く買って、オランダや唐(清国)に安く売らなければ、交易船が来てくれない時代だ。こんな貧しい国が、豊かな欧州の国と戦争して勝てるのか」

忠邦の顔はかんしゃく玉が破裂《はれつ》する寸前になった。

同席していた二十五歳の老中阿部正弘は、将軍・家慶は鎖国か、開国か、どちらだろうか、と思慮していた。このとき、忠邦から発言をうながされた。

「考えますに、いまだに天明・天保の食糧危機から脱したとはいえませぬ。開国すれば、わが国からたいせつな米穀《べいこく》が海のむこうに流出し、逆に、華美で不必要な輸入品が国内にあふれる。憂《うれ》うべき状況になります」

ここらがおおむね家慶の考えだろう、と正弘の忖度《そんたく》した発言だった。

「それはちがう。寛政の改革で、松平定信どのが通商の道を開いておけば、天明・天保の未曾有《みぞう》の天災に遭遇したとき、海外から大量の穀物《こくもつ》が輸入できたし、膨大《ぼうだい》な餓死者《がししゃ》をださずにすんだ」

忠邦の目は攻撃的だった。

「おそれながら、西洋の軍事力、敵の軍備を知らずして、開国するのは無謀《むぼう》で、危険です。日本人は一人として、異国の軍事力の視察を目的に渡航《とこう》したものはいません」

これは正弘の考える意見だった。

「若いのに保守的だな。牡蠣殻《かきがら》の硬い牡蠣はどのように食べる。鉄槌《てっつい》で、殻《から》を打ち砕く。鎖国とは、牡蠣殻をかぶるのとおなじだ。殻の口を開いておけば、たたかれまいに」

水野忠邦が評定所一座で熱弁をふるったのは一度かぎりで、失脚してしまった。

阿部正弘はむかいあう姉小路に、こうした諮問のやりとりを聞かせた。

水野忠邦の失脚から、二年近くが経《た》つ。

オランダ国王の親書の扱いは引き継いだけれど、開国か、鎖国か、と悩みながらも、阿部正弘は結論をださずにいた。

「それがし、老中首座の責任者になってみて、忠邦どのは西洋への見識と対応の手腕が群を抜いていた、とよくわかります。好き勝手な独りよがりな政策をしていたわけではない」

鳥居耀蔵《ようぞう》を手下においたり、金品の誘惑に敗《ま》ける悪い面がいくつもあったりしたけれど、国を守る信念はだれよりも強かった、とつけ加えた。

「よい部下をもたなあきまへんな」

「まさしく。それがしは忠邦どのを再評価する一方で、開国か、鎖国か、いずれの道を採用すべきかと、今日まで決断のつかない自分とむきあってきました」

一つまちがうと、亡国となる。民に塗炭《とたん》の苦しみを与えてしまう。

とうとう将軍・家慶から、何とかせよ、と叱責《しっせき》を受けてしまったのだ。

「それで、うちに知恵をもらいに来なはったんですか」

「別の知恵です」

正弘はひと呼吸、間をとってから、

「国王の親書とともに贈り物がとどいております。姉小路どのには、何をお返しするのが良いか、選んでいただきたいのです」

「そんなら、お役に立ちますえ。うちには開国か、鎖国か、ようわからへんけど」

姉小路の眼がつよい興味で光った。

「話はもどりますが、金銀銅が枯れ、天明・天保の飢饉《ききん》から脱出したばかり。西洋から最新の武器は調達できず、軍事力がない、それゆえに開国できる国力がない」

「伊勢守は開国できへん、だから鎖国でいく。えろう消去法なんやね」

姉小路が辛辣《しんらつ》な皮肉をむけてきた。

「きびしいおことばですが、これが現実です。水戸老公(徳川斉昭《なりあき》)の下で、儒学者の藤田東湖《とうこ》、会沢正志斎《せいしさい》らが、攘夷をあおっておるが、かれらの攘夷には懐疑《かいぎ》的です。海外に一度も行かずして、……東洋文化と比べて、西洋は道徳の劣った野蛮《やばん》な国だ、だから、異国人は足を踏みこませないと、鎖国をあおっている。そもそも水戸藩の攘夷論がなぜ生まれたか。それを考えると、実にうさんくさい」

水戸藩の徳川斉昭といえば、異常ともいえる執念ぶかい性格と極端な攘夷主義だった。部屋住みのかれが三十歳で、藩主になったのが、文政十二(一八二九)年である。

就任すると、「水戸藩の天保の改革」と称し、一気に藩政改革をおこなった。……人事を刷新《さっしん》して優秀な人材を郡《こおり》奉行に投じ、農村復興を試みた。藩校・弘道館を設立し、精神修業の場とさせた。偕楽園《かいらくえん》を造営し、領民にも開放した。

斉昭の頭のなかには、藩主になる五年前におきた常陸《ひたち》大津浜事件のことが剥《は》げずこびりついているのだ。


文政七(一八二四)年五月二十八日の早朝だった。イギリスの大型捕鯨船《ほげいせん》の船団が、捕鯨ボート(小舟)三隻を下ろし、船員らが上陸してきた。

村人らが異国人十二人を捕まえて、海辺の空き家に軟禁した。

そこは水戸藩付家老《つけがろう》の中山信守《のぶもり》の知行地であった。同家臣が駆けつけてきた。

水戸藩の会沢正志斎《せいしさい》も呼ばれて、異国人と筆談をおこなう。全体像がみえてきた。

イギリス捕鯨船が常陸海岸の沖合に三十五隻ほどいる。それぞれの船内には、歯ぐきや毛穴から血をながす壊血病《かいけつびょう》(ビタミンC不足)患者がいる。選ばれて十二人が新鮮な野菜や水を補給するために上陸してきたとわかった。

村人は人道的にかれらへ食物と水を与え、船員を沖合の母船に返させた。

徳川御三家の付家老は、幕府寄りである。中山信守は事実を隠さず老中に報告した。

オランダ語が堪能《たんのう》な天文方の高橋景保《かげやす》、通詞《つうじ》の吉雄忠次郎《よしおちゅうじろう》が現地にやってきた。さらに実態を調べてみると、常陸の漁師らは数年前から、欧米の捕鯨船と物々交換《ぶつぶつ》をしていたと判明した。

芋づる式に三百人余りの漁師がたずさわっていたと発覚した。

——外国製品との物々交換はご法度《はっと》だと知りながら、捕鯨船員と交易していた。悪質だと、数百人の処罰におよんだ。

常陸大津浜事件では、三百人という前代未聞の大勢の処罰者をだした。諸藩から水戸藩は白い目でみられた。

これでは徳川御三家としても風采《ふうさい》が悪いので、体裁づくりから、水戸学の会沢正志斎、藤田東湖などが姑息《こそく》にも、事件の本質をねじ曲げてしまったのだ。

——イギリスの捕鯨は口実である。その実、日本にたいして領土の野心があり、日頃から常陸に上陸し、村民らに物品を与えて手なずけていた。

今後は異人をすべて斬《き》り捨てる。

江戸と大津浜は距離がちかい。「イギリスの領土的な野心《やしん》」が、幕府や江戸市民らに恐怖の衝撃《しょうげき》をあたえたのだ。

「異国人と日本人を遮断《しゃだん》する」

翌年の文政八(一八二五)年には、異国船打払令《いこくせんうちはらいれい》が誕生するが、大津浜事件が最もおおきな起因となったのだ。

藩主になった斉昭の性格はことのほか粘着質《ねんちゃくしつ》だ。五年前の大津浜事件だが、あえて攘夷を高々に謳《うた》い、いつまでも体面、体裁《ていさい》づくりに拘泥《こうでい》した。このしつこい性格が幕末政治に影響してくるのだ。

斉昭の下で、会沢、藤田などが水戸光圀《みつくに》の時代に編さんがはじまった。『大日本史』の尊王のながれから、「神州を汚《けが》す外敵を打払う」という鎖国攘夷という思想にまで昇華《しょうか》させた。

——世界の情勢がどうであれ、異国人は一歩も聖地に入れさせず、「夷虜《いりょ》をみなごろし」にする。

若者はどの時代でも、体制の破壊とか、革命理論とかは好きだ。血気《けっき》盛んな若者らが、水戸藩に遊学し、「攘夷論」に染《そ》まり、世にひろがりはじめた。と同時に、水戸が攘夷の聖地になってきた。

「出没する捕鯨船など、問答無用で打払え」

斉昭は、那珂湊《なかみなと》に砲台を築いた。

弘化元(一八四四)年五月、水戸藩が鉄砲隊を編成し、大規模な軍事演習を実施した。そのうえ訓練場の千波原《せんばはら》では追鳥狩《おいとりがり》を大々的にやる。さらなる大砲を鋳造し、傭兵《ようへい》として浪人を雇用した。

将軍・家慶は、斉昭がきらいだった。

御側御用取次《おそばごようとりつぎ》の本郷泰固《ほんごうやすかた》から、水戸藩の内情が逐一《ちくいち》、家慶の耳に入ってくる。

「大砲造りのための、寺の釣鐘《つりがね》の供出は止めさせてほしい。文化的にも、歴史的にも重要なものですから」

寺院から寺社奉行に哀訴《あいそ》される。斉昭は調子に乗りすぎた。

——幕府は徹底して異国船を打払い、長崎で認めているオランダ交易船の入国も拒絶されたし。

その建白書が家慶にとどいた。

「二百余年もつづいたオランダとの貿易を止めろだと。なにさまだ。副将軍きどりか。やっていることは幕府に異心《いしん》があることばかりだ。追鳥狩は軍事行動だ」

将軍・家慶はとうとう驕慢《きょうまん》な斉昭の態度に切れてしまった。

家慶の亡き正室・楽宮喬《さざのみやたか》子《こ》女王と、斉昭の正室・吉子女王とは実の姉妹である。

「斉昭の行状のすべて捜査し、わしと義兄弟とはいえ、遠慮はいらぬ。処罰せよ」

家慶から命じられた老中は、阿部正弘、土井利位《としつら》、牧野忠雅の三人が連署で、水戸藩付家老の中山信守に召喚状《しょうかんじょう》を送った。江戸城で、中山は問われるままに、洗いざらいに内情を語った。

――一連の藩改革は、斉昭の独走で、勝手気ままに放縦《ほうしょう》すぎる。

個人の問題にとどめた幕府だが、斉昭には「謹慎《きんしん》・隠居《いんきょ》の処分」を申しわたした。水戸藩小石川藩邸から追放し、駒込《こまごめ》の中屋敷に押し込めた。

家督は長男の慶篤《よしあつ》への譲渡を命じた。

斉昭は政治の舞台から引き下ろされた。にもかかわらず、かれは過去の人にならず、裏から手をまわし、雪冤《せつえん》運動をあおった。……藩政復帰をねがう農民ら数千人に江戸で気勢をあげさせた。斉昭は大奥にも大金をつかっている。

この雪冤運動もあって、弘化三(一八四六)年に謹慎が解除された。ただし「藩政に関与するな」と家慶は命じた。

やることがないのか、斉昭は書簡で攘夷論を四方にまき散らしはじめた。

「あの性格は死ぬまで変わらぬ」

家慶は嘆《なげ》いていた。

大奥の対面所で、老中首座の阿部正弘と上臈の姉小路は、オランダ国王の親書について、なおも真剣にふかく語りあっていた。

「水戸藩のような問答無用《もんどうむよう》の打払いをすれば、オランダ国王がいわはるとおりで、国が滅びるし。むずかしいおすな」

姉小路がこころから心配してくれている。

「実はそれがしは、腹をきめております。四書五経《ししょごきょう》のなかに、『中庸《ちゅうよう》をもって天下を治める』という一節があります。その中庸で臨《のぞ》みます」

正弘はここ二年近く、諸々の中国古典や歴史書から、先人の英知をもらっていた。そしてたどり着いたものだ。

「えろう、むずかしいわ、難解やね。だれも理解できまへんで」

姉小路は複雑な顔をした。

「かんたんに説明いたしますと、まず庸《よう》ですが、凡庸《ぼんよう》な考え、平凡ともいいます」

「平凡の方がよろしゅうおすな」

「武士でも町人でもだれでも考えつくもの。これが庸の政策といいます。開国だ、攘夷だ、とふつうに考えられる平凡な策です」

姉小路がひたすら無言で聞き入っていた。

「攘夷をかかげれば戦争になるし、敗れると亡国になる。無防備な開国は異国の餌食《えじき》になり、植民地になる。この中間の道をいく」

「中間の政事とは、まるで理解できまへんな」

現代でいえば、臨機応変、フレキシブルな対応、弾力的に臨む、柔軟な策に近い。

「オランダ国王の親書の一節に、……イギリスは産業技術が優れており、国が豊かで、優秀な軍事力を持っていると書かれております。要約すれば、国を豊かにして強い兵力をもつ。富国強兵《ふこくきょうへい》です」

「富国強兵なら、なんとなくわかりおす……」

姉小路がすこし理解できた表情になった。

「どちらにも片寄らず、中庸をすすむ。欧米の情勢をじっくり見て、機を見て、あるとき一気呵成《かせい》に世界の仲間入りをします。そこから通商で国を豊かにし、その利益で海防の軍備を強化するのです」

正弘の叡智と、オランダ国王の親書から、富国強兵の策が将来への指針となった。

開国か、攘夷かを明確に示さず、正弘はこのさきも中庸策をとりつづけ、約十年先の「安政改革」の柱のひとつ富国強兵策へとつなげていくのだ。

＊

老中首座・阿部正弘の役邸は、和田倉濠に面する辰之口《たつのくち》にあり、九二四一坪の豪華な庭付きだった。

老中は午前十時に江戸城に登城し、午後二時まで御用部屋に勤務する。月番制で毎月、そのうちの一人が政務を担当する。受けもった案件が数か月、年をまたがることもある。

城内の勤務はわずか四時間とはいえ、あとは書類のもちかえりである。

重要な案件は老中全員で協議する。

どの老中の役邸の玄関先にも、早朝、もしくは深夜まで諸藩の重臣、留守居役、各奉行などが常に列をなす。

弘化二(一八四五)年のある日、長崎奉行・伊沢政義《いさわまさよし》が辰之口の応接の間に通された。長崎奉行は二人制で、一人は江戸詰《えどづめ》、もう一人は長崎在勤である。隔年ごとに交代する。

むかいあう正弘は、伊沢の目のまえに一通の書簡をおいた。

「昨年、オランダのウィレム二世から、二百余年の通商のよしみを忘れず、誠意のこもった忠言(勧告)をいただいた。しかし、いまだに返事をいたしておらぬ。このままだと国際信義からして、礼節を欠き、誠意に劣る」

正弘はいつもながら背筋を伸ばし、毅然《きぜん》と語っている。

ひと呼吸おいてから、

「幕府はオランダ国と通商するといえども、双方は通信の国交を開いていない。それゆえに、徳川将軍はウィレム二世に正式な返書をだせぬ」

長崎奉行・伊沢はかしこまった顔で聞いている。

「そこで、老中の連署でオランダ商館長宛てに書面をだす。この書簡がそうだ。商館長には、この内容をよく理解してもらい、本国(オランダ)の国王に伝えてもらう。わかるか」

「はい。間接的に返書をだす、という事情はわかります。来月、長崎に着任すれば、出島に直接たずさえます」

「書面の内容はここでは伏せるが」

――本国(オランダ)には、今後ふたたび書簡をよこさせるなと、伝えよ。もし来書《らいしょ》があっても、幕府は封をきらずに返す。むろん、この書簡の返事も無用である。

このように強く記している、と正弘はおしえた。

「お役目しかと承りました」

「ウィレム二世から親書とともに、贈り物がとどいておる。通信のない国からは受けとれないが、すでに受け取ってしまっている」

正弘は記憶のなかから、……オランダ国王の肖像画、蠟燭台《ろうそくだい》、大花瓶、六連発ピストルの箱入りなど、まるで目録を音読するように長崎奉行・伊沢におしえた。

「よって、当方より国産品を贈ることにきめた。オランダ商館長からウィレム二世にとどけてもらうことにする」

「どんな物品でしょうか。長崎に持ち込む段取りもかんがえませんと」

伊沢政義は、供侍《ともざむらい》の規模を考えている口ぶりだった。

「先般。大奥に品物の選別をたのんでおいた。運搬する上で小物がよいなら、もう一度(姉小路に)

会って、伝えておこう」

正弘の脳裏には、先の姉小路のことばがよみがえってきた。

——伊勢守。女は高価な買い物が大好きですえ。最高級品を買いそろえる、女にとってえろう楽しいものおす。うちがそれを奪っては、奥方様は嫉妬《しっと》せんやろうか。

姉小路はいまごろ嬉々《きき》として品選びをしているさなかだろう。

「伊勢守どの、出島の商館長には、迷惑な贈り物など二度と幕府に送ってよこすな、ときびしく抗議しておきます」

伊沢が拳をにぎりしめた。

「そこだ。国王の肖像品や蠟燭台に比べると、当方は破格《はかく》な高額の返礼品をかんがえておるのだ。その意味がそなたにはわかるか」

正弘は伊沢の顔をじっとみた。

「腹芸《はらげい》ですか。豪奢《ごうしゃ》な返礼品とは十年先、二十年先も、この日本をよろしく……、という意味合いですか」

「そのとおりだ。書面にはできぬが、商館長に感じとらせて、本国(オランダ)に伝えてもらう」

「そのお役目、まちがいなく果たします」

伊沢政義が日本人好みの忖度《そんたく》をうまく伝えるだろう。

歴史を進めてみると、安政二(一八五五)年夏には、阿部正弘が富国強兵策を打ちだした。そこで、オランダの全面協力で、日本海軍の礎《いしずえ》・長崎海軍伝習所(のちの海軍兵学校)を発足させた。

ウィレム二世国王が親書で「殿下(将軍)から返書を賜《たまわ》れば、腹心の臣下を日本に送ります」の約束どおり、のちにオランダ海軍大臣、外務大臣になる上級将校(腹心の臣下)を教官として、長崎に派遣してきたのだ。

それは正弘からの破格な高額返礼品が、オランダ国王への開国勧告書にたいする謝意(受諾《じゅたく》)という暗示が十二分に理解されたからである。

現代でも、外交の場の発言や公文書はとかく本音と乖離《かいり》している。国賓級の贈り物には暗示《メッセージ》がある。裏の裏を読む。その洞察力《どうさつりょく》のすぐれた外交官の存在自体が、国力にもなっている。

歴史学においても、オランダ国王の開国勧告にたいして、阿部正弘が『本国には、今後ふたたび書簡をよこさせるな。もし来書があっても封をきらず返す』という字面通りに解釈している。通説のほとんどが杓子定規《しゃくしじょうぎ》で、高額の返礼品がなにを意味するか。そこに想像力が働いていないのが実態である。


辰之口の役邸から、長崎奉行・伊沢正義が立ち去ったあと、新宮水野家の忠央《ただなか》の順番がきた。

徳川御三家の付家老は、老中直轄《ちょっかつ》のような存在である。かんたんな時候の挨拶のあと、忠央はすぐさま用件に入った。

「きょうは、わが新宮水野家を譜代大名に格上げしてもらいたいと、その願いでうかがいました。当家は三万五千石もありながら、神君家康公の時代から二百余年にわたり、付家老という陪臣《ばいしん》です」

要件が単刀直入というか、自己本位な性格が丸出しの厚かましさであった。

「できぬ。紀伊徳川家の藩政に、付家老の貴殿は欠かせない存在だ」

「伊勢守は一刀両断で、切り捨てになさる。これは予想通り」

忠央が磊落《らいらく》に笑う。加えて野望家らしく、申し出が断られても根にもたない、という太っ腹な性格だ。

「土佐(水野土佐守忠央)、紀州藩はいまだに老猾《ろうかい》な隠居の治宝《はるとみ》が政治を牛耳《ぎゅうじ》っておる。従一位・大納言である。面とむかって、諫言《かんげん》できるのは、剛毅《ごうき》なそなたをおいて他におらぬ」

「それゆえに、伊勢守は余を大名に格上げできない事情だとおっしゃる」

「一言でいえば、そうなる」

「ならば、別の手段を考えよう。余はいちどこうと決めたら執念ぶかく、あきらめない性格ゆえ、紀州藩の国許では、『土蜘蛛《つちぐも》』と陰口をたたかれておるらしい。うまいあだ名だ。目的のために手段を選ばず、あちらこちらに蜘蛛の巣を張ってみせましょう」

「ところで、土佐、そなたの妹が、大奥のお琴の方だと聞きおよぶが、さようか」

正弘がやや身をのりだし、表情を変えた忠央の顔をのぞき込んだ。

「うむ。伊勢守どのと姉小路どのは、二人三脚と聞きおよぶ。おっしゃられた情報源は姉小路どの、その線かな」

「否。紀州藩赤坂からながれてきた。ところで将軍男児・田鶴若《たづわか》ぎみの立場からすれば、そなたは叔父《おじ》だ。大名昇格運動と、どうからめられるのか。それを聞きたい」

というと、忠央が無言でむずかしい顔となった。

「そろそろ鴨が飛んでくる季節になったか」

空とぼけていた。

正弘は老中首座として、次期将軍の継嗣《けいし》問題をかかえている。

……世子《せいし》家定《いえさだ》はやや不安定な精神だ。将軍として適任なのか否か、それは悩ましい問題である。

現将軍の家慶は、いまだに次期将軍として世子の家定だと決めていない。そこにもって将軍・家慶の男児・田鶴若が誕生したのだ。無事に生育すれば、幼少の次期将軍の可能性すら否定できない。

そこらは野心家の水野忠央がどう考え、何を企《くわだ》てているのか。

「約束の持ち時間内にて、これで失礼つかまつる」

忠央がさっさと立ち去った。


姉小路は内庭に面した小部屋で、「御部屋さま」のお琴とむかいあった。

「このたび伊勢守から、西洋の王室に贈り物をとどける極秘《ごくひ》の品選びを依頼されたんや。お琴もお手伝いいしい」

この品選びの補佐役はお琴だけですえ、とつけ加えた。

お琴が二十歳の澄んだ目をかがやかせた。

「西洋の国王さまと聞いただけで、この胸が高鳴り、歓《よろこ》びをおぼえます。差し支えなければ、ぜひ加えさせてください」

「それはもちろん。知恵を貸してな。贈り先は欧州の歴史あるオランダ王室ですえ。芸術品を観《み》る目がよう肥えてはるさかい、幕府から最高美の品物がきたと誉められんと、あかへんのよ」

姉小路は京都御所に伝わる、平安貴族からの日本伝統の美術工芸品をあれこれおもい浮かべていた。

かたや、お琴の出自を考えた。

豊かな財力をもった新宮水野家三万五千石の姫君で育っている。金銀や漆塗りの豪華な物品にかこまれ、美術品を鑑識《かんしき》できる目はしぜんに育っていると思う。

反して、大奥の奥女中のほとんどは、困窮《こんきゅう》する下級旗本の娘だから、美術品の鑑賞眼はさしても持ち得ていないし、考えなしにおなざりになるだろう。

「将軍家には、著名な狩野派《かのうは》のお抱え絵師がおられます。屏風絵《びょうぶえ》のような絵画が喜ばれるかと存じます」

「それはあかん。オランダまでの運搬を考えんとな。絵画は大きすぎや」

ふたりの目が襖《ふすま》や天井の絵にながれた。

「そこまで気がまわらず、お恥ずかしいかぎりです。ただ、あちらの宮殿で工芸品の小物を飾るにも、ポツンと置くだけでは栄《は》えません、金箔《きんぱく》の屏風《びょうぶ》一対は外せません」

(さすがお姫さま育ち)

姉小路は屏風を入れようときめた。

「おもいますに、小物となれば、文机《ふみづくえ》におく筆や墨《すみ》や硯《すずり》など、それを納めるお箱などいかがでしょう。腕のよい細工師《さいくし》にたのみ、たとえば、撒金《さんきん》(金を散らした朱塗り)の硯紙箱《すずりかみばこ》、文台《ぶんだい》硯箱などです。日本は毛筆ですが、西洋は硬筆《こうひつ》(蘭語PEN)と聞いております。硬筆入れになります。漆塗《うるしぬ》りのかがやく光沢が、豪華な飾り物にもなるでしょう」

お琴から気負《きお》わず、豪華な物品がしぜんにでてくる。

姉小路はあらためて才知の優れた奥女中だと感心した。

御広敷《おひろしき》の伊賀者たちが、町方の商人の蔵に出向いた。箱詰めされた物品は極秘あつかいで江戸城大奥の一室に運び込まれた。

上様の思召《おぼしめ》しで御広敷番頭《ばんがしら》に厳重な保管が命じられた。

老中首座・阿部正弘が、オランダ国王への贈答品の確認に大奥にやってきた。紫色のきものを着た姉小路が、室内で梱包《こんぽう》をほどかせた。一品ずつ、選んだ経緯や品質、豪華さなど特徴をていねいに説明する。

「これは絹製品の綸子《りんず》で、京都西陣《にしじん》の絹織物でっせ。染色《せんしょく》の技術が唐(中国)を追い越しているさかい。絹や錦は西洋にいけば、宝石や貴金属とおなじおす」

(さすが、松平定信公、水野忠邦公が奢侈《しゃし》で苦労された華美《かび》な大奥だ。最高級品ばかりだ)

正弘は指先で、光沢のある綸子の反物にそっとふれてみた。柔らかい質感と、艶《つや》があり、滑《なめ》らかであった。

「これらの品は公家の礼服の反物《たんもの》ですえ」

・華紋綸子《かもん》（生糸で織られた刺繍紋《ししゅうもん》）
・華紋紗綾《さや》（四枚綾《あや》からなり、菱形、稲電型、卍《まんじ》つなぎの文様）、
・彩亀綾（細かい亀甲《きっこう》文様を織る）
・彩綾《さあや》（糸染の綾織）
・彩紬《いろどりつむぎ》（紬である）

華美な絹織物は各二十反ずつである（現在、推定三千万円くらい）。

「こちらの物品はお琴がえらびました」

・金屏風《きんびょうぶ》が一双《いっそう》（二つで一対になる）
・撒金（金を散らした朱塗り）画架《がか》が一座
・撒金の硯紙箱
・撒金文台硯箱

漆塗りの輝きが、日本伝統美そのものだ。

「お琴を、この場に呼びましょう」

姉小路が手元の鈴をかろやかにチリチリ鳴らす。廊下に待機させているようだ。
（お琴ならば、あの土蜘蛛といわれて喜ぶ、剛毅な水野忠央の妹にちがいない）

袷《あわせ》の白羽二重をきたお琴がしずかに入ってきた。彼女のきものは白綸子《しろりんず》に水中の鯉《こい》、水車《すいしゃ》の模様が、金糸色糸で総縫《そうぬい》入れされている。はなやかな衣装ばかりか、髪型、飾り物まで美を彩る。三つ指を畳について挨拶する。

(うつくしい。絶世の美人だ)

「このたびは、身の丈以上のお役をちょうだいし、とても光栄でございます」

お琴は品がよく、人あたりがよい。

上様がほれこんだ、この世でも随一の美しさだ、と正弘は感慨をおぼえた。

(野心家の忠央の厳《いか》つい顔から、想像もつかないほどの美貌《びぼう》だ。となると、土蜘蛛とは母親ちがいなのか)

美男の正弘すら、次のことばが出ないほど、その美しさにこころが奪われた。

――お琴はどのていどの美人だろうか。

傍証《ぼうしょう》として、話題は一足飛びに明治に入る。

お琴の妹が外国奉行・新見正興《しんみまさおき》に嫁いだ。生まれた姉妹(ゐつ、りょう)は奥津家の養女になったが、同家が没落したので柳橋《やなぎばし》芸者となった。

この姉妹がならんで街をあるいていると、だれもが立ち止まり、ふりかえるほど柳橋一、二位の艶姿《あですがた》であった。

伊藤博文と柳原前光《やなぎはらさきみつ》がともに、彼女たちの落籍《らくせき》を競ったほどだ。

この系譜《けいふ》をさらにおしすすめると、大正三大美人のひとり柳原白蓮《びゃくれん》（大正天皇の従妹《いとこ》）になる。白蓮の写真は現存する。現代でも雑誌の美人特集などで表紙を飾るほどだ。華族の娘として白蓮は、宝石のような艶やかな瞳《ひとみ》で、なで肩、首筋は清楚《せいそ》なつやつやした肌である。彼女は生涯とおして短歌人・詩人としても活動する。

白蓮は十代で結婚したが破綻《はたん》し、大富豪と再婚する。三十代半ばで、東京帝大卒の弁護士との恋に落ちて出奔《しゅっぽん》する。

「金力をもって、女性の人格尊重を無視するあなたとは、永遠の決別をつげます」と新聞に発表した。大阪毎日新聞、大阪朝日新聞が連日、「姦通罪《かんつうざい》」「女性の自立の象徴《しょうちょう》」として大スクープ合戦を展開した。

白蓮の叔母が大正天皇の生母である。報道が皇室がらみで、よりセンセーショナルになった。歴史に残る大恋愛である。

白蓮は昭和四十二（一九六七）年まで存命し、文筆活動をしている。

彼女は老いても品があり、美しい。

晩年の家慶がいかに美女のお琴にぞっこんほれ込み、寵愛《ちょうあい》したか。こうした傍証でわかる。

このお琴には、柳原白蓮に敗《ま》けず劣らずの悲哀と悲劇が待ちかまえているのだが。

お琴にはすぐれた才覚があふれでている。

「伊勢守さま、おこがましいと思いますが、国王さまに返礼とならば、頂いた贈り物と、こちらで選んだものと見比べてみる必要がありませんか」

と質問の運びがとても上手だ。

「さようだな。……六連発ピストルの箱入りセット、カービン銃などはオランダの国産らしい」

正弘は脳裏に刻まれた受領目録の一部をかいつまんでおしえた。

「おどろきでございます、ピストルの弾丸が六発も連射できるのですか。火縄銃《ひなわじゅう》と比べようがないほど、兵器は進歩していますね」

お琴の口から、さりげなく、銃の比較のことばがでてきた。……新宮水野家の浄瑠璃坂《じょうるりざか》の中屋敷には軍事訓練の練兵場《れんぺいじょう》がある。その環境で育ったお琴だけに、武術や銃砲など身近なのだろう。

「そなたは、そのピストルを見てみたいか」

「いいえ。銃砲は足軽の武器ですから」

「戦国時代の世ならば、足軽の武器だが、このさき西洋の武器が入ってくれば、大砲も、銃も、上級武士の心得となる」

正弘はかつての徳丸が原でおこなわれた高島秋帆《しゅうはん》の演習を思い浮かべながら語った。お琴はさして興味ない顔であったので、

「ほかには地図、地理学、天文関係の書物もある」

とつけ加えた。

「もし拝見できますならば、オランダの地図、それに星学書、天文学などを閲覧《えつらん》してみたいものです。わたしは夜空を仰いで幾多《いくた》の群星《ぐんせい》をみて、無限の奥に吸い込まれていく、あの神秘な感じがと

ても好きなのです」

お琴の知識が流れ星のように、上品できれいな言葉づかいで出てくる。

「そなたはずいぶん地図と星に興味あるようだな。ただ、国禁の書だから見せられぬ」

「不甲斐《ふがい》ないことを申しました。白紙に戻してくださいませ」

「謝《あやま》るにおよばぬ。ところで、『蘭学重宝記《ちょうほうき》』を見聞されたのかな」

お琴の知識力をさぐってみた。

「はい。蘭語学者がお持ちになっていましたから、拝見し、重宝記は実用の辞書だと存じあげております」

正弘はこう考えた。……新宮水野家学問所「育英館」にはオランダ語、英語、仏語の卓越《たくえつ》した学者が逗留《とうりゅう》する。忠央が輸入した原書を翻訳させている。

おなじ屋根の下で、お琴は幼いころから海外知識を吸収していたのだろう。

＊

阿部正弘は、将軍・家慶に拝謁した。

ウィレム二世の親書にたいする返書、および贈り物の品目をつたえた。

「この丙丁《へいてい》(弘化三年、四年)はわしの厄年《やくどし》だ。オランダ国王の勧告《かんこく》をうけて、海外にひろく門戸を開くか、あるいは閉じるか。老中政事の伊勢に一任するが、戦争をおこして津々浦々の民がいのちを失う、それだけは避けてくれ」

「かしこまりました。当座は開国でもなく、攘夷でもなく、四書五経にある『中庸』の政策で臨《のぞ》みます。兵乱をおこさず、洋上かなたからの外圧に対処いたします」

「中庸とは、朱子《しゅし》がいう最も高度で、極意な政事手法だな」

武士階級は幼いころから儒教の四書五経をまなぶ。上級階層では、学問として「中庸」を知らないものがいない。

「ウィレム二世の開国勧告にも、老子の話がでておったな」

「たしかに。老子のことばの一節として『賢者が指導者になれば、特に平和の維持に心をつくす。古い掟を堅く守ることがかえって乱の原因になるならば、その規則を緩めるのが賢者である』と前置きしたうえで、現在平和で幸せである貴国(日本)が、戦争による荒廃から国を守りたければ、外国人を厳しく排除する法律を緩められよ、と」

正弘が正確に諳《そら》んじた。家慶は腕組みして目を閉じていた。その顔には頂点に立つ人物の責任感から苦悩と不安の色がただよう。

「もうひとつ格言があったな」

「はい。古人曰く『災害を防ぐならば危険に近づくな。平和をもとめるならば、もめ事を起こすな』という格言です。アヘン戦争の二の舞になるな、という警鐘《けいしょう》です」

西洋最大の工業国であるイギリスが、清国に思ったほど製品を売れず、逆にお茶など清国からの輸入が増大した。イギリスは入超になり銀が流出した。これを打開するために、アヘンを売り込み、清国はこれを禁止した。ここで清国の官吏《かんり》とイギリス商人との間で争いになった。イギリス女王が清国に対して出兵し、激しい戦争になった。

アヘン戦争の終結となった南京条約が一八四二年八月二十九日である。わずか一年半後、オランダ国王はこの勧告文を一八四四年二月十五日に、国都のグラベンハーグにて記す。

「ウィレム二世は日本の危機を察し、急きょ日本に忠告をむけてくれたのです」

「そこにオランダ国王の誠意を感じる。わしは目が黒いうちに、それに応えたい気持ちはある。西洋の文明文化や科学が享受できて、一方で、日本からも西欧になにかしら寄与できるという公平で平等な国交ならば、喜ばしい。しかし、アヘン戦争をみるかぎり、清国は猛獣《もうじゅう》に襲われ、全身が噛みつかれてボロボロだ。尊敬する大国・清国の無残な敗北を知り、脳天に一撃をくらい、胸がつぶれる思いだった。横暴なイギリスをみるかぎり、同様に西洋には断崖から深い谷に落とされるような、危険と恐怖を感じる。悩ましいことだ」

為政者の頂点に立つ家慶の恐怖は強く、思いのほか神経を尖らせていると思えた。

「それがしは、外圧の怒涛《どとう》にのみこまれた愚かな開国は避けます。世界の時流、潮目をみて、最良の和親の開国だという判断があれば、船出します。そして富国強兵を掲げます」

このようにオランダ国王の開国勧告が、徳川幕府の開港・開国への起点になった。

この写しの配布は、御三家・御三卿《ごさんきょう》と範囲を狭められた。加えて長崎警備の任にあたる鍋島直正(佐賀藩)、黒田長溥《ながひろ》(福岡藩)には江戸参府の折に閲覧《えつらん》させるときめた。

ところで、薩長閥の明治の政治家たちは、弘化時代にはまだ下級藩士で、オランダ国王の親書の存在を知らない。それゆえに、自分たちが目視できたペリー提督来航を起点とする画一的な幕末史観になっている。

＊

弘化三（一八四六）年閏《うるう》五月二十七日、早朝の江戸湾口に海霧《きり》が立ちこめていた。

三浦半島と房総半島の突端《とったん》がはりだす、狭い海峡はたびたび海難事故がおきる「魔の海峡」だといわれている。

いま、白い濃霧のなかで、浦賀奉行所の御備船《おそなえせん》（警戒船）六隻が厳重な警戒をしいていた。

「この霧が晴れると、異国船が江戸湾口にむかってくるぞ。怠《おこた》るな」

与力で陣羽織《じんばおり》姿の中島三郎助《さぶろうすけ》が、一番・御備船のうえで、同乗する他の与力、同心、通詞ら六人に声がけをした。

きのう二十六日、浦賀奉行所に、尾張《おわり》国中洲《なかす》の米運搬船の船頭から、三日前に遠州《えんしゅう》新浜の沖合い、陸地から七里ほどに「お城のようなおおきな異国船」が航行していたと報告があった。とき同じく、三河《みかわ》国高須《たかす》の酒運搬船からも、相州松輪鼻《そうしゅうまつわばな》からも、黒っぽい大型船が東に進んでいると目撃情報があった。

東への方向からして、異国船はまちがいなく江戸湾口にむかってきている。

浦賀奉行所には、とたんに緊張が走った。

「緊急配置だ。江戸表にも知らせろ」

浦賀奉行・大久保忠豊《ただとよ》がこわばった顔で指図した。

十人の与力は夜通しかけて、江戸湾口に警護の布陣づくり、さらには川越藩(三崎警備)と忍藩《おし》(房総警備)に軍勢依頼の要請に走った。

一番船の二十五歳の中島三郎助は、夜明けの気配をより感じた。かれは細面で、与力の職務となると目が鋭くなる。

「去年のマンハッタン号のような捕鯨船だと、戦う必要はないが……。軍艦となると、対応がむずかしい」

中島はここぞと思うと、決断は早い。ただ、早まって一つ判断をまちがえれば、異国との戦争になるだろう。かれの頭脳《あたま》のなかは、予想される海戦の情景が駆けめぐる。

後年、桂小五郎(のちの木戸孝允《たかよし》)が二十二歳のとき、浦賀与力・中島家に寄宿し、家族らと日々を過ごし、この中島から造船学をまなんでいる。中島三郎助・父子三人は箱館《はこだて》戦争に参戦し戦死した。そこからも歳月が過ぎて、明治天皇巡行に同行する木戸孝允が、中島父子の戦死の地にきたとき、人目をはばかることなく慟哭《どうこく》したことでも知られている。

江戸湾の最南端の、三浦半島の三崎と房総半島の須崎《すざき》とをむすぶ海防のラインを「乗留《のりとむ》の線」という。ここが突破されると、さらなる内側には観音崎と富津をむすぶ「撃ち沈め線」がある。江戸防衛から、内側の海域において不審船は撃沈させる。

「いまから七年まえ、モリソン号がこの浦賀にきた。わしのオヤジは与力の現職だった。異国船打《いこくせんうち》払令《はらいれい》で、あの平根山《ひらねやま》の、高台の砲台から砲弾を撃ち込んだと聞いておる」

中島がそのように、肩をならべる十六歳の与力・佐々倉桐太郎《とうたろう》に知識をあたえた。

この打払が災《わざわ》いして、「蛮社《ばんしゃ》の獄」がおきた。渡辺崋山《かざん》、高野長英《ちょうえい》らが幕府政治を批判した罪で罰せられた。後日、モリソン号はアメリカ商船で日本人遭難者を送りとどけにきたことがわかった。

そんな経緯があって、天保十三(一八四二)年には、老中・水野忠邦が難破船にかぎって適用する「薪水給与令」に切りかえた。

幕府はオランダを介し、世界に通達した。

「お城より頑丈《がんじょう》な船だというからには軍艦だ。御備船《おそなえせん》に一門ずつ備えた大砲を撃ち込めば、すぐさま戦争になる。日本中を揺《ゆ》るがす大問題をひきおこす」

「中島どの、戦う以前にやることは何ですか」

「異国船は長崎に回れ、と指図する」

「わかりました。従うのかな。……ふだん船改《ふねあらた》め(廻船《かいせん》の積み荷検査)で多忙を極《きわ》めておるのに。余計な異国船がきてくれたものだ」

与力・佐々倉は後年、咸臨丸《かんりんまる》で太平洋を渡っている。明治になると、築地の海軍兵学寮(のち海軍兵学校)の責任者となり、日本海軍の創始にあたった。

「異国には何十もの国がある。どこの国かな。オランダ語が通じるのかな」

乗船する通詞の堀辰之助は二十三歳で、先刻からそればかりを気にしており、

「まちがった通訳をすれば、相手を怒らせて、発砲事件になりかねない。そのまま異国との戦争に

なる。心の臓が震える」

「死を覚悟せよ。一統討死《いっとううちじに》で臨《のぞ》め」

それはここにいるすべて(一統)が討ち死にする、という意味であった。


太陽が海霧のなかを昇る気配があった。東の空がたちまち明るくなり、乳白色の霧が裁断《さいだん》される。その切れ間から折々に、緑色の房総、三崎の陸地があらわれた。

ふいに炭俵を満載した御手船《おてぶね》が、紀伊徳川家の御紋「葵《あおい》の旗」を立ててやってきた。

「あの葵の御紋で、通行税を免《まぬが》れておる。いちど呼び止めて、職権で荷の吟味《ぎんみ》をやってみますか」

佐々倉が苦々しくいった。

「やめておけ。あいては南紀の水野だ。家主は豪傑《ごうけつ》で、幕閣や大奥まで人脈の根を張っておるらしい。喧嘩すれば、負ける」

中島三郎助が無視させた。

みていると、炭俵満載の御手船が、ワザとらしく浦賀奉行所の御備船の前をぎりぎりに通過していく。憎たらしい奴らだ。

朝日が昇るにつれて、視界が伸びた。

「みえたぞ。巨大な帆船の軍艦だ」

中島がおもわずおどろきの声をあげた。

これまで蘭学の書物で知りえた軍艦となると、図表一枚に収まる形状だった。実物の巨艦の威圧感はそれをはるかに超えていた。

確認できるのは軍艦が二隻だ。主艦は三本マストで、三角縦帆《じゅうはん》を張り、潮風の受け方はうまく、速度を増してくる。「乗留《のりとむ》の線」を破り、野比《のび》沖まで入ってきた。

戦艦の船側《せんそく》には、大砲の窓が蜂の巣のように三段にならぶ。帆柱に掲げる国旗は、星が幾何学的にいくつも点描《てんびょう》する。これは亜米利加《あめりか》だ、と確認できた。

しっかり目を凝《こ》らすと、川越藩の小型軍船が、米国の巨艦の横で並走している。

軍艦の甲板から真横に二間（約三・六メートル）ほど突きだす腕木《うでぎ》があり、そこに鎖が下がっている。

「なんだ。あれは。無謀だ」

陣羽織《じんばおり》姿の川越藩士らが、その鎖をつかみ、小舟からひとり、またひとりと戦艦の甲板へ登っている。

「一番乗り」とばかりに、軍艦の甲板で、川越藩の御船印の旗をふりはじめた。

それにひきかえ、浦賀奉行所の六艘《そう》の御備船の与力、同心らが、止まれ、立ち去れ、と大声で叫ぶのみだ。

「上様の居城の江戸には、死を賭《と》しても、近づけてならぬ」

中島は命じた。かれらは懸命に、身ぶり手ぶりで停止命令をくり返す。

おそらく軍艦の甲板の上からみれば、小舟の舞台で、武士装束らが滑稽な踊りを演じているようにみえるだろう。

海霧がすっかり消えた。米軍艦まわりには川越藩、忍藩の小型軍船が増えつづける。ほら貝を吹き、鉦《かね》を鳴らす。太鼓をたたく。戦国の合戦《がっせん》なみだ。

両藩の小型軍船がもはや五十隻を越えている。槍《やり》や火縄銃を所持し、船印の旗をひるがえす。野比沖は騒然としてきた。

「わしらも軍艦に乗り込むぞ。配置につけ」

中島が一番船を軍艦に横づけさせた。同心のひとりが、御用道具のカギ縄を空高く投げる。鉄製のカギが船側に引っかからず、海に落ちて飛沫《しぶき》をあげる。

二度目は成功した。二刀をさす中島が先頭でカギ縄をつかみ、拙者につづけと言い放ち、登っていく。真上の甲板から、大勢の白人兵と黒人兵が顔をだす。剣付き銃をもつ。

中島は決死の覚悟と、両腕の力で垂直に登りきった。

甲板には大勢の白人と黒人の海兵がいる。船体の太い帆柱が目立つ。まさに巨艦だ。一瞥《いちべつ》すれば、大型の大砲や八百挺《ちょう》くらいの小銃が不気味さをかもしだす。中島が視線を川越藩の藩士に移せば、五、六人がただ歩きまわり、一番乗りだ、と粋がっている。

「わが川越藩が、主柱の帆を下ろさせた。野比沖でこの軍艦を止めたんだ」

その成果を自慢している。

「軍艦の大将はどこにいる」

中島が川越藩士に問うても、かれらは何もわかっていない。

ここは大勢の軍人のなかから、大将を探しだす必要があった。

海兵の階級は、制服・制帽の色と襟章《えりしょう》と肩章で、およその上下が判別できた。

米兵は川越藩士を自由に見学させている。敵意が感じられない。いずれの国の海軍も、他国に入港すれば、友好親善の証《あかし》で一般人に見学させる。

七年後のペリー提督すら初来航で、久里浜で大勢の日本人を招いている。

ひときわ金モールが光りかがやく人物がいた。六十歳すぎで細身だが、おそらく船大将だろう。知的な顔つきだ。

中島はきものの胸元から一枚の紙をだした。オランダ語で、「長崎にまわれ」と書いたものだ。将兵たちはいずれも首を傾げている。ダッチ、とか、ネザーランドとか、ただ騒いでいるだけだ。

通事の堀辰之助が登ってきた。かれが英語で名前を聞いたらしい。二度、三度とくり返す。ネーティブな英語が聞きとれず、こんどは筆と紙を差しだす。あいてはじぶんの鉛筆で紙にかいた。

「ビッドル提督」とわかった。

老中首座・阿部正弘は、定刻の午後二時に下城し、辰之口の役邸で、持ちかえってきた書類に目を通していた。一柳直方《ひとつやなぎなおかた》が、火急です、お取次ぎを、と役邸に飛び込んできた。

一柳は浦賀奉行所江戸詰の奉行だった。昼前には、かれから第一報が江戸城の御用部屋にとどいていた。ことの重大性から正弘が担当老中になった。

阿部は応接の書院部屋に一柳を通させた。

「第二報です。浦賀のオランダ語通詞が、星条旗を掲げる軍艦に乗り込み、筆談で状況を聞きとり中です」

軍艦の将兵がしめす英文は、通詞の堀がそのまま理解できず、立入禁止の別室で「蘭英辞典」をつかって、オランダ語におきかえたうえで理解している、と一柳が説明した。

「……軍艦二隻の所属ですが、アメリカ東インド艦隊です。司令長官は海軍准将のジェームス・ビッドルのようです。旗艦はコロンバス号(排水量二四八〇トン)です。七百八十名の兵士が乗り込み、大砲が九十二門搭載されています。ここまで把握できました」

正弘は整然と聞き入っていた。

「つけ加えるに、随行艦《ずいこうかん》のヴィンセンス号(排水量七百トン)には百九十名が乗り込み、二十四門の大砲が備えられているようです」

――ビッドル提督は昨年(一八四五年)六月四日にニューヨークを出発し、喜望峰《きぼうほう》をまわり十二月末に清国・広東《カントン》に到着した。清国との間で、望厦《ぼうか》条約の批准書《ひじゅんしょ》を交換し、帰路に浦賀へ立ち寄ったものだ。

日本人の通詞には、到底そこまで英語が理解できない。

この日のうちに、一柳が第三報を持参してきた。

「伊勢守。ビッドル提督は、米国大統領の親書を受理してくれたならば、すぐ江戸湾から立ち去る、ともうしております」

「それはできぬ相談だ。通信のない国の親書は受けとれぬ。外交目的の来航ならば、長崎を窓口に一本化しておる。そちらへ回れ、と現地の浦賀奉行から文書で通告せよ」

正弘とすれば、オランダ国のウィレム二世の親書にたいする返書と贈り物がやっと解決したばかりだ。おなじ苦労は辟易《へきえき》とする。

「播磨《はりま》(一柳播磨守直方)。外国からの文献では、異国の軍人は武力で脅《おど》し、国書を受理させようとする傾向がある。不測《ふそく》の事態にそなえよ。ただし、当方から撃ってはならぬ。それは厳に戒《いまし》めておく」

そう指示した正弘は、このさき川越藩と忍藩に、藩主みずから浦賀に出むいて陣頭指揮を執《と》るように命じた。藩主の出陣命令は、正保《しょうほう》四(一六四七)年のポルトガル船の長崎来航から、約二百年ぶりの緊急事態である。


亜米利加のビッドル騒ぎが、四日目ともなると、神奈川宿の旅籠屋《はたご》には遠方から武士、町人、農民らの見学客が急増した。連泊も多く、宿賃は「ぼったくり」で、通常の三倍から五倍もはねあがっていた。

それでも宿泊を断られた者も多く、社寺仏閣の軒下で野宿《のじゅく》だ。

夜明けの気配とともに、神奈川の海辺には、かきあつめられた漁船、平船《ひらぶね》、水船、廻船がにわか観光船になっていた。

「野比沖行なら、この船だ。船脚《ふなあし》が速いぞ。漕《こ》ぎ手のわしの腕っぷしをみてくれ。昼めしに、夜は熱燗《あつかん》付きだ」

日焼け顔の中年漁師の熊太郎が、赤銅《しゃくどう》色の腕の筋肉を自慢げにみせている。

「大旦那は小太りで割増だけど、並料金でいいや。そっちのお客さんはやせぎすで軽いから、特別に半値だ」

「もともとぼったくりで、半値か」

口の悪い客もいる。

陸の駕籠《かご》かきは宿場の飯盛女《めしもりおんな》をつかう。

「兄さん、乗ってらっしゃいよ。船は沈没すると死ぬよ。駕籠は衝突《しょうとつ》しても、軽い怪我《けが》ですむし。

野比村まで、一人専用で直行だよ」

ふだんの客引きの腕前を発揮《はっき》している。

「海からだと、軍艦に乗った真っ黒な軍人がみられるぞ。あと百年後しか来ないと、亜米利加の将軍が宣言しておるんだ。江戸の長崎屋にいけば毎年、白い肌のカピタン(オランダ商館長)がみられるが、黒は、こんかいの野比沖だけだ」

呼び込みは実にいい加減だ。カピタン江戸参府は、寛政から四年に一度になっている。それでも徳川時代には延べ百六十六回おこなわれた。

好奇心のつよい江戸庶民らは、おおむね一度や二度は白人をみている。

「その昔。将軍・吉宗さまがベトナム象を江戸に連れてこられた。あれから百二十年だ。このたびは公方様(将軍・家慶)が亜米利加と交渉して、やっと江戸湾にきてもらったんだ。見逃す手はないよ」

享保《きょうほう》十三(一七二八)年に、吉宗が二頭の象を輸入した。牝《めす》は長崎で死んだが、その翌年、牡《おす》一頭が陸路を江戸にむかってきた。箱根の山を越えて江戸に入ると、熱狂的な「象ブーム」がおきた。

ビッドル提督の来航は、それ以来の軍艦見物ブームとなった。

熊太郎は、孫で九歳の小熊を櫓《ろ》の漕《こ》ぎ手につかう。少年は褌《ふんどし》姿だ。もっと大声で呼び込めと、発《はっ》破《ぱ》をかけられている。

「あとふたりだ。だれか、いないか。きょうは凪《なぎ》だ。姐《ねえ》さん、乗らないか」
二十八、九歳の島田の黒髪に鼈甲《べっこう》の櫛《くし》とかんざしを挿す、玄人っぽい女が、
「沖にでたら、便所はどうするのさ」

「みんな艫《とも》で、きものの裾をまくって、こうやっておるよ」

少年が船尾で尻をだしてみせた。

納得顔で女が客になった。乗り込むと色っぽい目で、ごめんよ、お侍さん、と二十歳前後の侍の横に膝を崩して座った。

夜が明けた。大勢の客が、それぞれ呼び込まれて観光船に分乗していた。

「さあ。出帆だ」

熊五郎と小熊はふたりして櫓を漕ぐ。まわりの小船と競う。陸上の犬の鳴き声が聞こえるほど、沿岸に沿っていく。右手に見えるのが漁村の横浜、横須賀、猿島、この先が「撃ち沈め線」だと説明する。さらに観音崎《かんのんざき》、浦賀沖、野比沖ちかくまできた。

「あれがうわさの亜米利加の軍艦ね。帆柱がずいぶん高いね。興奮するわ。旗は星がいっぱいあって、きれいじゃない」

女の歓声で、乗船客らも目をかがやかせる。

「客人。目を陸にむけて。幕府の特別な計らいで、小田原藩が陣を敷いておる。これは秀吉《ひでよし》と北条《ほうじょう》の合戦《かっせん》とそっくりだ。浅草の歌舞伎でも、こんな本物は観《み》られないよ」

「小田原合戦か。敵の豊臣はどこだ」

「疑《うたが》っている顔だね。軍艦を豊臣に見立てておるのさ」

熊五郎は七輪に炭火を熾《おこ》し、鍋をかけて昼食《めし》のしたくをはじめた。小熊がアジを焼く。炭火の煙《けむり》と焦《こ》げた匂いがただよう。

「こりゃあ、すごい合戦絵巻だ」

夕暮れちかくには酒が入り、手拍子が鳴り、宴会だ。

日没ともなると、三浦半島の山並みには、松明《たいまつ》やかがり火がやみくもに点在する。海上のほうは数百隻の船灯が、綺羅星《きらぼし》のように海面に映えている。天空の星とともに幻想的な光景をかもしだす。

「みごとな光の世界だね。水野越前守は庶民いじめで憎たらしかったけど、阿部伊勢守になって、亜米利加から軍艦をよんで庶民を悦《よろこ》ばせる。おつだね」

芸者風の女が、若い侍の肩に寄りかかり酌《しゃく》をしている。

浦和奉行所の官吏らは、老中の指示や現地の川越・忍の藩主たちの対応で精いっぱいだ。とても海や陸の大勢の見物人たちを追い払う人手がなかった。


ビッドル提督はきっと名将の誉《ほま》れ高い軍人だろう。

大統領から国書を依頼されるくらいだから。その提督は長崎にむかわず、同時に、幕府への大統領国書の引き渡しはあきらめた、と浦賀奉行に伝えた。現地から連絡が入った正弘は、穏便に帰ってもらう策を講じた。

――このたびの来航は、薪水給与令に該当するとは思えないが、野菜、果物などを提供しよう。遠洋航海に必要な薪《まき》、食料、飲料水を渡す、と伝えると、アメリカ側はことのほか喜んでいるという。

浦賀奉行所の官吏たちは急ぎ近在の豪農、町家、浦賀最大の産業の干鰯《ほしか》問屋などに出むき、無償で物資を提供してもらえないか、と呼びかけた。なにしろ幕府の財政はきびしい。ふだん御備船《おそなえせん》の修理費すら、その捻出《ねんしゅつ》に難儀している。与力・同心たちは実に質素な生活だ。

「お上のたのみならば」

農漁民らは積み込み作業にも、快く従事してくれた。手漕《てこ》ぎの小舟で、戦艦の側《そば》に運び、薪五千本、玉子三千個、小麦二俵、梨三千個、茄子《なす》二百個などが米兵に手渡しされた。

おおきな港には、「水船」と称して船内プールに飲料水を満たし、それを入港船に売り歩く商売がある。水桶一杯ごとに計算し代金をもらう。このたびは米艦から太いホースの先端が、水船の船内プールへとおろされた。蒸気動力の音が一つ旋律でひびく。煙突から黒いけむりが噴きでて潮風になびく。

「見てみろ。たちまち飲水が吸い上げられていくぞ」

浦賀奉行所の与力・同心たちは、蒸気ポンプの実物におどろきを隠せなかった。

好奇心が旺盛《おうせい》なかれらは、ビッドル提督から、直々に蒸気駆動の原理をおそわった。と同時に、西洋の蒸気船の機関もおなじ動力の原理で船が推進する、と具体的な知識がさずけられた。かれらは以降に、浦賀に入港する黒船(蒸気船)にもおどろかず、冷静に対応するうえで有益だった。

ビッドル側から品代金を外貨で提示された。

——薪、水、食料の代金をぜったいに受け取ってはならぬ。薪水給与令にもとづく、不足品に対する給与(食料援助)であるからだ。

正弘の指示でかたくなに拒否した。

「ならば、大砲を一門、譲ってくれないか」

与力・中島の申し出が手真似《てまね》だったので、うまく通じなかったようだ。

「提督が、お礼に奉行所へ訪問します」

そこで、中島たちは御備船を軍艦の横につけて待っていた。ビッドルがコロンバス号のタラップから降りてきた。

提督が乗り移ったのが、浦賀奉行所の御用船でなく、川越藩の傭船《ようせん》だった。ビッドルには悪気がなかったのだろうが、大砲が隠されていたムシロをはがしてのぞいた。

「無礼者。断りもなく、大砲に手をかけるとは何ごとだ」

川越藩士がとっさに刀を抜き、頭上に振りかざした。逃げようとするビッドル提督が転倒した。

「止《や》めろ。相手は素手だ」

川越藩の同僚たちが割って入り、憤《いきどお》る藩士を押しとどめた。

ビッドル提督は、川越藩士の刀をかいくぐり、タラップをのぼり甲板へと逃げていく。海兵らが剣小銃を構えた。銃撃する構えだ。

この出来事に気づいた中島たちは、ただちにコロンバス号に乗り込んだ。謝罪する。だが、ことばがまったく通じない。

「国書をもってきた使節にたいして、無礼もはなはだしい、野蛮《やばん》だ」

そんなふうに、ビッドルや将官たちは怒り顔で、荒々しい言葉を投げつけてくる。

甲板では海兵らが大砲に砲弾をつめる。戦争も辞さない態度だ。

奉行・大久保忠豊は、陸上から望遠鏡で戦艦の戦闘態勢をみていた。艦砲射撃による火の海も想定し、大久保は浦賀住民らに町からの立ち退きを命じた。近隣の諸大名にたいしては、有事として浦賀へ招集をかけた。

浦賀の町なかは、荷物を背負った男女が避難するすさまじい光景になった。親は子どもの手を引っ張り、ぐずる子どもらを叱っている。まさに街中は大混乱に陥った。

軍艦の甲板で、中島が通詞を介して詫《わ》びても、オランダ語だと謝罪が通じない。

中島はあれこれ解決策をかんがえた。

――この場は刀を抜いた川越藩士を連れてきて、責任をとらせ、腹を切らせるか。それは川越藩と浦賀奉行所の亀裂《きれつ》と対立になる。火を見るよりも明らかだ。

中島は万策つきれば、武士として、じぶんがこの場で割腹するときめた。

「佐々倉。まわりの警備艇をすべて浦賀港に引き揚げさせろ。観光船もだ。こちらには戦闘意思がまったくないと示すのだ」

中島が険しい目つきで、両手を振り、海上の船を追い払うしぐさをしてみせた。そばに立つ川越

藩・忍藩の藩士らにも、

「一隻も残らず、軍艦のまわりから遠ざけよ。武士の姿を消させよ。非はこっちにある」

と怒りの口調で命じた。

まわりの藩船がしだいに消えはじめた。視界のなかに一隻もいなくなると、ビッドルが握手をもとめてきた。その笑顔から和解ができたと、中島は安堵《あんど》した。涙がでた。


六月八日には帆影が見えなくなった。

公家出身の上臈御年寄の姉小路、万里小路《までのこうじ》らはアメリカ軍艦が江戸湾にとどまった十日間は、夜も眠れない恐怖だったと、その心境を将軍家慶に明かした。

(朝廷も、大奥とおなじ境地だろう)

家慶は尊王の志が篤《あつ》かった。

「京都(朝廷)はいまにも外国と戦争が相はじまる騒動を知れば、心許《こころもと》ないだろう。このことを奏聞《そうもん》(天皇に申しあげる)せよ」

家慶が御側御用取次《おそばごようとりつぎ》を介し老中に指図した。正弘は老中政事の立場から、抵抗があった。

――家光《いえみつ》が「海外渡航禁止の令」を発したときも、国内の諸改革も、幕府は一度も奏上《そうじょう》したことはない。はたして実行して良いのか。

だが、将軍の思召しとうけとった。

「すぐさま京都所司代に急使を立てます」

朝廷内には激震が走った。二か月あとの八月に、十五歳の孝明《こうめい》天皇から、

「外国船の日本近海の出没にたいして、海防《かいぼう》（艦船で攻め寄せる敵にたいする守り）を厳重にし、日本が侵略されることがないようにつとめよ」

と沙汰《さた》書が幕府に下ってきた。

家慶の奏聞は、京の朝廷が江戸の幕政や外交に干渉する発端《ほったん》となった。徳川幕府の政治力が衰亡していく要因になったともいえる。

四十六歳の徳川斉昭から、若き二十七歳の正弘へ、激怒の書簡がとどいた。

「日本の聖地を踏みかけたビッドルに斬りかかった川越藩の藩士はみごとだ。なぜ褒めないのだ。軍艦は難破船でもないのに、生鮮食品を与えるとはなにごとだ。浦賀奉行の更迭《こうてつ》を要求する」

そのあとも斉昭が、執拗《しつよう》に「異国船打払令にもどせ」と怒《おど》り脅してきたのだ。いかにするべきか。

中庸が政治姿勢の正弘が、とりあえず斉昭の提案を評定所に諮問《しもん》した。薪水給与令のまま、と否決された。

老中政事の幕府は、このさき朝廷および徳川斉昭から干渉をうけはじめた。このようにビッドル来航は、幕末の政局に重要な意味合いをもっている。

あたらしい胎動として、丙午《ひのえうま》といわれた年であるが、皇女・和宮《かずのみや》と紀州藩の慶福《よしとみ》（のちの将軍家茂《いえもち》）がともに誕生した。

幕末史にとって、弘化三（一八四六）年は重要な年になった。

第七章

激動の予兆

紀伊徳川家の赤坂藩邸で、藩主の男児である菊千代《きくちよ》が誕生した。弘化三(一八四六)年の閏《うるう》五月二十四日だった。

父・徳川斉順《なりゆき》の死から、わずか十六日後である。

母は側室のお美喜(のち実成院《じつじょういん》)である。

「半月ちがいで、お父さまのお顔を知らへんなんて、えろうお気の毒やね。亡き紀州さま(斉順)も、死のまえに一目でも、わが子の顔を見たかったやろうし」

姉小路《あねがこうじ》はあわれんでいた。

斉順といえば、かつて水野忠邦《ただくに》が強引におしすすめた「上知令《あげちれい》」反対の先鋒《せんぽう》となり、はたせるかな「天保の改革」をつぶした藩主である。それだけに姉小路のこころにはつよく印象にのこっている。

「菊千代ぎみの人生は、波乱《はらん》の前ぶれや」

赤子の人生行路など、だれにもわからない。菊千代が十三歳にして、国家騒動の嵐のなかで、安政五(一八五八)年、一橋家の慶喜《よしのぶ》と抗争の末に、第十四代将軍・徳川家茂《いえもち》になるなど、聡明《そうめい》な姉小路にすら想像ができなかっただろう。

出産当時は、菊千代よりも、斉順の死後はだれが藩主になるのか、ここに話題が集中していた。というのも、同藩の和歌山と江戸の赤坂藩邸が背中合わせで、対立していたからである。

和歌山のほうは元藩主の徳川治宝《はるとみ》が、七十六歳の高齢でも、いまなお権力にしがみつき、隠居政治をおこなう。治宝の治世は三十四年六か月、そのあとの隠居政治が二十三年、あわせると五十七年間である。

もとより隠然《いんぜん》たる政治支配力をもった治宝は、いつまでも影響力をのぞみ、伊予西条藩三万石の松平頼学《よりさと》を推す。その西条藩は紀伊徳川家の分家(御連枝《ごれんし》)である。

あきらかに反発するのが、同藩の付家老《つけがろう》ふたりで、野心家の水野忠央《ただなか》と、和歌山の穏やかな性格の安藤直裕《なおひろ》である。

「紀州藩の運命を左右する藩主に、なにも好んで、分家から迎えることはない」

忠央は、阿部正弘など老中に根回しし、治宝に挑《いど》んでいる。国許《くにもと》の重臣らは忠央を土蜘蛛《つちぐも》と呼び、さらなる巧妙な手口をつかってくるぞ、と身構えていた。忠央から大奥の妹お琴に密命の手紙がとどけられた。

姉小路がしずかに床の間に、紅紫《こうし》の花しょうぶを活けていた。

気持ちがそこに集中できず、思いは紀州藩にむいてしまう。次期藩主は誰にするべきやろうか、と。徳川治宝《はるとみ》の隠居政治はよくない、と思う。

……かつて家斉《いえなり》の大御所政治において、三佞人《さんねいじん》やお美代たちが、つよい権力をもち悪政となった。それを思い起こしてしまう。

御部屋さまのお琴の方が訪ねてきた。品よくていねいに挨拶し、床の間の生け花をほめてから、一通の手紙を差しむけてきた。

「不躾《ぶしつけ》ですが、兄にすれば、これは秘密の書簡でしょうけど、ご覧になってくださいまし」

「そなら、読ましてもらうわ。何かありそうや」

――家慶《いえよし》の十二男・田鶴若《たづわか》が紀州藩主になれば、新宮水野家は外戚《がいせき》になれる。成せば、紀州藩を牛耳《ぎゅうじ》る治宝を藩政から排除できる。急ぎ、お琴から姉小路に、わが子の田鶴若をつよく推挙せよ。

これはあきらかに忠央からの舞台裏の特命である。

「お琴、あなたはどう思ってはるの」

「兄上の考えには反対です。むかしから自分勝手で、横暴で、ごり押しが過ぎます。一歳の田鶴若が五十五万石の藩主ともなれば、お家騒動のもとです。そうなると、民百姓にまでご迷惑をおかけします」

お琴が理路整然と語った。

「兄妹でも、ずいぶん違うんやね」

「かもしれません。ひとたび田鶴若が政争の具《ぐ》にされますと、毒殺される、そんな恐ろしい予感すらあるのです」

「わかりましたえ。藩主の候補から田鶴若ぎみを外せば、この手紙の内容からして、兄妹が仲違《なかたが》いで、えらい目に遭わへんの」

「口幅ったい言い方ですが、それでも結構です。兄上に憎まれても」

「芯がえろう強いんやね」

お琴が退座の挨拶をはじめた。

「お待ち。紀州藩の藩主にだれを推すか、お琴は知りとうないんね。付家老の妹やろう」

「機密は知らない方が、気が楽ですから」

姉小路はすでに胸のうちで、御三卿《ごさんきょう》・清水家の家主である斉彊《なりかつ》(家斉二十一男)を推すときめていた。

将軍家慶とは異母きょうだいである。

幕府から、紀州藩主は徳川斉彊とお達しがあった。

国許の老獪《ろうかい》な治宝が、これは江戸の水野忠央が仕かけたものだ、あの男は妖怪《ようかい》だ。土蜘蛛だと怒っていた。

それが忠央のあだ名となり、またたくまに世間一般に拡散した。

弘化三(一八四六)年九月のある早朝、馬術の好きな忠央が遠乗りから帰路についた。浄瑠璃坂《じょうるりざか》の水野邸の門前で、かれは馬上から身軽く飛び降りた。

「土蜘蛛、思い知れ」
三、四人の刺客《しかく》が突如として刀をふりかざし、襲いかかってきた。忠央がとっさにムチで馬の尻を思いきりたたいた。
かれらの光る刀とムチにおどろいた愛馬が、前足をあげて威嚇《いかく》した。刺客たちはうしろへ下がる。馬のいななきを聞いて、門内から出迎えの家臣が大勢出てきた。

刺客たちは辻角《つじかど》から消えていった。

「軽薄《けいはく》な奴《やつ》らだ。狙うならば、斉彊を紀州藩主にきめた大奥の姉小路だろう」

あざ笑った。

「殿。八月晦日《みそか》、江戸城の田鶴若ぎみがお亡くなりになったそうです」

お琴の養父・杉重明《すぎしげあき》から連絡がきたという。数日のちに、死の発表があるらしい。

「ならば、毒殺か。お琴が将軍の子を産んでも、大奥では育たない。殺されると危惧《きぐ》しておったが、満一歳にして現実となったか」

忠央は胸のうちの悲しみや失望を、家臣のまえでみじんもみせなかった。

「井戸水で汗をながす」

つるべの桶《おけ》の冷水を頭からかぶると、白い湯気が全身から立ちのぼる。忠央は頭の回転がよく、変わり身がはやい。かれの頭脳《あたま》は次なる緻密《ちみつ》な計算をはじめていた。

(田鶴若が死んだ。このさき譜代大名への昇格運動は、お琴の子には過剰に期待するべきでない。これは自戒《じかい》だ。次なるは、菊千代ぎみを紀州藩主にさせる。それには老獪《ろうかい》な治宝を秘《ひそ》かにだしぬく必要がある)

ここはお琴を介し、権力者の姉小路をうごかす。菊千代が満一歳になれば、何食わぬ顔で斉彊の継嗣《けいし》としておく。かくのごとく謀《はか》っておけば、……新藩主となった斉彊が不慮の死、もしくは病死にでもなれば、菊千代がすんなり紀州藩主になれる。

将軍家の浜御庭《はまおにわ》(現・浜離宮恩賜公園＝東京・中央区)には、夏の花が咲く。つい先刻まで、将軍の鷹狩《たかがり》がおこなわれていた。

中之島の茶屋で、着飾る御台所《みだいどころ》代理の姉小路が、上様、おつかれやす、とお茶を点てていた。

「先日、姉小路から提案があった、斉彊の継嗣の話だが、かんがえるに菊千代はまだ生後一年、やや早い気がするが……」

お茶碗を口に運び、しずかに飲みほす。

「あきまへんか。不憫《ふびん》な子や、生まれながらにして父を亡くし。せめて斉彊さまが養父になれば、親子の情が生まれおす」

この紀州藩継嗣のはなしは、付家老から、内々に姉小路に持ちあがっていた。

「ならば、おなじ将軍家の血筋だ、さして問題はなかろう。本郷に申しわたす」

このさき御側御用取次《おそばごようとりつぎ》の本郷泰固《やすかた》が、将軍の思召《おぼしめ》しとして正規に処理するだろう。

「ところで、尾張藩の方だが、お庭番の報告だと、次期藩主のことで、また、もめはじめたようだ。金鉄党がさわぎだしておる」

この金鉄党とは同藩の下級藩士が主体で、藩校・明倫堂《めいりんどう》の学者や藩士たち「番士」のあつまり、すなわち軍事専門家らである。

「厄介やね」

尾張藩主の直系が九代で途絶《とだ》えた。そのあと十代から十三代まで約五十年間にわたり藩主が将軍家から送りこまれた。

この四代がともに人格的にも、知的にも良くなかった。歴然たる事実であり、藩内にはつよい反発がある。

――将軍家押し付け藩主は、できが悪すぎる。五度目こそ幕府の押しつけ藩主を拒否し、分家（御連枝《ごれんし》）から藩主をだそう。

かれらの主張と意気込みが姉小路にはふつうに理解できた。それほど過去の四人はひどいのだ。

とくに十一代藩主の斉温《なりはる》（家斉十九男）などは、九歳で藩主になり、二十一歳で亡くなるまで、いちども名古屋に入国せず、江戸暮らし。これまた無類の鳩好きで、江戸藩邸で数百羽を飼って、すべてに名前をつけて遊ぶ、のんき極まる藩主であった。

されど、藩財政はかんがえず、天保九(一八三八)年には江戸城西の丸の再建で九万両と木曽ヒノキを献上する。藩財政が一気に悪化した。

ここ四代つづきの尾張藩主には、こうした弊害《へいがい》と問題が数えきれないほどあった。

この浜御庭《はまおにわ》(東京・港区)は、海水を引き入れた園池をかこみ、築山《つきやま》、滝、釣殿《つりどの》、茶屋が造られている。薬草園があるし、かたや武士がたしなむ馬場、弓場《ゆば》がある。

家斉の代から、幕臣の砲術稽古《けいこ》や、鷹狩も実施されてきた。さかのぼること、八代将軍吉宗のとき、清国の商人から購入した象が江戸にきて、この浜御庭で飼育されていた。

中島の茶室では、家慶と姉小路がなおもさりげなく密議する。

尾張藩の藩主を五度目も、将軍家から推すとなると、これまで以上に将軍家(徳川宗家)にたいして敵対的な感情が高まると、容易に予測できた。

「上様。このさい尾張の分家から、本藩の藩主をだしなはったら、いかがですやろう」

尾張藩の分家(御連枝)には、美濃《みの》の高須《たかす》藩、陸奥の梁川《やながわ》藩、それに川田久保松平家という三家がある。藩主への有力な候補となると、美濃高須藩三万石だ。

ここには五人の男きょうだいがいる。

記憶力のよい姉小路が、それぞれの名前を口にした。長男は当然ながら跡取りで、高須藩主としてのこるし、候補から外れる。

……徳川慶勝《よしかつ》(次男)、同茂徳《もちなか》(五男)、松平容保《かたもり》(六男)、松平定敬《さだあき》(七男)のなかから、だれを選ぶか。

いずれものちの幕末史に欠かせない人物ばかり。序列からすれば、次男の慶勝が最有力になる。

「問題は、慶勝が尾張藩主になれば、水戸藩の色合いが強くならないか。それが危惧される」

慶勝の母親は、正室・規姫である。この規姫は水戸藩の第七代藩主・徳川治紀《はるとし》の娘である。夫の十代高須藩主である松平義建《よしたつ》すら、水戸藩の小石川藩邸に生まれている。

したがって、父と母はともに水戸藩の血筋である。

「それって、どうみても問題やね」

「幕府にとって、はなはだ危険だ。尾張と水戸を一帯にすれば、将来の遺恨《いこん》になりかねない」

家慶の目が茶屋の外にながれた。鷹狩を終えた幕臣たちが引き揚げてきた。

「それにもう一つの疑念は、尾張藩の家訓だ。そこにも問題がある」

尾張初代藩主・徳川義直《よしなお》は「王命によって催《もよお》さるる事」と遺訓《いくん》をのこす。

要旨はこうである。……天下が割れる一大事があれば、将軍の臣下《しんか》でなく、天皇の臣下としてつくせよ。けっして、朝廷に弓を引くことがあってはならない。

――将軍より、天皇に味方せよ。

この尾張の尊王思想が水戸藩の藩祖や光圀《みつくに》にも影響し、楠木正成《まさしげ》の崇拝《すうはい》(正成は天皇のために死す)となり、脈々と伝わってきている。

ベトナム産の象が浜御庭で飼育されたころの時代に、尾張藩主・宗春《むねはる》が公然と勤王としてふるまい、吉宗と政策で対立した。幕府とすれば、謀反《むほん》を企てたとおなじ、宗春に隠居・謹慎を命じ、名古屋城に幽閉《ゆうへい》したのである。

近年となると、弘化元(一八四四)年に、幕府は水戸藩の斉昭《なりあき》に反幕府の行動から、隠居謹慎を命じ、駒込中屋敷に幽閉させている。そして家督は嫡男《ちゃくなん》の慶篤《よしあつ》にゆずらせた。水戸藩士がことさらさわぐので、弘化三(一八四六)年、にわかに謹慎のみを解除し、斉昭の藩政関与の禁止は継続とした。このように、尾張藩と水戸藩は、徳川将軍家にたいし危険な面が垣間見《かいまみ》られる。双方が秘かに手を組むと、危険ではなかろうか。

「上様。ただ、それを警戒し、五人つづけに尾張藩主が将軍家の押し付けになれば、これまた尊王・反幕の考えが強まり、おおきな騒動にまでなりおす。このさい高須藩の次男慶勝を立てなはれ。それを前提に策を考えはったら、ええのとちがうやろうか」

「さようだな。とはいっても、水戸と尾張が結託すれば、徳川御三家のうち、ふたつが勤王勢力となる。芳《かんば》しくないし、由々しき問題になりかねない」

家慶がとくに危惧するのは、尾張の藩祖・義直の「王命によって催さるる事」の遺訓であった。それが二十年後には、まさしく現実のものになるのだ。

慶応四(一八六八)年に、鳥羽伏見の戦いから戊辰《ぼしん》戦争へと戦乱が拡大した。

ここで徳川慶勝が将軍家に背をむけた。

「徳川宗家の忠誠《ちゅうせい》はやめ、勤王《きんのう》統一でいこう」

勤王誘引《ゆういん》を謀《はか》り、徳川宗家に弓をひいたのだ。

金鉄党の家臣たちを使者に立て、東海道、中山道すじの譜代《ふだい》や親藩の大名および旗本あわせて、四百七十四人に勤王証書を提出させ、ことごとく天皇側につけさせた。これによって、なにが起こったのか。新政府の東征軍が江戸にむかったとき、箱根の関所まで無抵抗で進軍できたのだ。そのせいで、徳川宗家は江戸城を無血開城せざるを得ないところまで一気に追い詰められたのだ。

一方の水戸藩といえば、門閥派と天狗党の改革派とのはげしい対立から、最後の将軍・慶喜への助力にはならなかった。

「上様。ここは烈公《れっこう》(斉昭)を将軍家に取り込みはったら、どうやろう。融和《ゆうわ》策をとれば、烈公は将軍家に目がむいてきやはると思う」

「されど、こちらから、あの男と和合すると考えただけでも、わしはじぶんに腹が立つ」

家慶は心底から、烈公が嫌いのようだ。

とは言っても、家慶の亡き正室・楽宮喬子《さざのみやたかこ》女王と、斉昭の正妻・吉子《よしこ》女王はともに有栖川《ありすがわ》家の姉妹である。なにはともあれ、家慶と斉昭は正妻どうしが姉妹であり、義理の兄弟なのである。

「上様は義兄の立場やし、烈公に頭を下げることおまへん。むこうから将軍家に靡《なび》かせれば、よろしゅうおす」

「姉小路には、うまい策がありそうな顔だな。遠慮なくもうせ」

「はい。うちの実妹《いもうと》が水戸藩邸におって、手紙をようかわしておす」

その名は花ノ井である。姉小路の妹だという。有栖川宮吉子の水戸藩降嫁のとき、橋本家の花ノ井が上級侍女として付き添ってきた。

最近の花ノ井の手紙には、興味ぶかい話題がある。水戸藩の国許には、烈公の七男・七郎麿《しちろうまろ》(のちの慶喜)という利発で英知《えいち》な男子がいる。烈公の肝《きも》いりで、文武両面から修業がなされており、国許・水戸で育てている。

話題には事欠かない少年のようだ。

「七郎麿は将来の大器だと、烈公は期待し、えろう可愛《かわい》がっておられはるとか。いかがですやろう、この七郎麿を一橋家の家主になされはったら、ええと思いおす」

「一橋家か。このところ家主はことごとく短命だ。健全な子ならば、考えなくもない」

家慶の目がかがやいた。

「七郎麿は機転が利くし賢いけれど、読書は大嫌いやそうな。侍臣《じしん》が叱っても、罰として人差し指に灸をすると、本を読むよりモグサの熱さの方がましやといい、火傷《やけど》しても平然としておる少年や、と妹の手紙に書いておす」

性格は強情で、素直さがなく、人の心を深読みする、憎たらしい少年らしい。

「利巧で強情でも、かえって頼もしい。芯の強さと根性があれば、一橋家に受け入れてもよかろう」

「そうしなはれ。烈公は水戸にとって身に余る光栄といいますえ。恩が売れるよし」

「ならば、伊勢(阿部正弘)に話を進めさせよう。ほかにも、まだありそうな顔だな」

「はい。水戸藩との融合策で、もうひとつ。こたび上様の養女になられはった有栖川宮の線宮《いとのみや》さまを、水戸藩主の慶篤さまの正室にされはったら、いかがおす。えろう美人やそうな」

線宮は十一歳で、将軍家慶の養女となった。いまはまだ京の実家で育てられている。

この時代は本人の意思に関係なく、婚姻は親どうし家と家の関係できめる。線姫《いとひめ》と家慶の初顔合わせは、このさき彼女が十五歳になり、江戸城大奥に入った嘉永《かえい》三(一八五〇)年六月である。

「美人か。すると、お琴のように」

「お琴の方におよばずとも、きれいな娘やと聞いておす。尾張藩主を慶勝と裁決されるまえに、線姫と慶篤さまの婚姻のお膳立てを先行されたほうがよろしおすな」

それには家慶もうなずいた。

＊

弘化四(一八四七)年八月一日に、阿部正弘が辰之口《たつのくち》の老中役宅に、水戸藩付家老の中山備前守信守《のぶもり》を呼んだ。

「貴藩の七郎麿を、一橋家の世嗣《よつぎ》としたい。斉昭公の意向をたしかめてほしい」

幕府からの突然の打診で、付家老四十歳の中山の顔がきびしくなった。

「それは……。老公《ろうこう》はつねづね七郎麿ぎみは聡明《そうめい》であり、どこにも養子にやらぬ、藩主・慶篤公の控えとして置いておく。万一のことがあれば、七郎麿ぎみを水戸藩主にする。それを前提に幼少のときから英才教育・帝王学をほどこしておられます。ほかの息子たちは、それなりに養子にだす意向です。ここは五郎麿、八郎麿、九郎麿で、いかがでしょうか」

「ならぬ。この人選は上様の思召し(意向)でござる。七郎麿のみ。上様に問わずとも、他はいささかも望まれておらぬ」

「伊勢守は、ほかに思いおよばずですか」

重い荷を背負わされた中山が、難儀な顔で沈黙している。

正弘は、別の思慮をしていた。

——水戸徳川家は、徳川頼房《よりふさ》(藩祖)、光圀《みつくに》の代の『大日本史』編さんの大事業から、御三家にあっても、大義名分論に基づいた尊王論がそだっている。斉昭はとくに尊王思想がつよい。このさき尊《そん》王攘夷《のうじょうい》へと発展させていく人物である。

徳川斉昭は崇拝する天皇家の血を、水戸徳川家に入れたいと願っている。ただ、天皇の子女(皇女)が武家に嫁ぐのは、将軍にかぎられている。ちなみに、実例として、このさき十四代将軍・家茂には皇女和宮《かずのみや》が嫁いできた。十六歳の家茂が現職の将軍だったから可能であったのだ。

——七郎麿がひとたび一橋家に入れば、徳川将軍になる道が開かれる可能性がある。将軍になれば、天皇の子女が嫁いでくる好機も生まれる。むろん、将軍・家慶がどこで退位するか、世子《せいし》・家定の扱いがどうなるか。こうした時勢と運にも支配される。

斉昭がそこをどう考えるか。正弘は斉昭の性格から出方を推察していた。

「備前。水戸藩に持ち帰り、隠居の斉昭公とよく相談されたし。返事は明日とする」

「えっ」

「答えは二つに一つ。時間をかけようとも、受託するか、否かであろう。そなたは江戸在府である。駒込《こまごめ》の老公とは間をおかずとも、話がすぐに通じるはずだ」

その翌日には、中山が辰之口に訪ねてきた。斉昭からの書簡を正弘に提出した。

——七郎麿は田舎者ですから、しつけもなく、尊慮《そんりょ》に応えられるか、心配でおそれいります。一橋家の家臣にも、赤面《せきめん》のいたりです。

万事よろしく、という斉昭の満足の意を伝えてきた。

弘化四(一八四七)年、水戸藩の数え十一歳の松平七郎麿が、将軍家慶の思召しをうけて一橋家を継ぐことになった。

同年八月十五日に、七郎麿は水戸を発ち、御三卿の一橋家に入り、九月一日に一橋徳川家を相続した。

御三卿とはなにか。徳川将軍家の一族で、田安、一橋、清水の三家をもって将軍家の血筋を絶やさないための存在である。その目的で八代将軍・吉宗が設立している。

いずれも当主が不在(明屋敷《あけやしき》)でも、藩のような改易はなく、家の存続が認められていた。

この年の十二月には、七郎麿が登城し、従三位左近衛中将《さこんえちゅうじょう》に叙任《じょにん》された。将軍・家慶の一字をもらい、刑部卿《ぎょうぶきょう》慶喜とあらためた(一橋慶喜といわれているのは、わかり易《やす》いからである)。

このときの一橋家当主は、十八歳の徳信院直子《つねこ》である。彼女は伏見宮《ふしみのみや》家の息女で、亡き先々代の夫人だった。系図上ではややこしいが、簡略にいえば、慶喜の祖母になる。十一歳の慶喜からみれば、現代ならば、小学六年生の男子からすれば、大学一年生の姉のような割に近い距離感だった。

十万石の一橋家の家臣は、幕府から出向《しゅっこう》してきている。一橋家生え抜きの用人は中根長十郎で、教育係にあたった。斉昭がじぶんの側近・藤田東湖《とうこ》らとも相談し、慶喜に直言できる士として平岡円四郎を推薦し、送り込んできた。かれらが慶喜を育てはじめた。

家慶は少年・慶喜につよく関心を示し、なにかにつけて江戸城内の一橋邸（現・千代田区大手町一丁目）に顔をのぞかせていた。

「水戸から、江戸にむかう道中はどうだった。たとえば、耕作の具合とかは」

「稲穂は育ち、秋の豊作は期待できました」

子どもながら慶喜ははきはきと応える。

「実に聡明な少年だ。元気にあふれて気持ちが良い」

家慶のことばの端々には、世子・家定《いえさだ》の内向性との比較があるようだ。

次期将軍となると、気持ちは爽快な慶喜にかたむく。片や、実のわが子は可愛《かわい》いし、家定の廃嫡《はいちゃく》にまで決断できない。家定はじぶんでも三佞人らの毒殺に警戒し、知恵をつかい、わが子のなかで唯一、二十三歳の今日まで生きながらえてきてくれたのだから。真髄《しんずい》は利巧だと思う。

その家定の顔には天然痘の痘痕《あばた》がのこる。折々に首をふり、手足を震わせる。癇癪《かんしゃく》もち。まわりの幕臣は暗愚《あんぐ》だといい、扱いにくいらしい。一面では、記憶力がよく特殊な頭脳もみえ隠れする。とくに「鳥類図譜」の鳥名と分類は諳《そら》んじることができる。現代ならば、偏屈《へんくつ》な学者タイプに似るのだろう。

家慶はこころの奥深くで、次期将軍の選任について、人前を嫌う世子の家定でよいのか、と姉小路にすら話せない迷いと悩みをかかえていた。

*

藩主斉彊が嘉永元(一八四八)年四月六日に、はじめて和歌山のお国入りをはたした。かれは実直な性格で生真面目だった。

領内の巡視、催し物、儀式、さらには家臣らと鹿狩、駆け馬の見学など、連日かなりの激務をこなしていた。

「殿さま。ご無理をなさらないでくださいまし。お身体《からだ》あっての藩政です。家臣らも努力しておりますから」

斉彊は、院政の治宝を意識し、かれなりに存在感を示したかったのだろう。

「気づかい無用じゃ。余は菊千代(慶福《よしとみ》)を養子に迎えた。この国許でもお祝いとして『大御能《だいおのう》』を三日間ほど催したい」

「あれも、これもと一気にすすめられますと、御身がもちませぬ」

お国入りするまえ、和歌山城が落雷で焼失していた。この再建にも労をつくす。いささかも休むことがなかった。

斉彊は無理した激務から、とうとう体調を崩してしまった。ここ和歌山での養生も効かず、嘉永二(一八四九)年三月一日、わずか三十歳で薨去《こうきょ》した。

「あの実直な斉彊が、和歌山で死んだのか。痛々しいの」

将軍・家慶にすれば、腹ちがいの血縁の濃い兄弟である。悲しみに沈んだ。

訃報《ふほう》を聞いた姉小路には、斉彊の死で、おどろきが隠せないことがあった。それは思いおこせば約三年前だった。お琴を介し、水野忠央から「藩主斉彊の養子に、一歳の菊千代(慶福)を迎えたい」という提案がなされた。

姉小路とすれば、さして疑いもなく、親子の情愛を深めるていどのかるい気持ちで処した。

弘化四(一八四七)年四月二十二日付で、

「幕府、和歌山藩主徳川斉彊、同族菊千代ヲ養子ト為スヲ許ス」

と裁許された。

斉彊の死で、四歳の菊千代が横やりも入らず、お家騒動ひとつもなく、紀州藩の十三代藩主に就任の運びとなったのである。

「気づけば、五十五万五千石に、こんな裏芸があるなんて、水野忠央はえろう智将《ちしょう》やね」

現代流でいえば、勘定奉行所(公事方《くじかた》)が、満一歳の菊千代を跡継ぎとして決裁した。このときに関係者から異議申し立てがなかった。

いまごろ提訴など門前払いである。

和歌山の国許では、江戸定府の水野忠央にたいし、怒りと反発が渦巻くけれど、いまさら反論や抗議の手すら出せなかった。

紀州徳川家の藩主・菊千代がやがて五歳となった。

「いいですか。たいせつな行事の日ですからね。将軍さまのまえで、泣いてはいけませんよ。きょうは上様から加冠《かかん》と、改名をしていただきますからね」

嘉永四(一八五一)年十月に、養母にあたる三十一歳の観如院《かんにょいん》(斉彊の正室・近衛《このえ》忠煕《ただひろ》の娘)と、義妹の秋姫とともに江戸城で元服の式をむかえることになった。

「泣かないよ。約束する」

「ほんとですよ」

当日の朝、菊千代は前髪を切り、衣服の袖を短くつめた。

「紀伊徳川家のお殿さまですからね。江戸城で泣いたら、置き去りにして帰りますよ。この赤坂上屋敷まで、一人で帰ってきなさい」

観如院がそういいながら菊千代の着付けの点検をした。

この式には、付家老の江戸定府・忠央、国許・安藤直裕のふたりが藩主の後見人として、紀州藩上屋敷から同行した。

江戸城に登城し、黒書院《くろしょいん》でいよいよ将軍家慶の拝謁《はいえつ》である。老中たちが進行役として部屋の左右でかしこまっている。

「おめでたい、佳《よ》き日でござる」

挨拶した阿部正弘が、元服の行事のながれを簡略に説明した。空気が一段とはりつめた。菊千代の顔がこわばってきた。

将軍・家慶と世子・家定が小姓らの誘導で、上座にあらわれた。ふたりは着座した。

「歴代、紀州藩主は英名であるぞ。菊千代がりっぱな藩主になると期待しておる」

家慶がかしこまった儀式のことばをさずけた。さらなるは、式典を執りおこなう幕吏《ばくり》が、手にした烏帽子《えぼし》をおごそかに粛々《しゅくしゅく》と菊千代の頭にかぶせる。

整列した幕閣たちの眼《め》が、幼い菊千代の顔一点にあつまる。

菊千代が威圧《いあつ》された緊張の空気のなかで、歯を食いしばっている。

「どうした。五十五万石の藩主がべそをかいておるのか。そなたは弱虫か。父親の斉順は強かったぞ」

家慶が親しみのある口調でいうと、菊千代がとうとう泣きはじめた。

「名将軍の吉宗《よしむね》が、天国で笑っておるぞ。紀州藩の大名がそんなにも弱虫か、と」

すると、菊千代がとっさに立ちあがった。背後で正座する養母の観如院の方へむいて、両手を広げ、からだに抱きつこうとした。

「だめです。座ってなさい」

その場に腰を落とした菊千代が、双肩《そうけん》をふるわせて大声で泣く。

家慶から偏諱《へんき》として「慶福」をさずかるが、泣き声にかき消されてしまった。

「泣く子にはかなわぬな。かしこまった儀式はここまでにしておこう」

黒書院をでると、慶福は観如院に手を引かれ、大奥の挨拶へとむかいはじめた。

「お恥ずかしい。お約束がちがいますよ」

観如院からにらみつけられるし、烏帽子姿の慶福がなおも涙していた。

付家老ふたりは後見人で、公的な儀式の役務から特別許可で大奥へむかう。

高麗縁《こうらいべり》の豪華な三十畳敷の「御座の間」へと、慶福の列が入室した。

御三家の紀州藩ゆえに、迎えるのは御台所代理の万里小路《までのこうじ》、姉小路、ほかに数十人の奥女中たちが正装でかしこまっている。

慶福はきものの袖で目頭をぬぐう。

水野忠央が紀州の藩代表として儀礼の献上品（黄白入り）をさしだし、口上をのべた。

老女の祝辞をうける慶福は、なにをいわれても、その視線が真下に落ちていた。

「土佐（水野土佐守忠央）、終わったら、はやく帰ろう」

慶福が横目でちらっと忠央をみた。忠央はかるくうなづいた。

「大奥に遊びにおこしや。九つの歳まで、男児も大奥に入れるよって」

姉小路がそのように声がけした。視線は真下にあった。

儀式をこなした一行が紀州藩上屋敷に引き揚げてきた。慶福は教育係で老女の波江に歩みより、泣いちゃった、とおしえている。

「がまんと辛抱が足りませんね」

「だって、みんな怖そうな目で、じっと余の顔を見ているんだもの。波江だって、きっと泣くよ」

「泣きません」

「うそだ」

愛くるしいと、慶福は紀州藩邸内で大勢から好かれていた。

五十五万石の藩主の慶福は、六歳の子どもでも、ふだんは紀州藩上屋敷で、帝王学の習得に努め、文武両道を極《きわ》めるための過密スケジュールをこなす。

それればかりか、ふた月に一度、慶福は定府の付家老・水野忠央に付き添われて、江戸城大奥に出むく。これは忠央の野望の長期計略《けいりゃく》でもあった。

――紀州藩主の慶福が、大奥で上臈《じょうろう》御年寄や奥女中たちに好かれると、それだけ徳川将軍への道が拓《ひら》けてくる。なにしろ、大奥は将軍擁立《ようりつ》の権限を持つのだから。

大奥の規則で、忠央は実妹のお琴と会えないけれど、別室でひたすら待機している。

奥御殿の方では、慶福が駆けまわる。奥女中たちから甘やかされ放題だ。

「お琴、遊ぼう」

「お腹が大きいからね。走れませんよ」

お琴が投扇興《とうせんきょう》をおしえる。三尺ほど離れた場所から扇子を投げる。それが的に当たり落ちる。

慶福は嬉々として喜ぶ。

「お琴。おなか、さわらせて。男の子なの、女の子なの」

「当ててごらんなさい」

「わかんない」

投扇興にあきると、慶福は好奇心たっぷりで大奥の廊下を走りまわる。あちらこちらの部屋の襖《ふすま》を開けてまわる。

家定の実母である本寿院《ほんじゅいん》の部屋に入る。

「白猫のミイをだかせて。可愛《かわい》い」

「いいですわよ。ミイが喜ぶのはここよ」

ほほ笑む本寿院が、慶福の胸元にかかえられた猫の背中や、喉元をなでてみせる。

次なるは、三味線《しゃみせん》の音が聴こえる部屋に入った。十歳前後の部屋子《へやこ》が遊芸のきびしい稽古をさせられている。

「余にも、三味線、弾かせて」

「まちがうと、バチで叩《たた》きますよ」

家定の乳母である歌橋《うたはし》が、故意にこわい目をむけてから、やさしく三味線をおしえる。

その側《そば》では、部屋子が「三折《みつお》れ人形」という遊び道具をもちだしてきた。腰、膝、足首が折れ曲がり、着せ替えできる。子どもにとって身分の上下はない。慶福が三味線を歌橋にもどし、そちらに加わる。

西の丸の世子《せいし》・家定は慶福とはいとこになる。西の丸から本丸大奥に顔をだす。持参した鳥類の図譜を見せ、分類や生息地などを教えている。血筋なのか、ふたりして鳥が大好きらしい。飽きることなく、見て語りあう、楽しげな光景であった。

大奥の朝の総ぶれは、お目見え以上の奥女中たちと、将軍との極秘の会合である。

老女(御年寄)から、御三卿《ごさんきょう》、大名家どうしの縁組や、大奥にもちこまれた内願(嘆願)などが家慶に報告される。姉小路から、

「上様。きょうの昼、紀州さまが来やはる」

「さようか。草双紙《くさぞうし》(絵本)を読んでやろう」

将軍家慶の顔がゆるむ。内憂外患《ないゆうがいかん》のきびしい政事がつづく日々だが、慶福がいっとき心労を忘れさせてくれているようだ。

昼時になると、家慶が縞縮緬《しまちりめん》と博多帯の平服で、中奥から大奥にやってくる。事前に、側用人《そばようにん》に

命じた草双紙が用意されている。五十八歳の家慶にとって甥《おい》っ子である。まるで孫、ひ孫のように膝のうえに乗せて本を読んで聞かせる。

「こんど、こっちを読んで」

「それよりも、十返舎一九《じっぺんしゃいっく》がおもしろいぞ」

「いやだ。こっちだ」

桃太郎、舌切り雀《すずめ》、はちかつぎ姫、ぶんぶく茶釜など、慶福がせがむと応じている。

慶福がその本をもってお琴の部屋にいく。

「お琴、余が読んで聞かせてやるぞ」

「舌切り雀がよかったのに。ここにないのね」

「余はいやなんだ。舌を切るなんて、かわいそうじゃ。この猿カニ合戦にしようぞ」

「合戦は戦争ですよ。きらいです」

「女は意気地なしだな」

「泣き虫の紀州さまに言われたくありません」というと、そばで奥女中が笑っている。

奥勤めの親戚筋の少年がきていると、慶福はすぐ仲良しになり、庭にでて竹馬、凧《たこ》揚げなどをおそわっている。それは稀《まれ》で、多くの場合は奥女中が慶福の相手をしている。

「女の子の遊びばかりおぼえると、紀州藩は迷惑だろう。城の庭で、慶福に武術の訓練をさせるとよかろう」

家慶の提案でえらばれた剣術指南役は、柳生《やぎゅう》流で天下に名の知れた剣豪である。

奥御殿からよびだされた慶福が防具をつけ、不承不承《ふしょうぶしょう》と竹刀を正眼にかまえる。

「気合いが入っておらん」

指南役から一喝《いっかつ》されると、慶福は竹刀を地面に投げだし、背中をむけて泣きだした。

奥女中たちがクスクス笑っている。


時の鐘が乾いた音でなりひびく。嘉永三(一八五〇)年三月、日本橋かいわいは白梅や紅梅から、桜に変わりはじめていた。

急ぎ着替えた魚八《うおはち》(魚屋八兵ヱ《はちべえ》)が、神棚にむかって柏手《かしわで》を打った。二十八歳のかれは浅黒く、目も細く長身であった。

「あんた。その身なりだと魚河岸でなく、本石町《ほんごくちょう》の長崎屋だね。もう四日目じゃない。ただ働きだろう、本業に精をだしなよ」

釜戸《かまど》のまえからおなじ歳の女房・お里がいつもの甲高い声をあげた。

「カピタン(オランダ商館長)一行が、公方(将軍)さま拝謁のために江戸にきておるんだぜ。長崎屋から手が足りないと、たのまれた。江戸っ子だ、断れるかよ」

オランダ商館員は三人、長崎奉行所の官吏《かんり》は五十七人、駕籠《かご》かき、荷運びの馬子《まご》らを加えると、一行は百余人におよぶ。

「一日かぎりといわれながら、ここ毎日じゃない。いいように、長崎屋にこき使われているんだから。身代《しんだい》つぶれるよ」

「がたがた、言うな。カピタン江戸参府は四年に一度だぜ。おれは活魚の調理ができる、この腕を買われてたのまれたんだ」

長崎屋は、幕府御用達《ごようたし》の薬種問屋《やくしゅどんや》で、おおきな商家であった。宿泊業ではないし、総勢約百人ちかいカピタン江戸参府の一か月近い滞在と、ふだんは長崎通詞《つうじ》のみしか宿泊させない。それゆえ、大勢のカピタン江戸参府は、臨時雇いの手でまわすのだ。

魚八は、釜戸の飯が間にあわず、昨晩《きのう》の冷たい飯を胃臓にながしこんだ。

「田舎者の嫁をもらうと、お金でしか、亭主の良し悪《あ》しをみないし。百年の不作だ」

「こっちが言いたいセリフよ。田舎者というけど千住大橋を渡った武蔵の国・足立よ。これでも名主の三女で、江戸城大奥につとめた身だよ。嫁の口はいくらでもあったのに」

「上臈でもなく、下っ端の下っ端、行儀見習いの部屋子だったくせに」

「なによ。一緒になってくれないと、川に飛び込んで死ぬ、と付きまとったくせに」

魚八が家を飛びだした。

木造の鐘楼《しょうろう》「石町時の鐘《こくちょう》」にちかい長崎屋は目のまえで、二階建ての母屋、三棟の倉庫がみえる。門前の布幕《ふばく》には、「東インド会社」の紋入り《もんい》(ロゴ)が目立つ。

長崎屋の周辺には、もはや十数人の見物人がきていた。普請役《ふしんやく》と奉行所の同心が警備する。魚八は人混みを分ける。同心らとはもう顔なじみだ。朝の挨拶だけで通用口から入れるし、ちょっといい気分だ。

脇から五十男に袖《そで》をつかまれた。

「兄さん。おらは信州松本の在で、村人代表でカピタンをみにきた。三日三晩待っておる。ものは相談だが、紅毛人《こうもうじん》(オランダ人)をひとめ見させてくれんかな」

「ダメダメ、カピタンが公方さまに謁見《えっけん》してからじゃないと、蘭癖《らんぺき》大名でも面会できねえ。旦那。いま旬《しゅん》の土産話なら、三田の薩摩藩にいきな。鹿児島じゃ、お家騒動(お由良《ゆら》騒動)で斬った、張っただよ」

魚八は手刀で、人を斬るまねをしてみせた。通用口から土間に入ると、大勢の男女が朝餉《あさげ》の準備でせわしなくうごく。釜戸が三つならび、薪《まき》の煙が室内に立ちこもる。

前掛けをした魚八が調理場に立った。

鮮魚を包丁でさばく魚八に、五十代で小太りの長崎屋源右衛門《げんえもん》が声をかけてきた。

おたくのお里さんも手を貸してくれないかな、とたのむ。魚八は生《なま》返事だった。

「最後日には祝儀《しゅうぎ》をだすよ。現物支給で。カピタンが贈答にもってきた白砂糖だ」

「それならお里に話せる。旦那、ところで、そのむかし、島津重豪《しげひで》公が、カピタンがくると、大名駕籠で乗りつけて、熱心に夜遅くまで話しこんでいたとか」

「祖父の代の話で、私は見ていない」

源右衛門は素っ気なかった。かつて長崎屋がシーボルト事件の舞台の一つとなっているから、口が重いのだろう。

その夜、魚八がお里にたのむと、紅毛人の顔をみられるならば、と舞いあがり、一言《ひとこと》返事で、翌朝は嬉々《きき》として出かけた。

「さすがお里さんだ、大奥づとめしただけあるね。客室の配膳や接遇《せつぐう》をたのんだら、そつなく愛想よく熟《こな》しているよ」

「このおれに愛想のひとつも残しておけ、と言いたいね」

長崎屋の手伝い衆は、男女を問わず、近所からかき集められた十代から七十代である。調理場だけでも、魚八をふくめて七人ばかり。手足はうごくが、口もよくうごく。それぞれがうわさを拾ってくる。

魚八は二つの耳でそれらをあつめ、脳みそにため込む。結構な量の情報になる。

魚八の口癖は、生きのよい、「旬」ということばだ。いまの旬は薩摩のお由良騒動だ。この騒動は奥がかなり深そうだ。

七十七歳の婆《ばあ》さんは休憩が多く、むかし話をしゃべりまくっている。旬がない蘭癖《らんぺき》大名の古い名前が、やたらに出てくる。

……平戸藩主の松浦静山《せいざん》、長崎奉行の久世広民《くぜひろたみ》、蘭学者の桂川某、渡辺崋山《かざん》、平賀源内と。

魚八が刺し身を盛りながら、

「お由良騒動の発端は、島津重豪《しげひで》公にあるらしいな。それを聞きたいぜ」

と話題を誘ったが、七十七の婆さんは最近の出来事には疎《うと》いようだ。

魚八は次なる手で、長崎屋の警備の役人から聞きだそうと考えた。

——取っつきにくい奴《やつ》ほど、親しくなれば、口が軽くなるものだ。

警備陣のなかで、最もむずかしい輩《やから》が、町奉行・遠山左衛門《さえもん》組同心の加藤太左衛門《たざえもん》である。かれの非番を聞きだした。

その日の魚八は、日本橋魚河岸のセリが終わるころ、活魚を安く仕入れ、加藤宅にとどけた。庭にまわりな。縁側で腰をおろした加藤が、細君がだした茶をすすり、語りはじめた。

「重豪公といえば、高輪下馬将軍と称されるほど権勢をふるって、派手好みだったらしい」

外国の書物や機械を買いこみ、藩校や天文学の研究所を鹿児島につくる。芸者や遊女らの入国と永住を許す。

「これは大きな声でいえないがね」

重豪は、娘の茂姫《しげひめ》(のち広大院《こうだいいん》)を家斉将軍の正妻にさせた。ほかの子女らも大藩の大名との縁組をすすめた。転じて、公権力を得るために、膨大《ぼうだい》な出費となった。

藩財政が大赤字になると、大坂商人らには独自に徳政令《とくせいれい》を命じた。これが失政《しっせい》のもとで、「もう島津家には大名貸ししない」となり、藩は鹿児島市中の高利貸から金を借りはじめた。

着流し姿の同心の加藤太左衛門は、夕陽《ゆうひ》がさす縁側で、銀の煙管《きせる》を取りだし、美味《うま》そうにたばこを吸う。

加藤は長崎屋警備のきびしい顔とちがい、まるで別人のような気さくな態度だ。

「そもそも薩摩は火山の国だ。稲作はむずかしい土地柄だ。七十七万石だが、実石は半分以下だ。それに反して、生産性のない武士の数が人口の四割にもおよぶ。これじゃ藩の財政はまわっていかぬ。そこで、重豪公が琉球貿易を増やさせたが、もはや追いつかず」

これが天文学的なとてつもない五百万両(現・約一兆円)の借財《しゃくざい》となった。そこで、重豪が藩主を降りて、息子の島津斉宣《なりのぶ》につがせた。

「魚八。人間はどの時代でも、地位がつけば、それを手放したくなくなるものだ」

「魚屋には地位や金の悩みがない。それが悩みだけれど」

「そうだろうな。ところが重豪公は藩政の実権をにぎりつづけた」

それはかつての徳川家斉公の大御所政治とおなじ。

――斉宣は、父親の重豪と真逆の政策をうちだした。

節約主義で財政のたてなおしを図ったのだ。

斉宣は、三十歳の樺山主税《かばやまちから》を抜擢《ばってき》した。その樺山が中国古典『近思録《きんしろく》』の読書仲間を中心に、にわかに改革へのりだした。

これまで重豪が力を入れてきた西洋文化を模した新規事業など、不採算を理由に、ことごとく廃止・停止した。重豪が目をかけてきた家老や重臣たちは隠居もしくは剃髪《ていはつ》という処分だ。

これが重豪の逆鱗《げきりん》にふれた。

「おおきな声じゃ言えないが、隠居政事とは腐敗するもとだ」

重豪の逆襲はすさまじかった。斉宣一派を大量に処分した。前代未聞というか、……切腹十三人、遠島《えんとう》二十五人、剃髪四十二人、逼塞《ひっそく》二十三人の処分となった。この弾圧を「近思録崩れ」という。ちなみに、のちの「安政の大獄」は死刑が八人、遠島は十七人である。それに比べてみると、薩摩藩の近思録崩れの犠牲者はいかに多く、悲惨な処罰だったかわかる。

「旦那。親子げんかどころじゃねえな」

魚八が口をはさんだ。

「まさにそうだ。家督は斉宣公の長男、つまり孫になる島津斉興《なりおき》公に譲《ゆず》らせたのだ」

こうして孫・斉興を擁立したけれども、重豪はみずから後見人となり、なおも藩政をにぎりつづけた。晩年になり、下級武士の調所広郷《ずしょひろさと》を抜擢し、そして天保の改革に取り組ませた。

天保四(一八三三)年に、蘭癖《らんぺき》大名の重豪が大往生を遂げる。

「ここで、態勢が変わる。藩主・斉興公がにわかに実権をにぎった」

斉興は藩財政のたてなおしに、調所広郷を薩摩藩家老として重用した。ふたりは途轍《とてつ》もない強引な施策をとった。

「なにしろ、借財五百万両の大半は、無利息で二百五十年分割と、まるで脅しや恐喝《きょうかつ》だ」

大坂商人があつかう黒砂糖は、薩摩の専売として一方的に決めてしまった。

「魚八。語ればきりがないが、最大の利益はなにか、わかるか」

「さて。皆目見当がつかないや」

「琉球経由で清国との抜け荷(密貿易)だ。膨大な利益を生み出した」

この結果として、天保四年の赤字財政の五百万両(一兆円)が、わずか十七年間で、この嘉永三(一八五〇)年には、なんと黒字財政三百万両(六千億円)になったのだ。

もとより斉興と調所による強引な赤字解消策は、まさに倫理・道徳の喪失《そうしつ》という「人泣かせ」な乱暴なものだった。

それには幕府は黙っていない。

将軍家慶が放ったお庭番が、鹿児島に潜伏し、英仏船の琉球来航にからむ、薩摩藩の反幕府といらべき行動の証拠をつかんできた。

得られた薩摩の情報から、老中首座・阿部正弘が弘化三(一八四六)年に、島津家の世子・斉彬《なりあきら》に、密貿易の実態調査を命じた。斉彬は鹿児島にむかった。翌年の弘化四(一八四七)年六月には、斉彬が阿部の役邸で、その報告をおこなった。

「伊勢守は、この問題を剛毅《ごうき》な性格の老中牧野忠雅にひきつがせた。それには理由がある」

「一体なんでやんすか」魚八が口をはさんだ。

「牧野公は越後長岡藩主だ。藩領のひとつがこれまで新潟だった。そういえば、わかるだろう」

――薩摩の抜け荷のルートは琉球・新潟・蝦夷《えぞ》で、中継地点が新潟港だったことから、牧野は裏を知っている。かつて新潟の貿易問屋が、薩摩の抜け荷にふかく関与していた。幕府から二度も摘発をうけている。とうとう上知令《あげちれい》で、長岡藩は新潟をとりあげられ、幕府直轄《ちょっかつ》領にされてしまった。

「その経緯を最も知っているのが牧野どのだ。伊勢守はそこで、薩摩の抜け荷の解決に牧野どのを老中担当にさせたわけだ」

「なるほどね。盗みの用心はドロボウに聞けか。よくいったものだ」

牧野は調所広郷を呼びだし、詰問した。悪賢《わるがしこ》い調所も、若い阿部正弘ならば口先だけで逃げきれただろうが、裏を知る牧野ではごまかし切れなかった。その日の夜に調所は服毒自殺した。

「斉興は片腕の調所広郷を失った。死の原因が密告した息子の斉彬にある、と考えたらしい。それで四十歳にもなる世子・斉彬には家督を継がせたくないようだ。こんなところだな」

同心の加藤が、魚八にそう語って聞かせた。

長屋に帰ってきた魚八とお里の話題は、このところいつもカピタン一行に集中する。三人の子どもらが親の話に興味をもつが、寝かしつけてから、行燈《あんどん》の下で語りあう。

きょうは旬の話として、町奉行の同心・加藤太左衛門から聞いた内容になった。

「お由良騒動は、世子の斉彬の負けだ、もう勝負あったな。異母弟の久光《ひさみつ》の勝ちだ」

「なんで」お里が寝床をしいていた。

「理由は簡単だ。父親が嫌ってる。斉彬が四十歳過ぎても、肝っ玉が小さい、騒ぎを好む、疑い深く、小賢《こざか》しい……、とまわりに話しておるらしいんだ」

「そこまで親に嫌われたら、ふつうは勘当よね」

「そこがおれら下々と違うところだ。斉彬は道楽者で、政事よりも蘭学《らんがく》好きで、曽祖父おじいちゃんの重豪にそっくりらしい。島津家にすれば、二度と五百万両の借金地獄はコリゴリだといっておるとか。なかには変わり者がいて、世子斉彬をかつぐ藩士らがいたようだ。それらは去年の晦《みそか》に片っ端から粛清《しゅくせい》されてしまい、鹿児島にはもう斉彬の味方は一人もいないらしい」

「それじゃあ、世子は完全に負けね。その先は聞かなくてもいいわ。寝るわよ」

「こう思わないか。おれらの夫婦喧嘩《げんか》は、茶碗や鍋を投げるていどだが、武士は殺し合いだ。魚売りの女房でよかった、と」

「なに言っているの。うちらの喧嘩の原因は、あんたが甲斐性《かいしょう》なしだからじゃない」

「おまえの口はいつもそこにくる。考えてみな。薩摩の大殿様は、カピタンに入れ込み、藩が破産寸前まで落ちた。おれらは十文、二十文をけちる生活だから、天と地がひっくり返るような大借金で悩まなくてもすむんだ」

「もういいわよ。あしたカピタンの将軍拝謁の日だから、そのあとは蘭癖《らんぺき》の来客がわんさか押し寄せてくるらしいから。寝かせて」

お里は大奥づとめの経験から、接遇《せつぐう》の頭になっていた。二階に宿泊する商館長レフィスゾーン、医師モーニッケ、書記ら三人の各部屋に膳を運び、全体の采配《さいはい》の役をうけもつ。

今日のこと、あしたからの応接室づくりで畳のうえに絨毯《じゅうたん》をしいて、洋風のテーブルと椅子など調度品を設置してきたと話すさなか、お里が寝息を立てた。

嘉永三(一八五〇)年三月十五日、いよいよ将軍への拝礼の日になった。

五十代半ばの源右衛門が、羽織姿の正装で、カピタン一行の先導役をつとめる。

沿道の樹木は梅から桜に変わってきた。山桜から品種改良された「そめいよしの」の桜が枝を伸ばし華やかな色合いで咲く。江戸城に入ると、うす紅色の桜並木が優雅に迎えてくれた。

剣術の使い手が守る百人番所《ひゃくにんばんしょ》で、一行は声がかかるまで待たされる。ただ、番所の組頭がていねいにもてなし、茶やたばこがでてくる。そこに長崎奉行と宗門改役《しゅうもんあらためやく》のふたりがやってきて、案内されて枡形《ますがた》の道をとおり、葵《あおい》御門の豪華な本丸御殿の玄関に入った。

源右衛門は控えの間だけでなく、あえて殿上《てんじょう》之間までつきそう。そこは柱、壁、襖《ふすま》が金箔《きんぱく》で飾り立てられている。儀式の直前までに、源右衛門は将軍への献上品の地球儀、地図、さらに天球儀、植物誌、ラクダ織、ビロードの反物《たんもの》、オランダ吊灯篭《つりとうろう》、シャンデリアなどを配列する。

――オランダ側の資料によると、過去には将軍に献上品としてシマウマ、ラクダ、サルなど南国の珍しい動物も記録されている。長崎出島から江戸まで、一体どのように運んできたのか。そこらのことは日本側の資料には見当たらない。

手際のよい源右衛門が、将軍拝謁の寸前までに、すべてならびおえて控室に下がってきた。

黒い絹の外套《がいとう》を着用した商館長が、奏者番《そうじゃばん》に呼ばれて殿上之間に入る。

将軍・家慶と世子・家定が上座につくと、「オランダのカピターン」と奏者番が大声をはりあげる。商館長レフィスゾーンが事前に奏者番からおそわったとおり、平伏し、頭を畳につけて這《は》うように進みでる。一言もいわず、引き下がってくる。

外交手腕と知識の豊富なレフィスゾーンにしても、この儀式はわずか十秒ほどで無言で終わり。将軍謁見《えっけん》は実にあっけないものだ。

ちなみにカピタン江戸参府は、長崎出島を出発し、小倉まで陸路、下関から大坂まで海路である。上陸し伏見を経て京都にむかう。京都所司代から『東海道人馬ならびに船川渡し証文』をもらい、東海道を下り、箱根の山を越えて江戸に入ってくる。帰路まで考えると、総勢五十九名で約三か月の道中である。

ただ、次は場所を白書院《しろしょいん》に変えて、「蘭人御覧《らんじんごらん》」がこれから午後二時まで、二時間ほど執《と》りおこなわれる。

この催しはさかのぼれば、五代将軍・綱吉《つなよし》が御台所(正室)から、紅毛人をみてみたいわ、とせがまれて、「特別に、紅毛人の余興を観せてやろう」と女性が加わる特別の場となった。

そこからの永年の恒例行事である。

幕閣らの席は南側に位置し、カピタンがかれらの目の前でしっかりみえる。北側は御簾《みす》が降ろされており、うしろには徳川一門の御三家・御三卿・親藩の夫人など、約五十人の華やかな見学者が行儀よく整列する。

「オランダ人が見られるなんて、興奮するわ。どんな芸を見せてくれるのかしら」

大奥の盛装した上級職が約半数くらいである。

「わたしは生のオランダ語が聞けるなんて、それがとても楽しみです」

お琴の方は三番目の女児を亡くしたばかりだが、その暗い顔が久しぶりに明るい。

将軍・家慶は、綱吉の代からの恒例で、お忍だから女性陣の最もうしろから観《み》る。

白書院の中央まで、黒い帽子と外套《がいとう》を着たカピタンが出てきた。たどたどしい日本語によるあいさつがはじまった。

「二百余年にわたり、オランダはヨーロッパで唯一、幕府との交易がゆるされております。幕府の皆々さまにあつく感謝をもうしあげます」

臨席《りんせき》の幕閣の男性陣から、さまざまな質問が飛びだす。日食はなぜできるのか、西洋に百薬の長はあるのか。現代では笑い出しかねない奇異な質問も多々あった。

このあとは余興に入る。商館長レフィスゾーンがオランダ流で踊ったり、跳ねたり、酔っぱらいの真似《まね》をしたり、異国の風習の一端を披露《ひろう》してみせる。

カピタンは黒の帽子とコートを仰々しく脱ぎ、騎士のように帯剣をふりまわす。西洋の唄を歌う。絵を画《か》いてみせる。

予定の二時間が経つと、一行は江戸城を退出していく。

このままカピタンと書記と医師の三人、それに長崎の官吏たちは、源右衛門の案内で、老中の役邸、若年寄、側用人、寺社奉行、南北の両町奉行の私邸などを訪ねる。

これを「廻勤《かいきん》」という。

いずこも、家老や上級役職までも玄関先でていねいに迎える。好奇心が旺盛な妻女たちは、一目みようと、お茶出しなどを競う。障子の陰には縁者らがのぞき見ている。

訪問先で、カピタンはそれぞれ進物を配る。すべからく廻勤が終わり、長崎屋には夜五ツ時（午後八時ころ）に帰り着く。


それから数日の間をおいて、長崎屋の応接間には、椅子に座るカピタンと、絨毯《じゅうたん》のうえに着座する幕府目付の戸川安鎮《あんちん》ら裃姿《かみしも》があった。

戸川が海外情報の『別段風説書』を恭《うやうや》しく受領した。

徳川時代には、朝鮮通信使が十二回、琉球使節が十八回、カピタン江戸参府は桁外《けたはず》れに多く百六十六回である。この違いの理由を知らずして、幕末史を語るべからず、ともいえる。

——鎌倉、室町、徳川、どの幕府も天皇から政権を預かり、国土と人民と財産を守るべき国家運営をおこなう。いずれの幕府も、最も恐れたのが、外国からの侵略である。その顕著《けんちょ》な例が、鎌倉時代の蒙古《もうこ》襲来だ。その前例があるから油断はできない。突然の侵略に対する国土防衛のためには、つねに精度のたかい海外情報が必要不可欠である。

それは現代の政治でもおなじである。

江戸のオランダ語通詞《つうじ》が、約一か月にわたりカピタンから聞き取り、「風説書」としてまとめて幕閣に提出する。実施されない年は、長崎奉行所の通詞が出島に出むいて、日時をかけて聴きとり「風説書」を作成する。それが江戸に送られた。

徳川幕府はカピタン江戸参府から、貴重な海外情報の独占ができた。とりもなおさず、雄藩《ゆうはん》（薩長土肥など）の情報量は幕府の足元にもおよばなかった。

一八四四年五月、オランダ国王ウィレム二世が、アヘン戦争後のわが国の国難を危惧し、開国勧告の国書を幕府に送ってきた。一方で、日本を追われたシーボルトが、民間人（商館長）による「風説書」は噂《うわさ》ていどであり、精度が低すぎる、と国王に問題提起をしたのである。

ウィレム二世は海軍省にたいし、日本には精度の高い世界情報を送るようにと指示をだした。それがバタヴィアの植民地政庁《せいちょう》に命じられたのである。

オランダ海軍は地球規模で政治・軍事を中心に幅広く情報を収集している。

当時、シンガポール、広東《カントン》、マカオ、香港などで英字新聞が発行されていた。そこからの記事抜粋をもふくめ、すべてオランダ語で『別段風説書』として毎年、長崎出島のカピタン経由で幕府に提供してきた。むろん、オランダ語ならば、通詞が全文を日本語に翻訳できた。

阿部正弘政権に入った弘化三(一八四六)年から、こうした経緯で『別段風説書』の情報の精度がことのほか高まった。

江戸城中奥の御座《ござ》の間《ま》で、阿部正弘が将軍・家慶に拝謁し、鹿児島のお由良騒動の状況を報告していた。

薩摩藩は久光派と斉彬派が激しく対立し、お家騒動の血なまぐさい状況がいまだに収束していない。ここは幕府として調停にのりだすべきか、否か。阿部は将軍に問う。

この「お由良騒動」は、久光派か、斉彬派か、いずれが仕掛けたものか。お由良とは江戸の町娘で斉興の側室になり、鹿児島で久光を生んだ。そのお由良がわが子・久光の藩主擁立を謀《たばか》り、世子・斉彬を廃嫡《はいちゃく》に追い込もうとしたもの。一般にはそれが発端だともいわれている。

「伊勢、弘化四(一八四七)年六月に、斉彬から提出された薩摩の抜け荷(密貿易)の報告書だが、それが気になる……、薩摩藩の恥部《ちぶ》の暴露だ。ひとつ間違えば、島津家の改易は必定じゃ。なぜ、斉彬が危険なことをしたのか。お由良騒動のさなか、劣勢な斉彬が幕府に後押しを期待し、のるかそるか、と抜け荷の暴露に賭《か》けてみた、とわしは思うが」

「仰せのとおり、斉彬の心の中は幕府の援軍を期待しておるはずです。なぜならば、抜け荷(密貿易)の報告は赤裸々で、備前(牧野備前守忠雅)が島津の家老・調所広郷を一発で仕留められるほど隠し立てがない。それが却って下心の疑念です」

「おなじ見解だな。ここはお家騒動の殺戮《さつりく》のほとぼりがさめるまで、幕府はあえてうごかぬ。わしはおもうに久光、斉彬どっちが藩主になっても、ふたりの能力に差はなかろう。ただ、癌《がん》(斉興)はとりのぞいてやらねば、島津家の治世はうまくいかぬからな」

斉興の院政はよくない、とつけ加えた。

「それがしも、おなじ考えです」

「仕掛けたのがお由良にあったとしても、御国御前のお由良をとがめだてはせぬ」

阿部がおどろいた顔で、次のことばを待っていた。

「お由良の人間性に問題があるのでなく、国許にも正室代わりの御国御前をおく、幕府の参勤制度に原因があるからじゃ」

家慶はかつて読んだ、無記名の〈御国御前〉の子らしき青年からの目安箱の投書を思い出した。

……大名夫人を国許に移すのを禁じた、いびつな制度は戦国時代の遺物です。夫婦の情愛に反し、形骸化しています。見直されてはいかがでしょうか。

むろん目安箱の内容は極秘なので、老中・阿部とはいえ語らなかった。この先、この騒動が終焉《しゅうえん》しても、お由良は罪に問われることはなかった。

「話題を変えさせていただきます。口幅ったい言い方になりますが、神君家康公からつづいてきたカピタン江戸参府を中止されてはいかがですか」

「なにゆえに」

家慶の顔には、怪訝《けげん》な表情がうかんだ。

「このたび、カピタンが長崎屋を訪れた目付戸川に、日蘭《にちらん》貿易船を隔年、もしくは三年に一度に減便したい、と申されたそうです」

「それは困る。オランダのウィレム二世の勧告通り、蒸気船の時代で地球がせまくなった。アヘン戦争のあとから、西欧によるアジア各地の侵略が目にあまる。そのうえ、欧州はこのところ政情不安で揺れており、ひとたび大規模な戦争が起きれば、アジアに戦禍が飛び火する。わしはそこに激動の予兆《よちょう》をかんじるのだ」

家慶の眼は真剣で、さらにこう付け加えた。

「オランダ船が運んでくる『別段風説書』が、二年間以上も途切れてしまうと、英仏米のうごきがつかめない。突然、侵略をうけて、日本が思わぬ国家存亡の危機に陥るかもしれぬ。されど、いま大型船建造を許可し、こちらから海外情報を取ってくるなど、急な政策転換もできぬ。第一、キリスト教禁止も解かねばならぬし。簡単にはいかぬ」

ここ数年の『別段風説書』の記事から、ふたりは重要性を語った。

——欧州で、コレラという病気が流行しており、大勢の人命が失われている。

——オランダはイギリスとの間で、海底をとおす電信設備の計画に取り組んだ。距離は七十里(二百八十キロ)である。

——パナマ地峡に鉄道を敷設《ふせつ》し、貨物輸送をおこなう。

——英国の香港総督が上海を訪問する。多数の兵士を伴ってスクリュー式の蒸気船・レイナルド号で清国にむかう。

——アメリカ合衆国ではメキシコと接するカリフォニアから、大量の金が産出した。急速に住民が増え、金の採掘をおこなう。

――ビルマは英国との戦争に敗れ、飢餓《きが》のために多数が死亡した。ベンガルからの大量の米でしのいでいる。

このように『別段風説書』は、毎年、現代の高校西洋史で習うよりも緻密《ちみつ》であり、欧州・アジアの国別に仕分けされ、幕府にとどけられていた。

「上様、残念ながら、わが国は金銀銅山が枯れており、オランダ側からみれば、貿易相手国として日本は魅力をなくしております」

家康の朱印船時代は、諸外国が競って、わが国の豊富な金銀銅の買いつけに熱心だった。やがて、佐渡で代表される金鉱山、石見《いわみ》銀山の産出量が急激に減少した。気づけば、金銀は海外から購入する国になっていた。

元禄《げんろく》時代は銅の産出量が、世界最高ともいわれた。しかしながら、このところそれも大幅に落ちた。その一方で、国内の銅需要が漸増《ぜんぞう》し、市中価格が高騰《こうとう》している。

これではオランダ民間貿易のカピタンは、日本から手を引きたくなる。

「毎年、オランダ船を長崎に呼ぶためには、長崎会所《かいしょ》(貿易窓口)が大坂の銅精錬《せいれん》業者から買い上げる市価よりも、オランダにかぎって諸外国の銅価格(国際市況)よりも安価で売り渡す(逆ザヤ)。日本の銅に魅力を感じさせることです」

「幕府の赤字補填《ほてん》か。それもやむを得ない。よかろう」

「もう一つ、江戸参府にも問題があります。オランダ商人の立場になれば、全体の貿易量が減少しており、江戸参府のかかる経費まで計算すれば、利益が出てこない。寛政《かんせい》の改革を為《な》された松平定《さだ》信《のぶ》公が、これら事情を鑑《かんが》みて、毎年の参府を四年に一度に減らしました。今日《こんにち》の貿易量だと、それも難儀な経費のようです」

「とはもうせ、貴重な海外情報は絶やせぬ」

「そこで、オランダ貿易船を確実に年一度、長崎に差し向けさせるには、こちらから環境づくりをする。それが肝要《かんよう》かと存じます。それをしなければ、洋上の嵐で貿易船が大破したなどと、来航ができない理由など幾らでも思いつきます。『別段風説書』は江戸参府がなくとも、長崎奉行所が出島でカピタンから受理すればすむこと。いまでも四回に三回は長崎で受理です。オランダ商館に江戸参府による赤字を解消してやることです」

「わかった。伊勢の申し出を裁許しよう」

ここに百六十六回つづいたカピタン江戸参府の行事が、阿部正弘政権のもとで消滅した。

第八章

嘉永は急流から激流へ

感染病が歴史を変える。

天然痘（疱瘡《ほうそう》）が、江戸時代を通して、日本人の死亡率では第一位である。嘉永《かえい》時代はとくに猛威《もうい》をふるった。身分を問わず、おそろしく恐怖と危機におちいっていた。

蘭方医《らんぽうい》たちは天保のころ、長崎のオランダ商館の医官シーボルトに師事し、寛政十（一七九八）年には、イギリスのジェンナーが発見した牛の種痘《しゅとう》による予防法をおしえられていた。

――牛にも天然痘があるが、その症状はかるい。牛の膿《うみ》（牛痘苗《ぎゅうとうびょう》）を採取し、それを人体に植えつけると、水泡性の発疹《ほっしん》（膿《うみ》）があらわれる。その膿を採って、また別人に接種すれば、生涯において天然痘にはかからない（牛痘種痘法《ぎゅうとうしゅとうほう》）。

嘉永元（一八四八）年に、福井藩の町医者の笠原良策《かさはらりょうさく》が藩主・松平春嶽《しゅんがく》を通じ、老中首座・阿部正弘に、牛痘種の輸入を申請してきたのである。

正弘が、御典医《ごてんい》で漢方医の権威者である多紀元堅《たきげんけん》に意見を問えば、

「これはよからぬ、申請でございます」

と頭ごなしに反対であった。

この多紀元堅は「医学館」総裁で、かれの権限は絶大である。

正弘は、笠原の上申から、一つの種が連鎖《れんさ》して活用できるという点に着目した。それならば、と長崎奉行の大屋明啓《みつよし》に、一度かぎりとして輸入をみとめさせたのである。

別のうごきが長崎でもあった。

佐賀藩医の楢林宗建《ならばやしそうけん》が、オランダ商館に牛痘苗を発注していた。軍医モーニッケがそれを持参し

て来日したけれど、長い航海(百日余り)で、効力を失っていた。

ここで長崎奉行は、正弘の正式認可から、牛痘苗の発注を認めたのである。これが日本近代医学発展の導火線となった。

翌二年六月に、バダヴィアから牛痘苗が運ばれてきた。

宗建が三人の子に植えつけると、たったひとりだけ水泡の発疹ができた。ここから転じ長崎の子どもら三百八十一人に伝播《でんぱ》させた。この牛痘苗が蘭方医らによって京都、福井、大坂、広島、さらに水戸へとすこしずつ広がりはじめた。

ところが、なんと同年に、漢方医たちの妨害工作から、将軍思召《おぼしめ》しで「蘭方医学《らんぽういがく》禁止令」が発布されたのである。

＊

お琴は仏壇のまえで、わが子の位牌《いはい》である家慶《いえよし》十二女・鐐姫《りょうひめ》、十二男・田鶴若《たづわか》、十三女・鋪姫《みせひめ》に両手を合わせる。

三人とも死に際には立ち会えず、将軍の子ゆえ葬儀にも参列できなかった。その虚《むな》しさがお琴のこころに空洞をつくり、いつまで経《た》っても埋めきれずにいた。

――なぜ、将軍さまの子はことごとく死ぬの。この大奥には乳幼児は殺される、魔の手があるのかしら。そうかんがえたくもなる。

彼女のこころには、まわりに語れない悶々《もんもん》とした疑問があった。

十三女の鏞姫（輝光院）は生後七か月で、死んだ。その位牌に記された死去は嘉永元（一八四八）年九月二十八日である。もはや一周忌が過ぎている。

三人の子の夭折《ようせつ》を想《おも》うと、この次の子も産めば、また悲しみの死に遭遇するだろう。もう子どもは望みません、と将軍との夜閨《やけい》も拒否したくなる。それだけは奥女中の御部屋さまとして、ゆるされない。

「この鏞姫だけでも、死因を突きとめてみようかしら。生みの親として」

亡き子の冥福《めいふく》を祈るひとつになるかしら、とお琴はかんがえてみた。

「上様は、どのように死因を考えているのかしら。それも知りたい」

それを聞くとなると、夜の床になる。ただ、布団が四つならび、両どなりには御中臈《おちゅうろう》と御伽《おとぎ》坊主が耳をたてている。うまく聞きだせるかしら。

晩秋のある日、お琴が寝床で横たわると、やがて上様が強い酒の匂いをプンプンさせて入ってきて横たわる。五十七歳にして、かなり大酒飲みである。上様が大奥で夕餉《ゆうげ》をとるとき、月番の上臈《じょうろう》の姉小路《あねがこうじ》か、万里小路《までのこうじ》が酌《しゃく》の相手をする。

「お疲れのご様子ですね」

「悩みが多くてな。こころが休まらず、盃《さかずき》では酔えぬから、吸い物のふたで飲む」

（将軍の世継ぎ問題かしら。きっとそうね）

お琴はかるく将軍の胸もとをなでてあげる。

家慶の子女はこれまで十三男・十三女で二十六人である。成人したのは四男・家定《いえさだ》のみ。その家定の頭は悪くないと思うが、偏屈とか、内気とか、暗愚《あんぐ》とか、評判がよろしくない。だから、次の将軍は家定だと上様は言い切れないらしい。

行燈《あんどん》の明かりが細められた。

酒の入った家慶が、五十七歳の余裕なのか、すぐにはお琴のからだをもとめず、語りはじめた。

「鋪姫はよく思いだす子だ。お琴に似て、顔立ちの好い赤子だった。娘になれば、最高の美人であろうな。わしのように顎《あご》のとがった不細工《ぶさいく》な男から、天下随一の美人が育つ。それが愉快で楽しみだったのに、な」

子ぼんのうの家慶は、おそらく孫、ひ孫のように可愛《かわい》がってくれていたのであろう。

「もっと聞かせてくださいまし」

「五、六か月経つと、ハイハイができて、なんでも口にする。歯が生えるまえで、歯ぐきがムズムズするのだろうな。手あたりしだい、玩具《おもちゃ》を口に運んでいた」

異物で喉をつまらせぬよう、よく注意せよ、と乳母に指図しておいたという。

——もしや、毒薬が盛《も》られたのかしら。

それは邪推《じゃすい》かもしれないが、わが子の悲劇としてかんがえてしまう。

「鋪姫はなぜ七か月で亡くなったのでしょうか。理由を知りとうございます」

おもいきって話題をそこにむけてみた。

（これは寝床のおねだりではない）

お琴はこころのなかで、そう釈明していた。

「子どもは元気でも、一刻もすれば、急に熱をだしたり、吐いたりもする。それを診る奥医者が多い、それが問題だととらえておる」

家慶は毎朝、奥医師が脈を診て、問診し、一通りの検査をうける。

「わしがわずかな微熱でも、奥医師たちはじぶんの腕前の良いところをみせようと、躍起《やっき》になる。漢方の処方薬がやたらでてくる。たとえば、きょう三人の医師が診れば、三種類の煎じ薬が出てくる。そして、お灸《きゅう》が加わる」

これと同様に、鋪姫の早世も過剰な投薬が原因だろう、と家慶がみなしていた。

お琴はこころのどこかで納得ができず、無言で、行燈のロウソクの炎を映す天井の絵画を凝視《ぎょうし》していた。ふいに横に目をむけると、家慶がもはや寝息を立てている。

この会話が翌朝、御伽坊主から姉小路に報告されたらしい。

――上様はお疲れや。早よう寝させてあげなはれ。

姉小路から注意された。詫《わ》びておいた。

師走になると、男子禁制の大奥にも、大勢の職人や人足らが入ってくる。畳替えとか、建造物の補修とか、大奥駕籠《かご》の修理とかである。まわりで金槌《かなづち》の音、木やイ草(畳)のにおいなどが混在する。

厳《いか》つい徒目付《かちめつけ》が監察《かんさつ》でつねに目を光らせている。

「お琴の方さま、半刻ほど、お立ち退きを。こちらの畳を変えさせていただきます」

「そうですか。お世話さまです」

お琴が中庭にむかった。

そこには小犬の狆《ちん》をかかえた本寿院《ほんじゅいん》と、彼女の部屋方たちの一団が、おしゃべりをしている。本寿院は家定の実母である。お琴は逃げだそうにも、気づくのが遅かった。

この本寿院ならば、自分の手を汚さず部屋子に命じ、鋪姫の離乳食に毒を盛らせるかもしれない。

とっさに、そんな勘がはたらいた。

「こっちの日溜《ひだ》まりは暖かいわよ。どうぞ」

本寿院は四十三歳で、広く角ばった顔で、化粧はかなり厚い。もはや将軍と夜閨《やけい》はいっさいない、お褥下《しとねさ》がりの身だ。

「おじゃまいたします。日溜まりでも、きょうの風は冷たいですね」

「そうね、北風だから。ね、次の予定はまだないの」

本寿院の一重瞼《まぶた》の目が、お琴の腹部というか、子宮の奥までのぞき視《み》ている。

そこに不快ないやらしさを感じた。

「わが胎児《こ》をいただけるかどうか。それは神さまが決めることですから」

「そうよね」

その口っぷりは、さして関心がないようだ。いまの本寿院のあらゆる思考が、実子の家定が次の将軍になれるかどうか、そこに集中していると聞く。わが子が将軍になると、本寿院は晴れて将軍家の家族になる。と同時に、将軍の実母としてつよい権力が付与される。

亡き鋪姫は女子だし、将軍などあり得ない話だから、本寿院には敵意などなかったはず。

「鋪姫は亡くなって、もう一年半ね。七歳までは神の子よ。天国にもどったのよ」

そんな慰《なぐさ》めの優しいことばが聞けた。

お琴は、一瞬にしろ、本寿院の殺意を疑ったじぶんがとても恥ずかしかった。こんな疑い方をすれば、人間不信に陥りそうで自分自身が怖かった。


大奥の内装が大工や職人の手ですっかり変わり、年も越し、年賀の行事も一段落した。

お琴は、城内の丘陵の紅葉《もみじ》山へとむかった。坂道をのぼると、四棟続きの書物蔵が、視野に入ってきた。そこが御文庫《ごぶんこ》(図書館)である。

歴史をさかのぼれば、天下人となった家康が幕府を開いたとき、江戸城本丸の南端に、この御文庫を建てさせたのである。そのうえで、金沢《かなざわ》文庫の蔵書を納めさせた。

家康は、戦国時代の約百四十年間もつづいた、武力・腕力のつよいものが他国(藩)の領地をうばいあう群雄割拠の戦いを停止および凍結させた。

——これからの武士は、学問を身につけて領地と領民を統治するべきだ。

そこで家康は、武士階級に儒学を学ばせるべき、と方向転換を図った。

儒学は人の道、道徳、倫理を中心にすえる。結果として、二百六十五年という世界にもめずらしい戦争のない幕藩体制の安定政権となったのである。

お琴は姉小路を介し、ここの書物奉行に閲覧《えつらん》許可をもらっていた。館内は約十五万冊の蔵書があるという。このうち生涯に何冊読めるのかしら、とお琴は自問してみた。

入館してから半刻(一時間)ほど経った。

「この丹鶴叢書《たんかくそうしょ》は、あなたの兄上が寄贈されたものではなかろうか」

書棚のまえで、お琴がふりむくと、五十代の御典医の桂川某であった。天保十五(一八四四)年の本丸大火災で、焼死した桂川てや(おてい)の親戚筋である。

「はい、そうです。兄の忠央《ただなか》は武術もさることながら、とても学問好きです。南紀新宮はとなりが松坂(現・松阪)ですし、本居宣長《もとおりのりなが》を生んだ土地柄ですから、国学がとても盛んなのです」

「これらは貴重な書です。後世にのこる文化的な、よい事業をなされておられますな」

弘化五(一八四八)年二月五日、水野忠央が将軍家に丹鶴叢書の初版十一冊を進献《しんけん》した。……その後にも歴史、医学、故実《こじつ》、歌集、神話など発刊するたびに、この御文庫に納本されている。合計百七十一巻。将軍家の外にも、のぞめば大小諸侯らにもすすんで頒布《はんぷ》している。

「これには膨大な資金力と知力がないと、これだけの希少な学術的収集はできない。わたしすら、喉から手がでるほど、貴重な医学関係書が組み込まれておられる」

「今後とも、ご活用くださいまし」

「実は、蘭方医が江戸城から排除されようとしております。きょうが最後かも……」

桂川の顔が一瞬にしてくもった。

小時《しばらく》して、お琴は御文庫のひとの目を避け、それとなく桂川に近寄った。

「御典医さま、鋪姫の死因について、ご存じありませんか」

「それはここだと、話しにくい。御文庫をでて、富士見櫓《やぐら》のちかくに移りましょう」

ふたりは、こうして書物蔵の塀に沿っていく。黒松が植樹《しょくじゅ》された道をすすむ。ゆるやかな坂の先には、三重の櫓の壁が、春の陽ざしで白く光っていた。

肩をならべる桂川が、御典医のなかで漢方医の縄張り意識がつよく、西洋医学の蘭方医は将軍家の子女を診させてもらえないのです、と実態を語る。

「そもそもが漢方医の牙城《がじょう》ですから」

「道すがら考えたのですが、鋪姫の死因は疱瘡《ほうそう》だったのでしょうか」

お琴は、あえてこの場で過激な毒殺という表現を避けた。

「そうお考えになられた方がしぜんです。嘉永元(一八四八)年に、家定公の御簾中《ごれんちゅう》であらせられた鷹司任子《たかつかさあつこ》さまが、疱瘡でお亡くなりになりました」

家定の正妻・鷹司任子はとても美人だったと、いまも語られる。結婚から六年目にして天然痘に罹患《りかん》し、二十六歳の若さで亡くなった。

――天然痘は罹患すれば、身分や地位、男女や年齢を問わず、バタバタ斃《たお》れる。ひとたび流行すると、その地域の八割方は罹患する。とくに子どもの致死率は五割におよぶ。大人と子どもをあわせた致死率は三割という恐ろしい疫病である。

「鷹司任子さまが死去されたとき、鋪姫さまも時おなじくして、この城内でお亡くなりになられた。さしずめ、私が推察するに疱瘡でしょう」

「恐縮です、ご判断いただきまして」

「確実なことは請け合いませんが、ね。ただ、問題なのは江戸の漢方医の勢力が強く、オランダからきた牛の苗が世にありながら、普及《ふきゅう》できず、江戸城内でも、市内でも、犠牲者が次々と出ていることです。残念無念です」

人々はひたすら疱瘡神《ほうそうかみ》を祭り、神だのみであった。

「御典医さま。仮定でもいいんですけれど、もし毒殺ならば、どんな症状でしょうか」

お琴はそこにこだわってみた。

「死斑はふつう暗い紫赤色《しせきしょく》ですが、薬物の死ならば、顔は鮮やかな紅色《べにいろ》になります」

……トリカブトの毒矢を撃つとか、刀や刃物ならば、外観からみても犯罪が明瞭である。幕府の監察役・目付の取調べが入るでしょう、と見解をのべた。

「そういう凶器をつかった死因とは聞いておりません」

桂川の口調から、そこは明瞭だった。

初夏に入り、入道雲がしだいに大きくなり、真っ黒な雲の底がひろがっていた。

増上寺の境内に、お琴の乗物が入ってきた。鋪姫の月命日だった。遠雷も、ともに近寄ってくる。墓地の一角では、新しい区画づくりで、石工事の作業員たちが乾いた槌音《つちおと》を立てていた。

「お足元に、お気をつけください」

現場を総監察する徒目付《かち》は四十歳前後で、たしか昨年の師走に、大奥の畳替えでみた顔だ。お琴は、かるくお辞儀しておいた。

墓地の数段の石段をのぼり、鋪姫の墓前に花を捧《ささ》げ線香をあげた。その紫煙《しえん》が天上の黒雲に吸い込まれていくようになびく。付き添う奥女中たちも順次手を合わせる。

大粒の雨が一滴、二滴と顔にあたる。たちまち本降りになった。華美なきもの姿の奥女中たちが、奇声を挙げ、小さな堂に逃げこんだ。

奥女中らが手拭で、お琴のきものをぬぐう。

間をおいて、厳《いか》つい体形の工事人らがずぶ濡れ姿で、おなじ堂に入ってきた。

「稲妻が、鉄製のつるはしに落ちると危険だ。雨が止《や》むまで待機だ」

石材の棟《とう》梁が仲間にそういって、実直そうな徒目付に了解を得ていた。

おそろしく落雷がひびく。雨音が激しい。こわい、と奥女中が耳をふさぐ。石工の男らがそれを愉快がる。双方が年若いだけに口にせずとも、いい男だね、良い女だね、という雰囲気がただよう。

老寺僧が傘をさして小堂にやってきた。

「御部屋さま、奥に小座敷があります。そちらにどうぞ。徒目付さまも」

「かたじけない」

徒目付が僧侶に一礼し、お琴に了解をとる視線をむけてきた。

（わたしは構いませぬ）

そう目で応えた。奥通路の先で、お琴は草履《ぞうり》をぬいで、かまちから畳の間にあがった。つづいて徒目付も同席する。

遠慮がちの沈黙があったが、徒目付から話題を提供してくれた。

「お姫さま(鋪姫)のお墓に、拙者も先刻《さっき》、お参りさせてもらいました。ちょっと縁を感じるものですから」

瞬間に光る稲妻に映しだされる徒目付は、きりっとした武士の顔であった。

稲妻の光と轟音《ごうおん》にもなれてきた。お琴は、やや斜め横にすわる徒目付に、先刻《さっき》から気になる話題をむけた。

「おっしゃられた、鋪姫との縁はどんなことでしょうか。お聞かせくださいまし」

「私たち徒目付は、上役の目付から指示されて、将軍家の姫さまの場合、死因の報告書を作成します。病死と事故死、さらに他殺か、そこまでの詳細な調書になります。報告書に基づいて目付が鋪姫さまは天然痘にまちがいないと、断定されました」

「さしつかえなければ、判断される経緯をおしえてくださいまし」

「最初に、御典医が不審死だと診たてれば、将軍家にたいする陰謀、奸計《かんけい》、裏切りによる毒殺も視野に入れなければなりません。……。それはありませんでした」

「思うままにお伺いします。乳母に疲れがでて、精神衰弱から、故意に白粉《おしろい》をうすめて飲ませていたときなどは、どのように見分けられるのですか」

「それはむずかしい調べになります。一通り関係者を訊問《じんもん》し、平然とした態度の女は疑います。オドオドした青白い顔色の女は、調べられること自体におびえて震えているわけですから、おおむね犯罪者ではありません」

「奥女中の態度、それだけですか」

「いいえ。規則で、いちおう御典医も疑います。毒薬か、毒草か、と便も調べます。鋪姫さまの便には植物の繊維が入っていませんでした」

稲妻がまた光った。次のようにつけ加えた。

「ここまでの取調べが終われば、小人目付《こびとめつけ》らに、ご遺体を納棺させ、お城から運びださせます。疱瘡の場合は規則で、土葬が禁止ですから、火葬です。ご遺骨は、指定されたお寺さまの葬儀関係者に手渡されます。お気の毒ですが、ご遺体を火葬場に運んだ小人目付からも、姫さまのお顔が痣《あざ》だらけだったと報告をうけています」

「やはり、疱瘡ですか」

「痛々しいかぎりです。そう判断いたしました」

「そこまで教えていただき感謝いたします。娘は成仏できます。きょうはいい出会いでした」

お琴は、毒殺を疑ってきたこころの一端が整理できた。

窓の外の雨雲がやや薄くなり、切れ間から、一筋の陽《ひ》が射《さ》す。つぎも愛らしい児《こ》を生みたいとお琴はおもった。

＊

浄瑠璃坂《じょうるりざか》の新宮水野家の江戸屋敷では、家主の忠央が書院の間で、国学の書を読んでいた。それは長野主膳《しゅぜん》から送られてきた書物だった。京都で入手したらしい。

――長野主膳は、新宮水野家の飛び地である志賀谷《しがたに》村の高尚館《こうしょうかん》で、夫婦して国学をおしえている。学識豊かな人物だ。

長野主膳と水野忠央は、ふかい縁の関係にあった。というのも、幼少の主膳が忠央の父・忠啓《ただあき》の養子に入り、新宮の丹鶴城《たんかくじょう》で十三歳まで育っている。

つまり、江戸育ちの忠央と、新宮育ちの主膳とは同年齢の兄弟になる。ただ、ふたりの住まいが江戸と新宮で距離があり過ぎて、とくに仲良しというわけでもない。たがいにきょうだい意識は潜在していた。

長野主膳がやがて水野家の養子縁組を解いた。そしてそのうえで、となりの松坂にある堀内広城《ひろき》の別邸に入り、本居春庭《もとおりはるにわ》に入門した。そこで知力抜群の主膳は国学をしっかり身につけた。新宮水野家養子のころからの知り合いだろう、志賀谷の代官・阿原忠之進の別邸を借りて、国学の塾を開いた。近在から妻を娶《めと》っている。

夫婦して善き国学者だと人気が高まると、主膳の下には彦根藩の家中から美濃方面まで、さらに京の公家たちも入門してきた。

このさき歴史に深くかかわるのが、彦根藩の井伊家十四男の埋木舎《うもれぎのや》にすむ井伊直弼《なおすけ》である。主膳の門人になった直弼が、やがて弘化三(一八四六)年に彦根藩三十五万石の藩主の後継者となった。ここらから師弟関係をもって主膳は国学思想から政治につよく関与してくる。幕末史には欠かせない「安政の大獄」を経《へ》て、ふたりして不運な惨死《ざんし》までつづいた。

一方で、新宮水野家の忠央は人脈づくりの面でたけている。

紀州徳川家と彦根藩はむかしから仲が良い。紀州藩付家老《つけがろう》の忠央は、長野主膳をふくめて国学の面からも、井伊掃部守《かもんのかみ》直弼との交流がはじまった。これも十四代将軍・徳川家茂《いえもち》の誕生という南紀派の首領《しゅりょう》として歴史に深くかかわってくる。

「かならず譜代大名に移付し、老中になって幕政に関与する。この夢は達成してみせる」

野心家の忠央はなりふりかまわず、江戸城の中奥にも、人脈作りに手を伸ばす。とびっきりの美人の妹たちの嫁ぎ先としては次を選んだ。

・御小姓頭取の薬師寺元真《やくしじもとざね》(のち御徒頭《おとかしら》)
・御納戸《おなんど》頭の平岡道弘《みちひろ》(のち御側御用取次《おそばごようとりつぎ》)
・御小納戸の水野岩之丞《いわのじょう》勝賢(御使番《おつかいばん》)

かれらは江戸城中奥の側用人《そばようにん》(将軍・秘書官)たちである。いずれ忠央が秘《ひそ》かに大名昇格への将軍工作に利用してくるだろう。

国学の面だけでなく、水野忠央は乗馬を通して在府大名と交流する。

初秋の陽がまだ高いある日、島津家の世子《せいし》斉彬《なりあきら》が訪ねてきたので、浄瑠璃坂の邸内の馬場で、忠央は古代ギリシャから発達した障害馬術の技を披露してみせた。あやつる愛馬が四斗樽《よとたる》の間をたくみに駆けぬける。またがる洋鞍《ようぐら》はオランダ製だ。

この洋式馬術は、忠央が輸入書物の翻訳から得られた知識と、独自の技を組み込み、さらに研究と工夫で完成させた丹鶴《たんかく》流馬術である。

在府の大名家や、旗本でこの流儀《りゅうぎ》を知らないものはいないだろう。

連続して樽をのり越え、愛馬の鼻息が荒くなったところで、忠央は馬から降りた。

「お見事」

細面の斉彬が手をたたいた。

「この愛馬は去勢《きょせい》しておる。ちょっとおとなし目の性格になった。見学する方は馬が暴れてくれないと、迫力がなかろう」

愛馬のたづなを家臣に手渡した。忠央は汗をぬぐう手拭をうけとった。

「どうして、どうして。聞くに優る馬術の達人です」

「さあ、育英館でそなたの話を聞こうか。土蜘蛛《つちぐも》の知恵が必要なほど、鹿児島は血の騒動(クーデター)で最悪になったか。もはや、手遅れだともきいておるぞ」

学問所「育英館」は、欅《けやき》づくりで、となり合う剣術道場なみにおおきな建物であった。

館内に入れば、書棚には古今の貴重な文献がずらりとならぶ。輸入された原書も多い。それだけに、館内は紙と墨のにおいが鼻孔を刺激する。

壁面には名筆の掛け軸、狩野《かのう》派の金絵の松、捕鯨《ほげい》の絵画もかかげる。

この育英館には、翻訳者や遊学してきた研究者たちむけに、襖《ふすま》でしきられた小部屋がいくつもあった。儒学者の湯川新、国学者の山田常典《つねのり》、蘭学者の大脇道輔らが研究する。蘭学所の校長は津田出《いずる》である。

忠央専用の部屋は、奥の畳の間であり、西洋帆船の模型や、先祖伝来の甲冑《かっちゅう》もかざられている。

書箱のまえで、ふたりは着座した。

「貴殿の来意は、斉興《なりおき》転覆計画に失敗し、収集の策がなくなったわけだ」

「崖っぷちです。智略《ちりゃく》家の叡智《えいち》をいただきたい」

斉彬の眼がそこに期待をこめていた。

島津家の世子斉彬は四十歳になっても、家督を譲《ゆず》ってもらえない。

そこで、斉彬一派が鹿児島で久光《ひさみつ》派を襲撃し、国許《くにもと》から蜂起する転覆計画を推しすすめた。

ところが、その謀議《ぼうぎ》がもれており、嘉永二(一八四九)年の暮れ、斉興が機先を制し、斉彬派の重鎮から若手まで捕縛《ほばく》した。

かれらは切腹、蟄居《ちっきょ》、遠島《えんとう》などの処罰をうけた。その数は五十人におよぶ。なかには捕縛を察し、家族に迷惑がかかるといい、自刃《じじん》したものもいる。

転覆計画の失敗は江戸藩邸にも波及し、ことし嘉永三年四月に、家老の島津久武《ひさたけ》が更迭されて隠居謹慎が命じられた。二日のちに久武は切腹した。

「ここに至っては、斉彬どのに味方するものはおらず、江戸藩邸には敵ばかりか」

剛毅《ごうき》な忠央が、ズケズケと斉彬の胸のうちに突っ込みを入れる。

「このまま実父・斉興の長期政権がつづけば、腐敗した政事になります」

「されど、斉興の立場になれば、世子から腐敗政事だといわれようが、じぶんは膨大な五百万両の借金地獄から、薩摩を救ったひとりだ。息子のそなたから批判をうける筋合いはないと、腹立たしいかぎりだろう。はっきりと言わせてもらえば、そなたは棚ぼた思考だ。根っこから甘い」

歯に衣着《きぬ》せず、五歳も年上の斉彬に、遠慮なくものもうす。

「なにゆえに、そう申される」

斉彬の眼が言いすぎだと、自尊心からだろう、批判していた。

「そのまえに、かつて御台所《みだいどころ》だった広大院茂姫《こうだいいんしげひめ》さまは、絶大なる権威があった。たしか、天保十五(一八四四)年に薨御《こうぎょ》されたはず。そなたが何歳のときかな」

「余が三十五歳のときでござる」

「そのころ、薩摩藩は底なしの借金地獄だった。藩主から領民まで、塗炭《とたん》の苦しみだ。米一粒も手に入らず餓死したもの、虫や雑草を食べて命をつないだ者もおろう。世子のそなたは江戸で、すでに元服しておった。一般的には、元服から世子が家督を継ぐ。そして藩主の道にすすむよう幕府に許可の届け出をする。貴殿がそのころ薩摩藩主になれば、国許で血を吐く領民たちの地獄と向かい合うことになる。とてつもない棘《いばら》の苦難の多い藩主になる。人格が形成された二、三十代の貴殿はそんな藩主になりたくなかった。どんな事情があれ、その気があれば、広大院さまに藩主擁立《ようりつ》の工作をおこなったはず。余は風評でもそんな話はまったく聞かなかった。要は卑怯者《ひきょうもの》の性格なのだ」

忠央が嘲笑《あざわら》う。

斉彬が無言で、おそろしくにらみつけた。

そこで、忠央がふるい話をもちだしてきた。

——新宮水野家が父上(水野忠啓《ただあき》)の代だった。ある雨の日、冠木門《かぶきもん》の門前にひとりの武士が、ぬかるみの地面に両手をつけて、「どうか一万五千両を貸してほしい」とたのみこんでいた。もう薩摩には貸せぬ、と忠啓が追い返す。

雨がやんでも、その武士はまだ両手をついていた。根負けした忠啓が、保証もなく信用貸しだ、嘘《うそ》をついたら、そなたのいのちをもらうぞ、と脅していた。

「あの雨の情景がいまだに脳裏から消えぬ。それが調所広郷《ずしょひろさと》だと、あとから知った」

忠央の顔が回想から今にもどり、

「調所が薩摩の財政をたてなおし、薩摩藩はようやく黒字になった。そなたたち一派は、この頃合いを見計らい、世子四十歳にして、いまだに家督を譲らぬと転覆計画を起こした。褒《ほ》められないな。世子という理由だけで、斉興公はそなたに藩政を任せる筋合いはない。まあ、過去や現在の話はこれまで。将来、斉彬どのは薩摩藩主になれば、いちばん何をしたい」

忠央が話をさきにすすめた。

「鹿児島に、洋式の武器と弾薬の工場群をつくりたい。それには、鋳物《いもの》から鉄に変えるために、反射炉をつくる。成功すれば、西洋のように鉄製の大砲がつくれる」

斉彬がとたんに生きいきとした目で語る。

「それをもって、薩摩がいっきに西洋並みの軍事力になる。さすがだ。蘭学をよく勉強されておる」

「むろん、軍事だけでなく、殖産興業で、食品製造、繊維工場、西洋式のガス灯などにも取り組みたい。西洋の産業革命に追いつくため、洋式の綿糸紡績《めんしぼうせき》工場も建設する」

斉彬の頭脳に圧縮して収まる知識が、とめどもなく口から出てくる感じだ。

「余が知るところでは、鹿児島には市来《いちき》四郎など、若き立派な科学者が大勢いる。科学者の層がとても厚い。うらやましいかぎりだ。この構想は斉興どのに話されたのか」

「もちろん。私がこの着想を話せば、父上の斉興は、資金がかかり過ぎる。蘭学かぶれだ。軍事力を強めれば、幕府からにらまれるのがオチだといつも猛反対された」

思いのほか、この斉彬は器が大きいと、忠央は認めた。

「肝心な話にもどそう。斉彬派の約五十人が、斉興の下で、厳しい処罰をうけた。その先はどうなされたのか。それが知りたい」

難を逃れた斉彬派の一部は、鹿児島から福岡藩に落ちた。武士社会では藩の許可なく他藩に移れば、それは脱藩《だっぱん》である。「脱藩したものは処刑する」といい、斉興がそれらを薩摩藩にひきわたすようにと福岡藩に申し入れている。

福岡藩主の黒田長溥《ながひろ》は、いまもってその引き渡しを拒んでくれている、と斉彬が話す。そのうえで、こういった。

「私から長溥どの、それに南部の信順《のぶゆき》どのに、伊勢守(阿部正弘)に働きかけをお願いしております。解決の仲介を、と」

「貴殿は幕府を動かす知恵が不足しておられるようだ。藩主の帝王学を学ばれておらぬな。斉興が教えたくなかったのか」

というと、斉彬がぶ然とした。

「よろしいか。幕府の最終決裁は、将軍・家慶公だ。外様の南部や黒田が伊勢守にいくらたのみこんでも、将軍にすれば、外様大名の内輪もめになど、まったく耳を貸さない。御三家の水戸藩の老公（斉昭《なりあき》）の返り咲きの雪冤《せつえん》運動すら、家慶公はかたくなな態度で無視してきた。そもそも水戸藩士は立ち回りが下手だった。貴殿はそれによく似ておる」

「水戸藩とおなじとは、私の理解に及びません」

「ならば、聞かせよう。水戸藩は烈公《れっこう》（斉昭）の雪冤運動で、幕府寄りの水戸藩付家老の中山をうまく使えば、大奥のだれがこの人事権をもっているか、と狙いどころがわかったはず。結論を先にいえば、大名の人事権や婚姻となると、大奥に絶大なる権限がある。それが姉小路だ。ところが水戸藩の家臣らは、表の向きの政事にたずさわる老中とか若年寄とかに働きかけた。幕閣らはこの問題に弱い。権限がおよばない。逃げまわり、水戸藩はひんしゅくをかうばかりだ。姉小路にたどり着くまで五年もかかった」

きょねん（嘉永二年）、烈公はやっと藩政関与が許された。

「御三家の水戸藩ですら、老中から事をはじめたから、このありさまだ。貴殿が外様大名の黒田長溥、南部信順から老中に依願すれば、それは実に危険だ。浮世離れしておる。武家諸法度で、他藩の人事の口出しはご法度だ。家慶公は頑固で、老獪《ろうかい》な面がある。そこは充分に承知しておかないと、黒田も、南部も返り討ちに遭うぞ。蟄居《ちっきょ》か隠居だ」

「黒田も、南部も危険でござるか」

斉彬の顔から、両藩に責任を感じるように血の気がなくなった。その動揺ぶりをみて、この斉彬には幕府に精通したほんものの側近がいないのだな、と忠央は感じた。

「この忠央ならば、むこう三か月で解決してみせる」

「えっ」

斉彬はおどろきよりも、忠央に恐ろしさに近いものを感じたようだ。

「幕府は男の顔と女の顔でうごく。ここを知らないと、この問題は解決できない」

人間には男と女それぞれに特性がある。顕著なのが「男は個人、女は集団」につよい。

徳川幕府の創始より家康は、男と女の特性から江戸城内の政事の役割を分離化させた。将軍・吉宗《よしむね》によってそれが完成された。

老中や奉行の職務には男の個人技をもとめる。大奥には、「縁組や養子願い」「家格向上」「役職への就任」「御用獲得」「拝借金」などの内願《ないがん》の受付をさせる。

これら内願（嘆願《たんがん》）は、諸藩の大名から旗本まで膨大な数におよぶ。むろん、幕府に届け出義務の案件もある。単純な内容も多い。この役割は女に適している。

大奥の職制上位の御右筆《ごゆうひつ》、御客会釈《おきゃくあしらい》、御年寄（老女）らが手分けをし、内願のあれこれを仕分けし、合議して処す。

「女は元来おしゃべりだ。外部に洩《も》れやすい。だから、大奥は男子禁制とし、お目見え以上の奥女中は極秘事項を知っておるから、実家にも帰させず、生涯勤務としておる」

実妹のお琴を送りこんだ水野忠央だけに、大奥の特徴と役目をしっかり知りつくす。さらに、具体的な事案をたとえに語った。

「そもそも武士は恥をきらう。断られて、恥をかけば、わが国には切腹もいとわない、切腹文化がある。そこで幕府は、諸大名や旗本が正式な届け出をだす前に、あらかた内々に打診する機能(根回し)の場をつくった。それが大奥だ」

武家諸法度で、諸大名の奥方はすべて江戸住まいである。大名どうしが婚姻する事前の打診も、妻女らが江戸城大奥にうかがい、上級奥女中たちに密《ひそ》かに面談し、内願する。家格の上昇なども同様に、その内願書を提出する。

幕臣の旗本においても、妻女が大奥にうかがう。夫は年功からみて、そろそろ奉行に就《つ》きたいと考えたならば、老中に持ち込まず、大奥に希《こいねが》う。

その手順を踏まず、夫がみずから老中の役邸に持ち込み、断られたならば、どうなるか。噂《うわさ》になれば、恥を知れと、まわりから暗黙の圧力がかかる。そして腹を切る。

恥の文化、切腹文化のなかで、幕府は人材損失を避けるためにも、大奥を窓口として、女のみが内願できる制度をつくった。

大奥は受理した内願を御台所の名をもって、中奥の側用人へ橋渡しをする。その筆頭が御側御用取次の本郷泰固《やすかた》(将軍の秘書室長)である。かれは書付で将軍家慶へ上申する。折々、本郷自身が将軍代理として却下する場合もある。

「ところでもうひとつ、重要な点がある。京の天皇は政事に関与せず、徳川家に一任しておる。ただし、武家の叙位《じょい》と任官、改元《かいげん》、鋳銭《ちゅうせん》は天皇に裁可権がある。それには幕府が勝手に執行できない。京都所司代から京の朝廷に諮《はか》る」

年号の改元、貨幣鋳造は老中が申請する。

武家の叙位と任官の推薦《すいせん》は大奥がとりあつかう。

「そこまで知りえませんでした」

斉彬が聞き入っていた。

（科学者の頭脳で、政事向きではないな）

それが斉彬という人物評だった。

余談だが、現在の文献でも、大奥といえば、一人の将軍が千数百人からの女性をはべらせる巨大な空間だ、という記載が多々みうけられる。なかにはまるで新吉原の遊郭か、大奥か、と類似的な見方すらある。

徳川幕府がなぜ二百六十余年間も長期政権となったのか。役職の二人制、月番性で行政機能が腐敗せず、しっかり維持できたからだ。とくに江戸城の表・中奥、大奥という明確な役割分担があり、男と女の機能的かつ合理的な組織であった。それが破綻《はたん》なく運営されたからである。

「斉彬どのの正室は一橋家の英姫《ふさひめ》だ。これ以上の好材料はなかろう。すぐさま大奥に出むいて内願を差しだせば、三か月で、そなたは藩主になれる」

「妻は承知しない。疱瘡《ほうそう》で顔に劣等感を持っているし。将軍家の内覧にも、花見にも、浜御庭の催しにも出たことはない」

島津斉彬は妙にむずかしい顔だった。

「夫が危機に立っているのに、顔がどうのこうのではない。まじめに心配して無駄骨だったな。疱瘡ごときがなんだ。日本中、何万、何十万人も罹患し、顔に跡が残っている。そんな甘い夫婦ごとき人間と向かいあっていても、時間の無駄だ。お帰りねがおう」

「といっても、妻は頑迷《がんめい》で、こちらの言うことは聞き入れてくれない」

「世子のそなたに諫言《かんげん》する有能な人材はいないのか。ならば、余が申そう。斉彬公を藩主にしたいと擁立し、切腹や遠島の刑罰をうけた家臣たちの、妻や子どもたち家族の生活と気持ちを、そなたは考えないのか」

忠央の眼が怒り、ことばをつづけた。

「一家の大黒柱を失った妻子は、この先辛《つら》い人生を耐えて歩むのだ。それなのに擁立した斉彬公は、御簾中が痘痕《あばた》だと言い、大奥にすらむかわせない。そなたの妻女はただのお飾り人形なのか。甘えすぎだ」

斉彬がただ黙っていた。

「七十七万石の藩主とは、領民の一人ひとりの家族まで責任をもつことだ。その精神なくして、領民からは協力を得られない。帰宅したら、夫婦で面と向かって、この忠央が激怒した内容を語ればよい。それで動かない正妻ならば、縁切りしたほうがよかろう」

忠央は容赦なく怒りの感情を投げつけながらも、斉彬にあるべき道筋を示していた。

島津斉彬の正妻・英姫が、大奥の香炉《こうろ》のかおりがただよう部屋で、両手をついて、姉小路と対座した。英姫は豪華な髪飾りも、四十五歳の顔も頭巾《ずきん》で隠す。両目だけが出ている。その目も伏せていた。

「頭巾のままの非礼を、まことに申し訳なく、お詫びもうしあげます」

夫の斉彬から依頼された、「斉興への引退勧告のお願い」という内願を語りはじめた。

「話の途中やけど、顔を上げなはれ。目を見て、お話しせんと、こころが通じまへん」

「……。疱瘡に罹患してからは、人さまに醜い顔をみせて、話すのが怖《おそ》ろしいのでございます」

「そんな遠慮は、うちにはいらん」

すると、英姫が背筋を伸ばし、夫の深刻な立場を語った。ひと通り話を聞いた姉小路が、内願を受理したうえで、こういった。

「いまにも西洋の烈風《れっぷう》が日本に上陸するやろうし。蘭学にたけた、斉彬どののような人間が必要になるえ。早《は》よう藩主になられはったら、よろしい」

姉小路の受理とは承諾《しょうだく》である。なぜ、彼女がそこまで決裁できるのだろうか。

大奥には毎朝、「総ぶれ」の仕組みがある。将軍と、御台所以下お目見え以上(上・中級奥女中)が同席する。家慶が正室・楽宮喬子《さざのみやたかこ》を亡くしてから、将軍付き上臈御年寄の万里小路、姉小路が交互に御台所代役をおこなう。

この総ぶれにおいて、大奥にあつまる内願で取捨選択された事案が、上座の将軍と合議がおこなわれる。採否に近い意見をもらう。

日ごとに大奥の奥祐筆が、それらを書きとめたうえで、中奥(現代の首相官邸)へ送る。側用人、さらに御側御用取次が事案ごとに老中や関係部署と調整をはかる。おおむね老中が書付にして将軍へ上申する。……御台所代役の姉小路とすれば、家慶に進言するじぶんの力の入れ方で、決裁予測ができるのだ。

やがて嘉永三(一八五〇)年十二月三日、江戸城で老中立ち会いの下、将軍家慶から島津斉興に、朱衣肩衝《あけのころもかたつき》が下賜《かし》された。

武士が茶道具を賜《たまわ》る、とは引退せよ、という謎かけである。ところが、斉興は幕府に隠居願いをださなかった。

「近衛中将《このえちゅうじょう》になれたら、藩主を降りる」

斉興がそこに拘泥《こうでい》しているらしい。

朝廷から官位を授《さず》かるとなれば、姉小路が最も適任だ。彼女の根回しから、京の朝廷が近衛中将を斉興にさずけた。

翌四年正月に、斉興がようやく隠居し、斉彬が二月二日に薩摩藩主の座についた。

＊

人は順風や追い風の時ばかりではない。

上臈・姉小路にも、逆風が吹きはじめた。とくに将軍家の婚儀関係では、ことごとく問題がおきている。彼女はいつになく神経をすり減らす日々であった。気晴らしがしたかった。

五月初旬の晴れのある日、姉小路はあえて水戸藩・小石川上屋敷に出むいて、妹の花ノ井と逢《あ》った。

この嘉永三年六月には、将軍・家慶の養女・線姫《いとひめ》（幟子女王《たかこ》）が京から大奥に入る。そして、水戸藩主に入輿《にゅうよ》する。その段取りの打ち合わせである。婚礼そのものはまだ二、三年先であり、姉小路にすれば、それは単なる口実であった。妹と息抜きのおしゃべりが目的であった。

小石川藩邸の庭池には小島があり、まわりを回遊する路《みち》がある。いずこからも、歩きながら庭園の美景がたのしめる。

「小石川はええ庭園やね。落ち着いて静かやし。池の鯉はあでやかな着物を着こんで泳いではるな。大奥の毎日の苛立《いらだ》たしい緊張から、厄落《やくお》としたように解放してくれはる」

庭木もさわやかで、姉小路はこころ打たれる。横並びの花ノ井が現実的な話題をつくった。

「姉ちゃん。いま疱瘡がえろう大流行しておるやろう。江戸の武士も町人もバタバタ斃《たお》れてはる。

この疫病はいつまでつづくとおもうん」

花ノ井はいまだ水戸弁にそまらず、京都弁の抑揚《よくよう》がつよくのこっている。

「暗い話題やね。こころが重くなるわ。そやね。あと二年はつづくのと、ちがう」

「もっと長いやろう。奈良の大仏さんやけど、天平《てんぴょう》時代に疱瘡がえろう流行したよって、聖武《しょうむ》天皇が仏教に篤《あつ》く帰依《きえ》してはり、救済をねがい、七年かけて造りはったと聞いたで」

この疱瘡は嘉永元（一八四八）年から数えて七年つづくかもね、と花ノ井がつけ加えた。

「そやったら、嘉永七（一八五四）年には、改元せえへんとあかんね。これ以上、難儀《なんぎ》がつづくと、幕府の土台がもたへん」

このさきの嘉永六（一八五三）年には、アメリカ艦隊ペリー提督の黒船来航がある。

後楽園の名前の由来は、「天下の憂《うれ》いに先立って憂い、天下の楽しみに後れて楽しむ」からきている。まさに、嘉永は憂うことばかり、と姉小路はおもう。

ふたりは円月橋《えんげつきょう》にきた。水面《みなも》に映る橋の形が満月になる。造園師《ぞうえんし》はすごい知恵である。

「徳川宗家も、大きな大仏さんを建立したらどうなん。公方さまにお話してみたら」

「できもせんこと、唆《けしか》けたらあかん。いま幕府に、金銀や財宝などありまへん」

ここ十年間をみても、災害、疫病などで、幕府から諸藩への貸し出しが膨大《ぼうだい》である。

「疱瘡の世がウソみたいに、小石川は静かやな」

姉小路のこころが庭園の景観にもどった。

「姉ちゃん。京の祇園祭やけど、疫病が大流行したときに、祇園の神を祀《まつ》り、災厄《さいやく》の除去《じょきょ》を祈ったのがはじまりだと聞いたえ」

妹の花ノ井があらたな知識を提供した。

「ほんま、よう知ってはるな」

「こういう疫病の流行のときやないと、調べられへん。ところで、西洋から牛の種痘が入ってきて、水戸藩でも、無料で接種してはるのに、なんで、江戸はせえへんの」

「蘭方医学禁止令がでたし、江戸は幕府のおひざ元やろう、接種はできへん」

「それって、おかしいで。異国嫌いの烈公にしても、家中、百姓、町人らに牛の種痘をさせてはるんよ。それ、だれが決めたん」

「御典医や。じぶんらの権益《けんえき》が、蘭方医に侵されると勘ぐって。悪い根性や」

「あかんね。ところで、『名医こがらし』の風刺画《ふうしが》みたん。あら、知らんへんの。姉ちゃんの風刺やで。気いつけよし。うちの部屋に買って置いてるよって、帰り際にあげるえ」

「そなら、もうそろそろ行くわ」

妹の花ノ井が見送ってくれた。手渡された『やぶくすし竹斎《ちくさい》娘・名医こがらし』は、この嘉永三(一八五〇)年に浮世絵師の歌川国芳《うたがわくによし》が三枚つづきで描いた風刺画である。

女医(姉小路)が、複数の男の弟子(老中)たちに、思いのまま奇異《きい》な治療をさせている。あきらかに、姉小路が権力の強さから、無理難題《むりなんだい》でも表の老中にごり押しできる、という風刺である。

姉小路は動きだした乗物《かご》のなかで、風刺画をちらっとみたが、嫌悪からすぐ袋にしまい込んだ。


それから半月余りが経った。

姉小路の乗物が、江戸城を出て神田明神にむかう。神田川に架かった橋を渡り、小時すすむと、商人の住む町である。二階造りの醤油《しょうゆ》屋のまえで、棺桶《かんおけ》をのせた大八車二台と出くわした。一つは子どもの桶だとわかる。

赤色の装束《しょうぞく》をきた祈願《きがん》坊主が、手に幟《のぼり》や赤い鈴をもち、「疱瘡の魔除《まよ》け」を謡《うた》い踊る。すぐさま大八車が走りだした。

火葬場へ直行するのだろう。

やがて、神田明神の表参道がゆるやかな坂道となった。江戸総鎮守《そうちんじゅ》の鳥居のまえで、姉小路は乗物からおりた。付き添う奥女中たちも真後ろにしたがう。

ここは「縁結びの神」で有名だが、いまは疫病を取り除く神様も加わっている。明神の社殿へと、奥女中一行はすすみでた。

「どうか、秀子の命を助けてな」

姉小路が両手を合わせた。

家定の二番目の正妻・一条秀子が、数日前の五月二十七日に、疱瘡に罹患し、いま危篤状態にあるのだ。

「死なさんといて」

祈る姉小路には、過去にないほど、家定の縁組にはつよい思い入れがあった。

それというのも、姉小路はかつて西の丸時代の世子・家慶付き上臈として、幼いころから家定を知っている。ただ、家定は乳母・歌橋《うたはし》に懐《なつ》くが、警戒心がひと一倍強く、他の者は近づけなかった。姉小路が声がけしても、こころを開いた家定など一度もなかった。

家慶が十二代将軍になり本丸に移った。将軍付き上臈の姉小路も同様だった。やがて、水野忠邦《ただくに》の下で、大御所政治のお美代の陰謀と三佞人《さんねいじん》の悪事が暴露された。このときになってはじめて、家定が毒薬を盛られる恐怖におびえ、時には愚劣《ぐれつ》な人間を演じてまでも、わが身を守っていたのだろう、と姉小路は理解におよんだ。おそらく幼い家定には、ひとに言えない苦悶《くもん》の連続だったはず。気の毒な人生だ。そこから家定をみる目が変わった。

最初の正妻の鷹司任子(天親院)は不幸にも、嘉永元(一八四八)年六月十日に疱瘡で死んだ。享年二十六歳だった。気の毒だった。

家定には二度目となる心優しい継室を迎えてほしかった。

——徳川将軍で二度の正室を娶《めと》ったのは神君家康のみだ。なぜ、あんな世子家定に継室《けいしつ》(二番目の正室)が必要なんだ。側室でよかろう。

こうした反対や疑問が多かった。だが、姉小路はそれをもろともせず、一条家との縁談を進めた。大筋で話がまとまると、姉小路はみずから京都にでむいた。

京に着くと、御所に近い実家の橋本家にも立ち寄り、姪っ子・経子が産んだ四歳児の和宮《かずのみや》(のち静寛院宮《せいかんいんのみや》)とも対面してきた。

初対面の秀子は二十四歳で、極度に小柄な三尺ていどで、片足もかなり不自由であった。ただ、顔立ちのよい可愛い娘であった。帰路の東海道は母娘のように旅を楽しみ、秀子の心優しさも知った。江戸城大奥に入ると、秀子の容姿を揶揄《やゆ》するさまざまな陰口がでた。

……秀子は、下駄と草履を履かせるとちょうどよい背丈になる。姉小路が一条家にまんまと乗せられて障がい者をつかまされてきた。婚姻は中止するべきだ。それなのに、伊勢守たち老中は姉小路に反論できず押しきられて継室が決まった。

これが浮世絵師の歌川国芳作『やぶくすし竹斎娘・名医こがらし』となった。さすがの老中・阿部正弘も発禁にさせた。

嘉永時代の天然痘は、政治・文化の面でも、強烈な被害をもたらした。将軍家や公家の縁談にも、なにかと暗い影を落とした。

一橋家の慶喜《よしのぶ》にも、影響を及ぼしている。嘉永元(一八四八)年には、京の大納言・一条忠香《ただか》の千代姫(輝子)と、一橋家の慶喜との婚約が成立した。ところが、満五歳の姫が天然痘に罹患し、いのちは助かったけれど、痘痕《あばた》の顔になった。こうした理由から、一条家から辞退してきたのだ。

姉小路はここで世相を考えた。

将軍家、御三家、御三卿などの婚儀はとりもなおさず派手になってしまう。

――幕府および諸藩が疫病で苦しむさなか、派手になりがちな将軍家の縁組は自粛《じしゅく》したい。

その趣旨で関係者に連絡した。

一条家の受け取り方はちがっていた。

「これは表向きやで。慶喜は魅力的で大物やさかい、ほかの摂家《せっけ》に奪われてはならへん」

急きょ代役として、慶喜と年齢がみあう(二歳年上)今出川美賀子《いまでがわみかこ》を一条家の養女としたうえで、一橋家に入輿したいという縁組の申し出が姉小路にきたのだ。

姉小路はそしゃくせず、そのまま一橋家と水戸藩の花ノ井にふった。

烈公が横槍《よこやり》を入れてきた。うわさで聞いた美賀子の人物評にたいして(現代でいう)差別用語を乱暴に並べたてて、一条家との婚約を解消せよ、と迫ったのだ(茨城県史・新伊勢物語)。

「慶喜には最高の嫁をもらう」

烈公の執念は異常である。くりかえし、不快な表現で書簡がくる。その執拗《しつよう》さに、姉小路は切れた。

「美賀子はとても良ろしい姫君と聞いておす。今後は一橋家の婚姻にいっさい関わりまへん。美賀子を断りたければ、好きなようにされればはったら、よろしおす」

姉小路はさじを投げた。

阿部正弘は、大名家の婚姻は大奥の所轄《しょかつ》だといい、烈公の要求を取り合わなかったらしい。

結果として、美賀子と慶喜の婚儀《こんぎ》は成立する。噛《か》みついた烈公が得たものは、大奥をより水戸藩嫌いにさせたことである。


天然痘を発症した秀子が死去する二日まえだった。将軍・家慶の養女として、有栖川宮幟仁親王《ありすがわのみやたかひと》の長女・線宮《いとのみや》が江戸城に入ってきた。

十五歳の線姫は色白の肌で、艶々《つやつや》とした黒髪の生え際が形よく、なめらかな首筋が、なんと美しいことか。その姿に魅せられた奥女中らが大騒ぎしている。

「お世話になりおす」

ほほ笑む線姫が老女に挨拶する。その声は透《す》き通り、性格も優しそうだ。律義《りちぎ》さと初々《ういうい》しさに、まぶしさを感じさせる。

それは嘉永三(一八五〇)年六月四日である。

来年には水戸藩主の徳川慶篤《よしあつ》に輿入《こしい》れすると、将軍から内意がだされていた。

二日のちに秀子が死去した。享年二十六歳である。悲しみのなかで、葬儀の日取りが決められた。

それから数日後、家定の実母・本寿院が、姉小路に突飛《とっぴ》な申し出にやってきた。

「線姫を、家定の正室にさせてほしいの。取り計らってください」

「えっ。何をいいはるん。継室の秀子さまが、亡くなったばかりやで。秀子さまを悼《いた》み悲しむ気持ちはあらへんの。二、三年経《た》っているならまだしも、まだ初七日法要のまえや。不愉快千万《せんばん》やで。口にするだけでも節度がなさすぎや」

姉小路は、本寿院の破廉恥《はれんち》で、臆面《おくめん》もない図々《ずうずう》しさにむしょうに腹が立った。

「怒られるのは承知です。最初の（鷹司）任子《あつこ》、そして（一条）秀子と疱瘡でつづけざまに死んだ。家定も疱瘡に罹《かか》ったことがあるし。疫病の魔物に憑《と》りつかれているようで、気の毒です。ここは流れを変えてあげたいのです」

本寿院は涙声である。

「あかん。線姫はすでに水戸藩主の正室に決まっておるんや」

「家定は、秀子を可愛《かわい》がり、背比べをしたり、城内の散策をしたり、ふたりは仲が良かった。それなのに愛妻の秀子が亡くなった。次こそは善い縁をつくってあげたい」

母性愛が丸出しである。

「そやけど。将軍家で三人目の御簾中など、前例があらへん」

「特例中の特例で」

「もう、やめなはれ。聞きとうない」

姉小路は突き放した。

＊

将軍家慶の養女はふたりいる。

ひとりは有栖川宮幟仁親王の長女・線姫である。もうひとりが同家の四女精姫《あきひめ》で、三年まえに、久留米藩二十一万一千石の有馬頼咸《よりしげ》と婚約していた。

大名家が将軍家と婚姻すれば、いずこも膨大な費用がかさむ。藩財政の赤字転落は覚悟しなければならない。それが起因して、嘉永三(一八五〇)年六月十四日、久留米《くるめ》藩赤羽屋敷で、刺殺《しさつ》事件が起きてしまった。

この事件の状況は次の通りである。

側仏頭《そばものかしら》(役職)の村上守太郎は三十一歳で、情熱的かつ激情的な性格であった。かれは前々から将軍家との結婚には、膨大な経費がかかり過ぎる、と反対を唱えていた。

ある日、その村上が参政の馬渕貢《まぶちみつぐ》をよびとめた。

「そなたらが、新しい主君(頼咸《よりしげ》)に精姫との結婚を推し進めるから、藩財政は一気に疲弊《ひへい》した。いまからでも遅くない、婚姻は断るべきだ」

「お主と、かようなこと、なんど論じても平行線だ。有馬家の家格が上がるのが、そんなに不愉快なのか」

馬渕がとりあわない態度をみせた。

村上は、前藩主・有馬頼永《よりとお》の腹心である。その頼永は天明・天保《てんぽう》の凶作にたいして領内の節約・倹約を求めて藩の財政改善にとり組んできた。

「馬渕。われら家中も、農民も、町人も、爪に火をともしてきた。改善の効果がみえてきた矢先、頼永さまが二年前にお亡くなりになった。新藩主の頼咸どのは派手好きで、婚姻関係に、七万七千四百五十五両(約百五十億円)という膨大な経費をつぎ込んでおられる」

その新藩主の頼咸は、上屋敷(港区三田)の敷地二万五千坪のなかに、自分たち若夫婦がすむ華麗《かれい》な新御殿を建設したのだ。

その建築様式といえば、大奥とおなじ御鈴廊下《おすずろうか》、御寝所《ごしんじょ》、御化粧の間、精姫専用の門をかまえる派手なもの。

「そなたの節約・倹約はもう聞きあきた」

「おのれ。この場で成敗してくれよう」

村上が刀の柄《つか》に手をかけ、馬淵のわき腹を刺した。裃《かみしも》に鮮血がながれる。まわりの女中たちが悲鳴をあげた。

居あわせた家老・有馬飛騨が村上をとりおさえた。すると、有馬主膳が村上を刺殺した。

＊

午後の明かりが薄くなった。姉小路の部屋には、障子のわずかな隙間から射《さ》す陽光がしだいに茜《あかね》色《いろ》に染まる。

先刻から西の丸大奥からきた上臈・歌橋と対座していた。家定の乳母で四十三歳の歌橋は細面で鼻が尖《とが》った顔立ち。薄化粧の顔には、みるからに才知ある気の強そうな性格が現れていた。本寿院とおなじ願いごとをくりかえす。

「いくら歌橋に頭をさげられても、水戸家と線姫の縁談は破談にできへん。これって、にわかに起きた縁組とはちがうで。よう考えなはれ」

「ご立腹は覚悟のうえで、おねがいです」

「歌橋。上様と烈公はえろう仲が悪いんやで。線姫の破談申込みは、将軍家から喧嘩《けんか》をしかけるのとおなじや。きょねん(嘉永二年)、烈公は五年ぶりに藩政の関与が許されたんや。それまで、雪冤《せつえん》運動のお許しに何年かかったとおもう……、五年やで」

最後のところで、水戸藩から姉小路に泣きが入り、彼女が将軍・家慶に話をつけたという経緯があった。

そして晴れて烈公が、水戸藩主・慶篤の後見人になれたのである。

「歌橋の言う通りに、うちが線姫と水戸藩の破談を申しこんでみ。将軍家と水戸家の対立にもどってしまうで。両家の仲たがいを煽《あお》ることになるんや。わかってはるの」

「わたしは逆で、将軍家と水戸藩の連帯が強まると考えております。義兄弟のよしみで、譲ったり、譲られたりで」

「もうお帰り。西の丸大奥からきて、いくら粘っても、できんものはできへん」

「もうすこし、お時間をくださいまし」

歌橋が両手と頭を畳につけて懇願《こんがん》する。

(えろう粘り腰というか、根性が歌橋にあるさかい、幼少の家定が西の丸の三佞人にいのちを狙ら

われながらも、毒殺から守り抜いてきたんやな）

そんなふうに評価した。一方で、姉小路はこうも考えた。……この歌橋の執拗《しつよう》さの裏には、慶喜と家定が次期将軍を競う「将軍継嗣《けいし》問題」があるのだろう。将軍になれば、おのずと御台所が必要だ。一条家から、一橋家の慶喜に今出川美賀子が正妻で嫁いでくる。ほぼ、決まり。

そうなると独り身の家定が不利になるかもしれない、と歌橋は予測しているのか。

なにしろ将軍・家慶はこのごろ一橋家によく出入りしている。

――慶喜は聡明だ。将来が期待できる。

と周囲に漏らしている。

（次期将軍は慶喜、家定は廃嫡《はいちゃく》すらあり得る）

歌橋はそれを恐れているのか、この場からいっこうに立ち去ろうとしない。

「死にもの狂いやね。えろう粘りはって」

姉小路は嫌味で、なんども話を打ち切ろうとしていた。

「本気なんです。家定さまには何としてでも、正室を娶《めと》ってもらいたいのです。実は、中奥の（御側御用取次）本郷康固さまにも、ご意見をいただきました。将軍・養女の線姫さまの輿《こし》入れ先が、西の丸・家定さまに変っても、それが大奥の意向ならば問題はなかろう、とおっしゃってくださっています」

「かような裏工作は不愉快や。本郷には口出しさせせんといて」

「申し訳ありません。将軍家で三度目の正妻の前例をつくれるのは、姉小路さまをおいて他にはありません」

「難儀なこと、押しつけんといて」

姉小路はくりかえし突き放した。


嘉永三(一八五〇)年七月十三日、夜の帳《とばり》がおりた。

姉小路が、水戸藩の烈公への手紙を書きかけては逡巡《しゅんじゅん》している。彼女の頭脳を横切ってくるのは、久留米騒動である。

(水戸藩でも、おなじ血なまぐさい事件が起きやへんやろうか)

水戸藩の石高は三十五万石である。御三家として家格を保つために、検地二十八万石でも、水増しで幕府に届け出ているので、慢性的な五万石の赤字財政である。貧しい藩に、将軍養女の線姫が嫁げば、膨大な費用がかかる。水戸藩には過激な藩士が多いし、血の対立におよぶかもしれない。それは避けたい。

姉小路は腹をきめて烈公に手紙をさしむけた。

「私の一存ですが、西の丸・家定公は若年のゆえ、私ども大奥は再縁《さいえん》をねがっています。線姫を、家定公にお勧めしたいのですが、ご意見を承りたい。これは極秘にて」

即刻、七月十四日、烈公から返書がきた。それは憤《いきどお》りに満ちあふれていた。

――公方(家慶)様が、家定には養女の線姫を三番目の正妻として娶《めと》らせたい、と言われているなら、善処もしよう。その場合は、水戸家側から線姫の縁談を辞退しよう。

そうは記すが、平たくいえば口先だけで、烈公には引き下がる気などみじんもない。

七月十六日には、手紙魔《ま》の烈公から続けざまの書簡だ。線姫は譲れないと強硬《きょうこう》に憤る文面に変わった。

姉小路はなるべく逆らわぬように、

「(水戸藩にいる妹)花ノ井からも、意見されました。白紙撤回《てっかい》いたします」

これですむ相手ではない。七月十七日、

――西の丸の家定公が跡継ぎの子どもを産む。そうねがうのは皆がそうである。万里小路、梅田、溶姫《ようひめ》にも、内々に相談してみたらいかがだろう。

(余計なお世話や)

姉小路は無視した。

烈公の偏執性《へんしゅうせい》な不快な書簡が次々に届く。こんどは本郷康固に相談せよ、と記す。

姉小路は辟易《へきえき》とした。

「この儀は、私から他者(本郷など)に相談できかねます。十四日からの御書は返上します。私の一封もお返しください。このうえは、他に漏れないように」

久留米騒動から、水戸藩へ配慮した善意が、悪意に転じたような嫌な気分であった。

*

八月の陽光が、天秤《てんびん》をかついだ二十九歳の魚八《うおはち》(魚屋八兵ヱ)の肌を焼きつける。樹木のセミがやたら啼《な》く。魚八は威勢《いせい》のよい声もでないまま、きょうも天王町、蔵前《くらまえ》、駒形《こまがた》、並木町と足を延ばし、魚を売りあるく。

日本橋魚河岸で仕入れた魚介類は、昼には鮮度が落ちるし、上得意とした居酒屋や料理屋は天然痘の大流行で、ことごとく店を閉めて暖簾《のれん》をだしていない。猛暑だから、魚八の額《ひたい》と首筋から玉のような汗が吹きだす。

大川の対岸にわたり、天秤《てんびん》をかつぐ魚八が、本所の武家屋敷かいわいも歩いてみた。夏の陽ざしが昼過ぎると刻々と熱をおびてきた。長屋門の木陰で魚八はちょっとの間、荷を下ろし、手拭で流れる汗をぬぐって絞った。

柳がしなやかにならぶ掘割《ほりわり》(水路)の向こうから、放蕩《ほうとう》無頼《ぶらい》な浪人者だと、すぐにわかる長身な総髪男がこちらにやってきた。

「おい。生きの良い活魚はあるか」

通りすがりのあいさつだろう、浪人者が気合の入った太い声を投げてよこした。

「へい。昨日まで、海で泳いでました」

それがあいての足を止めさせた。

「魚も死ねば、人間もしぬ。魚屋。生まれながらにして、階級があると思い込んでおらぬか」

「そりゃあ当然で。公方様もいれば、日雇いもおる。おれらのような日銭稼ぎもおる」

そう言いながら、魚八は頭のなかで、男のことを考えた。

（安物の魚をすすめよう。どうせ、踏み倒しで、御託《ごたく》をならべられるのがオチだ）

「ところが疫病は、この世に平等と公平をつくってくれておる。身分を問わず、将軍や大名の妻女でも、疱瘡にかかれば、地獄の底のような痛みと高熱をだし、そして死ぬ。これこそ庶民とおなじ苦しみで、公平ではなかろうか」

「それって、わかりやすいが、すとんと胃臓《いぞう》に落ちないな」

「ところで魚屋は、損をしない良《い》い商売だな。生魚がこの陽ざしで干物《ひもの》になれば、それも高く売れる」

「ちょっとちがうな。時刻《とき》が経《た》てば内臓が腐って売りものにならねえ。この世で、腐り物にはみな値打ちがねえ」

「それは誤解か、認識ちがいだ。牛にも疱瘡があってな。それが腐って、カサカサに乾いて瘡蓋《かさぶた》となり、それを人間の腕に植え付ければ……」

「そこから先は、聞かずともわかる。手から腐って、死ぬ」

「魚屋はそうおもうのか。蘭方医がしめだされた江戸の庶民は、種痘にまったく無知だ。佐賀、福井、大坂、水戸は蘭方医が牛種痘を接種し、天然痘の感染を防いでおる、というのに」

（この浪人風情の男は、おおかた長崎帰りの蘭方医で、いま江戸の知り合いに足を向けているさなかだろう）

そのように男の素性をとらえてみた。

「お主はどこに住む。そうか、日本橋か。幕府のおひざ元なのに、どの町も大勢が死んでおるらしいな。幕府が漢方医のいいなりだからだ」

（幕府の悪口は御法度《ごはっと》だ。聞きたくねえ。十手持ちが現れると、危険だ）

魚八が天秤をかついて逃げだした。

太陽が天上を越えてやや傾くと、天秤の吊《つ》り籠《かご》から、魚介類の腐る悪臭が鼻につきはじめた。行く先の川沿いの野菜畑で、農夫が鍬《くわ》をもって耕作《こうさく》に精をだす。

「これ、肥料にしなよ」

鮮度が落ちた魚を無料で与えた。すると、農夫がナスやキュウリをくれた。

歩きはじめたが、魚八は呼び込みの声すらだす気になれない。

「日銭商売なのに、銭が入らないし。気合が入らないな。なさけねえ」

夕暮れ近くでも、街にはほとんど軒先の暖簾をみかけない。通りの人影もまばらだ。

神社の鳥居をくぐる参拝者は、赤いタスキをかけて疱瘡除け祈願をしている。

「神社仏閣だけが、繁盛して、賽銭《さいせん》と祈祷《きとう》で儲《もう》かる。この世は変だ」

神田和泉橋の河岸まで引き返してきた魚八は、手ごろな石の上で腰をかけた。尻下の石がまだ陽焼けの名残りで熱い。流れる汗と、ため息ばかりが出てくる。

ここらの川の水位は、江戸湾の満ち引きに影響される。いまは満潮にちかい。目の前には、青い女ものの着物が流れている。ただ、ぼんやりみていた。川面のゴミとともに黒髪が乱れている。花柄模様のきものから判断すれば、十五、六の女だ。

（恋盛りの女が、疱瘡で顔が崩れ、この世をはかなんで、川に身投げしたのか）

魚八はそう類推《るいすい》した。嘉永時代に入ってから、よく見かける光景だ。ひとまず、近くの番所に知らせておいた。女が川から引き揚げられるまで、魚八は好奇心をとどめておけず立ち去った。

道々考えるに、身投げの光景になれてきたじぶんが怖い気もする。

（いつか棒手振《ぼてふり》の稼業のじぶんも、成れの果てには一家心中か）

かれは大通りから路地に入り、わが裏長屋にもどってきた。井戸のそばでは、おなじ歳《とし》の女房のお里が洗濯をしていた。

「どうだった。商いは」

「聞く方が野暮《やぼ》というものよ。さっき土座衛門《どざえもん》をみた。きっと疱瘡の娘だろうよ」

「顔が崩れて、この世が闇《やみ》におもえたのね。可哀《かわい》そうに」

「お前は疱瘡になっても、顔の心配をして、死ぬ必要もないな」

というと、ばか、と洗濯水をかけられた。

「本音は、夫婦でも言うものじゃないな。口は災《わざわ》いの元だ」

長屋住まいのこの夫婦は、いつもながら憂《う》さ晴らしの喧嘩をはじめた。

夫婦の呼吸なのか、頃合いをみて、すぐに収まる。

「きょう、町会所《ちょうかいしょ》で聞いてみたら、あんたの日銭稼ぎだと、御救銭《おすくいせん》がでるって」

と、お里がにたっと笑う。

魚八は面白くなかった。御救銭はありがたいけれど、生きがいにつながらない。

「食べられるって、ありがたいじゃない。一家心中するよりも。公方さまに感謝だよ」

幕府には、深刻な災害が発生すれば、その日暮らしの窮民《きゅうみん》に、すぐさま銭や米を給付する「七分《しちぶ》積金《つみきん》」の制度がある。世界で稀《まれ》にみる仕組みであった。

これは松平定信《さだのぶ》が主導した「寛政《かんせい》の改革」のひとつで、寛政三(一七九一)年十二月に、江戸にこの「七分積金」制度がうまれた。

江戸の善良な肝煎《きもい》り名主四十七人を指名し、ほかに家主を加え、町会の運営費(祭り・葬儀など)を節約させる、その節約した七分(七割)を毎月々、積み立てさせるもの。

疫病や火災などで、江戸市中に飢えた者や生活困難者が生じれば、即時対応で施米《せんまい》、施金がだされた。同時に、困窮《こんきゅう》する地主らには低利の融資がおこなわれる。

江戸が百万都市だとすれば、町人はおおむね半分の五十万人。さらに半分の二十五万人が日銭生活者であった。この日銭稼ぎの労働者、住込み職人、行商人などの特徴は、ひとたび災害が起きると働き場を失い、別の職が得られず、飢えてしまうことにあった。

「人間は生きていれば、それで良いというものじゃない。疱瘡不景気で、商売替えしたくても、どこにも仕事がねえ」

魚八がお里にその不満をもらしていた。

阿部正弘は、弘化三(一八四六)年に南町奉行・遠山景元《かげもと》、寄合詰(元南町奉行)筒井正憲《まさのり》らに、「食べて消えてなくなるお米よりも、安定した雇用対策をかんがえよ」と諮問《しもん》していた。

これは松平定信の「寛政の改革」による七分積金制度よりも、もっと根本に手を入れよ、という施策を命じたもの。

四年七か月かけて登場したのが、嘉永四(一八五一)年の「問屋《とんや》株《かぶ》仲間の復活」である。

かつて「天保の改革」で、水野忠邦が「問屋株仲間の解散」を命じている。独占を廃し、自由競争をもとめた趣旨はよかった。だが、忠邦の意に反し、商品の投機《とうき》性がつよまり、価格の乱高下が激しく、商店の倒産が続出した。結果として、景気が低迷した。

遠山と筒井は、水野忠邦の施策の良さと悪さを徹底的に究明《きゅうめい》し、新問屋制度を生み出した。すくなからず、旧習の賄賂《わいろ》がともなう体質の問屋の復活ではなかった。

「物の流れ、金の流れ、人の流れ」

この三つが健全ならば、社会が発展する。健全な新しい流通の仕組みができあがった。それが社会全般に普及するのが数年後の「安政改革」からである。

ちなみに、この新問屋制度を現代流にわかりやすくいい直せば、従来の古い独占形態の問屋を排除し、あらたに参入自由な総合商社、専業問屋、特約店、小売業の流通システムに整備し、物品の流れを潤滑《じゅんかつ》にさせる仕組みであった。

安政六(一八五九)年の横浜の開国から、この新しい問屋制度により、貿易港に荷揚げされた輸入品が問屋を通して津々浦々の小売店にとどく。山間の農家でも、西洋の衣類や農業器具が一品でも買える。注文もできる。かたや、農家の副業のわずかな少量の生糸でも、お茶でも、新問屋制度で貿易港にあつまる。貿易専業問屋から海外に輸出される。

徳川幕府が瓦解《がかい》したあとも、この新問屋制度は根を張り、明治時代に入っても、アジア・南米に類《るい》をみないほど、膨大な輸出入の数量が迅速《じんそく》に捌《さば》けた。

時代をさらにすすめてみれば、太平洋戦争で国土が廃墟《はいきょ》となった日本だが、総合商社・商事などの問屋制度が機能しており、家内工業のおもちゃ一つでも生産すれば、世界のかなたにとどく重要な輸出品になった。

終戦後の軽工業から重工業へと産業構造が変化していく。日本の流通システムが円滑にはたらき、貿易立国として日本は成長し、気づけば、資源のないわが国がアジアで唯一サミット参加国にまで国力が高まっていた。

歴史から学ぶならば、私たちの現代社会は、天保の改革、安政改革から経済システムの根が張られてきたといえる。原点となった水野忠邦の自由競争の考え方、そして阿部正弘・遠山景元・筒井正憲によって改善された新問屋制度が、日本人の体質によく見合っていた。受け入れやすかった。それが歴史的にも貴重な財産となり、世界に羽ばたく貿易立国に押し上げた礎《いしずえ》のひとつだともいえる。

＊

悪法が民のいのちを奪う。

老中首座・阿部正弘の本意でもないことが法になった。その怒りから、正弘は福山藩邸に、御典《ごてん》医《い》の多紀元堅《たきげんけん》を、非公式に呼びだした。書院の間で、ふたりはむかいあった。

坊主頭の多紀は五十五歳で、絽《ろ》の広袖で共紐《ともひも》の十徳(上衣)をきている。

「御典医どの。牛痘種の普及で、大勢の命が助かっている、と各地から報告があがってきております。蘭方医の牛痘種があれば、津々浦々の民を天然痘から守れる」

多紀が口をはさみかけたが、正弘は止めた。

「あなた方が、上様にもとめた『蘭方医学禁止令』で、大勢のいのちが感染病で失われておる。この際はこの悪法を取り消したい」

「なんと恐ろしいことを、おっしゃりますか。蘭方医がいまだに各地の村々に入り、恐怖をまき散らしております。頭に牛の角がでる、と民はおののき逃げまわっておるのですぞ。民百姓にも、いえ武士にも、精神的に耐えがたい接種の地獄を与えております。悪の根源《こんげん》は蘭方医にあります」

「あなたがた漢方医は人間のいのちよりも、既得権益《きとくけんえき》を優先しておる。倫理に反する」

「病気は医者にお任せください」

胸を張る多紀は、憎たらしく、あなどった目つきだ。

医学館総裁の多紀元堅は、圧力団体の長である。狡猾《こうかつ》で、老獪《ろうかい》で、多弁だった。

「では、別の話題にいたそう。将軍のお目見え医者という特権から、なにゆえに中奥で、『蘭方書籍の禁止』まで、上様に吹き込まれた。密室の取引とは良からぬこと」

正弘は背筋を伸ばし、毅然《きぜん》と抗議する。

それは多紀が将軍・家慶に取り入り、嘉永二(一八四九)年に「蘭書翻訳取締令」を発令させた。それにたいする正弘の憤りである。

「それは言い掛かり、というもの。禁止とは申しておりません。許可制にするべきと上様に進言したのでございます」

「それは詭弁《きべん》だ。取締令は医学だけでなく、科学、政治、経済、文化の全般におよんでおる。漢方医の範囲をはるかに逸脱《いつだつ》しておる。越権《えっけん》行為もはなはだしい」

正弘は腹の虫がおさまらない。

――医学書の輸入とその使用は医学館の許可を得ること。他の分野は幕府天文館の許可を得た書籍のみが輸入できる、と決めている。

「あなた方は、江戸城中奥に出入りできる立場を利用し、老中政事のじゃまをされておる。かつての鳥居耀蔵《ようぞう》の霊《れい》が、あなたに乗りうつって現れたのか。これでは寛政異学の禁、蛮社の獄、その再来だ。西洋書物の輸入禁止など、論外だ」

その怒りで正弘は内臓が震えるのを感じた。

この話し合いで改善するどころか、その後も中奥から次々に法令が生まれる。

将軍御典医という陰の力をもった多紀は、みずから長崎奉行所・江戸詰《えどづめ》に出むき、西洋学問の書物輸入禁止をつよく迫った。さらには南北町奉行所にも足を運び、蘭方医学の医者を摘発《てきはつ》し、犯罪捜査なみに書籍を没収せよ、と迫っている。

この当時の町奉行が遠山景元でなく、もし鳥居耀蔵のような人物ならば、御典医の威光《いこう》に従い、焚書坑儒《ふんしょこうじゅ》をやり、阿部正弘は歴史にのこる思想弾圧の極《きわ》みとまでいわれたであろう。

老中部屋には、幕府組織の各部署や諸藩から、天然痘被害の情報が数字で入ってくる。

――悪法がある以上、幕府は予防接種の推奨《すいしょう》ができない。村の名主《なぬし》の理解を得ること自体がむずかしい。蘭方医が子をもつ親に接種を勧《すす》めると、わが子をかかえて山奥に逃げてしまう事例が多々あった。

天然痘が一つところで発生すると、八割ほどが罹患《りかん》する。漢方医による横暴な圧力の悪法が、嘉永二年から、庶民の生活に悲惨さを生みだしていた。

ちなみに、嘉永時代の歴史年表をみれば、ペリー来航以前には、大きな出来事や事件はほとんど起きていない。これは外出自粛の「嘉永パンデミック」を意味する。蘭方医学禁止令は、十三代将軍・家定によって解除される安政五(一八五八)年まで長期につづいた。


長崎で、思わぬことが起きた。

江戸の漢方医らが、長崎奉行・江戸詰に圧力をかけつづけていた。

それが起因したのだろう、嘉永四(一八五一)年に、現地の長崎奉行の官吏《かんり》がなんと「蘭書翻訳取締令」を盾《たて》にし、長崎出島のオランダ商館の書籍倉庫から、一切合切の原本や地図までも没収《ぼっしゅう》してきたのだ。そしてそれを江戸におくってきた。

――ここは一度、すべての書籍を没収しよう。何が長崎出島まできているのか。それがわかれば、今後リストにない書物がでまわれば、それはすなわち密貿易であり、琉球か、対馬か、松前から秘《ひそ》かに入ったものだ。

とても、わかりやすい発想である。むろん、常識外の乱暴な行動だった。幕府は没収品のすべてに代金を支払って買いとった。

これまでオランダ商館は、母国や欧州各地で発行された書籍の現物を一通り長崎にとりよせていた。オランダにとって不適・不都合な書籍は、日本に販売する「書籍一覧表」(カタログ)のリストから除外し、長崎奉行所や長崎会所(貿易窓口・半官民)に配布してきたのだ。

この没収品のなかに、前商館長レフィスゾーン著『日本雑纂《ざつさん》』があった。レフィスゾーンといえば、江戸参府の廻勤《かいきん》で、老中はみな顔見知り。知っている人の本は読みたい。早々に翻訳させた。

しかし、オランダは『日本雑纂』第三章を日本にみせたくなかった(ドンケル・クルチウス覚え書)。

この三章には、米国議会における日本関連の議題が三項目にわたり紹介されている。

・日本近海におけるアメリカ捕鯨船の安全操業を確保せよ。
・日本に貿易による開国を要求せよ。
・合衆国の政府はそのために艦隊を派遣せよ。

さらに同書では、オランダ新国王のウィレム三世が同国会で、

――アメリカ合衆国が軍隊を日本に派遣するが、合衆国には武力行使をせず、穏当《おんとう》で平和的な道を選ぶよう、勧告した。と演説したと記載されている。

――それに対して、合衆国は日本に軍隊を派遣するが、軍事侵略ではない、戦争をする意思がな

い、と公式にオランダに伝えてきた。と国王は紹介している。

幕府は、この書物からオランダとアメリカの間には「蘭米盟約《らんべいめいやく》」があると知った。このさきオランダからアメリカ政府の正確な情報が得られるとわかった。同時に、米艦隊の来航は戦争目的でないと知りえたのだ。

中庸《ちゅうよう》の構えできた阿部正弘が、これは潮目の変わりどきだと捉えた。……植民地主義の西欧列強と違い、新興国の合衆国と戦争せずに和親(平和)条約が結べるならば、国家繁栄の道として開国および富国強兵の足がかりができる。むろん、米艦隊の出方にもよるが、正弘は警戒心のなかにも、開港・開国政策が視野に入ってきたのだ。

ここから老中や海防掛(国防・外交)は、ひそかに通商の是非までも策を練《ね》りはじめた。

この長崎出島の「書籍没収事件」は嘉永四(一八五一)年で、ペリー来航の二年前である。ここが日米和親条約による開港の起点となり、さらには通商条約へと新たな歴史がすすむことになるのだ。


大奥の御対面所で、四十一歳の脇坂安宅《わきさかやすおり》が、京都所司代になれたのも姉小路の推薦のおかげです、とお礼を述べていた。

かれは播磨《はりま》国龍野《たつの》藩の第九代藩主であり、知的な顔で風格があった。

「次は老中やね。京の所司代に赴任《ふにん》しやはったら、朝廷とは仲良くし。ただ、親しからず遠からずや。京人間は本音をなかなかあかさんで。良い返事ほど疑ってかかった方がよろし」

そう助言を与えた裏には、姉小路の頼みごとがあった。

「胸のなかにとどめておきます。公家は誠心誠意よりも、虚々実々だ、と」

「うちかて、いま話しているのは本音か、どうか、わからへんでっせ。ところで、脇坂はんは島津家と親戚筋やね」

「はい。実妹の寿子が、島津重豪《しげひで》の養女です。それゆえに、寿子と広大院さまとは姉妹になります」

その寿子は三河国挙母《ころも》藩の藩主・内藤正優《まさひろ》の正室で嫁いでいる。この正優が井伊直弼と同母兄である。

「このたび掃部《かもん》(直弼)が彦根藩主になりはった。彦根藩ともえろう近いんやね」

「そうなります、掃部守とは」

このさき安政五(一八五八)年には、直弼が大老、脇坂が老中という時代がくる。

「脇坂はん、京に入られたら、家定公の三人目となる継室をあたってくれへん」

「えっ。神君家康でも三人目の正室はありえなかった。側室のほうが無難でよろしいかと存じます」

「難儀な根回しは、うちがやるよって。脇坂はんは将軍家に入れられる娘をあたってくれはったらええ。将軍家の正妻は五摂家《せっけ》にかぎられるよって。摂家は一族、門流《もんりゅう》(先祖をおなじくした分流)という強い意識で結ばれておす。この筋を見まちがうと、ややこしゅうなりおすえ」

「ならば、京の水になれてから」

「それでええんよ。そや。脇坂はんは島津の親戚筋や、斉彬の姫を近衛家の養女に入れはったら、よろしゅうおすな。本寿院と歌橋は、長生きした薩摩の広大院さんのような健康な姫君を望んでおるんや。ちょうどよい」

そう言いつつも、姉小路はかたや妙に不吉な予感をおぼえた。……島津の女ともなれば、戦国時代の嫁のように、薩摩藩の「政治の駒」として将軍家に送り込まれることだ。


それから早くも半年が経《た》った。

京都所司代の脇坂安宅は、職務にもずいぶんなれてきた。

ある日、鴨川の流れがみえる料亭で、右大臣の近衛忠熙《このえただひろ》と二度目の席をもった。忠熙は恰幅《かっぷく》が良く、目がおおきく、鷹揚《おうよう》なしゃべり方をする。

「姉小路からの声がかりや。この縁は決めんとあかんな。さきに斉彬に書簡で娘を問えば、四男二女がおったが、いずれも四歳までに夭折《ようせつ》しておるそうや。適齢期の子はおらん、と素っ気ない返事やった。四十三歳で新藩主になっても、将軍家との付き合い方がようわかっておまへんな」

「そんなものでしょう。江戸城の席順が斉興公に比べて一段、格下げされたし」

「そこで相談や。島津一門の忠剛《ただたけ》には適齢期の娘がおる。一子《かつこ》(のち篤姫《あつひめ》)というんや。からだは丈夫というてはる。気性が強く、負けず嫌いのようや」

「それよりも、島津分家から、将軍家には嫁げない」

「わかっておす」

将軍家の正室は、皇女か公家(摂家)の娘にかぎられている。摂家の娘とは表向きで、ほとんどが養女である。

分家忠剛の一子を島津本家・斉彬の養女にすれば、つづけざまに、近衛家の養女にはできない。なぜならば、「養女を別家の養女にさせられない」と幕府は二重の養女を禁止しているからだ。

「忠剛の一子を家定公の側室とするならば、前例として新宮水野家の娘・お琴がいる」

「あきまへん。近衛家にとって、世子の側室だと、うま味があらへん」

（貪欲な公家だ）

「脇坂はん、どうやろう、一子を斉彬の実子として幕府にとどける。そして、島津本家から、近衛家の養女にさせる。一つ手順を省けば、家定の御簾中（正室）として嫁がせられるで。ええ思い付きやろう」

忠煕がにやっと笑った
「そんな姑息《こそく》な手段は、いずれ幕府にばれてしまう。危険な橋わたりでござる」

「国許に大名の隠し子がいた。御国御前の子、よくある話や。縁組の内願は大奥やで。そこに姉小路がおる。この話はそもそも姉小路から出てきたんや」

「拙者は、実子工作に関与できない」

「それでええ。この近衛から、旗振り役の姉小路に智略のあらましを伝えるし」

忠煕の目がまたしても、笑う。

姉小路は、右大臣の近衛忠煕から書簡をうけとった。……島津忠剛の娘・一子を斉彬の実子にする。そんな虚偽《きょぎ》をいきなり上様に語れない。

ほぼ一年前の嘉永三(一八五〇)年六月、家慶養女の線姫を家定の正妻として娶《めと》らせたいと、水戸藩の烈公と論争となったが、結局のところ将軍・家慶にまで話が持ち上がらず終結した。このときから世子・家定の三度目の継室は上様ならば、かんたんに承諾されるだろう、と踏んでいた。

ところが予想外な結果だった。

「神君家康公すら、三人目の正室はありえなかった。家定の芳《かんば》しくない評判からして、この継室の話は、諸藩・旗本、さらに江戸庶民にまで奇異な目でみられる。慎重を期すように」

慎重を期すとはほぼ反対である。

いま思えば、線姫の件で、じぶんの書簡で烈公を納得させられていたら、水戸藩から婚姻の断りが入ってくる。将軍・家慶は家定の継室を認めず、大変な騒動になっていたことだろう。まさに、間一髪、冷や汗ものだった。

彼女はそこで大奥の御伽坊主に命じ、阿部正弘との面談の段取りをつけさせた。

当日にして、正弘と大奥で会えた。上様から家定の継室に良い返事がもらえなかったと、あらましを語った。そのうえで、こういった。

「近衛家から、島津忠剛の娘・一子を斉彬の実子にする、という話が内々にきております。どない思われはる」

「それは賛成できませぬ。上様のお気持ちが変わり(次期将軍は家定と決断し)三度目の継室が必要だと話が進みはじめたとしても、姉小路どのが外様大名の虚偽につきあって外部に発覚すれば、幕府の威信《いしん》と信頼がゆらぎます。そこまでして近衛家や島津家に義理立てをする必要はない」

「そやな」

「思うに、本寿院や歌橋がいうほど『公家の女は弱々しい』という意見に、それがしは賛成しかねる。正妻・(鷹司)任子さま、継室・(一条)秀子さま、おふたりとも天然痘に罹患し亡くなられた。どうしても、広大院さまの血筋で子をつくりたいともうすなら、側室が望ましい」

(老中も反対とは、先走りしすぎやった)

姉小路は胸の内に隙間風を感じた。

「ご存じかと思いますが、世間では二度目の秀子さまの婚儀を茶化した、風刺画が出まわっておりました。それがしは思想弾圧が根っから嫌いです。政事風刺ならば、庶民の声だと好きなように出させております。しかし、狂歌で茶化された秀子さまは痛々しい。発禁処分にさせました」

狂歌が詠《よ》まれた老中のなかで、その数は阿部正弘が歴代で最高だろう。『伊勢さんや』ではじまるものだ。正弘はたしかにこれまで無視している。新たな法律すら皆無に近い。なぜならば、水野忠邦が天保の改革であらたに百七十八もの法律を制定した。もう、これ以上は必要ないだろう、各奉行らは既存のいずれかの法律で運用せよ、という考え方だった。

「姉小路どの、世間の目は我々が思うよりも厳しい。このさき斉彬が実子だと言い張っても、鹿児島の在のものは、あの娘は忠剛の一子だと噂にするでしょう」

「そや、三日で、ウソがばれおすな」

「かつて水野忠邦が『島津家はいずれ徳川家をつぶす魂胆《こんたん》だ。強く警戒せよ』と幕閣をまえにしていわれた。島津家は鎌倉時代に南九州の地頭職になり、南北朝、織豊《しょくほう》時代、関ケ原の戦いを通し、つねに領土拡大欲と天下を狙ってきておる。その資金はむろん抜け荷(密貿易)だ。島津の女は政略結婚を宿命とし、嫁いでも、本家の島津家の指令にはぜったい叛《そむ》かない。島津家訓といってもよい」

姉小路はひたすら聞き入っていた。

「ここで問題は、斉彬の実娘でない島津一子(篤姫《あつひめ》)の存在です。幕府には嘘《うそ》の届けを出す。一子はその嘘を生涯背負う。弱みを握られた女は強要に屈しやすい。島津家の指示に倫理・道徳に関係なく服従する。たとえば、命じられたら、世子・家定公に毒を盛る。江戸城に放火もする。なにが起こっても、ふしぎではない。それがしはそう認識しています」

「首座として伊勢の警戒心はようわかりおす。入輿した初々しい姫でも、大奥で権力を持てば、女の本性が出て、菩薩《ぼさつ》の顔がいつしか夜叉面《やしゃめん》や。そこらも気いつけんとあきまへんな」

姉小路は、将軍や老中首座がともに一子の入輿に不賛成であり、逆境に立った心境から、この先は破談になってほしいような気持ちになった。

島津斉彬から嘉永五(一八五二)年十一月二日付で、姉小路宛てに「幕府実子届け出」と鹿児島名物の進物が献上されてきた。

「鹿児島の国許に女子が誕生していました。病弱であったので、届けていませんでした。このたび帰藩してみると、丈夫に成長しており、一子(のちの篤姫)を実子と認めて届け出いたします」

姉小路はまたしても波長の悪さを感じた。

*

江戸城中奥の能楽堂で、将軍・家慶が平家物語の敦盛《あつもり》を舞う。若き武将の精霊がすり足であらわれる。家慶に憑依《ひょうい》した(乗りうつった)ように、粛々《しゅくしゅく》と舞う。

阿部正弘が見学していた。

序破急《じょはきゅう》で、動きが早くなる。壮絶な討ち死で、息をのんだところで終えた。

「このたびの鶴御成《つるおなり》に、一橋家の慶喜を連れていきたいが、伊勢はどうおもう」

能面を外した家慶が正弘に聞いた。

――嘉永五(一八五二)年の秋には、将軍家慶の鶴御成がある。場所は三河島である。将軍がみずから鷹《たか》を放って鶴を捕える。京の朝廷に正月用の食材として献上される、という重要な伝統行事である。

「それは避けられた方がよろしいかと存じます。八代将軍吉宗の代から、鶴御成は正式な将軍世継ぎしか同伴できないしきたりです」

これは「家定公の世嫡《せいてき》(あととり)を排し、慶喜を養嗣子《ようしし》(家督をつぐ養子)にする」と発表するようなものだ。

「やはりだめか。一橋の慶喜を鶴御成に連れていくのは」

「ここは、慎重の上にも慎重を期さねばなりませぬ。徳川幕府の最大の武器は、血筋が絶えず十二代までつづいてきたことです」

慶喜の血筋となると、家康までさかのぼるほど、血は薄い。

能楽堂が重い空気になった。

——内向性で人と面とむかって話せない家定では、徳川幕府が終焉《しゅうえん》となる恐れがある。泣いて馬謖《ばしょく》を斬る。

そう語らずとも、家慶の目が哀《かな》しげだ、と正弘は思った。

「上様、この八月には十二男・長吉郎ぎみが誕生なされました。お健やかにお育ちになっています」

家慶が晩年に寵愛《ちょうあい》するお琴が、嘉永五年八月六日、待望の男児を出産したのだ。まさに将軍家の慶事《けいじ》だった。

「さようだな。お琴は姉小路と競うほど明晰《めいせき》な才女だ。利口な息子だろう。四歳まで丈夫に育ったら、長吉郎に譲ろう。その前例がある」

最年少将軍は四歳の七代将軍家継《いえつぐ》である。前例を優先する幕府としては、四歳の長吉郎の徳川将軍は可能である。となると、家慶が将軍を降りることを意味する。

この継嗣にからむ話が本寿院や歌橋の耳に入れば、長吉郎のいのちが狙われる、と正弘はじぶん自身に口止めを命じた。

*

姉小路が大奥の「蔦《つた》の間」に入ってきた。

京間の三十五畳で、襖《ふすま》絵《え》は極彩色の加茂競馬《かものくらべうま》の絵である。天井は金泥の雲形を描いている。

畳の上では、きれいなきものを着せられた生後七か月の長吉郎が、胡坐《あぐら》を組んだ五十九歳の家慶にむかってきた。ふいに抱きあげた家慶が高い、高いをすれば、長吉郎が声をだして笑い、何度もせがむ。

「上様に、ようなつかれておすな」

姉小路がほほ笑んだ。

家慶は再婚していないので、上臈御年寄の万里小路と姉小路が、月番制で御台所代理をつとめる。姉小路が長吉郎をだきあげた。七か月の児《こ》の筋肉は締まっており、どっしり重い。赤子の眼《め》が水晶のようにとても澄んでいる。

家慶が両手をひろげると、長吉郎がそっちの腕のなかに飛び込む。

「四歳までは生き長らえるぞ」

うなずいた姉小路が無言で、授乳掛《がかり》と養育掛の乳母たち六人へ退座をうながした。

「わしの肚《はら》はきまった。泣いて馬謖を斬る。いまから家定に告げれば、失望が強いだろう。この児が二歳ともなれば、遺言状でわしの継嗣は長吉郎だと書きのこす」

「それがよろしゅうおす」

この将軍・家慶には辛《つら》いこと、悲しいこと、苦しいことが多すぎた。

家斉《いえなり》の大御所時代には、そうせい公将軍と軽んじられても耐えてきた。……水野忠邦の天保の改革の失敗、江戸城の本丸の全焼、内憂外患《ないゆうがいかん》、嘉永の天然痘大流行がつづく、苦難の連続である。痛々しいかぎり。

「この長吉郎が四歳になれば、盆栽とお能と鳥の飼育で、余生を楽しんでください」

「その日を楽しみにしよう。伊勢(阿部正弘)と姉小路が幕府の表と奥の両輪をまわす。さかのぼれば、七代将軍家継をささえたのが、新井白石と間部詮房《まなべあきふさ》だ。ふたりは勝るとも劣らないだろう」

それを聞く姉小路は、将軍が自分を評価してくれてうれしかった。

家慶の両腕にかかえられる長吉郎が、小さな両手をのばし、姉小路の髪の櫛《くし》やカンザシをうばいたがっていた。

新宮水野家の忠央には、いまふたつの喜びがあった。

ひとつは、お琴が家慶十四男・長吉郎を産んだことだ。そろそろ一年の誕生日が近い。健やかに育ってくれているようだ。

忠央にすれば、かつて十二男・田鶴若《たづわか》の死で、いちどは将軍家の外戚の路線をあきらめた。だが、ここにきて長吉郎の誕生から、野望の針路が甥《おい》っ子の徳川将軍擁立へともどってきた。

もうひとつは、嘉永五(一八五二)年十二月、紀州和歌山で本藩をしきる隠居政治の治宝《はるとみ》が八十二歳で亡くなったことだ。

「天はわれに運を与えてくれた」

紀伊徳川家の藩主は、六歳の慶福《よしとみ》である。ここは藩主の座を盤石に固めるよい機会だ。

忠央は、これまで治宝に抑圧された鬱憤《うっぷん》を晴らすかのように、隠居政治の中核をなしてきた人物をことごとく粛清《しゅくせい》また排斥《はいせき》する強引な行動にでた。

「容赦はせぬぞ。徹底して敵討《かたきう》ちだ」

伊達宗広《むねひろ》(陸奥宗光《むつむねみつ》の父)にたいして、蟄居《ちっきょ》・閉門《へいもん》を命じた。そこから隠居政治をささえた重臣たちを次々と排除《はいじょ》する。

和歌山の付家老安藤直裕《なおひろ》も、忠央が画策する粛清に加わってきた。

紀州徳川家の内紛は、水野・安藤による短期決戦による勢力奪還だった。隠居政治派たちは、その勢いの強さと速さから、ほとんど成すすべもなかった。

おなじ御三家でも、水戸藩の場合は長期で血なまぐさく、怨念《おんねん》が子々孫々《ししそんそん》の明治時代まで尾を引いた。それに比較すれば、紀州藩は忠央の知略《ちりゃく》の緻密《ちみつ》さがあざやかだった。

隠居政治派で改易、減禄《げんろく》、降格された家は百三十余り。治宝につながる家臣たちの転役、降格は二百八十二人におよぶ。

ここに水野忠央と安藤直裕による紀州藩「付家老政権」が成立したのだ。

忠央の野望が紀州から徳川将軍を擁立する、中央政権の奪取《だっしゅ》へとむかった。

——紀州藩主の慶福か、十四男・長吉郎か、いずれかを徳川将軍にさせてみせる。まず慶福、そして長吉郎と、二代つづけて紀州色の将軍も夢ではなかろう。

歴史はいよいよ南紀派と一橋派との対決に近づきはじめていた。

*

長崎の港がみえる丘や海岸には、オランダ船二隻が入港するたびに、お祭りさわぎである。

嘉永五(一八五二)年七月二十一日、新任のオランダ商館長のドンケル・クルティウスが長崎に到着した。長崎奉行の牧義制《まきよしのり》に、かれは就任のあいさつを交わした。

「これまで、長崎出島の商館長は民間(ビジネス)貿易人でした。このさきは公使館に格上げし、日蘭《にちらん》通商条約にもとづいた国家間の通商貿易にしたい意向があります。貴国の承認が得られたならば、わたしは、『国王特命の全権領事官』として活動いたします」

クルティウスは外交官に早変わりできるという。

牧は通商と聞き、驚愕《きょうがく》し青ざめていた。

「このたび貴国(日本)にとって、重要な情報をおもちしました。アメリカ合衆国の大艦隊が今、日本にむかっております。合衆国からオランダ政府に、この旨、日本への通告が依頼されました。わが国王が、その内容を信書とし、私に託《たく》しています」

「国書は受けとれぬ。過去(一八四四年五月)には将軍が受理したが、それは一回かぎりとすると、阿部伊勢守が念押ししたはず」

「それを配慮し、国王直々の親書ではなく、このたびは『オランダ東インド総督から、幕府・老中宛』という形式をとっております。宛先は老中です。これは長崎奉行の判断でなく、江戸老中に確認をとってください」

外交官だけに、交渉力がすぐれている。

「江戸に早馬をだそう」

奉行は渋々応じた。

阿部正弘は役邸で、長崎奉行江戸詰からそれを聞きとり、頭脳のなかでレフィスゾーン著『日本雑纂《ざつさん》』の頁《ページ》をめくっていた。

――合衆国政府が使節派遣を事前に日本に知らせるとは、「蘭米盟約」にもとづいているはずだ。内容の信ぴょう性が高い。

――当時、姉小路とお琴がえらんだ、豪華な贈答品をウィレム二世に贈った。その誠意がいま三世にひきつがれ、日本に貴重な情報をよこしたのだろう。

正弘は長崎奉行に親書の受理を命じた。

老中が江戸城に登城するのは朝四ツ(十時くらい)で、太鼓が鳴りひびく。ちなみに下城は昼八ツ(十四時)である。

老中は月番制で、毎月一人が担当する。重要な事項は合議制である。

嘉永六(一八五三)年に入っても、主要課題は、いつもながら感染が収束しない天然痘対策である。もう一つは、合衆国の派兵問題であった。

「オランダ東インド総督・親書」は、内容として、一八四四年五月のウィレム二世の「開国勧告」の延長線上にあった。そのなかで、先に日蘭通商条約を結んでから、他国と交渉に入った方が、日本には有利だと勧めている。

幕府としては、いまの段階で、オランダと通商条約をむすぶのは時期尚早《しょうそう》である、と老中は結論づけた。

ここで、最大の関心事は米国の動きである。

クルティウスが持参してきた『別段風説書《べつだんふうせつしょ》』には、合衆国艦隊の内容が具体的に書かれており、五人の老中はつよく関心をもった。

・阿部伊勢守正弘（備後《びんご》福山）　三十四歳
・牧野備前守忠雅《ただまさ》（越後長岡）　五十四歳
・松平和泉守乗全《のりやす》（三河西尾）　五十八歳
・松平伊賀守忠優《ただます》（信濃上田）　四十一歳
・久世《くぜ》大和守広周《ひろちか》（下総関宿《しもうさせきやど》）　三十四歳

北アメリカの軍船で、いま中国周辺の海にいるのは次のとおり（『別段風説書』より抜粋）。

・サスケハナ号　蒸気フレガット（外輪）船
・サラトガ号　コルヘット船
・プリモウト号　コルヘット船
・シント、マリス号　コルヘット船
・ハンダリア号　コルヘット船

右記の船は、アメリカ使節を江戸へ送るように命じられている。最近の情報だと、艦隊司令長官はオーリックだったが、ペリーと申すものと交代となり、前文の五隻の軍艦のほかに、なお次の軍艦を増加した。

・ミスシッピ号　蒸気外輪船
　指揮官ペリーはこの船に乗船する
・プリンセトウン号　蒸気スクリュー船
・ペルリ号　ブリッキ船
・シュプリ号　輜重船《しちょうせん》(一八五二年情報)

これらアメリカ艦隊には陸軍の攻城(江戸城攻撃)の諸道具も積んでいる。

新たな情報(新聞)では四月下旬以前には出帆《しゅっぱん》せず、多分もっと先になるだろう(『別段風説書』より)。


老中の御用部屋(十五畳くらい)では、極秘の協議がつづいた。五人の共通認識は、必要以上に、民心を騒がせないで、戦争を回避することである。ここはぜったい秘密でいこうと決めた。

疫病で苦しむ民に、戦争への恐怖を加えれば、それは地獄だろうから。

――攘夷《じょうい》派は海防に口出しし、じぶんの過激なことばに陶酔《とうすい》し、戦争を起こすように導くだけだ。

この際は扇動家や激情家に情報をあたえないことも、戦争抑止のひとつだ。

クルティウスが持参した「オランダ東インド総督・親書」、および合衆国の戦力がわかる『別段風説書』の翻訳は、徳川御三家、御三卿《ごさんきょう》、親藩には手渡さない。

尾張藩の徳川慶勝《よしかつ》、越前の松平慶永《よしなが》、福岡の黒田長溥《ながひろ》、(やや不透明だが)水戸の斉昭ら、国防・海防に関心度が高い人物らはことごとく無視した。

「合衆国は大規模な派兵だ。かれらはメキシコとの戦争に勝利して勢いがある。アメリカ海軍が陸軍部隊を乗せて、地球の裏側から、大船団で半年もかけて江戸湾にやってくる。それだけの金と力がある」

それに反して、日本といえば、

「いまは天然痘の大流行から、武士すら困窮生活で、鎧兜《よろいかぶと》、刀も質に入れており、タケミツを差している。生身の人を斬った実践などない。せいぜい刑場の処刑人くらいだ。諸藩あわせて百人もいないだろう」

冷静に幕府の実情をみれば、嘉永元(一八四八)年から「天然痘対策」で、諸藩からの借入申込みに優先対応してきた。そのうえ嘉永五(一八五二)年五月、江戸城西の丸が火災に遭い、突貫工事で約九十九万六千両かかった。……幕府の金庫はもはや底をついてきた。

「軍事力はない。金はない。戦争の実践はない。これで合衆国に勝てば奇跡だ。一度は奇襲《きしゅう》作戦で奇跡的に勝ったとしても、二度目で大敗し、亡国になるのがオチだ」

――謀《はかりごと》は密なるを良しとす。

戦争の準備はしない。目立った防衛強化もしない。避戦(戦争を回避)を最優先にする。

――このたびは武器の戦争ではない。頭脳の戦いだ。

沈黙のときこそ、若手の抜擢《ばってき》だ。人事の妙で臨《のぞ》む。

川路聖謨《かわじとしあきら》、戸田氏栄《うじよし》、高島流砲術家の下曽根金三郎、と秀才を引き上げる。

堀利熙《としひろ》、永井尚志《なおゆき》、岩瀬忠震《ただなり》、大久保一翁《いちおう》(忠寛《ただひろ》)ら有為な人材は登用する。

老中五人は、かれらと束《たば》になって勝つときめた。


阿部正弘は中奥の一室で、将軍家慶から特別に拝謁《はいえつ》が許された。

背筋を伸ばした正弘が、合衆国艦隊の来航に備える、老中の基本的な考えを述べた。

「老中で協議した結果、インド、中国、ベトナム、アジアの各国はことごとく西洋の挑発に乗って戦争をし、無残な結果になっています。幕府はおなじ轍《てつ》を踏まない。それには戦争をさせない。こちらも戦争の準備をしない、と決めました」

話すさなかから、将軍・家慶の顔が合衆国艦隊にたいする不気味な恐怖で歪《ゆが》んだ、と正弘は察知《さっち》した。

「上様。かつて江戸湾にきたマンハッタン号、ビッドル提督の経験からして、合衆国は話し合いの姿勢を持っている、問答無用で殴り込んでこない国民性のようです。長崎に来るのか、江戸湾か。あるいは大坂湾か。相手の出方をみてから、国防を考えます」

いま、長い日本列島のどこを、どう守るのか。むやみやたらな砲台の建設など、天文学的な費用になる。

「伊勢。わしは腑《ふ》に落ちぬ。合衆国の大艦隊が来る、とわかったのに海防の強化をしない、戦争の備えもしない。それだと、幕府は無策になる。合衆国の軍艦がちょっと大砲で威嚇《いかく》すれば、幕府はすぐ降参で、ぶざまな負け方だ」

家慶の眼《め》が猛獣《もうじゅう》に襲われるように、射すくめられている。苦渋《くじゅう》の顔も青白い。

「それがしは、こう考えます。孫氏《そんし》の兵法『彼を知り、己を知れば、百戦殆《あや》うからず』。敵はむしろ、己にありでです。警戒すべきは攘夷派の暴走です。川越藩の藩士が浦賀でビッドル提督にむかって刀を抜いた、だから、米国からの艦砲《かんぽう》射撃の怖れが生じました。同様に、攘夷派の連中が決死隊をつくり、真夜中に軍艦に忍び込み、放火や惨殺の暴虐《ぼうぎゃく》におよぶ。いまはそれを最も警戒しています」

「わしは征夷大将軍だ。鎌倉幕府は蒙古《もうこ》襲来に対応できた。撃退もした。徳川幕府はなにもせず、無残な敗北で、異国に領土を奪われると、末代、千年の不名誉だ」

家慶の顔からして重責をつよく感じて、心の臓を痛めているようだ。ここで頂点の徳川将軍が斃《たお》れたならば、ことは重大だ、と正弘は危惧《きぐ》をいだいた。

第九章

砲艦には知力で勝つ

トメは女相撲《すもう》なみの体躯《からだ》である。下働きの雑役女で、身分が最も低い。そそっかしく剽軽《ひょうきん》だ。この日、地位の高い「御表使《おんおもてづかい》」の奥女中から、めずらしい役が言いつけられた。

「これは中奥からとどいた、上様の大切なものです。御座の間に運び入れなさい」

「はい。これってなんですか」

球形の背は高く、青、緑の色がちりばめられて、横文字がびっしり書かれている。

「カピタン江戸参府のおりの、ご贈答品で、上様がちょうだいされたものです」

「ね、何につかうのですか」

トメが目を見開き、球形の色柄を見入る。

「口がかるいトメには話せませぬ。丸いなか身はとても重要な品ですからね」

「はい。もし壊して割ったら、どうなるの」

「上様に直接聞いてみなさい。獄門、はりつけ、火あぶりの刑、トメの望みどおりに処刑してくれますよ。まずは壊さないことね」

「青色と、緑色はなんのちがいですか」

「オランダ国にいって、聞いてみなさい」

「それでは行ってきます」

トメが片手で、地球儀を軽々とつかみあげた。御表使があわてた。

「上様のものです。頭の上にかざしなさい」

トメがその地球儀を頭の上までもちあげてから、畳廊下にでると、先払いの口調で、「下に〜、下に～」と大声で廊下をいく。上級の奥女中たちがとっさにあわてて廊下で平伏した。

「上様への献上品ですぞ。頭が高い」

トメが面白がり声をはりあげると、奥女中らは次々に両膝を折り、両指先をそろえて額《ひたい》を床につけた。

（これは止《や》められないわ。遠回りしよう）

又者《またもの》のなかでも最も下級のトメにすれば、心地よく、笑いがもれそうだ。あっちへ、こっちへ、と廊下を折りまがっていく。

「これ、ずいぶん軽いけど、円い包装紙の中味はなにかしら。水気もないようだし」

御座の間の大広間に入ると、どこに置くべきか、と思案した。二十畳のど真ん中に地球儀をおくと、トメは立ち去った。

一連の行動が老女に知られた。叱られたのはトメではなかった。「御表使」が将軍さまの大切な貴重品を、トメひとりに任せたという理由で、きびしく叱られていた。

大奥の御座の間で、上臈《じょうろう》御年寄の姉小路《あねがこうじ》と万里小路《までのこうじ》が、ともに華美なきもの姿で、両指先をそろえて、将軍をお迎えしていた。

家慶《いえよし》がおもむろに上段に座った。その視線がオランダ製の地球儀にながれた。球形のなかの大陸や海洋は彩りでわかる。主要な地名には、極細《ごくぼそ》の筆で漢字が書き添えられている。

「そなたたちには、すでに耳に入っておろう。来春には、合衆国使節が大艦隊で、大統領親書をもってやってくる。オランダから正式に通告があった。御台所《みだいどころ》の代理だ。しっかり構えてもらわねばならぬからな」

上段からおりた家慶が、地球儀に歩みより、ふたりの上臈をそばに近寄らせた。

「ここが亜米利加《あめりか》合衆国の東海岸じゃ。ここが紐育《ニューヨーク》だ。ここから、大西洋をわたり、アフリカの喜望峰《きぼうほう》、インド洋、島々の多いジャワをぬけて、清国、日本列島の方角にむかってくる。おそらく上海に立ち寄り、琉球を経由し、長崎か、江戸湾にやってくる。オランダのカピタン(商館長)の見解だ」

「この青い海原を真っすぐくれば、日本が近いのに、なぜ、えろう遠回りするのやろう」

姉小路が首を傾げ、青色の太平洋を指す。

「わしもようわからぬ。理由のひとつとして、合衆国の蒸気船は両輪式らしい。水車小屋のような輪がまわってすすむから、荒波に弱いと聞く。難破《なんぱ》すると、ひろい海洋には修理する島すらない。石炭も補給できない。それが長崎からとどいたオランダ・カピタンの見解じゃ」

家慶は、近づく合衆国艦隊の対策をあれこれ考えるさなか、疑問が生じる都度、側用人《そばようにん》から長崎奉行へ、そこからオランダ商館長クルティウスに問い合わせている。

「こういう答えも、クルティウスから返ってきた」

南北アメリカ大陸の接点となる、くびれた地狭が巴奈馬《パナマ》である。いま蒸気機関車の軌道工事がすすめられており、二年のちに開通するらしい。ただ、船が通れる運河となると、まだ構想の段階である。合衆国艦隊が紐育《ニューヨーク》から真南の、南アメリカ大陸の最南端まで下ると、そこは魔のマゼラン海峡がある。とても危険だそうだ。

「だから、地球の東回り、この青い大西洋しか航路がとれないらしい」

「船に乗ったこともあらへんし。実感がわいてきやへんな」

姉小路が同意をもとめて万里小路の顔をみた。

ところが、その万里小路は地図に疎《うと》く、代参ででむく芝増上寺《しばぞうじょうじ》、東叡山寛永寺《とうえいざんかんえいじ》の範囲しかわからず、地球は丸いのね、京都はどこやろう、とスイスやプロシアをあたりをみている。

「ほんまに、合衆国は来やはるのかしら」

「わしも知りたいところだ。かつて、香港提督のジョン・バウリングがわが国にくると予告があった。わしは通商条約が強要されると、構えておったが、来なくて幸いしたものだ。西洋人はようわからん」

将軍家慶がおもむろに地球儀の日本を指してから、

「合衆国艦隊が江戸湾に入ったら、軍艦から大砲を放ち、それから陸戦隊が上陸してきて江戸が狙われる。この江戸城が戦場になるやもしれぬ。可能性は高いかもしれぬ」

「えろう、恐ろしゅうおす」

ふたりの上臈がおびえた目になった。

「来航する合衆国は、独立戦争にも勝利し、メキシコ戦争にも勝っておる。戦争なれしており、戦略・戦術もたけておるだろう。そのうえ毎日、艦上で軍事訓練も欠かさない、と推測できる」

この日本が戦国時代ならいざ知らず、いま幕府は儒教精神で、二百五十年も泰平の世をつくってきた。戦争経験が皆無だ。いきなり血で汚れた国家になるのは耐えがたいと、つけ加えた。

さらに、家慶はこうもいう。

「文献によれば、西洋の大砲は炸裂弾《さくれつだん》だ。着弾すれば、火薬が飛び散り、まわりは火の海になる。幕府の方は球弾だ(砲弾投げの鉄玉に似る)。破壊力がまったく違う。そこでだ、そなたら上臈は、合衆国軍隊が強引に江戸城に攻めてきたばあいを想定し、大奥の奥女中たちをどこに逃がすべきか、それを来春まで、よく考えておいてほしい。房総《ぼうそう》か、甲斐《かい》の国か、上州《じょうしゅう》か」

「うち、異人にからだを汚されるなら、舌を切って死におす」

万里小路の声が震えていた。

「伊勢守はどないな策やね。知りとうおす」

姉小路が訊《き》いた。

「戦わない、避戦の考えだ」

「えっ。そんな。江戸百万の人のいのちを、鷲《わし》づかみにして合衆国に渡すようなものや。無策や」

「伊勢は、知力で勝つ、という。合衆国が日本で布教《ふきょう》しないと約束すれば、この際は合衆国と最初に国交を結んでもよいと考えておる」

「夷人《いじん》あいてや。こっちの思惑《おもわく》どおりにいきやへん。砲口《ほうこう》に頭を突っ込んで、念仏《ねんぶつ》を説いても、大砲を打たれたら、終わりや」

姉小路の顔は、不安よりも、怒りの表情に近い。

「本意ではないが、ここは伊勢の意表をつく大胆な発想と、実行力に期待するしかなかろう」

家慶はじぶんに妥協《だきょう》を強いている口ぶりであった。

「そやけど、上様の意に添わへんなら、伊勢守を変えられても、ええのとちがいますか」

「姉小路から、そのことばがでてくるとは思わなかった。この土壇場《どたんば》で、老中は変えぬ。幕府、諸藩をふくめて日本中に、不安と混乱を招くだけじゃ」

三人はなおも地球儀を見つめていた。


家慶は大奥から、小姓がついて中奥へとむかった。

上御鈴廊下《かみおすずろうか》では、昼過ぎからやや強い風がふき、格子窓の簾《すだれ》がゆれる音がひびく。長さ十五間の板畳の廊下をいくと、中奥である。「御休息之間《ごきゅうそくのま》」は十八畳の将軍の居間で、そこには知的な顔の裃《かみしも》姿の林復斎《はやしふくさい》(大学頭《だいがくのかみ》)が待つ。正座した復斎は五十一歳、やや小太りで両手を太ももに揃《そろ》えている。

かれは昌平坂学問所の塾頭である。現代ならば、さしずめ東京大学総長だろう。

「合衆国艦隊がやって来るそうだ。きょうの侍講《じこう》は、対策に役立つ話をきかせてもらおう」

上座に座った家慶が、そのように要望をだした。

「かしこまりました。過去のフェートン号事件から学ばれるのが、この時宜《じぎ》において最もふさわしいかと存じます。この事件は文化五(一八〇八)年八月十五日夜、肥前《ひぜん》国長崎でおきました。イギリス軍艦のフェートン号が狼藉《ろうぜき》をはたらき、泰平《たいへい》のわが国を震撼《しんかん》させた出来事です」

疲れぎみの将軍家慶だが、真剣な顔で聞き入っている。

「不法にも、イギリスの黒船が、偽のオランダ国旗を掲げて長崎港に入ってきました」

黒船とはなにか。織豊《しょくほう》時代に来航するポルトガル船、スペイン船などは、遠洋航海の木造船の船体に蛎殻《かきがら》（フジツボなど）付着の防止剤となる黒色タールを塗っていた。南蛮船《なんばん》にたいする俗言《ぞくげん》で、黒船もしくはキャラック船と呼ばれていた。

蒸気船「黒船」をペリー来航とかぶせたのは、明治時代に入ってからである。

話はもどるが、長崎出島のオランダ商館員二人が、入港してきた黒船の旗がまさか偽のオランダ国旗だとはおもわず、「旗合わせ」（バタヴィア発の傭船《ようせん》か否か、それを確認する作業）にむかった。たちまちイギリス黒船は化けの皮をはがし、艦上でオランダ商館員の二人を拉致《らち》したのだ。

長崎出島から望遠鏡で、その様子をみていた商館長（カピタン）はイギリス黒船だとわかった。即座に、御朱印《ごしゅいん》をたずさえて長崎奉行所・西役所に避難した。

長崎港内の唐船《からふね》や、唐人《とうじん》屋敷の中国人らも、突然の出来事に危機をおぼえて鐘やラッパを吹き鳴らし、大騒ぎして山野に逃げていく。

文化五（一八〇八）年八月十五日、夜四ツ半（十一時ごろ）は月光が港内の海面にきらめいて明るい。

長崎奉行の松平康英《やすひで》は四十歳で、報告を受けると、馬に乗り、市内の五島町あたりまで出むいた。

「イギリス黒船は焼き討ちにする。その前に、佐賀と福岡の両藩兵は、異人をすべからく全員召《め》し取れ。抵抗すれば、斬り捨て御免《ごめん》だ」

松平はきびしい表情で作戦の指示をだすも、二か所の長崎警備の番所《ばんしょ》は、なぜか無人であった。

それというのも、この八月は長崎当番の佐賀藩が経費削減から、決められた長崎駐在の兵力にたいし、十分の一、わずか百人ていどしか駐留《ちゅうりゅう》させておらず、おなじく福岡藩兵もほとんど見当たらない。異人がボートで長崎海岸に上陸すると、両藩兵たちは少人数で太刀打《たちう》ちできないとみて、ともに番所を放棄していたのだ。

「これでは長崎の街すら守れない」

松平は急きょ九州内の薩摩、熊本、久留米《くるめ》、大村の四藩に応援の出兵をもとめた。

翌十六日、イギリス黒船のフェートン号（ペリュー艦長）が、オランダ商館員のひとりを解放し、伝令役につかってきた。

「薪《まき》と水を要求する。応じないと、長崎港内の和船を焼き払うぞ」

その脅迫にたいして、オランダ・カピタンは、長崎奉行・松平にたいして戦争回避と人質解放を望んだ。松平康英は苦慮した。かれは長崎警備が手薄だし、人の命を重んじ、人質の解放を優先させた。

「至極《しごく》無念」

長崎奉行所の役人らが、小舟に米、野菜を積み込み、オランダ商館から提供された牛、豚をもふくめてフェートン号に送りとどけた。

この日、奉行所の建物内が静まった夜半だった。

「太平の世になれすぎて、ふだん警戒心がなさすぎた」

松平康英が国威《こくい》を辱《はずかし》めた責任の遺書を書いてから、月影の庭で、生垣《いけがき》の際に毛氈《もうせん》を敷いて、へそ下一文字をうすく引き、のどを刺《さ》した。

「殿さまが御生害《しょうがい》されました」

役人たちが泣き叫ぶ。

町民らも、長崎奉行の切腹を知り、ただ落涙《らくるい》するだけであった。

翌十七日の未明、近隣から大村藩兵など八千人の兵が長崎に到着した。イギリス黒船のフェートン号はすでに錨《いかり》をあげて、長崎港から立ち去ったあとだった。

このように『通航一覧《つうこういちらん》』二五七巻「諳厄利亜《アンゲリア》国の部・六」（狼藉《ろうぜき》始末）は記す。

通航一覧とはなにか。

林復斎（大学頭）が幕命で、織豊時代から文政八（一八二五）年の「無二念《むにねん》打払令」までの約二百六十年間にわたり、外交上の有事対応、外交応接などの関連資料を、国別、年代順に編さんしている事例集である。林大学頭の頭脳には、この約二百六十年間の外交事例が克明《こくめい》に刻まれていた。

松平康英の切腹が、日本中に、イギリスは怖いという恐怖心を植えつけた。

このあと、常陸《ひたち》海岸でイギリスの捕鯨船員が上陸する事件がおきた。

水戸藩の会沢正志斎《せいしさい》、藤田東湖《とうこ》などが事実をねじ曲げ、「イギリスは憎し。日本にたいして領土の野心があり、日頃から常陸海岸に上陸し、村民らに物品を与えて手なずけておった。今後は異人をすべて斬り捨てる」

と嘘《うそ》で取りつくろった。

それがイギリス黒船・フェートン号事件の恐怖と重なりあって、文政八（一八二五）年には、「異国《いこく》船打払令《せんうちはらいれい》」が誕生することになった。

その後においてとなりの清国で、アヘン戦争が勃発《ぼっぱつ》したことから、水野忠邦《ただくに》が危機感から、「薪水《しんすい》給与令《きゅうよれい》」に切りかえてオランダを介して世界に通達した。

「上様。フェートン号事件を読み解《と》きますに、武士は上陸したイギリス兵にたいし、臆病《おくびょう》というか、腰抜けというか、ひたすら逃げていた、という民の目撃談が数多く記録されております」

「恐怖が先立てば逃げる。それが人間の本性かもしれぬな」

「まさしく。このたび合衆国艦隊がわが国の沿岸にあらわれたならば、過激な攘夷《じょうい》を叫ぶ武士にかぎって、西洋の近代兵器に太刀打ちできず、二百五十年間も錆《さび》ついた槍や刀を放りだし逃げだすでしょう。あやふやな神風も期待できませぬ。ならば、はじめから武力にたよらず、日本人の知力で勝つ。その戦術でのぞむべきかと存じます」

侍講する林大学頭が明瞭にいい切った。

かれはかつて紅葉《もみじ》山文庫の書物奉行だった。西洋文献を数多く輸入し、翻訳させて収納している。見識がふかく、海外事情にくわしい。西洋とアジアの戦力格差をよく知っている。

「合衆国には、兵端《へいたん》を開かせず、機先を削《そ》ぐ。そのためには予備会談をさせないことです」

「それで、戦争は回避できるか」

「可能です。なぜならば、西欧諸国は国際法を重んじます。合衆国憲法では、大統領に宣戦《せんせん》布告の権限がありませぬ。かれらの戦争には事前に、合衆国議会の決議が必要です」

このたびの米艦隊が合衆国議会の宣戦布告の決議をもって、来航してくるとはおもえません、と林大学頭は見解をしめす。

「ただ、戦争はちいさな衝突が発端《ほったん》でおきます。『やられたから、やり返す』という自己防衛からたちまち戦争へと拡大していきます。議会の決議は事後承諾《じごしょうだく》にして」

水戸藩らの攘夷派が粋《いき》がり、合衆国艦隊に斬りこむと危険です、とつけ加えた。

「きょうの侍講は参考になった」

それで家慶の空恐しい米艦への緊張と警戒心がほぐれたわけではなかった。

＊

上野山は紅葉で燃えていた。

この日の姉小路は将軍家慶の代参として、東叡山《とうえいざん》開山忌で寛永寺に出むいていた。幕閣の老中や若年寄らも参列している。

読経のさなか、姉小路は合衆国艦隊の来航(侵攻か)への恐怖から、こころが落ち着かなかった。

この本堂には、七十四歳の老齢で小太りの筒井正憲《まさのり》の顔があった。かれは西の丸留守居役という役職で、実務が少なく、名誉職である。

(頭脳は四十代や。留守居役なんて、えろうもったいない。合衆国艦隊の大将でも、丁々発止《ちょうちょうはっし》で、渡り合えるやろうに)

筒井は長崎奉行を経験し、南町奉行も二十年間ほどつとめた。このときシーボルト事件が発覚し、書物奉行の高橋景保《かげやす》を取調べしている。書物奉行兼天文方《てんもんがた》筆頭の高橋は、伝馬町牢屋敷に投獄され、獄中死したが、重い罪ゆえに死後において斬首刑に処されている。

そもそも、シーボルトはオランダ国王の命で、博物学の発展に寄与する目的で来日していた。かれは膨大な動植物を採取し、都度、オランダに送っていた。事件が発覚したあと、幕府はシーボルトにも尋問した。かれは科学的な調査目的だとかたくなに主張し、罪を認めなかった。

幕府は持ち出そうとした「日本地図の返還」をもとめたが、それすらも拒否した。国外退去となり、帰国したシーボルトは大著『日本』を発刊した。

寛永寺の法要の儀式が終わった。姉小路はそれとなく筒井に近寄った。

「すこし時間を頂けませんやろうか」

「なにをもうされます。姉小路さまの頼みごとを断るものがおるだろうか。拙者の知恵なら、なんぼでも授けます」

本堂をでると、姉小路は付添人に半刻ばかり暇《ひま》をあたえ、見れば上野東照宮の方角が人出もすくなく、そちらに足をすすめた。広葉樹の林が多く、紅葉、黄葉、褐葉などで染まっている。

「紅葉が盛りやね」

というと、筒井が真っ赤な葉五、六枚ついた小枝をぽきっと折ってから、

「この山桜は一枝でも、一両で売れますよ」

「えっ、こんな紅葉の桜はどこにでも、ありますがな。一両で買ってくだはるとは、えろう奇特な華道の家元やね」

姉小路は信じがたい顔だった。

「ただし、合衆国に運べば、ですけれどね」

「なんや。密出国すれば、首が飛びますや。一両とはえろう高くつきおす」

日本人の海外渡航はいっさい厳禁である。

筒井正憲がその小枝を指先でまわしながら、

「ところで、姉小路どの。どのようなご用件でしょうか」

「合衆国の軍艦がなんで日本に来やはるのか、叡智《えいち》の筒井はんに聞けば、想像がつくやろう、と思うて。それに、戦争になるやろうか」

「まず金持ちと喧嘩《けんか》するな。これにつきます。こちらから出鼻を挫《くじ》いて軍艦を撃ち沈めても、次々と軍艦が建造されて、これでもか、これでもか、と攻撃してくる」

合衆国はメキシコ戦争に勝ってカリフォルニアを手に入れた。金鉱山の発見で、にわかに大金持ちになった。イギリスにならぶ世界一豊かな国になろうとしている。

「建国の若さと、他民族の血が混ざった頭脳の良さがある。だから、植民地主義をとっておりません」

「それって、なんでやね」

「商売や貿易で、あくせく儲《もう》けなくても、地面を掘れば、いくらでも金塊《きんかい》が出てくる。むかしの宝の山の佐渡金山、甲斐《かい》金山のように」

「ほんま、合衆国はお金の使い道に困っておすの。だから、葉っぱを一両で買わはるの」

「ずばり、ご名答。さすが姉小路さまだ。頭脳明晰《ずのうめいせき》で、鋭い」

「あてずっぽうや。そんなに褒《ほ》めんといて」

寺の小僧が竹帚《たけぼうき》で落ち葉をガサガサ掃《は》いている。舞い落ちる葉が多くて、うんざり顔で、手のうごきは嫌いやである。

「合衆国は領土を欲しがらず。あの小僧がこれから火を点けて燃やす落ち葉、それにこの足もとの雑草を欲しがる。何しろ、国をあげて動植物・博物学に力が入っておる、と聞きます」

筒井は名も知れない草を指す。

「信じられない話や。合衆国の軍艦がこんなしょうもない草を黄金で買いにくるなんて、奥女中らに冗談でも、恥ずかしゅうて、うちよう話できへん。うち、軍艦は、戦争につかうものとばかりおもってましたがな。落穂《おちぼ》ひろいとは、ようわからない話どす、ありがとうさんね」

姉小路は、礼を言って別れた。

＊

アメリカ東インド艦隊が、嘉永《かえい》六(一八五三)年六月三日夕方四時ころ、浦賀沖に初来航した。

蒸気船二隻、帆船二隻の計四隻である。

「I can speak Dach」(オランダ語が話せます)と浦賀奉行所の通詞《つうじ》が叫び、与力の中島三郎助《さぶろうすけ》が米艦のタラップをあがった。

「このたびの来航目的のひとつは、将軍宛ての大統領親書を手交《しゅこう》することである。江戸のしかるべき高官を米艦に寄こしてほしい」

将校は高飛車だ。

「わが国の法では、浦賀で貴国の国書はうけとれない。長崎にまわられたし」

「艦隊は長崎にいかない。この地で親書を手交する」

将校は強気な態度だ。司令長官ペリーは、下っ端役人とは応対せず顔をみせないという。中島たちは早々に追いはらわれた。

次なる作戦で、与力の香山栄左衛門《えいざえもん》を浦賀奉行に見立てて、米艦に乗りこませた。

「わが国は長崎でしか、外交の話は応じられないと、オランダを介し、世界に通告しておる。立ち去ってほしい」

と香山はくり返し拒絶した。

「長崎にはいかぬ。貴国の高官に、大統領国書を手交する日取りと、儀式について取決めをしたい。三日ほど待とう。わが司令長官ペリーは全権を委任されており、条約締結の協議がかなわなければ、来春はよりおおきな兵力をもって浦賀でなく、より江戸に近いところを投錨地《とうびょうち》にすることになる」

黒船で来航したかれらは威嚇《いかく》し、威圧《いあつ》し、日本人をおびえさせた、と明治時代から日本側の通説になっている。現在でも、そう信じられている。実際はどうだったのか。

ペリー提督は帰国したあと、ニューヨークの教会牧師F・L・ホークスに遠征記の編さんを依頼した。そこで牧師は、ペリー提督、秘書官、艦隊指揮官、副官などの日記、諸々《もろもろ》の報告書、および公文書などから「読み物」として作品化している。

牧師ホークスは米国人の高揚感を煽《あお》ることに主眼をおいたとみずから記す。つまり、十九世紀に西洋で隆盛《りゅうせい》した冒険小説にちかい書き方である。

「日本人が優越民族でないと、教えてやるのは良いことだ」

つづいている。

「こちらに敬意を払わせる」

「役人の不遜《ふそん》な態度はしばらく止めさせる」

筆者自身が上から目線で、日本の武士を相手取ったアメリカの武勇がこれでもか、これでもかと

――現代の日本で、ペリー来航の学術書から小説までのほとんどが、この米国側の資料『ペリー提督日本遠征記』(以降・遠征記)を底本としている。

ただ、物書きは資料と想像だけで、現地を知らずに執筆すると、とかく大げさな表現になりやすい。時や場所や人名は事実にそっていても、史実そのものだとは言いがたい。

アメリカ東インド艦隊のペリー提督はニューヨークから地球四分の三もまわり、延々と七か月もかけて江戸湾に初渡来していながら、なぜか、わずか九日間で立ち去っている。

上陸したのは久里浜《くりはま》のみで、米国大統領の国書を手交する一、二時間ていどである。他日はいちども上陸していない。

初来日ならば、一、二か月間くらいは、外交の予備交渉を持つべきだ。そこがおおいなる疑問である。それを解き明かさなければ、ペリー提督の真の来航目的に近づけない。

久里浜を発《た》ったあと艦隊は、二、三度目となる琉球、小笠原、香港など、あちらこちらに出むいている。ペリー提督はマカオで、一軒家をもとめて事務の仕事をしている。将兵らは熱病やマラリアに罹患《りかん》している。

通訳のサミュエル・ウィリアムズ著『ペリー日本遠征随行記』(以降は随行記)がある。そのなかで、与力・香山に問われて、(サスケハナ号)乗務員は三百人で罹患率《りかんりつ》が低いことをおしえたと記す。当然ながら、浦賀奉行所とすれば、異国船にたいする検疫《けんえき》の質問だろう。

ここに着目してみた。

浦賀奉行所は、「江戸のしかるべき高官」を浦賀に寄こせ、と米艦からもとめられた。そこで、老中はとくに優秀な福山藩の関藤藤蔭《せきとうとういん》、もう一人は長岡藩の川島鋭次郎《えいじろう》を送りだした。出発に先立ち、老中首座・阿部正弘がこう指示した可能性がある。

「ペリーが希望するならば、江戸城で、徳川将軍が大統領親書をうけとる。ただ、江戸城内には天然痘《てんねんとう》が流行しておる。世子《せいし》・家定《いえさだ》公の正妻、継室《けいしつ》もつづけざまに罹患し薨御《こうぎょ》された。いま、将軍・家慶公も病《やまい》で伏せておる。病名はわからない、と伝えれば、それでよい」

正弘ならば、一年前から、このていどの戦術は練っていただろう。天然痘が艦内で伝染すれば、幽霊船になりかねない。

ふたりの隠密特使の行動記録はない。

およそ四年前にさかのぼると、興味深い事実がある。

嘉永二(一八四九)年四月十八日、アメリカ東インド艦隊のグリン中佐(四十九歳)がプレブル号で、長崎に抑留されている米国捕鯨船の漁船員たちを引き取りにやってきた。それはオランダ情報にもとづいた東インド艦隊司令長官のD・ガイシンガー提督からの命令だった。

同年二月に命令を受け取り、グリン中佐は香港を出港した。だが、艦船のなかで天然痘が発生し、強制隔離《かくり》のために、香港に引き返し、落ち着くまで停船していた。

こうした経由で、グリン中佐は予定よりも二か月遅れで長崎にやってきた。長崎奉行・井戸覚弘《さとひろ》と数日間の交渉で、抑留者十四人(捕鯨船ラゴダ号の漁船員十三人、冒険家・マクドナルド)らを長崎出島のオランダ商館を介し、引き渡された。

グリン中佐とは、合衆国が国交のない日本と外交交渉で、はじめて成功した人物である。アメリカ国内では、大々的に報道された。強制抑留者たちを無事に救助したと、かれは評価が高く英雄であった。アメリカ国民は現在でも、困難な救助の成功には国を挙げて賛美し燃える体質がある。

ペリー提督は当然ながら、同艦隊の感染病史のグリン中佐の記録から、天然痘の怖さを知り得ている。それゆえにわずか九日間で、日米外交の予備交渉もまったくなく、久里浜で大統領親書を手交すると、すぐさま立ち去ったと推量できる。

幕府は受け取った親書から、合衆国側の要求内容が明瞭にわかった。ここで林復斎などすぐれた叡智をあつめて吟味し、再来航を念頭に応酬話法を検討できた。これが翌年のペリー提督との日米外交交渉で、日本側に有利にはたらいたのである。

嘉永六(一八五三)年六月九日のペリー提督の上陸は絵画や文が数多くある。ここで詳細に記載する必要はなかろう。

そこで、幕府側の動きがいかなるものであったか、それを『維新史料綱要』(国立国会図書館蔵)から時系列で抜粋してみる。

六月四日、与力の香山栄左衛門が、米艦の船上で対応し、「同月七日を期して国書を受るか否か、回答する」と約束する。

五日、将軍家慶は病に伏しており、老中は協議し、米艦の来航を将軍に伏せる、といちおう決めた。徳川斉昭《なりあき》には告げる。

江戸湾の防衛にあたる四藩には増兵を命じた。

六日、正弘は、家慶に米艦の来航を伝える。斉昭と協議せよ、と命じられる。

同日、米艦のミシシッピ号が江戸湾のなかで測量する。浦賀与力の中島たちがこの阻止につとめる。同夜に江戸城内で、幕閣は協議し、米国の国書受理をきめた。

七日、与力の香山が米艦に、明後日には久里浜で国書をうけとるとつたえる。

八日、八代洲河岸《やよすかし》(馬場先門近く)の火消し櫓《やぐら》の半鐘《はんしょう》をもって、「米艦が内海に入ったときの非常警報となす」と江戸市中に通達する。

九日、久里浜に上陸したペリー提督から、ふたりの浦賀奉行に国書の授与がおこなわれた。来春に回答を求める、という。日本側は長崎で渡すという。江戸で回答をうけると、言い放つ。儀式のあと、日本の役人たちは蒸気軍艦に招かれた。

十日、探検隊や測量隊員がボートに乗り込み水深を測りはじめた。

ここで、合衆国は国書を渡しながらも、立ち去らず、なぜ執拗《しつよう》に海の水深を測るのか、と不信感が増す。

浦賀奉行の警戒船がでた。川越藩や忍《おし》藩の警戒船で、藩士が刀を抜いて脅《おど》す。

米国は測量ボートの行動のあと、陸戦隊による上陸作戦をとるのか。幕府は、最悪を想定し、高《たか》輪《なわ》、芝、築地、鉄砲洲《てっぽうず》にすむ老幼、婦女子の避難を命じる。

十一日、米艦は測量を切りあげた。

十二日、四隻の姿がみえなくなった。

ペリー提督の初来航で、幕閣がうろたえたとか、黒船騒動で市中が大混乱したとか、それらしき一次史料はまったくない。

*

六月の湿気で蒸《む》す風が、日本橋の岸辺に吹く。三十歳をまわった魚八(魚屋八兵ヱ《はちべえ》)がひとり縁台に腰を下ろし、将棋盤に、ぱちっ、ぱちっと駒の音をひびかせていた。

「魚八さん、きょうの商売はどうしたの。真っ昼間から、すねた顔をして、独り将棋とは」

銀杏返《いちょうがえ》しの黒髪を結った志乃が、料理屋づとめにむかう足をとめた。十九歳のうりざね顔で、赤い両唇がかわいい女だ。

「ね、ふだんのいなせなあいさつはどこに消えたの。不景気な顔して」

「胸糞《むなくそ》が悪くて。そうだ、志乃、勤め先の料理屋に上等の鯛をもっていきな。ただでくれてやる」

「あら、ほんと。うれしいわ」

おなじ長屋住まいの志乃が笑みを浮かべた。

「あれ。防火水桶の日影においていたのに。一匹もないや。野良が食べたのか、畜生」

「それに気づかないほど、悩んでたのね」

志乃が下駄を鳴らし水桶まわりを見、食べ残しの鯛を指し、犬では、とおしえた。

「ああ、きょうは最悪だ。河岸の順番で、朝鶏《ちょうけい》が啼《な》くころは、人生最上の日だと思っておったのによ。大奥の納品当番が当たったし。上等の鯛に、出世魚のブリに加え、貝類のアワビ、目いっぱい仕入れて、勇んで江戸城に運んだ。ところが大目玉だ」

こんな日に赤い鯛を持ち込む奴《やつ》がおるか、と頭ごなしに怒鳴られた。魚一匹も受け取ってくれねえ。河岸から帰ってきて、天びん篭《かご》を置いて、こうして独り縁台将棋をしてたら、犬に魚を食べられたわけだ、と魚八は不機嫌な顔で話す。

「滅多なことは言えないけどね。公方様があの雲の上にお上がりになったじゃないの」

「えっ、公方さまが死んだ」

「しー。声が大きいわよ。町方に聞こえたら、牢獄《ろうごく》に叩《たた》き込まれるわよ」

「そうか。人間、みな同じように、死ぬんだ」

「次の公方さまはだれかしら。魚八さん、大きい声でいえないけど、世子の家定公はちょっと、これでしょう」と頭を指し、「だから、公方さまの男児・長吉郎さまかもしれないね。誕生されたとき、日本橋の町内会でも、神輿《みこし》と提灯《ちょうちん》をだして出産を祝ったよね」

「一歳の将軍さまか。これは天下の一大事だ。黒船の蒸気船の話は旬《しゅん》も過ぎたしよ、面白くねえけどな。これこそ天下が大騒ぎだ」

魚八が目を光らせていた。


嘉永六(一八五三)年六月二十二日、家慶が死去した。

大奥の庭に面した部屋で、姉小路はひとり涙をながしていた。

降る雨のなかで、紫陽花《あじさい》が咲く。花弁と葉に水滴が浮かぶ。じぶんの落涙と重ねあっていた。彼女は胸のうちで、上様の葬儀のあとは剃髪《ていはつ》し、本丸大奥を退くと、こころのなかで決めた。

悲しみに陥っていたある日、福井藩主で二十五歳の松平春嶽《しゅんがく》が、姉小路に面談をもとめてきた。

一瞬、彼女は不愉快な気持ちになったが、御対面所で対応した。

「姉小路どの、いまや未曽有《みぞう》の国難です。先日、アメリカ艦隊が来航したように、内憂外患《ないゆうがいかん》は今後さらに厳しさを増します。次期将軍は、愚公《ぐこう》の家定だと幕府がもちません。そこで一橋家の慶喜《よしのぶ》を推挙《すいきょ》したいのです」

細長い顔の春嶽は公家っぽい顔立ちだ。

姉小路は無言で、不快な表情だった。

「家慶公が、せめて、『家定は廃嫡《はいちゃく》、次期将軍は慶喜にする』と遺言しておいてくれたら、よかったのに。生前の家慶公は慶喜をかわいがり、利巧《りこう》だと知っていたはず」

「それは釈然《しゃくぜん》とせえへんで。亡き上様の遺志《いし》は、お琴の方の子・長吉郎さまや。うちはこの耳でしゃんと聞いておす」

姉小路が怖い目つきで言いきった。

「まだ一歳、この国難では論外です」

「ところで、あんたはんはなにゆえに、将軍の後継問題に力を入れはるの」

「幕府の危機だから、……傍観《ぼうかん》しておられない」

「ええですか。親藩の大名が脇から幕政に横やりを入れはること、それは祖法《そほう》で禁止や。生まれは田安徳川家でも、いまは親藩の大名や。親藩から家康公からの祖法をくずせば、幕府の屋台骨がゆがみ、将来に遺恨《いこん》をのこしおす」

「これも、余が幕府の将来を思うからです。わが聖地の日本が異人に蹂躪《じゅうりん》されようとしております」

「それは水戸烈公(斉昭)の受け売りや。こういうては何やけどね、あんたはんは、えろうおだてに乗りやすい性格や。若くして大名になったから、実力がある、と勘違いしておす」

姉小路は辛辣《しんらつ》に批判したうえで、さらにこういった。

「あんたはんは、あっちこっちで家定公を愚鈍《ぐどん》だと吹聴してはるけど、松平春嶽よりもよっぽど利巧やね。鳥類の図譜《ずふ》は、学者並みに頭に入ってはるで。内向性で、自慢せんだけや」

姉小路は、とうとう、そこまで胸の内を投げつけた。

将軍家は吉宗から代々、無類の鳥類好きである。諸藩の大名らは、将軍家慶の献上品として、国《くに》許《もと》の珍しい鳥類の絵図が最も喜ばれると知っている。

家定の場合は、家慶からそれらを譲《ゆず》りうけ、鳥類の絵図を蒐集《しゅうしゅう》し、独り学者並みに分類している。

姉小路はその一端を知っていた。

「こういうたらなんやけど。福井藩にはええ家臣が多い、それは事実や。お調子者のあんたはんは飾り物や。偉くなった気で、御三卿《ごさんきょう》の一橋家をかついで幕政に口出ししてはる。そう思うで」

春嶽がぷいっと立ち去っていった。


本丸御殿の御用部屋で、先刻からふたりがひそかに打ち合わせをしていた。

それは老中首座・阿部正弘と、御側御用取次《おそばごようとりつぎ》の本郷泰固《やすかた》である。ふたりは盗聴を警戒し、床下や天井裏にも神経をはりめぐらし、火鉢の灰をつかった筆談も加えていた。

「伊勢守、どうやら、上様の薨御は世にもれたようです。葬儀の場所が上野寛永寺か、芝増上寺か、どちらが仕切りるか。それが加熱して僧侶あたりから広がったのでしょう」

「予測通りだ。この手の噂《うわさ》は、一日千里を駆《か》けめぐる。葬儀も重要だが、急ぎ解決すべき事案はこれだ」

阿部正弘は灰の上に、新将軍はだれに任命するか、と書いた。

向かい合う本郷は将軍代行の役柄から、隠密のお庭番もとり仕切るだけに、世上の情報には敏感である。

「愚公でよいのか、という意見が出始めております」

「それは、愚公だと悪評をばらまく人物がおるからだろう」

「それは図星です」

本郷が灰にのうえに、福井の松平春嶽、と書いた。

「知力は決して劣っていない。口上手でないし、顔の疱瘡《ほうそう》痕の劣等感が強すぎる。そこは問題だが、徳川将軍は権威の象徴であれば、それでよい。血縁優先だ。このさい(一橋慶喜を)外す。次期将軍はこれ(家定公)しかいない」

「血筋優先ならば、譜代大名の賛同は得やすいでしょう。亡き上様が生前、姉小路どのにこうも語ったようです」

長吉郎が四歳になれば将軍にする。当座は新将軍・家定公とする。そして長吉郎が二歳になれば、家定の継嗣《けいし》にする。本郷泰固にも、それを聞かせたのかもしれない。

「かつて土蜘蛛《つちぐも》が、たしか二歳だったかな、慶福《よしとみ》ぎみを紀州藩主の養子にさせておいた。みごとに的中した。この路線でいこう」

新将軍は家定公。長吉郎が二歳になれば、家定の継嗣にする。

「新将軍(家定)をきめて、いきなり諸問題の裁許をもとめると、幕政がおかしくなる。当面(ペリー提督の再来航の対処)はそれがしがおこなう」

正弘は日本人の生命をすべて背負って、ペリー再来航に対処する気迫でいた。

「それが賢明です。激流の川は、熟練の船頭で漕いだ方が安全です。伊勢守、ところで、島津の娘(篤姫《あつひめ》)はいかようにいたしますか」

「厄介だな。事案として(ペリー再来航より)後回しだな」

この手の話は苦手な口ぶりだった。

正弘の脳裏には、姉小路から聞かされた一子(のちの篤姫)が斉彬《なりあきら》の実子でないという欺瞞《ぎまん》が横切っていた。なおさら、厄介で複雑な心境である。

数日後、正弘はくしくも姉小路と本郷泰固のふたりから、福井藩の松平春嶽が、水戸藩の斉昭に踊らされて、

「次期将軍は慶喜が良いと、阿部伊勢守が推挙している」

と言いまくっていると聞かされた。

「春嶽には、虎の威を借りる、悪い癖がある。けしからぬ。それがしの妻が元福井藩主の娘だったにしろ、それがしの名をかたるなど論外だ」

阿部正弘は春嶽を役邸に呼びだし、虚言《きょげん》を吐《は》くな、事実とは違う、と叱責した。親藩の幕政への口出しは厳禁だ。烈公の尻馬に乗り、攘夷を煽《あお》りすぎるな、と口頭でつよく注意した。

それでも春嶽は性格なのか、なお一橋慶喜の擁立《ようりつ》を働きかけ、尾張藩主の徳川慶勝《よしかつ》も巻き込んだようだ。さらに、外様大名の島津にも働きかけているらしい。

本郷泰固が、こうした春嶽の動向を老中部屋に持ち込んできたのだ。

「新将軍の問題に、外様大名まで巻き込むとは論外だ。春嶽はどんな頭をしておるのだ。腹が立つ。口頭で注意してもだめだったら、別の手を打つ必要がある」

正弘の顔が堪忍袋の緒が切れた表情となった。

「同感です。このところ水戸の老公(斉昭)も不気味です。早くに新将軍問題を解決しないと、このまだと血縁優先か、一橋か、と幕府の内部も割れてきます。家慶公の葬儀が七月半ばに終われば、春嶽公があおり一気に加熱するおそれがあります」

「いま問題なのが、徳川将軍家に柱がいないことだ。ここで福井藩と尾張藩と水戸藩が三つ巴で手を組めば、三つ葉葵の旗を立てて『慶喜公を新将軍にせよ』と押しかけてくる」

正弘がそう危惧《きぐ》した。

老中政事といえども、かれらは譜代大名で五万石から十万石である。それでも老中が政事の場でつよい権限と権力がもてるのは、将軍の後ろ盾があるからである。

いま現在、将軍の後任が決まっておらず、空白地帯だ。老中にとってこの不利な時に、三つ葉葵の徳川家から突っ込みが入ると、弱い。

ふたりはこうした政事の難しい局面を語り合っていた。

「ここは将軍後継者の問題に関与したがる連中を一打、一網《いちもう》で排除する」

「伊勢守のお顔からすれば、得意な奇策がありそうですね。どのような策をお考えですか」

「来年、ペリー提督が来航する、いまは極秘扱いにしておる。これを利用する」

日本人は熱く燃えて冷めやすい。

ペリー提督の来航は九日間で終わり、当初から米国艦隊のビッドル提督の二番煎じで、天然痘の外出自粛もあって観光船も出ていない。ただ、船体が後ろに進める蒸気船が物珍しかっただけで終わった。諸侯も旗本もすでに忘却している。そして今は将軍・家慶の薨去におどろいている。

「諸侯(大名・旗本)には、ペリー提督が持参した大統領国書を開示し、新将軍問題から一気に、そっちに関心を移させる。目を逸《そ》らさせれば、(家定公)の新将軍がすみやかに決まる」

「すぐ手配いたします」本郷泰固がうごいた。

幕府は、在府の大名は七月一日、旗本らは同月三日に登城せよ、と命じた。

阿部正弘ら老中が江戸城・表の座敷で対応した。

――これから諸侯らに、合衆国大統領の国書(翻訳)を配布するので、彼の国の要求にたいし、許否はいかに、と問う。

朝廷には、京都所司代の脇坂安宅《わきさかやすおり》から写しがさしむけられた。

阿部正弘の国書開示の奇策がつよい衝撃を与えた。

「アメリカ合衆国はどこにあるんだ。選挙でえらばれた大統領とはいったい何者だ」

大名は世襲だ。選挙そのものを知らない。アメリカは敵か味方か。地球上のどこにあるのか、その地図すらみたことがない。あらゆる面で理解不能である。

――よもや、他藩に笑われることのないような、立派な上申書にまとめよ。

諸藩の重臣は、主君の命で、ペリー関連情報をもとめてあちらこちらに聞きまわる。

喜んだのが、水戸藩の烈公だ。

「ペリー来航は、憎《にく》き蒙古襲来とおなじだ」

吹いて、吹いて、吹きまくる。迫力ある勇ましい声ほど、政治に影響をあたえる。

――将軍家慶の薨去の発表がなされた。

正弘の目論見《もくろみ》どおり、新たな将軍は家定公とする、と発表が難なくおこなわれた。

幕府にあつまった七百余通の上申書のほとんどが、鎖国の継続、攘夷鎖国という封建制度の維持であった。

それが新たな政治の火種になった。

大小の藩主を問わず、有能な家臣をかかえており、西洋の政治を調べさせる機会になった。蘭学者などから、欧米の産業革命や、近代化への道のりを知りえた。と同時に、じぶんたちの封建制度とはなにか。あらためて、多くの諸侯がそれを考えて意識することになった。

封建とは諸侯(大名・旗本)が土地を領有し、その土地の人民を統治するもの。

武士階級にとって、この封建制度はとても心地よい。重臣、家臣を問わず、武士の家に生まれたならば、世襲制で二刀を差し、生涯にわたり身分と生活が保証されているのだから。

西洋の近代化は産業革命のあと、この封建制度が壊《こわ》れ、新たな共和制などの社会になった。多くの人民は長年の主従関係が壊れて、職業選択の自由、住居移動の自由が得られた。望めば、農村の民から都会の工場労働者になれた。国によって封建領主の抵抗勢力が強ければ、暴動などにより、社会革命がおきた。王族や貴族たちが断頭台で処刑された。

わが国の封建制度は、鎌倉時代からつづく。戦国時代の群雄割拠《ぐんゆうかっきょ》のあと、領地・領民が固定された。それが徳川幕府の幕藩体制の下で守られてきた。領地から農民が出ていけば、石高が減少するので、諸侯は農民が他に移動する自由を認めない。領地に人民をきびしく張りつけておく。かれら武士階級は西洋化を望まず、鎖国のまま、封建制度の維持が望ましい、と結論づけた。それがアメリカ大統領の国書開示の上申書となった。

幕府が進めようとする開港・開国に強く反対する攘夷運動の発火点になった。つまり、攘夷をかざすものは社会の進化・変化をきらう、反動的な保守主義者であった。

＊

祖法でも、壊すべきものは壊す。

日本列島は細長く七千余の島があり、四方が海にかこまれている。戦艦もなければ、海軍もなく、無防備だ。これで領土と民を守れるのか。

そう自問した阿部正弘は、祖法が禁じた「大型船建造禁止」を解禁した。

祖法のひとつを変更すれば、数多くの変革がともなう。いずれ日本船が外国へ航海できることを認める。必然的に、日本人が海外渡航できる法に改正する必要も生じるだろう。

正弘の施策がここから開国への現実的な行動になった。新任の長崎奉行・水野忠徳《ただのり》を介し、オランダ商館長クルティウスに、蒸気スクリュー船七、八隻を見積りから発注に改めさせた。オランダには軍艦のひな型(模型)をつくらせて幕府に送らせよ、と指図した。

軍艦を購入すれば、だれが運航するのか。オランダ海軍省からエリート将官にきてもらい指導してもらう。それには海軍学校が必要だから、「長崎海軍伝習所」建設の準備をはじめる。軍艦の故障に備えて、造船所内にドックを建設する。

海軍士官の養成は、幕藩体制の枠を越え、優秀な人材を全国からあつめる。正弘はいずれ日本海軍をつくる計画だった。

水戸藩の徳川斉昭が正弘に、亡き家慶の遺志で、海防参与、すなわち幕政に参加させよ、と強引に要求してくる。

「過去に、いちど将軍のお咎《とが》めをうけた者を、幕政に参与させるのはよくない」

林復斎、老中松平忠固《ただかた》は反対した。

「それはわかるが、外野で攘夷論をやみくもに騒がれるより、言いたいことは江戸城内でいわせればよい。もめ事の種はこちらの懐《ふところ》にとりこむ」

正弘は、取り込んでも、さして斉昭の意見を聞かず、江戸湾の防御体制の再編成に着手した。江戸湾口の守りは五藩(熊本・萩・岡山・柳河《やながわ》・鳥取)を据えた。これまでの四藩は海のない藩ばかりなので、羽田・大田の警備担当に移しかえた。

前々年から、伊豆韮山《にらやま》代官・江川英龍《ひでたつ》から、無防備な江戸の防御として品川沖に十一基の台場を築造する、という提案がなされていた。正弘は江川に勘定吟味役の地位をあたえ、台場建設を命じた。

「品川台場など、江戸湾に竹竿《たけざお》をさすようなものだ」

勘定奉行の川路聖謨《としあきら》は、総工費七十五万両などムダ金だと、批判的だった。

＊

家慶の葬儀のあと、お琴は本丸大奥から桜田御用屋敷に移った。慎徳院《しんとくいん》(家慶)を弔う日々になった。

訃報がとどいた。

長吉郎が、おもり役の乳母の奥女中が目を離したすきに、ひとりで廊下にでて転落死したという。

「ひとりで転落して、死ぬ。あり得ないわ。殺されたにちがいない」

おおかた長吉郎は、廊下から突き落とされ、石で頭部を叩かれた。そんな悲惨な死だろう。

そう思うと、お琴は恐怖で震えた。一晩も、二晩も、眠れない。

「将軍の子が残忍な殺され方をした」

お琴の内面で、痛ましさと怒りと悲しみと虚《むな》しさがひとつに収まらず、もどかしく駆けめぐっていた。

「疑えばきりがないけれど。いちばん殺したかったのはだれかしら。犯人を絞れば、本寿院《ほんじゅいん》か、歌橋《うたはし》かしら」

大奥は機密主義だから、不祥事はおおむね極秘に処理されてしまう。

おもり役の乳母が大奥の井戸に身投げ自殺したときいた。お琴は、それもむしょうにはらわたが煮えくり返った。これで、殺しを指図した陰の人物は永遠にわからない。……幕府の目付の取調べの結果、事故死が確定した。もはや真相は闇のなかである。

盛大な葬儀が伝通院《でんつういん》でおこなわれた。

伝通院とは、家康の母・於大《おだい》の院号であり、芝増上寺、上野寛永寺に次ぐ江戸の三霊山とされている。この墓地には、徳川氏ゆかりの女性や、将軍家の夭折《ようせつ》した男児たちが埋葬されている。

「殺されたわが子は、かえってこない」

うちひしがれるお琴は納骨に立ち会えた。

家慶の夭逝した十四人の男児(家定は生存)で、同院に埋葬されたのは長吉郎だけである。まさに、長吉郎は準将軍なみである。

十一月二十三日、朝廷から徳川家定に征夷《せいい》大将軍に任じる旨の将軍宣下《せんげ》があった。

「いちばん殺したかったのは誰かしら」

お琴の心を乱す。

長吉郎が四、五歳まで発育していたならば、兄・忠央《ただなか》はきっと十三代家定の後継者に動くにちがいない。

新将軍家定が西の丸から本丸に移られた。本丸、二の丸、西の丸と、奥女中や大広敷の事務方などもふくめた大移動がおこなわれた。それに連動して、いずこも改修工事の槌音《つちおと》が朝から日没までひびく。

お琴(和光院)は、桜田御用屋敷の仏間で、わが子の位牌《いはい》にむかって読経する。

「長吉郎が四歳まで健在であれば、将軍家定さまの継嗣。殺されるなんて」

昼間は庭の樹木や花をみたり、書物を読んだり、思い出に浸る日々だ。

――長吉郎が生存していたら、この先の幕末史は変わっていた。

少なくとも、南紀派の慶福と一橋派の慶喜と、双方に分かれた将軍・家定の継嗣問題という天下争乱は起きなかっただろう。

朝の陽光が色合いをなくすころ、増改築の工事の音がひびきわたる。鋸《のこぎり》、槌の音、木材の匂い。大工や左官たちの声もとどく。

「あの大工すてきよ。役者なみの美男子ね。麹町《こうじまち》にすむ優男《やさおとこ》だって。幸次郎というのよ。沢村宗十郎《そうじゅうろう》(役者)によく似ているわ」

奥女中たちが、物陰から大工たちの品評をしている。ごく自然に耳に入ってきた。

(どんな大工かしら)

仏門にいるお琴も、女であるからには、多少なりとも興味がわいてくる。

「屋根の瓦に割れ目があり、銅版に葺《ふ》きかえる工事に入ります。うるさいですが、ご承知くださいまし」

幸次郎の顔は色黒く、太い眉で、役者並みの美男だ。

「気になさらずに、どうぞ」

「ありがとうございます。どこか廊下が鳴るなど、気になるところがあれば、この際です、手を入れますので、お申し付けください」

かれの体躯《たいく》は筋骨たくましく、手足も太く、敏捷《びんしょう》そうだ。

二刀を差す徒目付《かち》が監察で、現場を見回り、足を止めて聞き耳を立てている。

この夜は、寝床に入っても、明日から大工と口を利けると興奮する自分を知った。

「二十代の筋肉質な男から抱かれると、女って、どんな気持ちになるのかしら。わたしは初老の皺《しわ》の多い、瞼《まぶた》のたるんだ上様(家慶)しか、抱かれたことがないし……」

お琴は禁断の淡い情愛を想像していた。

*

真冬の海は荒波で、しぶきも白く凍る。

米船の九隻が温暖な那覇《なは》から、寒冷の江戸湾をめざしている。青空にそびえる富士山は真っ白で、カモメが波浪《はろう》で遊ぶ。

嘉永七(一八五四)年正月十六日、六隻の星条旗の艦船が、小柴村(現・横浜市金沢区)の沖合に錨《いかり》を下ろした。

二日まえのこと、帆走軍艦の一隻(マセドニアン号)が三浦半島の長井村沖の磯に乗りあげた。

村民の通報で、浦賀奉行所の番船、彦根藩の警備船も座礁したマセドニアン号の救助にむかった。

アメリカ側は「手助けの申し出はありがたいが、格別おねがいしなくても、僚艦《りょうかん》の蒸気軍艦で、座礁《ざしょう》した帆船を磯からひき離せる」と断った。

翌朝、蒸気船のミシシッピ号が暗礁《あんしょう》からの引き離しに成功した。

一方、小柴沖の米艦の旗艦にも、浦賀奉行所の警備船がむかう。乗り込んだのは、組頭の黒川嘉《か》兵衛《へえ》(のちに一橋慶喜の側用人)、与力中島三郎助、佐々倉桐太郎《きりたろう》と、通事《つうじ》は堀達之介、立石得十郎らであった。

米艦上で、参謀長と日米の応接場所はどこにするかと、双方の協議に入った。

「われわれは江戸にいく。意志が固い。それが認められないと、会談は無理である」

途中から、ペリー提督があらわれた。前回はわずか九日間で立ち去っているから、自分自身にも腹立たしいのか、初来航は四隻、再来航は精鋭の軍艦九隻で威圧《いあっ》する。

砲艦で日本を脅し、外交交渉を有利にする気だろう、と黒田は嗅《か》ぎとった。

「応接所は浦賀に建設させます」

「浦賀の岸壁《がんぺき》には、九隻の軍艦が接岸できない。真冬の海は波浪が高く、交渉の都度、警備兵もふくめれば、数百名が沖の艦船からボートで上陸するなど、できるわけがない」

「ならば、広々とした鎌倉沖ならば、自由に係留《けいりゅう》できる。そこはどうですか」

黒川は堂々とした体躯である。度胸がある。平然と相手を怒らせる。

「嫌がらせか。この民族は野蛮だ。なんで浦賀よりも遠くなり、三浦半島より外海になるのだ。座礁したところにちかいだろう。馬鹿ものの群れだ、哀れな悪魔だ」

ペリー提督は憤《いきどお》ると、荒々しい軍人ことばで品位がない。汚すぎて、通詞は用語が理解できず、浦賀ではだめだと怒っています、と伝えるだけである。

嘉永七(一八五四)年一月十九日、応接掛《がかり》五人が浦賀にそろった。
・筆頭の林大学頭(林復斎・五十二歳)
・北町奉行・井戸覚弘(四十二歳)
・目付・鵜殿長鋭《うどのながとし》(四十七歳)
・浦賀奉行・伊澤政義《まさよし》(推定四十歳)
・儒官・松崎満太郎《まんたろう》(五十二歳)

この顔ぶれをみると、阿部正弘のつよい意向が反映されている。先にペリー提督から久里浜で受け取ったアメリカ大統領国書を緻密に研究した結果の人選にもなっている。

当時の幕府には、外務省、国務省などのような専門の外交官がいない。半鎖国の状態だから、国際感覚のある人材を必要としていなかったし、養成もしてこない。

唯一、通商をもとめてくる西欧諸国の対応は長崎が窓口になっている。その面では、長崎奉行の経験者として井戸覚弘、伊澤政義をおいている。

筆頭の林大学頭は、正弘とすれば、父親・阿部正精《まさきよ》(元老中)の代からの付き合いであり、交流も多く、いまは外交相談役である

林は物ごとに筋を通す性格だ。日本の外交史の生き字引《じびき》といえる。なにしろ、織豊時代から文政八(一八二五)年の「無二念打払令」まで約二六〇年間にわたる、外交上の有事対応、外交応接などの関連資料『通航一覧』三五〇巻の編さんという膨大な事業を展開している。

井戸は長崎時代に、米国の捕鯨船の抑留者に接し、事情もよく知る。米軍艦プレブル号のグリン艦長が、かれら抑留者を引き取りにきた際に、応接した長崎奉行だ。

伊澤は二度目の浦賀奉行であり、長崎奉行の経験者で、かつてオランダ国王の「開国勧告の国書」が長崎に届いたころに立ち回った。

鵜殿は異色だ。外交交渉など重要な場には、幕府は監視役として目付を必ず置く。鵜殿は攘夷派で反開国派だ。正弘はあえて、真逆の立場の目付を登用する。

松崎満太郎は、艦上のパーティーで、酩酊《めいてい》し、ペリー提督に抱きついて、「日本とアメリカのここ

ろは一つ」と叫んだことで名高い。漢文の通詞として加わっていたらしい。

かれら応接掛は浦賀で待機していた。だが、そこでは交渉ができなかった。

アメリカ側は本会談の場所として、江戸に近いところに拘泥《こうでい》した。日本側の抵抗に、ペリー提督はとうとうしびれを切らし、小柴の沖にいた米軍艦六隻を江戸湾の奥まった川崎大師沖まで乗り入れさせた。

さらに一隻増えて七隻となり、羽田沖(現・東京都大田区)までやってきた。

幕府は、これ以上の抵抗は逆効果になると判断し、「会談場所は神奈川宿でもよい」と、内密の書状を応接掛にさしむけた。

林大学頭の判断で、にぎやかな神奈川宿から徒歩でいける横浜村をアメリカ側に提案する。戸数わずか九十戸の寒村《かんそん》である。

かれらは水深調査をおこなった結果、良港で、このさき九隻の入港が可能だと快諾となった。

横浜応接所づくりの突貫工事に入った。大勢の大工や職人が浦賀から建物を移設し、さらに増築していた。

*

嘉永七(一八五四)年二月十日、本会議場の横浜応接所には、日本側は林大学頭たち五人の応接掛、アメリカ側はペリー提督以下約三十人が入室した。

双方がむかいあって列をなした。

「遠路はるばる、大儀にござる」

林大学頭が冒頭のあいさつをした。

――アメリカインド艦隊司令長官のマシュー・ペリーです。はじめましてお目にかかります。本日を祝い、祝砲《しゅくほう》を打ちたい。つきましては徳川将軍に二十一発、応接掛に十八発、はじめての日本上陸を祝して十八発を打ちます。

大勢の見物者があつまった横浜で、艦船から五十七発の祝砲がなりひびいた。

現代でも、祝砲は慣例で、国際会議の儀式でもおこなわれる。

ここで日本の歴史が動いた。

諸藩の下級藩士たちは、米艦隊の巨砲に度肝を抜かし、縮みあがった。

かれらは幕府内のこれまでの歴史をみじんも知らない。今日までの経緯もまったく知らされていない。

ペリー提督が大砲で脅し、幕府は弱腰となり、不承不承《ふしょうぶしょう》で開国したと思いこんだ。

かれら下級藩士たちが明治政権を樹立すると、前政権の幕府を見下すために、「砲艦に蹂躙《じゅうりん》されて開国させられた」と事実をねじ曲げた。この祝砲が宣伝に利用された。つまり明治政府のプロパガンダである。

横浜における日米の外交交渉の冒頭、ペリー提督は怒りの口調で、こういった。

――わが米国は人命を第一としている。今回の訪問は、人命のためである。貴国は遭難船にも砲弾を撃ち込み、海洋遭難者には救助の手もさしのべない。このまま米国遭難民に反人道的な敵対行為をつづけるならば、わが国は戦争も辞さない。

ペリー提督の顔からして、野蛮な東洋人に、正義とは何かを教えてやる、日本の法律を変えてやる、と勇んでいるように思えた。

「使節(ペリー)、それが事実ならば、戦争もいたし方ない。しかし、事実誤認である。昨年の夏、貴国の大統領より国書が提出された。まずは使節にご回答いたす。数か条あるが、薪水と食糧の提供は差し支えない。そのうえ、石炭も望まれているので、わが国のあり合わせで対応しよう。国書の返答として、二つは承認いたす。交易の件はいっさい聞き入れられない」

林大学頭は簡素に受け入れを表明した。

ペリー提督があえて話題を変えた。

――ミシシッピ号の乗員がひとり病死した。海軍の慣例では、その地で当方が自由に埋葬する。日本には厳しい国法があるようだが、夏島(現・横須賀市)の埋葬をご承諾いただきたい。

「はるばる来られたうえ、病死とは不憫《ふびん》におもう。軽輩《けいはい》といえども、人命に軽重はない。日本は寺に葬《ほうむ》るが、無人島では不憫である。後日の同郷の参拝者を考慮するなら、この横浜の寺の埋葬がよかろう」

ここからペリー提督は議題にもどった。

――埋葬の配慮には、謝意をもうしあげる。本題にもどるが、アメリカは人命尊重を第一として政策をすすめてきた。貴国は人命を尊重せず、日本近海の難破船も救助せず、海岸に近寄れば、発砲し、また漂着した外国人を罪人同様にあつかい、投獄もする。一方で、日本人漂流民を米国が救助し、送還しても受けとらない。自国民も見棄てる。これは人道に反している」

ペリー提督はさらに激怒の口調で、

――貴国の国政がいまのままでは困る。放置できず、雌雄《しゆう》を決する準備がある。わが国は隣国のメキシコと戦争をし、国都まで攻め取った。事としだいによっては、貴国もおなじようなことになりかねない。

林大学頭が反論の口火を切った。

「使節のはなしが事実ならば、戦争もあり得るだろう。しかし、使節のいわれることは事実に反する。伝聞《でんぶん》の誤りで、さように思いこまれていると察する。わが国は外国との通信がないゆえ、外国側で、日本の内情に疎《うと》いのはやむを得ない。わが国の人命尊重は世界に誇《ほこ》るものがある」

さらにこういった。

「人命を重んじることでは、万国で最も優れているがゆえ、この三百年間は泰平《たいへい》がつづいてきた。もし、人命を軽んじる『不仁《ふじん》』の国ならば、このようには参りませぬ。わが国が祖法で大船建造を禁じており、手漕《こ》ぎ舟ていどでは、嵐のなかで外国の大型船の難破にたいし救助活動ができなかった。ただ、他国船が難渋《なんじゅう》し、接岸、もしくは上陸して、薪水食糧を乞《こ》えば、現地住民は篤《あつ》い手当てをしております」

林大学頭は淡々と語る。

「他国の船を救助しないとか、漂着民を罪人同様にあつかうとか、事実に反しております。漂着民はわが国のいずれの地でも、住民と役人が手をつくし保護し、護送して長崎へ遣わせておる。そして、オランダ商館カピタンに渡し、母国に帰還させてきた」

アメリカ側は納得していない表情だ。

「もっとも、漂着民のなかには、善人らしからぬ者もいる。何かしらわが国の法を犯し、わがままな不法をはたらいた者は、送還するまで拘置《こうち》しました。これは漂着民が不法な行為をおこなった強制拘留《こうりゅう》です。さような者は、帰国したあと、非人道的な取り扱いをされたと、言いふらしておると思われる」

それにはペリーは理解を示していた。

「悪い奴らばかりではない。冒険家の青年ラナルド・マクドナルドが利尻島《りしりとう》に上陸し、長崎に送還されてきた。かれは知的であり、出国までの九か月間にわたり、わが奉行所は英語教師を依頼した。十四人の通訳が学び、ここにいる森山栄之助もその一人だ」

井戸が明るい話題をつけ加えた。

森山は頭の回転が良く、オランダ語と英語で意思疎通ができる。マクドナルドを先生といい、英語で親しげに懐かしがった。

「いずれにせよ。非道の政治はあり得ませぬ。海難者を救助できる大船がない、この現状を知れば、使節の疑念も氷解《ひょうかい》するでしょう。積年《せきねん》の遺恨《いこん》もなく、戦争におよぶ理由もない」

日本は、難破船も助けず、海岸に近づくと、外国船に発砲する。この実例はあったし、それは文政八(一八二五)年の「異国船打払令」(無二念打払令)に基づいている。

ただ、そのあと天保《てんぽう》十三(一八四二)年に、水野忠邦が「天保の薪水給与令」に切りかえてオランダを介して世界に通知している。ここらも日本側はていねいに説明した。

――ここ十年間、幕府が法を改め、人道的に、薪水に加えて食糧も与えているならば、アメリカ側はいうべき事はない。

ペリー提督は、日本初の英語教師マクドナルドの話から納得したようだ。この場に通詞・森山がいたこともよい説得材料となった。

この会談で話題にでた不良漁船員は、アメリカ捕鯨船のラゴダ号の船員である。

嘉永元(一八四八)年六月、アメリカの捕鯨船のラゴダ号が松前(北海道)近くで座礁し、乗員十五人がボートで上陸した。いったんは薪水を与えて立ち去らせた。ところがふたたび上陸してきた。

松前藩はかれらを保護し、長崎に移送してきた。宿泊所を提供しても、三人がいくども逃げだし、捕らえられた。かれらの逃走が長崎市民に恐怖を与えるので、ついには獄に入れて、監視を強化した。

「仲間内の喧嘩《けんか》もたえず、二人が死亡した」

井戸覚弘がそのときの長崎奉行であり、その経緯をあらためて説明した。米艦隊のグリン中佐が長崎に引き取りにきた。双方の交渉の結果、ラゴダ号の生存者として十三人はまずオランダ商館に引き渡す。グリン中佐のプレブル号が引き取る。

このやり取りの中で、グリン中佐が艦内で天然痘が発生し予定よりも二か月遅れで長崎に来たと、オランダ商館長レフィスゾーンに話している。それを井戸は聞いたという。

かれらは帰国の途についた。

「ラゴダ号の船員らは、日本の法律をいくつも犯していた。殺人容疑もあった。だが、外国人は日本の法律で裁《さば》かない不文律《ふぶんりつ》がある。だから、国外退去させた。長崎市内で、オランダ人や中国人が酔った勢いなどで、犯罪に手を染めても、裁かず、国外退去を命じておる」

井戸がそれらを語ると、ペリー提督は不可解な表情をした。

「その理由は日本の刑罰が重いからである。わが国には監獄・懲役《ちょうえき》刑がない。死罪は六種類で磔《はりつけ》、獄門《ごくもん》、下手人《げしゅにん》(獄で死刑)などである。次は遠島《えんとう》で終身刑とおなじ。その次となると手鎖《てぐさり》。この中間の罰がない」

伊澤政義が刑罰の仕組みを説明した。

嘉永七(一八五四)年三月に、日米和親条約がむすばれた。その四年のちに日米修好通商条約が締結される。この通商条約の第六条には、裁判権がおり込まれている。

第六条

日本に対して罪を犯したアメリカ人は、領事裁判所にてアメリカの国内法に従って裁かれる。

アメリカ人に対して罪を犯した日本人は、日本の法律によって裁かれる。

目付の岩瀬忠震《ただなり》と下田奉行の井上清直《きよなお》が、条約交渉のさなか、「外国人は日本の法律で裁かないから、領事裁判権はいらない、アメリカで勝手にさばいてくれ」と放棄した。

「ほんとうに、それでよいのか」

タウンゼント・ハリスはおどろいて、なんども念を押したくらいだ。

当時の、日本の治安の良さは世界一である。善、仁、徳、孝など儒教思想から、忘れ物すら「置き引き」される警戒心はない。

たとえば、開国したあと横浜の外国人居留地で、商談のさなか、日本商人らは「じっくり見立てておいてくださいまし」と絹織物と金子《きんす》を目の前において、平気で中座するだろう。

商談中の外国人が出来心で、十両を盗めば、日本の法律だと死刑である。かりに百両でも盗めば、幕吏《ばくり》は犯人を後ろ手に縛り、馬にのらせて市内引き回しのうえ、公開処刑である。

商店の品物をぬすむ罪として、

初犯は、「腕に入れ墨のうえ五十叩《たた》き」。

二度目は追放（身分剥奪《はくだつ》・非人）。

三回目は死刑。

こうしてみると、現代の万引き（窃盗罪）の罪と比べてみると、江戸時代の刑法がいかに厳しいか、容易に想像ができる。

当時は、裁判権が日本側になくて喜んだという記録がある。

現代の教育はどうだろう。幕府は、領事裁判権がないし、ハリスに不平等条約をむすばされた、と生徒に教えている。これは正しい歴史評価なのだろうか。

「法の下に平等」

獄門、さらし首など、こんな罪を外国人にあたえれば、戦争の火種になりかねない。

岩瀬・井上らの立場になれば、領事裁判権の放棄が正しい選択だったと思う。

*

日米交渉のさなか、アメリカから近代的な土産物が日本に贈られた。

横浜応接所の周辺で、海兵の指揮のもと、日本の作業員たちが箱を開封したり、取りだしたり、組み立てている。

電信機器、ミニチュアの蒸気機関車、時計、望遠鏡、サーベル、ミシン、農機具など三十三種類におよぶ。それはアメリカの工業力をしめす、前代未聞のめずらしい品々である。

「西洋の玉手箱が、横浜に荷揚げされたぞ」

たちまち江戸に伝わったから、もうたいへんだ。江戸っ子たちはふだんから旺盛《おうせい》な好奇心が刺激され、日銭稼ぎの仕事など放りだし、一路、横浜の方角へとむかう。

途中、品川沖では砲台の台場造りの大工事中だ。大勢の作業員が高輪《たかなわ》から土を運ぶ、石垣をくむ巨大な岩石を海上でうごかす。道をあけろ、通さないで、ともめている。

幕府は「黒船観光禁止」のお触れをだしているけれど、北町奉行所の井戸覚弘が横浜の応接掛で不在である。与力、同心たちの取り締まりも気持ちがあまくなりがちだ。

このころ米艦の測量ボートが羽田沖まで近づいてきた。品川宿場で半鐘を鳴らす。荷を背負って逃げるもの、かえって愉快がり、好奇心にあおられてボート見物するものもいた。

神奈川宿は、祭りなみに屋台がずらり。

「そばだよ、寿司だよ、団子だよ、食べていきな。横浜はただの原っぱだよ。ここで食べそこなったら、干乾《ひぼ》しになるよ」

そのころ横浜では、アメリカ電信技士の指図で、日本の土工やとび職が電柱を立て、一マイルほど電線を真っ直《す》ぐ張っていた。

「これは将軍さまへの贈りものだ。雨でぬらせねえぞ」と大工らはたのまれもしないのに、電線の両端に簡易小屋を建てる。

通信機械の試験送信がおこなわれた。英語が一瞬にして伝わる。通詞が受信側について、英文を日本語・オランダ語になおす。発信元と照合し、びつくり仰天。日本人は、精巧《せいこう》な機械装置の原理を質問している。

「日本人の好奇心はアジア随一だ。器用だし、利巧だし、群を抜いている。子どもは寺子屋で勉強して書きものができる。一、二年したら、きっと同じものをぜんぶ作るぞ」

米軍将兵は口々にかたり、驚愕《きょうがく》していた。

ペリー提督が、次の会議で、大統領国書に明記された通商問題を取りあげた。

——万国の交易は年々盛んになり、これによって国々は富強になっている。貴国も交易を開けば、国益にかなう。そうされたし。

「元来、日本は自国の産物をもって自ら足りている。外国の品がなくとも、すこしも事欠《ことか》かない。それゆえに、交易は国法の定めで、なかなか容易に開くことはできない」

林大学頭は間を取ってから、

「使節は、このたびの渡来の主旨は、第一に人命を重んじ、遭難船の救助を望まれておった。交易とは利益の話であり、人命にかかわりないと存ずる。議題の主旨から外れるし、交渉はもうお済みではなかろうか」

ペリー提督はことばを失った。

軍人のペリー提督は、通商にさして関心がないのか、執着《しゅうちゃく》しない態度にもみえた。休憩に入った。アメリカ使節は別室で打ち合わせて、本会議の場にやってきた。

——通商に関しては、貴殿がいわれたとおりだ。われわれの渡航目的は、人命を重んじた事故・難破船の救助についてである。よって、交易の儀は、この場にそぐわず、強いてもうさないことにいたす。

ペリー提督は袂《たもと》から、なにか小冊子を取りだした。納めた。また、取りだす。それを三度もくりかえした。

——この冊子は、貴国と通商の話し合いになれば、合衆国側がいかに公平な条文を用意しているかを示している。その論議はなくなり、しいて願うものではないが、アメリカから持参してきた故、お含みのために、一読されたい。

「これはどうも。議論外であり、拝読となれば差し支えないので、ちょうだいしておこう」

林大学頭は胸のうちに、こみ上げる笑いを押しとどめた。全権大使ペリーが、その価値をさして認識せず、さしむけてきたのだ。

おそらく米国務省の高官たちが議論を重ねてしっかりねった条文だろう。丁々発止と議論するなかで、極々内密の落としどころになるものだ。

林の笑いが止まらない。ペリー提督の冊子のぞんざいな扱いによって、四年前にして日本側は、日米修好通商条約に関する、相手方の貴重な戦術情報が入手できたのだから。


嘉永七(一八五四)年二月二十二日。

横浜応接所の裏手の麦畑に、楕円形の軌道がしかれた。一周は約六十間(百十メートル)。精巧《せいこう》に製作された機関車、客車、炭水車が据《す》えつけられた。アメリカから幕府への贈り物のなかで、最も人気があるものだ。

翌日、蒸気機関車(実物の四分の一)の試運転がはじまった。機関士が釜に石炭をくべる。真っ赤に焼けてきた。大勢のきもの姿の見物人たちが興味の目をかがやかせ、機関車を熱心に見入る。

大勢の人だかりで、後方のひとは肩越しに、つま先立ちし、機関士の一挙手一投足を凝《じ》っと視《み》ている。

「あれに乗ってみたい。ぜひとも」

四十七歳の河田八之助(号は河田迪斎《てきさい》)は、昌平坂《しょうへいざか》学問所の儒官である。先刻から、林大学頭は難色をしめす。

「客車は狭く六歳児までしか乗れない」

「屋根にまたがれば、大丈夫。馬術は得意ですし。蒸気機関の動力を知りたい」

「そこまで望むならば、よかろう。幕府がもらった機関車だ、ふり落とされるな」

林大学頭の許可がおりると、河田の顔が幼児のごとく笑みを浮かべた。こんどは通詞が機関士に許可を取っている。首をふり難色をしめす。河田が加わり、片言英語と、客車の屋根に腰を下ろすしぐさをする。

「オーケー」

河田が裃《かみしも》の裾をまくり上げ、客車にまたがる。さしずめ現代ならば、遊園地でみる幼児向け汽車に大人が乗るようなものだ。

機関士が汽笛《きてき》を鳴らすと、歓声がわく。黒い煙を吐く機関車が、軌道のうえを時速二十マイル(約三十二キロ)で走る。

河田が必死に客車にしがみつき、歯をむきだし、照れ笑いする。

米兵たちは大笑い。見学する日本人は紙と墨と毛筆をだし、スケッチしている。

――迅速《じんそく》飛ぶがごとし、旋回《せんかい》は数回なり、極《きわ》めて快し。

大はしゃぎの河田は、そのように快適だったと日記に記す。アメリカ側の資料では、応接掛の役人が恐怖で客車にしがみ付いていたと記録されている。

河田は林大学頭の下で、和親条約文を起草した人物である。

寒村の横浜の岸辺には、浅草蔵前《くらまえ》から手漕《てこ》ぎの廻船《かいせん》が次々に接岸した。細長い平板の歩みが渡される。大柄な浴衣姿の力士たちが、しなる細板をわたってくる。

制服姿の米兵たちが、整列した状態で首をまわし、おどろきの目をむけている。

力士らは薄い浴衣を脱ぐと、真冬の寒風のなかでも、まわし一つの姿で、片足を高くあげて四股《しこ》を踏《ふ》む。巨体だが、しなやかだ。

横浜応接所のまえには、二百俵の米俵が高くつみあげられていた。

大銀杏《おおいちょう》の髪型の小柳（大関）が、ペリー提督のまえに一歩でて、どら声で挨拶する。

「幕府から、アメリカに、お米の贈り物でござる。お受けとりくだされ」

通訳を介し、お礼が述べられた。

「皮膚の下は、脂肪でブヨブヨだろう」

ペリーが指先で小柳関の肩や腹部をさわる。鉄のように固い筋肉だと語っていた。

贈答品の儀式がおわると、力士たちが接岸中の合衆国ボートへと、その米俵をはこびはじめた。ひとり二俵ずつ。いずれも軽がるともちはこぶ。米兵を意識した巨漢の力士が、俵を頭の上にのせた。

ある力士は口で米俵を銜《くわ》えてみせる。

四股名「白真弓《しらまゆみ》」（飛騨《ひだ》出身）が両手と肩をつかい八俵をかかえ上げると、日米の観客から、どよめきがおきた。

「曲芸をみせよう」

小柄な力士が両手で一俵をかかえると、器用に空中でトンボ返りしてみせた。

もはや興奮の坩堝《るつぼ》だ。

二百俵の引き渡しが終わると、力士たちは円形の土俵にあつまった。行司の呼び出しで、派手な絵柄《えがら》の化粧まわしを締めた力士が順次、土俵へあがってくる。

かれらは七五調の囃子唄《はやしうた》、「ホイ」、「ドスコイ」と声をだし、相撲甚句《じんく》を披露した。

土俵入り、弓取り式とおこなわれる。

「ひとつ勝負をしようじゃないか」

進みでた米兵ら三人が、いっせいに大関の小柳関に挑んだ。拳闘《けんとう》の真似《まね》をする米兵は、軽々と頭上に持ちあげられた。強健そうな海兵は小脇に抱えられた。残る一人は投げたおされて片足で踏みつけられた。

日本人だけが大喜びだ。


ペリー提督は日米会談の合間に、庶民とのふれ合いをつよく希望した。林大学頭が許可した。ペリーは数人の士官をともない上陸し、通訳・森山栄之助や、数人の役人を同行させている。山野でひとときを楽しむ。

昼間の気温は十八度で（西暦は三月中旬）、春の草花が開花する快適な散策である。傾斜面には新緑がしげり、棚田の水面《みなも》には陽光がかがやく。道沿いに春の草花が群生し、快適な季節だ。

「これを採取してもよいか。ほんとうに、よいのか」

ペリーは一本ずつ役人に訊ねている。

「お好きなだけ、お持ちください。一本といわず、目いっぱい、どうぞ。ただし、毒草もあるので、お気をつけください」

植物採取に熱心なペリーは、見慣れない草を摘んで、その日本名を聞き、士官に書き取らせる。目が光っている。植物に造詣《ぞうけい》がふかく、学者並みの研究心である。

海軍の制服を着ていなければ、さしずめペリー提督は大学の植物学者の来日だ。

かれが採取した草木は、ハーバード大学に持ち込まれたあと、ニューヨーク植物園で標本として保存されて現存している。一九七五年に訪米した昭和天皇もその一部を閲覧《えつらん》している。

周囲約八キロの山野を歩く。

ペリー提督が道々で話すには、かれがニューヨークを発《た》つ前から、日本の歴史、政治経済、文化、芸術、自然科学など幅広い分野の書籍を読破したという。

海軍長官の命令の任務と役割とは別に、日本における重要な課題をみつけた、と語る。博物学を語る真摯《しんし》な学者の態度にみえた。

女が畑を耕す光景を見ても、勤勉でよくはたらく、とかれの好奇心は旺盛だった。

横浜村名主《なぬし》「徳右衛門《とくえもん》」の家を訪ねた。

「いらっしゃいませ」

妻と娘が茶を運んできた。素足で畳の上をすべるように足をはこぶ。娘は黒髪が艶《あで》やかで目が大きく、とても可愛《かわい》い。

「ごゆっくり、どうぞ」

細君が上品な笑みを浮かべる。ところが朱色の唇から、黒い歯が並ぶ。

「娘は可愛いのに、なぜ結婚すると、歯を黒く染めるのか。夫婦の幸せには、なんの役にもたたないだろう」と日記に記す。

二月二十一日(西暦三月十九日)は晴れ。昨日の強い風雨も、すっかり上がり、応接所の室内に、春花の甘い香りが漂う。

＊

日米の本交渉が十日ぶりに再会された。

——アメリカの船が貴国の海域で、難渋したとき、薪水食糧および石炭の供給をねがえる。それだけでは事足りず、船中の欠品の物資は、なにとぞ調達できるよう配慮をねがいたい。

「船中に欠品あり、難渋ならば、あり合わせの品ならば、遣《つか》わせよう」

林大学頭が応じた。

——大慶《たいけい》である。薪水食糧は提供していただくとしても、代金は差しだしたい。

「日本としては、遭難船を救うためだから、代金はおよばず、必要ない」

――アメリカとしては物をちょうだいした場合、返礼が道理である。産物もしくは金銀貨ではいかがかな。

「返礼と申されると、断れない。品物となると交易の類になる。金銀貨が適切である」

――貴国の国法にしたがう。当方は港が開かれれば、それで良し。ところで、避難港だが、五、六か所の港を決めていただきたい。

「薪水をわたす場所は、肥前長崎とする。外国の事務になれており、いつなりともお越しくだされ。長崎以外にはあり得ない」

――長崎は実に不都合な場所だ。カリフォルニアから中国・広東《カントン》への航路は琉球の海域に入っていく。琉球・那覇からみて、長崎にいくよりも、中国の方が近い。長崎の提案はお断りする。別の場所にしてほしい。日本の東南にて五、六港、北海にて二、三か所ほどお定めくだされ。

「これは無理なことをもうされる。大統領の国書には、南方にて一つ港を開かれたし、と書かれておられた。こちらとすれば、長崎でよい、これですむと考えておった」

――わざわざ遠回りになる長崎は断る。一か所では差し支えがあるから、少なくとも三、四か所はお定めいただきたい。そのうち一つは神奈川の港としてほしい。

「神奈川は相ならぬ。ならば、検討をし、東南の地に良い場所を定めましょう」

開港はどこにするのか。この重大な決定は、幕府首脳の意向をくみ、港湾の選択をしなければならない、と応接掛は考えた。

開港は応接掛だけの一存では決められないし、林大学頭と井戸覚弘は二十二日に江戸城に登城し、閣老たちに経過を説明した。

この席には水戸烈公(斉昭)も加わっていた。

——長崎以外はならぬ、他の港だと住民にキリスト教が伝染する。

烈公は頑固一徹《がんこいってつ》、強硬な姿勢だ。

——そもそも、オランダ以外の国には開港しないことが国是《こくぜ》で、由々《ゆゆ》しき問題だ。昨年夏に長崎にやってきたロシア・プチャーチン提督からも、すでに難癖《なんくせ》をつけられ、同様にねじ込まれており、さらに、今後は英仏も黙っていない。

阿部が、そんな斉昭の威喝《いかつ》にも動じず、

「ペリー提督は、日本の植物など学術面に興味があり、通商にはさして関心がない。この態度は評価にあたいする。アメリカは日本の敵ではない。もはや、下田、箱館の港を開くことが、日米交渉の落としどころだろう。これをもって、わが国は長崎を含めて三つの開港となる。世界の時流にも多少なりとも近づくであろう」

と老中首座として天下の宝刀を抜いた。

祖法のひとつがまた破れた。この場のだれもが新将軍家定に意見をもとめていない。

「三つの開港となれば、わが国はもはや開国の道へ踏みだしたも同然だ。このさき通商で儲《もう》けて軍備をととのえる、念願だった、富国強兵の政策へと転換する」

中庸《ちゅうよう》できた阿部正弘だったが、ここで一気に国政の大転換を明言したのだ。

応接掛は二月二十六日の交渉に臨んだ。

ペリー提督は、体調を崩しながらも期待の目を光らせている。

「南は伊豆国下田港、北は松前領箱館港、この二か所をアメリカに開港いたします。船々に欠乏品がでましたら、この二港に船を寄せれば、補充は可能です」

かくして来年三、四月ころから二港の使用が許可となった、とつけ加えた。

日米の条約締結に明かりがみえてきた。

――下田港で薪水、食糧、石炭などが補給できるのはありがたい。ただし、オランダ人の長崎出島(約三千坪)のように、窮屈《きゅうくつ》に閉じ込められるのは困る。十里四方くらいは自由に遊歩できるよう、望む。

「貴国の船が薪水食料の補給で入港時に、さような遠方まで入る必要があるのか」

――下田の町内だけでは窮屈だ。ぜひ、十里は認めていただきたい。

体調が悪いといいながらも、ペリー提督は下田十里の遊歩の要求は熱心だった。

――年々、わが米国船が下田に参り、上陸の際、あまりにも境界が狭いと、うっかり境を越える者もでよう。行動範囲を広く定めておけば、かえって遠方まで参るものは少なく、違法な徘徊者《はいかいしゃ》もでない。永久に平穏である。親睦《しんぼく》が維持できる。

「それだけの理由ではむずかしい」

――貴殿が拒まれるのは、アメリカ人を隔離《かくり》する意図がある、そのようにみえる。応接掛が承知してくださらなければ、江戸に参り、老中に直談判《じかだんぱん》いたす。

このこだわり方は異常であった。なぜ、十里が必要なのか、と応接掛は首をかしげた。

「この件は前向きに許否をだそう」

ペリー提督から、下田に領事をおきたいと申し出があった。日本はオランダ人のほか外国人の領事は法律で禁じられている。

「幕府もわたしも、相許しがたい」

――これは保留にしておいて、十八か月後に、新たな使節が参ったとき、判断いたそう。

日米和親条約の草案の検討に入り、条文の削除、追加などを重ねた。


調印は嘉永七年三月三日(一八五四年三月三十一日)ひな祭りの日ときめた。

条約締結のめどがついたところで、ペリー艦隊から招待をうけた。応接掛五人のほか総勢七十人が、十七発の祝砲で迎えられた。米艦隊の内部を知る絶好の機会である。記録をとる絵師の他に、烈公の差しまわしで水戸藩の隠密も加わっていた。

ポーハタン号の甲板ではシャンペン、ワイン、ウィスキーなどが飲み放題であった。

バンド演奏がある。踊りだす。海兵らも大騒ぎで、舞台劇などがおこなわれた。海兵らは、母国を出てこれほど愉快に笑ったことがないという。

「親しい両国になった」

アメリカ人はあけすけな性格だ。船内の見学は自由である。頼むと、大砲や小銃の実演をしてみせる。上陸の戦闘の模擬戦、戦艦の消火訓練なども披露する。

こちらからお願いすれば、機関室で轟音《ごうおん》をあげて回転する蒸気機関の説明だけでなく、司令長官室までもみせてくれた。

嘉永七(一八五四)年三月三日、日米和親条約の調印式の当日になった。

応接掛は朝八時に、横浜村に到着した。昼には、ペリー一行が軍楽隊を先頭に華々しく上陸してきた。

幕府は数人の絵師をそろえた。ペリー側も画家ハイネや銀板カメラマンもいる。双方で、記念すべき日の記録をとる。

横浜応接所で、条文の交換がおこなわれた。日米和親条約は全十二か条である。通商、居留地などは、先送りになっている。

条約文は日、英、漢文、蘭《らん》語の四か国語であつた。双方のあいさつのあと、英語版はペリー提督がまず署名した。

「われわれは外国語で書かれたいかなる文章にも、併記《ふき》して署名できない」

ペリー提督から反論はあったけれど、応接掛はいっさい無視した。四言語の書類それぞれには林、井戸、伊澤、鵜殿の署名と花押をなして、手交した。

初の国際条約であり、ひとつ書類に署名する、その意味合いが理解できていなかったのだ。

ペリーが新たな提案をもちだした。

――下田開港は来年の四月か、五月と約束したが、よくよく考えてみると、そのころ私は再訪できず、別人(後年、タウゼント・ハリスが下田港にやってくる)に引き継ぐことになる。条約解釈のずれや、取り決めに行き違いが生じかねない。そこで、ご足労だが、下田に出むいてもらい、条約の細部の詰めなど確認しておきたい。

「もっともなご意見。ペリー提督とは別の人がくれば、談判もむずかしく、行き違いも出る。われわれが下田に参り、細目を談判し、場合によれば、追加条約といたそう。すぐとはいかぬが、五十日後くらいならば、下田に参ろう」

――ならば、私ども合衆国は箱館を検分し、そのあとに下田に参る。

下田の応接所は了仙寺《りょうせんじ》であった。日本側の応接掛はおなじ顔ぶれである。本堂で向かいあった。

五月十三日に、上陸した米海兵は総勢で三百人である。かれらは隊列を組んで、海岸通りを行進する。下田の町が一気に人通りの多いにぎやかな街に変貌《へんぼう》した。町人は大喜びだった。異人にたいする警戒心がすっと消えている。

――人間は敵対していても、腹をわって話せば、気心が知れる。仲良くなるものだ。

ペリーは感じ入り感無量だという。

「幕府として、ひとつもうしておきます。下田町の外回りに、関所を設けた。この範囲内の町内ならば、アメリカ人が自由に遊歩できる」

――条約は七里なのに、それだと、下田の町内しか動けない。条約違反だ。

ペリー提督が怒りはじめた。

「門外にでる場合には付添人をつけます。この関門は下田奉行の支配地と、他領の境であり、わが国法によって実施した」

幕藩体制の下では、領知ごとに支配者が異なる。個々に法を持っている。下田の関所を越えると、他国になる。

伊豆半島には露天の公衆浴場が多い。アメリカ人がのぞけば、男女混浴だからもめごとになろう。役人をつけた方がよい、と説明した。

——それならば、理解する。

嘉永七(一八五四)年六月十七日に、日米下田追加条約が締結された。

*

下田了仙寺で、日米応接掛による条約締結の記念撮影がおこなわれた。梅雨の晴れ間で撮影日和だった。解散になると、米国使節団は参道を下り、下田の街中への散策にむかった。

厳めしい海軍制服姿のペリーが本堂横で、ひとり眼下の下田港の景観を見つめていた。大物には誰もが近寄りがたいのだろう。気づかう林復斎が通詞をつれてペリー提督に歩み寄った。

「提督。条約締結で一段落し、肩の荷が下りましたな」

「林さん。私は日本遠征の出発前から、決心していたことがある。いま、それが成就できて、悦《えっ》に入っておる」

「決心とはいかなるものか。差し支えなければ、聞かせてほしいものです」

というと、ペリーはしばし腕組みしていたが、こう切り出した。

「当初、日本遠征はジョン・オーリックが特使だった。不祥事から解任された。そこで、私に代将（提督）の話が持ち込まれてきた。面談した米海軍長官から、アメリカ大統領国書を日本側に手交し、平和条約を締結せよ、という任務の説明があった」

ペリーはひと呼吸おいた。

「海軍長官はこういった。日本で武器の威嚇《いかく》により条約が締結されても、アメリカ議会の多数派の民主党がそれを承認しない。最悪は批准されず、日本遠征が水泡に帰す。あくまでも平和的な交渉のみ有効だと、念押しされた」

大統領は少数政党である。

メキシコ戦争の英雄ペリーとすれば、軍人の最高の名誉はまず戦争に勝つことだ。それをもって和平交渉を有利に運ぶ。武威をもって臨むならば、鎖国日本にたいして合衆国が有利な条約締結を成功させる自信はあった。しかしながら、自分は海軍の軍人で、外交官ではない。戦争するなといわれたし、どうする？　話術は巧くないし、ディベート力（交渉術）も得意でない。平和使節による交渉の任として、不適切な人選だ。二か月間ほど熟慮し、悩んだ。

「ある日、親しいハーバード大学の植物学者・エイサ・グレイ教授を訪ねた。そして、日本遠征の話を語った」

教授は身を乗りだしてきた。こう説明した。

日本列島はカムチャッカ半島の近くから台湾付近まで、七千余の島がある。海流は複雑だし、気候も、森林も、降水量も、特殊な地形だ。日本は二百数十年間も鎖国状態である。世界に知られていない品種の宝庫だ、と教授は熱く語った。

「北半球の温暖地帯の植物分布において、日本ほど興味深いところはない」

オランダが二百余年も、日本の学術研究を独占してきた。これは欧米の学者にとっても、人類にとっても、不利益なものだ。ペリーが日本に行かれるならば、世界の学者に有益となる、七千余島の日本を学術開国させることです。それこそ、アメリカ人のフロンティア精神です、と学術開国の任を推奨された。

「私は、グレイ教授の話から日本遠征の任命を受託した」

そこから出航まで約十か月間、日本関連の書物を読破した。

「私のなかに、あらたな使命が一つ加わってきた。ただ、日本へ航海するのではなく、学術遠征として、寄港地の地誌を調べ、動植物のサンプルを入手する。つまり、合衆国海軍は大学からの学術要請に便宜供与をする。この提案は海軍長官から許可がとれた」

それを新聞が報じた。世界中の著名な学者から乗船希望が殺到した。日本をよく知っているというオランダのシーボルトもいた。シーボルトは必要ないと、ペリー提督は断った。

「米軍艦に民間の学者を乗せるのは、本来の海軍の趣旨に反する。そこで、記録のために画家ハイネ、銀板写真家、一部の植物学者などに乗船を限定した」

ペリーはここでひと呼吸止め、伊豆下田の絶景を見つめていた。

「私は航海中に優秀な海軍士官、海軍軍医、従軍牧師らに、通常の任務遂行のほかに、動植物学、博物学、民俗学、火山学、天文学、水深測量など、七十数科目の研究を割りふった。そして、かれらに理解と協力をもとめた。快く応じてくれた。ただし、各々の論文は国務省に帰属する、とした」

アメリカ東インド艦隊が、ニューヨークを発って地球を三分の二回ってくる寄港地、喜望峰、セイロン、沖縄、小笠原、あらゆるところで半月、ひと月、学術研究で滞在することができた。日本遠征は急がない。植物、鳥類、魚類など学術的な採取とか、スケッチとか、各地の農業に関して現地民からの聞き取り調査をおこなった。

「私は日々かれらの研究論文を読むにつれて、気持ちが高ぶった。これは人生最後の大仕事で、アメリカの学術独占でなく、世界の学術研究なのだという強い決意に変わった」

ペリー提督の顔には、すがすがしさがあった。

「浦賀の初来航は、日本沿岸の複雑な水路の海図の作成に集中した。世界中から学術調査船が日本にやってくるとき、江戸湾の水深の海図は欠かせない。最優先にした。小型ボートに乗った海軍士官や海兵らは、浦賀奉行所の監視船の官吏《かんり》から刀を抜かれて妨害されながらも数日間にわたり、測量をしてくれた。この海図は米国の独占とせず、世界に配布する」

「提督。幕府は当初スパイ行為だ、侵略行為だと警戒したものです。いま、その誤解が解けました」

林復斎は当時の緊迫した状況をかるく語っていた。

二度目のペリー来航は、大統領国書に基づいた条約締結の交渉だった。丁々発止と討議がなされた。

「日本は厳しい国法だとうかがってきた。私は外交官ではなかった。交渉下手だ。しかし、幕府の交渉は非常に論理的であった。だから、日米の双方がこころを開きあえた。いま日米和親条約の下で、下田と箱館の二港が開かれた。遭難時や悪天候の場合、合衆国の船は日本のどこの港にも入港できるようになった」

「喜ばしいことです」

林の目には海が輝いてみえた。

「世界中の学者にとって、日本ほど興味深い国はない。合衆国から真っ先に開港してくれた。身に余る光栄である。下田港から七里、箱館からわずか五里にしろ、動植物の採取が認められた。この範囲内でも、五十や百の世界初の品種もあるはず。楽しみだ」

「一八四四年七月、いまからちょうど十年前に、オランダ国王のウィレム二世から、わが国に開国勧告が届きました。当時の将軍・家慶公が、アヘン戦争の恐怖から開国をいたしませんでした。それでも当時、西洋の文明文化や科学が享受《きょうじゅ》できて、日本からも西欧になにかしら寄与できる公平で平等な国交ならば喜ばしい、と伊勢守(阿部正弘)に語ったそうです。ペリー提督から、この日本の開国が、十九世紀の世界の科学の進歩に多大な寄与ができると知りました。公方さま(故・家慶公)の墓前に報告いたします」

通詞を通してそう伝えると、ペリーの顔には歓《よろこ》びの表情があった。

「提督。日本はこんご西洋諸国と和親条約の締結を拡大していく。老中を筆頭に、開港・開国の道にすすむ。もう鎖国に後もどりしない。文明国家をめざします」

林復斎のことばには力強さがあった。

昨年の一八五三年にはヨーロッパでクリミア戦争が勃発した。イギリス、フランス、オスマン・トルコと、南下するロシアとの大戦争だ。ロシアはシベリア・カムチャッカ半島などに軍事基地を持つ。この戦争がアジアに波及するのはもはや時間の問題だ。

「海軍力のない貴国が、学術開国した結果、西欧列強から武力で襲われ、戦争に至ったときには、アメリカ大統領が日本を守る」

（たんなるペリーの外交辞令だろう）

林復斎は胸のうちで呟いた。

「アメリカは軍艦・大砲をもって、いかようにも加勢するつもりである」

ペリー提督はそう約束して日本から立ち去った。ペリーの約束事が四年後の日米修好通商条約の第二条に盛り込まれた。

教科書で読んだことはあるだろうか。

第二条

・日本とヨーロッパの間に問題が生じたときは、アメリカ大統領がこれを仲裁する。
・日本船にたいし航海中のアメリカの軍艦はこれに便宜を図る。
・またアメリカ領事が居住する貿易港に日本船が入港する場合は、その国の規定に応じてこれに便宜を図る。

この第二条はアメリカのみであり、他の西洋列強イギリス、フランス、ロシア、オランダなどは条文に盛り込まなかった。当然といえば、当然である。列強が日本に侵略戦争をしかければ、最強のアメリカが日本に加担する、という安全保障条約だから。

この条約をもって、日本がおそれていた植民地への危惧はなくなった。

歴史は皮肉である。開港・開国で欧米並みの文明社会をめざす徳川幕府は、やがて瓦解《がかい》してしまうのだ。

現代の学校教育の教科書に、この第二条が記載される日がくれば、「ペリー提督のもとめる『学術開国』に対して、徳川幕府が応じた。わが国はアジアでも珍しく、公平・平等な条約締結から、開港・開国に進んだ」と正しい認識がなされるだろう。

従来の教育で生徒がすり込まれた「癸丑《きっちゅう》以来の未曽有《みぞう》の国難《こくなん》」という、明治政府のプロパガンダの呪縛《じゅばく》から解き放たれる。「ペリー提督の砲艦外交《ほうかんがいこう》」も死語になり、太平洋戦争の起因のひとつになった「アメリカ憎し」という感情もしぜんに氷解《ひょうかい》するだろう。

教科書しだいで、歴史は真実へと変わっていける。

第十章

安政の大動乱

ペリー提督の初来航のあと、江戸城大奥から、消えた女性がふたりいる。ひとりは姉小路《あねがこうじ》で、もう一人は将軍・家慶《いえよし》の側室だったお琴の方である。

姉小路は、家慶をささえて権勢をふるった才女である。表の政事にもつよく影響をあたえてきた。

「なにゆえに消えた。まさか、京の実家・橋本家に帰ってないだろう」

諸藩の大名や旗本たちにとっては、内願や嘆願などを持ち込む先であり、こんごの大奥政事に影響するだけに関心がつよく、憶測《おくそく》や噂《うわさ》が飛び交う。

「あれだけのやり手だ。朝廷にも顔が広いし、幕府はこのさき姉小路を放っておかないだろう」

家慶の葬儀のあと、姉小路は剃髪《ていはつ》をねがった。そしてその先、姉小路の住まいは、赤坂の毛利藩下屋敷の別棟・檜《ひの》絵屋敷で、侍女を数人連れて隠退しているという。

この噂が下火になったころ、嘉永《かえい》の元号は縁起が悪いといい、十一月二十七日には「安政」へと改元された。

なにしろ嘉永は天然痘《てんねんとう》の流行、ペリー提督の来航、京の御所の失火から京都大火がおきるとか、東海・南海大地震とか、大事件・大騒動が軒並み続いていた。

改元後も期待に反して、とてつもない自然大災害やら、外交関係やらで、幕府の政務は激動続きだ。

姉小路の風評がふたたび流れた。

将軍家慶の埋葬先をめぐり、上野寛永寺か、芝の増上寺か、姉小路がいずれかの寺の関係者から賄賂《わいろ》をもらっていた。それが発覚し、長州屋敷に居づらくなり、またいずこに行ったという。

大物にはこの手の噂はつきものだ。そうはいっても、所在不明の者はいつしか関心も薄れ、世上の話題に乗らなくなる。

この国難のさなかに、ほとんど話題にのぼらない人物が、空気のような存在の新将軍・家定《いえさだ》だ。

そして、家定三番目の継室候補と言われた篤姫《あつひめ》である。この縁談を推す姉小路が、江戸城大奥から去ってしまったのだから、表の老中らは無関心をよそおう。

そのうち島津家から辞退してくるだろう、とみなしている節があった。

華やかな大奥から、もうひとり消えたのが、美貌《びぼう》のお琴の方である。

彼女はかつて三万五千石のお姫さまだった。兄の野望から大奥入りし、将軍家慶に見初《みそ》められて四児も出産している。ただ、いずれも一歳以上に育たなかった。

いまでは和光院《わこういん》という院号をもらう。毎朝のおつとめで、慎徳院《しんとくいん》(家慶)の位牌《いはい》にむかって数珠を鳴らす。

線香の匂いと細いけむりが立ち込めるなかで、お琴の脳裏《のうり》に、ふいに大工の幸次郎の顔があらわれた。

あれは、新将軍・家定が西の丸から本丸に移り、それに連動して、ここ桜田御用屋敷も改装の手が入ったときだ。奥女中たちがこんな噂話をしていた。

「幸次郎って、麹町《こうじまち》にすむ優男《やさおとこ》ね。すてきだわね。この錦絵《にしきえ》の役者そっくり」

「わたし見初められたら、この黒髪を切って、贈りたい。駆け落ちして、一緒に死んでも好《よ》いわ」

奥女中らは数人で、戯れに相愛の世界で遊んでいた。若い女は忘却《ぼうきゃく》が早い。

もはや幸次郎の名すら出ないけれど、お琴の脳裏には鮮明に残っている。

あれは、もう一年余りまえだった。

庭の植栽の側《そば》で、ねじり鉢巻き姿の幸次郎が両手で角材に鉋《かんな》をかける。うすい鉋屑《かんなくず》がワカメのように伸びる。仕事ぶりは実にすばらしい。こちらに視線があうと、幸次郎はさっと目を逸《そ》らす。

釘《くぎ》を打つにしても、幸次郎はこぎみよい槌《つち》の音をひびかせる。テキパキと気持ちがいい。お琴から声がけしてみた。

「御仏間の観音開きが、キーキー鳴りますの。見ていただけせんか」

「建付けが悪いのかな。それは建具屋の仕事だ、あっしら大工にはできません」

「ダメですか」

「修理は別にしても、あっしが一度ご仏壇をみてみましょう」

かれは縁側で草履《ぞうり》を脱いで、足裏を手拭いで叩《たた》いてから、御仏間に入ってきた。

法被《はっぴ》姿の幸次郎の横顔は錦絵をみている感じ。かれの汗の匂いがお琴のこころをしびれさせたものだ。

剃髪したお琴には日々だけが空虚にながれていく。あらたな出来事も思い出も生まれない。

外出許可はとても厳しい。外出が許されるのは、家慶の墓地の増上寺、夭折《ようせつ》した四人の供養のみだ。その往復で偶然、大工の幸次郎に出会うなど、あり得ない。

お琴は下働きの十六歳の女中に、さりげなく声がけをしてみた。

「以前、ここに大工仕事できた麹町の幸次郎さん、覚えているかしら」

「えっと、もしかしたら、役者顔のひと」

「そうよ。わたしがうかつにも仏壇の扉を修理させたばかりに、大奥女中に無断で口を利いたと、出入り禁止にさせてしまったの。いま思えば、悪いことしたから、お詫《わ》びのひとつもしたいの」

「便利屋なら、人探しなど得意です」

町火消が副業として、たのめば力仕事、修繕、運搬、口利き、四国八十八カ所のお遍路《へんろ》の代行も引きうけるという。

「その便利屋に、頼んで、菓子折りをとどけてもらいたいわ。わたしが文を書いておくから、それを添えて」

お琴は多めの金子《きんす》をにぎらせた。

文面はごく簡素で、このさき参拝する寺院の訪問予定日を記してみた。いまわかる確実な三回分の日時だった。

期待した初回の寛永寺には、かれは現れなかった。お琴はとても切ない気持ちになった。便利屋など、頼まなければよかったと、かえって後悔してしまった。

安政二(一八五五)年九月、尼僧頭巾《にそうずきん》をかぶるお琴が、伝通院《でんつういん》の境内で駕籠《かご》から降りた。

長吉郎の墓にあゆみよった。将軍の実子だけに、『景徳院殿理證玉英大童子』という戒名はりっぱで五輪塔《ごりんとう》である。

「縁側から投げ殺される瞬間、長吉郎はどんな恐怖だったのかしら」

お琴は両手を合わせて、わが子と語りあっていた。付添い女中三人、伊賀者らも墓前で手をあわせてくれる。

背後になにか人の気配があった。線香と水桶《みずおけ》を手にした幸次郎が立っていた。

「これは奇遇《きぐう》ですね、桜田の和光院さま。改築の節にはお世話になりました」

幸次郎は機知にとんでいた。

お琴は、三度目となる芝増上寺でも幸次郎に会いたい、とねがう。

慎徳院(家慶)の法要は、大勢の幕閣などの参拝者たちで、一般者はとても墓地に近づけない。厳重な警戒で、境内は二刀を差す武士であふれていた。

このお寺は、将軍家の夭折した赤子たちの水子地蔵が整列し祀《まつ》られている。お琴は小さな茶巾袋《ちゃきんぶくろ》から、用意してきた赤い頭巾を取りだし、地蔵の頭にかぶせた。頭巾の顎《あご》ひもを結んだ。

(どこかで、わたしを視《み》ていてほしい)

お琴は境内の仮設櫓《やぐら》に目をやった。幸次郎はとび職ではないが、仮設づくりの手伝いで来ていないかしら。そんな想像のもとで、お琴はあえて気づかせるように、もう一度、頭巾の紐《ひも》を縛りなおす。

頭巾の裏地には次なる上野の東叡山《とうえいざん》寛永寺の日時を記している。機転が利く幸次郎だから、気づいてほしい。

数日後、お琴が本丸大奥のときに、ひいきにしていた呉服屋からつけ届け物があった。反物《たんもの》の包みを開くと、手紙が入っている。

――当日は、浅草の芝居で息抜きをして、待乳山聖天《まつちやましょうてん》の山下にある待合茶屋《まちあい》「流れ川」にお越しください。

「大胆《だいたん》過ぎる」

お琴は戸惑った。考えれば、奥女中らも墓参に託《かこつ》けて芝居見物をする、それはよく聞く話。付き添う女中や伊賀者たちにも、前もって、息抜きの芝居見物をしたいといえば、反対はしないと思う。

その当日がきた。

頭巾をかぶったお琴は、猿若町《さるわかちょう》中村座の席に座っても、こころが実に落ち着かない。喪服のうえに木綿の地味な打ち掛けを着ておいた。

一幕目で、そっと中座し、芝居小屋前から町駕籠《まちかご》で、「待合・流れ川」にむかった。心が躍った。

大川縁の待合は二階建てであった。

(ここまで、落ち度はなかったかしら)

帳場の女将《おかみ》は小太りで、大工の幸次郎さん、といっただけで、お待ちしていましたよ、と二階部屋に案内してくれた。

待合茶屋の階段は、踏み板が足で鳴る安っぽい造りであった。お琴のこころには呵責《かしゃく》の念がわきあがった。こちらです、と襖《ふすま》が開けられた。

室内の装飾は、飾りがなく質素であった。

「お待ちしていました」

美顔の幸次郎が妙にかしこまったあいさつで迎え入れた。かれも禁じられた密会だと緊張しているようだ。

「窓からの眺めがとてもいいこと」

彼女は打ち掛けと頭巾を取った。頭髪が肩にとどかない短髪でそろえる「尼そぎ」という髪形である。

「和光院さま、窓の下にながれているのは大川です」

その窓からちょっと身をのりだせば、対岸の民家が横並びに幅広くみえる。川には屋形船や、猪牙《ちょき》船などが行き交う。冷気の残る川風が窓から吹きこむ。

若い女中が箱膳《はこぜん》を運んできた。髪は桃割《ももわ》れで、黄八丈《きはちじょう》の着物姿だった。

幸次郎が酒をいいつけた。

「和光院さま。こうした場は御法度《ごはっと》です。たんなる戯《たわむ》れではすみませぬ」

かれは密会の危険とか、先々の悲劇をいい出しかねない口調だった。

女中がふたたびあらわれて箱膳に、それぞれ銚《ちょう》子《し》一本ずつ置いてから、ゆるりとしてください、といい襖を閉めた。

「お戯れも、ここまでにしないと、責めを負う立場になります。お琴さまも、あっしの方も」

幸次郎が銚子をさしむけてきた。お琴は盃《さかずき》をうけた。

「その話はもうよしましょう」

となり部屋の寝床に意識をむけて、

「帯をほどいて。喪服では幸次郎さんも、落ち着かないでしょうから」

この先は男女ともご法度《はっと》の道である。

「美しい。とてもいい香りだ」

幸次郎がお琴の襟足《えりあし》をかいでいる。

お琴は目を閉じ、色白の身を投げだす。ここから大奥随一の美貌といわれたお琴と幸次郎がぬきさしならぬ関係に陥った。

お琴は芝増上寺、伝通院近くの一角に、町駕籠を用意させておくなど、それなりに工夫をしていたようだ。知らぬは当人ばかり。地獄絵のなかで、燃える恋だった。

「あっしの胤《たね》を宿したら、どうなる」

といわれながらも、お琴は幸次郎に一途《いちず》な気持ちで、抱かれる喜びを知った。密会を重ねるほどに、燃える気持ちが抑えきれない。禁断《きんだん》の恋ほど、こころが燃えるものだ。しだいに会う回数も増えてくる。

江戸城・大奥の駕籠が街にでれば、際立ってひとの目を惹《ひ》く。人目を忍んで内々にしていても、それなりに目立つものだ。先の将軍家慶の側室が、大工の男と通じていると噂が立った。

かわら版にすれば、最高のネタだ。なにしろ、将軍側室の不祥事《ふしょうじ》だ。これを刷り物にして町で売れば、儲《もう》かる。

ところが、興味本位で売りものにすれば、幕府は黙っていない。版元、彫師、際物師《きわものし》もふくめて一網打尽《いちもうだじん》で捕まる。判決待ち、という名の下で獄中死《ごくちゅうし》だろう。

幕府が極秘に内偵《ないてい》し、徒目付《かち》がお琴の密会の現場を押さえた。

ふたりは即座に引き離された。

有無もなく男は町奉行に連行された。

幕府はすぐさま、お琴から慎徳院（将軍家慶）の位牌を取りあげた。和光院という院名も剥奪《はくだつ》した。そのうえで、新宮水野家の座敷牢《ろう》に送った。

ここでお琴は、幕府の沙汰待《さたま》ちとなった。

前将軍の側室による不義密通《ふぎみっつう》である。公儀の「御定書百箇条《おさだめがき》」の姦通《かんつう》の部で罪を問えば、獄門《ごくもん》か、磔《はりつけ》の刑になる。お琴はどんな処罰もうけ入れざるを得ない。

幕府は、将軍家の不祥事ゆえに、闇から闇に葬《ほうむ》る処罰を下した。

長吉郎が将軍家慶の実子であることから、母方の新宮水野家のお取りつぶしは免《まぬが》れた。お琴にたいしては、幕府の官吏《かんり》立ち会いの下、水野家の家主・忠央《ただなか》がみずからの手で処罰する。そのうえで、幕府には病死の届け出をすることになった。

*

処刑の日時が決められた。

新宮水野家の水野忠央は、腸《はらわた》が煮《に》えくりかえっていた。譜代大名の昇格への手順が狂い、泥を塗られた思いだ。

浄瑠璃坂《じょうるりざか》の水野家の中庭には、裏返しの畳《たたみ》が敷かれている。そばには水桶がおかれていた。

白装束姿に着替えたお琴が、数人の女中に導かれ、この庭に現れた。剃髪のお琴の顔は蒼《あお》ざめて精気がない。からだが崩れそうな足取りだ。両脇から、手を添えられて、お琴が畳のうえに正座した。

やや離れたところで、幕府の吟味役が立ち会う。水野家の家臣たちもならぶ。

襷《たすき》がけの忠央はお琴を一瞥《いちべつ》した。

（四人の子どもを生んだ女の体が、男を欲して、こころまでも乾いておったのか。あわれな妹だ）

「申すことがあれば、述べよ」

吟味役がそう、うながした。

「こころが狂ってしまい、新宮水野家にご迷惑をおかけしました。兄のお手討ちで、あの世で長吉郎に逢《あ》います」

「それだけか」

忠央が背後から聞いた。

「長吉郎が将軍になれると信じておりました。大奥は謀略《ぼうりゃく》でうごく暗澹《あんたん》たる世界です。兄上との約束が果たせず、申しわけありませせぬ」

忠央が無言で刀を上段にかまえた。

「最期に、南紀新宮水野家の女として、おねがいがあります。慶福《よしとみ》さまは幼く叡智《えいち》に富み、人柄が良く、まれにみるすばらしいお方です。吉宗《よしむね》公のように、紀州から徳川将軍を誕生させてくださいまし」

「約束しよう。余の念願でもある」

忠央の上段の刀が陽光で反射し、キラっと光った。一瞬にしてふり下ろす。

鮮血が飛び散った。お琴の異様な悲鳴があがった。忠央が柄杓《ひしゃく》の水で、刀の血を洗いながした。

小刀で遺髪《いはつ》を切り取った。まわりの家臣からすすり泣きがもれた。

遺髪が白い半紙につつまれた。

忠央は空を見あげた。危うく涙が落ちそうになった。

「とくとご検分を」

＊

深夜十時が過ぎたころだった。

芝藩邸の家屋が突如として、はげしく上下にゆれた。机にむかう篤姫のからだが真横に吹きとぶ。柱と梁《はり》がきしむ。

行燈《あんどん》が宙にういてから横倒しに落ちた。菜種《なたね》油の炎が弾《はじ》け、ぱっと明るくなる。

「火事になる」

篤姫はとっさに側《そば》のかけ布団を手にし、行燈の炎のうえにかぶせた。

天井板がバリバリ破れる。その天井板が斜めに頭上に落ちてくる。

悲鳴が聞こえる。

篤姫は天井の下敷きになりかけたが、とっさに逃げだした。崩れた壁の砂埃《すなぼこり》が鼻や口に飛び込む。窒息しそうだ。

篤姫は裸足《はだし》で、縁側から中庭へ逃げた。庭木が根元から倒れてくる。

暗やみのなかで、薩摩藩邸の広い建物が、不気味にミシミシ音を立てつづける。

鹿児島育ちの篤姫は幼いころから、桜島や霧島の噴火や地震を体験している。それでも、篤姫は心の臓がふるえる恐怖に襲われた。

「津波がくるかもしれぬ。高台に逃げろ」

薩摩藩士たちが、灯《あか》りを手に誘導する。御殿山《ごてんやま》の方角に駆けた。目の前で家屋の瓦《かわら》が落ちる。

ここ数年は、安政の東海大地震、南海大地震など、とてつもない巨大地震が発生している。江戸まで、襲われるなんて。

夜空がおそろしく赤く染まり、刻々と色濃くなってくる。江戸の中心地が大火災だろう、と篤姫には想像ができた。

丘陵《きゅうりょう》地のお寺の堂に避難できた。やがて朝の陽が昇ると、被災者にはゴザや握り飯が配られた。武士も、町人も、職人も区別がなく、だれもが無言だった。

篤姫は、いつ足袋と草履をはいたのか、それすら記憶になかった。

安政二(一八五五)年十月二日夜十時に、安政江戸大地震が発生した。マグニチュード七・二の直下型で、震源地は深川付近ともいわれ、死傷者は推定一万人前後とされる。

とくに江戸城周辺(現・千代田区)の大名屋敷に被害が多く、過半数の藩邸で死者がでている。

安政江戸大地震から二か月が経《た》った。

芝藩邸の海べりにある巨木の松陰で、篤姫はひとり沖合を眺めていた。初冬の風は頬《ほほ》に痛い。海面には白波もたつ。

「私って、運が悪い女かしら。生みの両親から切り離されて、島津本家の実子だなんて。ひとつもうれしくない」

あしたは芝藩邸から渋谷別邸に移る。斉彬《なりあきら》の家族らといっしょする。渋谷からは海が見えない。せめて、潮の香りを吸い込んでおきたくて、ここにきた。

沖合から「丸十」の薩摩帆船が入港する。故郷の指宿《いぶすき》を思う。鹿児島を発《た》ってから二年間も、将軍家の入輿《にゅうよ》の話はすすまないし、正室か側室か、それすら、あやふやのまま。破談になる恐れのほうが強い。気性が強い彼女だが、口惜しい気持ちで耐えていた。

「私が十六、七ならば、きっと死にたいと思い詰める。もう二十歳も過ぎたし」

そこに複雑な孤独を感じていた。

実父の忠剛《ただたけ》は嘉永《かえい》七(一八五四)年二月二十七日に死去している。実父ならば、あの世からでも、娘の胸のうちの苦境や困難な窮地《きゅうち》を理解してくれると思う。

背後に人の気配を感じた。ふり向くと、大柄で、目の大きな西郷隆盛《たかもり》(当時は西郷吉之助《きちのすけ》)であった。

「姫。明日の引っ越しから、江戸城入輿まで、拙者がお世話をさせていただきます。殿からの言いつけです」

「私にかまうことなく、御簾中《ごれんちゅう》(英姫《ひさひめ》)さまに手を貸してあげてくださいまし」

篤姫は迷うことなく断った。

「御家老や側用人《そばようにん》らが、お世話いたします。それぞれ藩士は役目を仰せつかっています。おおきな引っ越しですから」

西郷は重厚な雰囲気の男だ。

「この芝藩邸は、津波の恐れがあって危険ですか。それで渋谷に移るのですか」

「もう津波の怖《おそ》れはないでしょう。ペリー提督の黒船が、この近くの品川までやってきたからです」

芝高輪《たかなわ》は、西洋の軍艦の艦砲射撃《かんぽうしゃげき》がとどく射程《しゃてい》にあり、万が一、外国と戦争になれば、最も危険な場所になる。それで渋谷藩邸を建築したのだとおしえてくれる。

「姫には、江戸城に御輿入《おこしい》れまで、新築の屋敷で過ごしていただきます。拙者が嫁入り道具など一式買いそろえます」

西郷が朴訥《ぼくとつ》と家具の種類を語る。

「その入輿の話はやめていただけませんか。将軍家と島津家と縁組が成立していません。そんな先々まで話すだなんて。聞きたくありません」

篤姫は胸によどむ感情を西郷に投げつけた。

西郷は無言で目を見開いていた。

「なぜ、私の縁談が進まないのか、将軍家に輿入れができないのか、その理由が知りたい。西郷はお殿様のお庭番だから、情報はおもちでしょう」

「拙者の口から、お話しはできません」

「意気地なし。私に話すことで、あなたが不利益をこうむるからなの」

「勝気な姫だな。一言でいえば、水戸藩の烈公(徳川斉昭《なりあき》)がつよく反対しておるからです」

うちの藩士ならば、だれでも知っている、と西郷はつけ加えた。

「それならば、全部、お話ししなさい。隠さずに」

「拙者が語るとは、損な役まわりだな。島津の娘が将軍の御台所《みだいどころ》(正室)になれば、御三家や旗本など幕臣が外様の娘に頭を下げることになる。それで反対されておられる」

「それだけですか」

「家定公が世子《せいし》ならば、公家・近衛《このえ》家の養女でもよかった。いま徳川将軍だ。天皇の皇女が嫁げる地位にいる。なにも外様の娘をもらう必要もない。それが理由です」

「もっと、あるでしょう。側室ならば良いとか」

「江戸城の奥女中は二、三百石の旗本の娘と相場が決まっておる。新宮水野家の三万五千石のお琴が、大工ごときと密会し、不祥事を起こした。七十七万石の娘など大奥に入れると、醜聞《しゅうぶん》を起こす。将軍の側室にはぜったい反対だ、と言われておる」

「一体。私の人生はどうなるの。嫁ぐ先がなくなり、尼になるのかしら」

篤姫は返答のない西郷の顔をじっとみていた。

*

雪降る師走の下旬だった。

本郷泰固《やすかた》は江戸大地震の被災地を巡回し、江戸城に帰ってくると、御側御用取次《おそばごようとりつぎ》として中奥で、将軍家定に一通り説明した。老中部屋にも重要な課題を伝えおいた。

本郷は大奥に呼ばれているので、そっちにも出むいた。部屋に案内された。

「人間の命もはかないね」

将軍の実母の本寿院《ほんじゅいん》と上臈《じょうろう》の歌橋《うたはし》が、火鉢を囲んで手を温めていた。ともに五十に手がとどく年齢だった。

「なにかあったのかな。大物の老女がふたり揃《そろ》って、呼び立てて」

本郷は至極《しごく》落ち着いた知的な顔で、学問の素養も豊かである。

「震災後の忙しい時でしょう。急ぐ仕事こそ一番忙しい人にお願いしたいのです」

本寿院はおとなしめの語り癖がある。

「この場の主題は、上様に継室を娶《めと》る。早く進めてほしいという要件ですね」

そう言ってから、本郷は活発な歌橋に視線をむけた。

「さすがね。頭の回転が速い。国難のご時世だから、家定公には支えになる正妻がいたほうが良いし。精神的にも安定しますし、継室の話を進めたいの。厄介なのは、外様大名の女はだめという烈公ですの」

歌橋のあと、悠長《ゆうちょう》な性格の本寿院に引き継がれそうになった。

本郷泰固が話をうけた。

「水戸藩の藤田東湖《とうこ》、戸田忠太夫《ちゅうだゆう》という『水戸の両田《りょうでん》』が家屋の下敷きで亡くなりました。斉昭公が重要な片腕を失い暴走するか、落ち込むか、きわどいところにいます。烈公が暴走すると、家定公の縁談はことごとく腰を折られる。皇女をもらえとか。そんな雲をつかむような話を出す」

「あの烈公のいやらしい目に唐辛子《とうがらし》でも、擦《す》り込んでやりたいくらい。嫌いよ。ごう慢な鼻を折る妙手《みょうしゅ》はないかしら」

歌橋が襟元《えりもと》をちょっと直す。

「烈公に衝撃を与え、ひるませる。それだけの弱みはあります。実は、線姫《いとひめ》さまが自殺を図ったのです。未遂でしたが」

「えっ。あの線姫さまが自殺」

ふたりの老女が驚きの目になった。

「あの件は忘れられないわ」

本寿院が、かつて美人の線姫を見て、家定の継室にしたいと、言い出した。本寿院、歌橋、本郷泰固《やすかた》の三人が手を組んで、姉小路をうごかした。

姉小路が引き受けてくれて書簡で、それを烈公に申し入れした。ところが双方で大げんかになってしまった。

結局は、水戸の烈公に軍配が上がり、線姫は水戸藩主の慶篤《よしあつ》に嫁いだ。

「あの線姫さまは女菩薩のような目も顔も素敵だった。家定に嫁がせていたら、自殺未遂なんて起きなかっただろうね」

本寿院が怒りを吐いた。

「許せない。腹が立つわ。いい知恵がないかしら」

歌橋が憎々しい顔でいう。

「島津の篤姫が入輿するまで、烈公を黙らせる手はあります。……。線姫は亡き家慶の養女で、将軍家の娘です。家定公との縁組も断り、水戸藩に入ったのに、線姫は自殺にまで追い込まれた。幕府としては許せない、と水戸家を詰問《きつもん》する。となれば、烈公は将軍家の縁談には物言えぬ。口も閉じるでしょう」

本郷は弁舌《べんぜつ》さわやかだ。

「徹頭徹尾《てっとうてつび》、締め上げるといいわ」

歌橋が両手で首を絞める真似《まね》をした。

「ところで、自殺未遂の原因はなんなの」

本寿院が聞いた。

「艶福家《えんぷくか》・烈公が絡《から》んでいるらしいです。そんな醜聞《しゅうもん》が水戸で秘《ひそ》かにささやかれております。これは定かではありませんが」

将軍のお庭番が、その情報をつかんできたのだ。本郷は御側御用取次であり、将軍代行としてお庭番の指揮も受け持つ。御三家といえども、水戸藩の烈公は要注意人物で、つねに監視対象だった。

「では、確認ですが、家定公の三番目の継室は島津の篤姫で決定し、上様にその旨をお伝えしても、よろしいですね」

「さすがに仕事が速いわね。篤姫のからだは丈夫だというし。好《い》いんじゃないの。うわさでは勝気な性格らしいけれど」

本寿院と歌橋はともにうなずいていた。

ちなみに、安政三(一八五六)年十一月七日に二十二歳で線姫は自ら命を絶った(山川菊栄『幕末の水戸藩』)。

*

安政三(一八五六)年二月二十八日、二年半も待ちつづけた二十一歳の篤姫に、幕府から吉報がとどいた。

「姫。万歳です。将軍家定公の継室が篤姫と内諾《ないだく》されたそうです」

西郷が喜び顔で飛び込んできた。

「駄目だとあきらめたから、婚姻が舞い込んできたのね。神様はいたずらが好きね」

篤姫がほほ笑んでいた。

「殿さまから、入輿前にたいせつなお話があるそうです」

篤姫は急ぎ渋谷藩邸の奥座敷にむかった。一体なにを聞かされるのかしら。

「大奥で、篤姫に動いてほしいことがある。政事工作だ。家定継嗣として一橋家の慶喜《よしのぶ》公を推《お》してもらいたい。慶喜公が継嗣《けいし》になれば、幕府の政事を変えるため、急ぎ慶喜公を将軍に押し立てる」

これは政略《せいりゃく》結婚だと、篤姫にははっきり理解できた。

「新将軍は愚公《ぐこう》で政事能力はないし、子どもづくりにも励《はげ》まない。篤姫には寂しい夜を過ごさせる、辛《つら》い結婚になる、と思う」

「将軍家定さまは、そんなにも能力がないお方ですか。父上は江戸城で、拝謁《はいえつ》されて、そういうお考えになられたのですか」

「定かではない。福井藩の春嶽《しゅんがく》公が愚公だというから、その人物評を信じるのみだ」

（松平春嶽さまが嘘《うそ》をついていたら。私が嫁げば、それはすぐにわかること。今は、父上に問うても、詮無《せんな》いこと）

「一つ。父上にうかがいます。一橋慶喜公が継嗣になれた暁には、簡単に将軍になれるのですか。そういうお約束が家定公との間にあるのですか」

「簡単ではないだろう。家定公には、政事能力を問い、円満に退去をねがうことになる」

「もし家定公に拒まれましたら」

「なにはともあれ、慶喜公を将軍に押し立てる。それが幕府、日本のためだ」

――将軍家定に毒を盛って殺す。その役が私に回ってくるのかしら。

そう連想すると篤姫は身ぶるいをおぼえた。


安政三年十一月十一日は小春日和だった。豪華な花嫁姿の篤姫が、斉彬夫妻に、「ご挨拶してから、渋谷藩邸を出発した。大勢の重臣たちが見送る。篤姫がながす涙が、嫁ぐ悦《よろこ》びの顔に思われていた。

篤姫の入輿一行はながい行列で麻布、六本木、飯倉、日比谷を経て、平川門へとむかう。西郷隆盛が乗物（駕籠）の外から声をかけてきた。

「快哉《かいさい》を叫びたいくらい、沿道の人たちがおどろきの目で見ております。婚礼の行列の先頭が、江戸城大奥についても、きっと末尾はまだ渋谷でしょう」

西郷には、膨大な数の婚礼用品を一点ずつ選び、荷造りを完成させた、という今日の喜びがあるのだろう。

「お礼を申しますよ」

「姫、いつまでも、実家、島津家を忘れずにおいてください。それだけは拙者からもお願いいたします」

西郷のことばが、先日の斉彬のことばと重なり合って、意味深長《しんちょう》に感じられた。

（夫となる将軍が愚公で政事能力はない上、子どもづくりにも励まない）

継嗣問題で、将軍の夫は暗殺される身なのかしら。まったく知らぬふりをするべきなのかしら。複雑な自分の心とどう向き合ったらよいのか、篤姫はわからなくなっていた。

この島津家の婚礼道具類は五千両、ほかに献上物、贈り物などが一万両である。総額十万（現・二百億円）であった。

これら調度品は六十五日間も要して、江戸城にとどけられたという。この超豪華な巨額の婚礼負担が、転じて国許《くにもと》の貧しい領民一人ひとりに圧《の》しかかってくるのだ。

その意識がはたして斉彬にあったのだろうか。むろん、大名家育ちの篤姫には理解がおよばないだろう。

あえて今、前藩主・斉興《なりおき》の立場に立てば、斉彬の巨額の浪費癖から四十二歳まで藩主に就かせなかった考え方も、よくわかる気がする。

篤姫が将軍の御台所になれば、当然ながら大奥の勢力地図は塗りかえられる。篤姫はどんな人生になるのか、だれもが予測できなかった。

*

歴史の通説が、その実、後世にねつ造されたり、わい曲されていたり、事実に反することが多々ある。

――十三代将軍・家定といえば。あらゆる書物や媒体に、「愚公」「無能」「病人でなにもしなかった将軍」「廃人のようだった」と記すものが多い。

この出所は、松平春嶽(福井藩主)である。明治三(一八七〇)年から十二年に逸話や人物評を記した『逸事史補《いつじしほ》』のなかで、「温恭院《おんきょういん》(家定)は、すこぶる才能のない方で、凡庸中《ぼんようちゅう》でも最も下等であった」と記す。

家定を極度に見下し、一刀両断《いっとうりょうだん》で切り捨てる。なぜ、こうも極度に悪くいうのか。家定にたいして恨《うら》み、敵意、嫉妬《しっと》、春嶽自身に劣等感があったのかもしれない。

ちなみに、『逸事史補』で、明治の立役者たちとなると、美辞麗句《びじれいく》に歯が浮きそうだ。

「岩倉具視《ともみ》は、ついに王政復古《ふっこ》の大業を助成されて今日の進歩に至る」

「木戸孝允《たかよし》は、天下の安危を一身に引き受け、皇室への賛助《さんじょ》は誰にも及ばない」

「大久保利通《としみち》は古今、未曽有《みぞう》の大英雄と申さなければならない」

「西郷隆盛は世界中の豪傑《ごうけつ》の一人だろう」

有能・優秀と称される人物でも醜《みにく》い裏面がある。こんな賛辞はうさん臭い。かえって人物を観察する能力が弱く、信じやすく騙されやすい性格だ。

はたして、こんな春嶽の評を真にうけてよいのだろうか。将軍家定の在位はどのくらいか。ペリー提督の黒船来航から激動の五年間である。思いのほか長い。

西欧諸国との和親条約や、通商条約の締結にむけた外交交渉が目白押し。さらには大地震や大津波など自然災害も多発している。幕府は過去にないほど民の生命確保や、生活救済に取り組んでいる。

この状況下で、はたして徳川将軍が無能で対応できるものだろうか。

『概観幕末史』(文部省)は明治四十四(一九一一)年から、編纂《へんさん》がはじまり、発行は太平洋戦争勃発《ぼっぱつ》まえの昭和十五(一九四〇)年である。

――家定は、武家の棟梁《とうりょう》(将軍)として、諸侯(大名・旗本)に号令する才能はなく、政治はほとんど閣老の手によっておこなわれた。将軍家定は手を拱《こまね》いて、成を俟《ま》(待)つに過ぎなかった。

これは春嶽の『逸事史補』が、そのまま反映されている。現在でも、『概観維新史』が学校教材の底本になっている。

＊

木蓮の白い卵型の花弁と、吹くさわやかな微風が、春の訪れをおしえている。

江戸城内の秋葉神社には、参詣する将軍家定夫婦の姿があった。御台所の篤姫は艶《あで》やかな絵柄のきもの姿である。

儀式が終わると、夫婦で赤い毛氈《もうせん》の長椅子にすわり小休憩をとった。木陰になっていた。疱瘡《ほうそう》の痣《あざ》がある家定の視線が木蓮の花から、篤姫の顔へと移った。

「ワシと結婚して、不運な人生だとおもうか。本音で話してくれ」

「なぜ。そんなご質問をなされますの」

「おそらく婚前に、嫁ぐ将軍は身体《からだ》が弱く、乳母の歌橋のうしろに隠れてしまう、性格は陰気だと聞かされていただろう」

斉彬のことばがよみがえり、篤姫は心痛い気持ちにさせられた。上手なことばがでず、夫の顔をみるばかりであった。

「世子の時代を語って聞かそうか」

「知りとうございます。ぜひ」

「ワシのきょうだいは、ほとんど乳児で死んだ。病死もあれば、毒草を煎じられた児《こ》もおるだろう。ワシはいつも毒殺を恐れる子どもだった」

篤姫のからだにおもわず戦慄《せんりつ》が走った。

「幼いころから神経が尖《とが》っておった。膳をみた瞬間、『食べるな、殺されるぞ』と頭のなかで警報の鐘が乱打される。頭痛をおこす。野生動物には、そうした勘があるらしい。そこで、頭が痛いとか、腹痛の真似《まね》をする。数日間、水だけの絶食もあった。死にたくなかったからだ。空腹が耐えがたく、吹上御庭で山菜を採ってきて、自分で料理もつくったものだ」

胸襟《きょうきん》を開いて語る夫に、篤姫は四か月まえの新婚当初の近寄りがたい空気も消え、夫婦の情を感じはじめた。

「おもうに、祖父の大御所時代はとくに警戒しておった。三侫人《さんねいじん》やお美代たちの目がいずれも悪意で光っていた。だから、ことさら痴呆《ちほう》の真似もしておった。ガチョウを棒で追って虐《いじ》めもした。将軍家の継嗣にむかないと烙印《らくいん》を捺《お》させるようにしむけた。それが生きる知恵だった」

家定が不随《ふずい》意運動の発作で、時おり首を前後にゆする。夫の目は優しかった。

夫の家定から、毒殺から身を護《まも》る知恵を聞くほどに、篤姫は胸が痛んだ。

(私がこのお方を護ってあげたい)

「ワシは気分屋で、食べる好みが激しく、むずかしい子どもだと思われていた。疳癪《かんしゃく》がつよく、あるものは狂人をみる目でワシを怖れていた」

篤姫はあえて口を挟《はさ》まなかった。家定が語る話の流れを変えたくなかった。

「将軍家に生まれたという、運の悪さがワシのこころを苦しめ、打ちのめしてきた。平穏無事、というこことばが実に遠く、はるか彼方《かなた》の夢の世界におもえてならない」

(逆境にひたむきに生きてきた、この夫を大切にしたい)

と想う気持ちが、篤姫の胸に広がった。

「話は飛ぶが、ペリー提督が来航し、すぐに父上の家慶が亡くなった。ワシに征夷《せいい》大将軍が宣下《せんげ》されたとき、もう愚公の真似をして、わが身を護る生き方は捨てた。というのは、諸国の民に憐《あわ》れみをもった良き将軍になろう、と決めたからだ。しかし、『愚公の兜《かぶと》』を脱いでも、幕閣たちの目はこぞって以前とおなじ。新将軍・家定は政務を統裁《とうさい》する能力もなく、内憂外患《ないゆうがいかん》をしきれる資質に欠けている、とみなしたままだ。将軍決裁も、中奥の側用人らがすべて処すという、みじめなものだ」

ペリー提督が二度目にくる前、老中首座・阿部正弘が謁見《えっけん》をもとめてきた。

——将軍就任間もない上様が、ご意見を述べられますと、極秘の外交戦略が乱れて狂ってきます。日本にとって、重大な外交問題です。外交のすべてを、この伊勢にお任せください。

「面と向かっていわれると、さようか、と応じるしかなかった。情けなかった」

「お気持ち、お察しいたします」

「ワシは当座の自分を考えた。合衆国大統領の親書にたいする七百余通の上書《じょうしょ》をぜんぶ丹念に読み解いてみた。どの策がよいのか、と。攘夷《じょうい》にしろ、開国にしろ、すべてに西洋の勉強不足が感じられた。そこでワシは侍講《じこう》で、西洋通の賢者から、知識を得ることからはじめた」

家定がこころ熱く語る。

日米和親条約が締結されると、伊勢(阿部正弘)への批判が集中した。

ペリー提督の恫喝《どうかつ》に屈し、祖法を破り、合衆国との国交を認めた。この条約は日本に禍《わざわい》を招くだろう、と。

水戸藩の烈公がとくにはげしく攻撃した。溜間詰《たまりのまづめ》の譜代大名らも、「阿部おろし」の密儀《みつぎ》をおこなう。

「ワシの勘は、こういうとき不思議とよくはたらく。阿部おろしは陰謀《いんぼう》だらけだ」

そのころ篤姫は、芝薩摩邸に入ったが嫁入りは霧消《むしょう》すると覚悟していた。

「ペリー提督が江戸湾をはなれた一週間のち、それは四月十日だった。伊勢がワシに老中辞表を提出してきた」

ちょうど、この日に京都所司代から幕府に急報が入ってきた。

――四月六日、京都御所にて失火し、全焼、京の都が大火のさなか。

飛び込んだ情報で、江戸城内が大騒ぎとなった。だれが考えても、京都御所の再建には膨大な労力と巨額の資金を要する。

人間にはそれぞれ事情はあるが、とかく自己都合でうごく。だれも困難極《きわ》まる再建など関わりたくない。

「いざとなれば、幕府の難儀《なんぎ》よりも、自分の難儀をかんがえる。薄情なものだ。阿部おろしが、すっと消えた」

将軍・家定は老中松平乗全《のりやす》にこう命じた。

「伊勢の辞表はまかりならぬ。祖法を破って開港したのは、伊勢の不行き届ではない。ワシが将軍として裁許した。開港は世界の流れだ。開国は父・家慶の願いでもあった。西洋諸国と公平・平等で平和な条約が結びたい、と言われていた。ペリーとの間で成就した。ここで伊勢に引かれると、ワシが困る。そのむねを伊勢によく申し聞かせ、早々に登城させよ」

松平乗全はかれの私邸に、福山藩の重臣を呼びだし、辞意を翻《ひるがえ》してほしいと、将軍家定の意向を伝えたようだ。

ところが正弘の態度はくつがえらない。

「伊勢がいないと、この国が危ない。幕府が内部の政権争いで、紛糾《ふんきゅう》するときではない。内憂(災害・禁裏《きんり》炎上)外患を乗りきれるのは、伊勢だけであろう。ほかにだれがいるというのだ」

家定は正弘の引き戻しにつとめた。

老中首座・阿部正弘は辞表をだしてから、約一週間後に登城してきた。

「伊勢、たのむぞ。内憂外患のなかで、国を救えるのは、そなたしかおらぬ」

「お役を継続いたし、微力をつくし、勤労いたします。西欧との困難な情勢の下で、臥薪嘗胆《がしんしょうたん》といいますか、将来の成功を期して、苦労に耐えて、優秀な人材を抜擢《ばってき》して改革をおしすすめます」

将軍・家定は正弘に再任をあたえた。

ここから溜間詰一派の陰謀も消えた。

正弘が腰を据え、斬新な安政改革へとおし進んでいく。

「伊勢は、ワシによく相談してくれるようになり、考えが共有できた」

将軍・家定は日々、正弘と意見のすり合わせをするようになった。

――和親条約は外国からみれば、寄港地を提供するだけで、まだ鎖国と同じ。西欧は領土が欲しいのではない。自由な貿易が欲しいのだ。

「まさしく。上様のお考え通りです。インドが植民地になった悲劇は、欧米と通商条約をむすばなかったからです。中国の悲劇は、根本が開港のみで開国まで進まなかったからです」

「幕府が戦争に敗れて、欧米と通商条約をむすぶより、こちらから先んじて結ぶ」

家定と正弘の共通認識にまで高まった。

安政三(一八五六)年には、「通商の利益をもって富国強兵の基本となす」

この施策は将軍・家定が承認した。

「ワシは、上書で不明な点があれば、遠慮なく伊勢を呼び、問うておる。海防掛《がかり》の報告は一通り目をとおす、夜寝る時間を惜しんで。夜烏《よがらす》が友だちになるほど」

夜閨《やけい》のすくなさへの釈明にも聞こえた。

翌々日のこと、家定が自作の「柿」の絵を大奥にもってきてくれた。一枝に実が一つ。熟した色合いの富有柿《ふゆうがき》である。

「昨年の秋に画《か》いた、吹上で採れた柿だ」

一個の柿でも部屋が秋色に染まる。

「すばらしい才能ですね。私を気づかって持参してくださる。涙がでます」

篤姫は夫の思いやりに心がしびれた。

＊

明治の歴史学者・内藤耻叟《ちそう》は旧水戸藩出身であり、皇国敬慕で『開国起原・安政紀事』をだしている。

――将軍家定は歳《とし》すでに三十余なれども、常に鷙鳥《しちょう》を追いまわし、楽しみとし、また豆を煮てこれを近習に賜う。

これが現代でも、家定が愚公・無能な病人の将軍という通説の元になっている。

近年ようやく、将軍・家定の見方が変わってきた。

竹本要斎は家定の小姓で、そのあと御側御用取次、外国奉行など歴任している。

――老中から将軍へ裁許を伺う御用箱が、中奥の部屋におかれますと、側用人が書面をとりだし、将軍に一つずつ読んでお聞かせします。読み違えがあれば、家定公はもう一遍読んで聞かせろとか、伺い通りの、ここの処がわからぬ、伊勢に聞いてみろとか、周防《すおう》に聞いてみろとか、無能では将軍などつとまりませぬ。

加えて、こうも語っている。

――畑中善良という外科医で長崎で修業し、通弁(通訳)もできる者を家定公は手元に呼び、外国事情に聞き入っていました。事足りないときは森山多吉郎《たきちろう》に聞いておけ、と申されていました。外交は前後の公方様(家慶・家茂《いえもち》・慶喜)のなかでも、一等でございました(東京帝国大学・旧事諮問録・竹本要斎)。

将軍家定の行動を追ってみる。浜御殿で江川流の砲術を観閲《かんえつ》する。オランダから将軍家に寄贈された電信機器に関心をもって実演を見学する。江戸府下で鳥狩《とりがり》をおこなう。品川台場の大砲発射訓練を観閲する。明らかに激務だ(『維新史料綱領』東京大学維新編纂《へんさん》所)。

――将軍家定は職掌《しょくしょう》に怠りがなく、文武芸道など、先の将軍・家慶よりも盛んであった。慰事《なぐさみごと》、参詣などの義務も懈怠《けたい》なかった。城の吹上において法衣以上、および以下の幕臣たちの馬術を観閲し、二日後には諸番士の武技を観閲されている(大日本維新史料・井伊家史料六)。

勝海舟《かつかいしゅう》も家定の病弱説を否定する。

「将軍は次々に難しい問題について判断を求められる激職である。暗愚な者には絶対につとまらない職である」

＊

江戸城内の吹上で、栗毛色の愛馬にまたがるのは紀州藩主の慶福である。品位のある十一歳だ。金糸で刺繍《ししゅう》された白地の衣装をまとい堂々としている。

慶福はふだん後見人の紀州藩付家老《つけがろう》の忠央による「弓馬の術」の指導をうけている。馬術競技や、遠乗りとかで、慶福の顔はいつも日焼けして浅黒い。

関ヶ原の戦い以降、戦のない世の中だが、歴代の将軍は馬術を武芸のひとつと、とらえて励《はげ》んでいる。

きょうは御三家の紀州藩主として慶福が、将軍・家定のまえで馬術を披露する。

慶福の父親・斉順《なりゆき》は、先の将軍・家慶の弟だ。それゆえに、現将軍の家定と慶福は血縁の濃い、いとこの間柄だ。家定は幼少のころから慶福を可愛《かわい》がってきた。

「慶福は、みるたびに逞《たくま》しくなる。大奥で奥女中に泣かされ、剣術の指導をうければ、竹刀を放りだし、泣いていた。あの弱虫の紀州藩主は消えたか」

家定三十三歳が痣《あざ》の多い顔面に、笑みを浮かべ、からかう。

「上さま。それはお忘れください。きょうは土佐(水野忠央)の編みだした名高い丹鶴《たんかく》流の馬術を披露いたします」

「ならば、ふだんの成果をみせてもらおう」

観覧席と隣り合って、見物人用の幕が張られている。これは忠央のお膳立てで、御台所や上臈たちも特別に見学が許されていた。御台所の篤姫も加わる。

「吹上を二周してきて、西洋式の馬術障害をおみせいたします。あちらに並べた樽《たる》を連続で飛び越えます」

「落馬するではないぞ」

城内吹上とは火除け地を兼ねた日本庭園である。いまはさつきが赤、白、紫、と鮮やかに咲く。鳥の囀《さえず》りも賑《にぎ》やかだ。初夏の花の甘い香りもただよう。

水野忠央四十三歳が騎馬であらわれた。

陪臣《ばいしん》ゆえに将軍に拝謁も挨拶もできない。忠央は無言で目礼《もくれい》し、慶福に目をむける。と同時に、すぐさま二頭が飛びだした。疾走する土佐の馬を慶福が追う。

いっせいに拍手が起こった。

忠央と慶福の二頭が疾走してくる。

見学席から、奥女中たちが甲高い声を張り上げて声援している。

ふたりの騎乗は鮮やかで勇ましい。

「よし。もう一周だ。ぬかるな」

馬の勢いはそのまま吹上丘陵へむかう。慶福は愛馬を乗りこなす。馬術は頭をつかう。十一歳にして馬術の力量は優れている。馬と呼吸を合わせ疾走する。

二周してきた。拍手が鳴りやまない。愛馬の鼻息が荒い。慶福が優しく首筋をなでながら、将軍・家定のまえにすすみでた。

「見事じゃ。頼もしいかぎりだ。武将の面にみえてきたぞ」

「これから樽《たる》越えの妙技を披露いたします。愛馬とともに人馬一体、こころ一つに、乗り越えます。篤《とく》とご覧ください」

障害の空樽が十二個ほどならぶ。騎馬の忠央が第一番目の樽のまえで待つ。

「さあ。いくぞ。落ち着いて」

ペースが速すぎると、馬が怖がる。

「一、二、三、二、三」

慶福は馬の足運びを口ずさみ、いかに飛ぶか、と頭のなかで図を描く。踏み切る前、手綱から、飛べ、と指示をだす。

「エイッ」力を込め、愛馬とこころ一つに樽を飛ぶ。

拍手が聞こえる。

次の樽までの距離は、馬が障害に集中できるように、やや長めにとっている。

四番目の樽で、踏み切るが、体重移動が狂って、からだの重心が傾いた。

「落ちるものか」

慶福はかろうじて無事に着地した。

このさきも樽の高跳びが連続する。冷静にすべての樽を飛び越えた。

観覧席にもどると、見事、頼もしいと将軍・家定に褒《ほ》められた。奥女中の見学席の前まで、馬をすすめた。

「えろうご立派なお姿になられはりましたえ。優美で勇ましい騎馬やったし」

上臈・万里小路《までのこうじ》がその成長ぶりに涙ぐむ。

「落ちそうになったとき、わたしまでも身の毛がよだつほどでしたよ」

御台所が最後にそう声がけした。

*

安政四(一八五七)年六月十七日に、老中阿部正弘が享年三十九歳で死去した。

徳川政権のおおきな節目となった。江戸城の表、中、奥の権力構図がにわかに変っていく。

「御休憩の間」に、篤姫があえて小さな竹葉の七夕飾りを立てた。奥女中たちの願いの短冊が彩りよく飾られた。

生前に正弘が詠《うた》ったという短歌の短冊を、篤姫が筆書きした。それを知った将軍・家定がその七夕飾りをみにきた。

冷やしスイカ、モモ、菓子などを差し上げた。おいしそうに食べてくれる。毒見などの警戒心はない。夫婦のかたちができつつある、と篤姫は感じた。

「伊勢は日本の財産だった。日本の防衛には、なにをおいても海軍をつくるという信念があった」

家定が七夕飾りをみながらそう語る。

開国は、洋式海軍を創設する好機だと正弘は熱く燃えていた。

オランダの全面協力で「長崎海軍伝習場」（のち海軍兵学校）を設立した。蒸気軍艦をオランダに発注した。同時に、オランダの優秀な将官を教官に迎え入れた。士官候補の練習生は、幕臣のみならず、諸藩からも有能な人材を募集した。

近い将来には木造軍艦から、鋼船軍艦に変わるだろう、と造船所、造機所、鍛造場の建設へと進むさなかである。

「学問においても、おなじ考え方だ。昌平黌《しょうへいこう》は幕臣に限定せず、諸藩の藩士にも門戸を開いた。伊勢の最も大きい功績が、人材育成だろう」

「損得勘定のないお方ですね。外様とか、譜代とかにこだわらない。聞けば賄賂もいっさい取らず、とか」

「言うは易く、行うは難しだ。どんなに賢くても、実力以上に金と地位を欲しがる類の人間が多いものだ」

（誰のことを指しているのかしら……）

「将軍は権力がある。忍耐や辛抱、これだけでは将軍の資質が充分とは言えない。なにが必要か。

仁と愛だ、と伊勢は言っていた。わしにはまだまだ遠い道だ」

篤姫にすれば、夫とともに仁と愛で生きたいと思う。

天守閣に行こう。家定が篤姫を誘った。この時代は男女が肩をならべて歩かないものだが、気まぐれな愚公将軍の行動だと思われて、噂にすらならない。

江戸城天守閣は、明暦《めいれき》大火で焼失したが、再建されていない。それでも番頭《ばんがしら》四人、組衆六十四人が天守番をする。

番兵が、異常なし、と大声をあげる。

「かれらは閑職だ、役立たず、と白い目でみられておる。空虚な気持ちがワシにはよくわかる。だから、将軍になっても、ときには声がけにきておる」

「うれしいでしょうね、上様の心配りは」

「こころの痛みは分かち合えるものだ。きょうは天守閣で、語りきれなかった伊勢(阿部正弘)の話をしよう。伊勢は世界のうごきをよくみておった」


ペリー初来航の嘉永六(一八五三)年には、欧州で、英仏オスマントルコの連合軍と、ロシア軍が戦うクリミア戦争が勃発した。戦火がカムチャッカ半島まで拡大した。

イギリス艦隊がふいに長崎に寄港してきた。司令長官のスターリングが、軍艦の寄港地として箱館の開港をもとめた。

長崎奉行・水野忠徳《ただのり》と、目付・永井尚志《なおゆき》が対応した。

「わが国はいまロシアと和親条約の交渉中である。クリミア戦争には中立である。日米和親条約とおなじ内容の条約をむすぶならば、貴殿がのぞむ箱館と長崎に軍艦の寄港を認めよう」

英提督と日英和親条約を締結した。

伊豆下田においても、川路聖謨《としあきら》と筒井正憲《まさのり》が日露和親条約を結んだ。

「択捉《えとろふ》と国後《くなしり》は日本領、ウルップがロシア領とし、その中間が国境と定められた」

この経緯はこうだ。

東海大地震の大津波で、ロシア艦ディアナ号が大破し、そして沈没した。

正弘は、ロシア兵約五百人が帰国できるように、外洋船を伊豆の戸田《へだ》村で建造させた。プチャーチン提督が人道的配慮に感謝の意をふくめて、国境の線引きに応じたのだ。

ロシア皇帝から批准書もとどいた。

現代、わが国が主張する択捉・国後が日本領という根拠になっている。

安政四(一八五七)年十月二十一日、江戸城の本丸で盛典の式として、将軍家定と米国総領事ハリスとの会見がおこなわれた。

ハリスは次のように記録している。

――大君(将軍)は短い沈黙の後、自分の頭を、その左肩を越えて、後方へぐいっと反らしはじめた。同時に右足を踏み鳴らした。これが三、四回くり返された。

家定の不随意運動の発作がでた。

――はるか遠方より使節をもって書簡をとどけにくること、その厚情にふかく感じ入り、至極《しごく》満足である。両国の親しき交わりは幾久しくつづくであろう。合衆国のプレジデントにしかと伝えるべし。

家定は将軍らしいことばを述べた。

この年末から、日米間で通商条約の交渉が、江戸で始まった。日本側の全権は目付岩瀬忠震《ただなり》と、下田奉行の井上清直《きよなお》である。

米国の要求する通商条約は自由貿易である。幕府独占の貿易はやめる。これからは諸藩の一般問屋が、国内の産物・特産品を自由に輸出できるし、かたや海外の欲しいものは原則自由に輸入できる。ただし、アヘンは厳禁である。

ハリスとの交渉は延べ十五回にわたり、一条ずつ丹念に論議されてきた。

裁判権は、アメリカ人の犯罪に対して、日本で外国人を裁きたくないと、日本側が放棄した。

輸入関税は二〇%、食料は五%、酒は三五%である。比べて中国は五%、印度は二・五%であり、高関税率である。

ところが、文久《ぶんきゅう》三(一八六三)年に長州藩の一部攘夷派が、無謀にも馬関《ばかん》海峡(関門海峡)を航行する外国の民間船に砲弾を撃ち込み、多大な損害をあたえた。

元治《げんじ》元(一八六四)年、英仏米蘭《らん》の四カ国連合艦隊が報復攻撃し、下関の町が陥落《かんらく》した。外国軍が上陸した。

全権の高杉晋作《しんさく》が、「幕府の命令だった」と詭弁《きべん》をつかった。

幕府は賠償として輸入関税を一律五%にさせられた。聖地だ、攘夷戦争だと粋がった結果、アヘン戦争で負けた清国と同じ屈辱的な関税になった。

不平等条約は大老・井伊直弼《なおすけ》の所為にせず、歴史から真《まこと》の理由を学ぶべきである。

＊

ある日、篤姫は本寿院がすむ西の丸にご機嫌伺いに出むいた。夫・家定の実母である。いつも地味なきものを着ている。

床の間には一輪挿しの寒椿《かんつばき》が咲いていた。窓の外は緑木の植栽で遊ぶスズメよりもやや大型で尾が短い、暗緑色の鳥が飛ぶ。カワセミよ、と本寿院がおしえてくれた。

ふたりはあたり触らずの話題に終始していた。息子夫婦が仲の良いときは、おおむね嫁と姑の諍《いさか》いも軋轢《あつれき》も表面化しないものだ。

「ところで、どうなの。家定との夜閨《やけい》は」

女どうしの話題はそこに行きつく。

「はい。ここ二か月ほどありませぬ。いいえ。もっと前からです」

篤姫は恥ずかしながらも、事実は語っておいた方がよいと思った。

「すると、夜の指名は御中﨟《おちゅうろう》・お志賀《しが》だけなのね。御台所のあなたが懐妊《かいにん》してくれたら、家定の継嗣問題などなくなるのにね」

篤姫は無言で、相づちを打った。

家定の最初の正室・鷹司任子《たかつかさあつこ》は、結婚から六年半、二度目の継室・一条秀子は入輿から半年で、ともに天然痘で病死した。子どもには恵まれなかった。

「家定には困ったものだわ。徳川将軍の最大のつとめは、跡継ぎを絶やさないことなのに」

かつて広大院《こうだいいん》が七十二歳まで長生きしたことから、本寿院は島津の女はからだが丈夫だと信じ、篤姫の入輿に賛成した。ところが肝心の懐妊の兆候すらない。島津の女も見かけ倒しだったと、このところ失望感を強めていた。

――家定には、子どもを産む種(精子)がない。

こんな卑猥《ひわい》な尾鰭《おびれ》がついた噂が拡散していた。子どもができないとなれば、将軍・家定に継嗣が必要になる。月日を追うごとに、候補者に話題が集まる。いまや、ふたりの候補に絞られてきた。ひとりは南紀派の紀州藩主の慶福十一歳。もう一人は一橋家の慶喜二十歳である。

「ところで、あなたは家定の正室として、愚かな将軍だと思いますか。どう考えていますか」

本寿院が篤姫の顔をのぞきこんだ。

「性格は内気ですが、こころを開けば知的で、物知りで、聡明《そうめい》な方です。仕事熱心です」

家定には繊細な神経でむずかしい面があるけれど、それは伏せておいた。

「わが子は利巧なのに、世間では愚公だなんて。春嶽が言いふらしているからよ。その裏には陰謀があるのよ」

「実は、きょう伺ったのは、父・斉彬からとどいた内願のことなのです」

篤姫はきものの襟元から書簡を取りだした。それは家定公の継嗣として一橋慶喜を推薦したいという建白であった。……内憂外患のこの時勢には、将軍・家定公のみでは対応はむずかしい。英明な二十歳の慶喜が補弼《ほひつ》するべきである、と記す。

「あなたから、これを家定にみせると、夫婦仲にひびが入るわよ」

「そう思いまして、ご相談に上がったしだいです」

「母親の立場で預かり、機嫌の良さそうなときに、私から家定に手渡してあげる」

「よろしくお願いいたします」

本寿院は、やや戸惑って三、四日のち家定に見せたらしい。

鷹狩があった翌朝、恒例で中奥から家定が仏間にやってきた。

「おはようございます」

盛装した篤姫が三つ指をついた。返事がない。きょうの上様は機嫌が悪そうだ。篤姫はやや斜め後ろに座った。夫婦して、先祖の位牌に手を合わせ、数珠を鳴らした。

「これは一体なんだ。この建白は島津家の陰謀ではないか」

家定がいきなり、斉彬の書簡を仏間の座敷に荒々しくたたきつけた。

（こんな上様の怒り顔ははじめて）

篤姫は心臓が震えた。

「外様大名の島津斉彬がなぜ、将軍家の世継ぎ問題に口出ししてくるのだ。そなたが嫁入りし、将軍の義父になったから、幕政や世継ぎ問題に関与できると思いこんでおるのか」

篤姫はことばを失い、青ざめた。

「慶喜が幕府政事の補弼として必要だと書いておる。ワシが愚公将軍で役に立たない、早く隠居せよ、と決めつけた内容だ。ワシを政事の場から消し去ろうとする魂胆《こんたん》だ。否、陰謀だ」

「消すだなんて。言い過ぎです」

「そなたは島津家の密命で将軍家に嫁いできた。ちがうか。従順な新妻のしおらしさで、おとなしく政事に無関係な態度を演技してきた。いずれは斉彬の指令で徳川を裏切る女だ。信用ならぬ」

家定には癇癪《かんしゃく》が強い面があるし、腹に据えかねた怒り顔だ。

ここで反論・反発すれば、火に油を注ぐことになりかねない。

「そなたは島津の密命をもった政事の駒だ。島津の陰謀の手先なら、この際、一橋派大名の名をもうしてみよ」

夫の態度に破袋し癇《かん》にさわるも、篤姫はひたすら唇をかみしめていた。

「ならば、ワシが一人ひとり名を聞かせよう。福井藩の松平春嶽が旗振りだ」

それに加えて、御三家の徳川斉昭（水戸）、徳川慶勝《よしかつ》（尾張）、徳川慶篤（水戸）。外様大名は、島津斉彬（薩摩）、山内容堂《ようどう》（土佐）、鍋島直正《なおまさ》（佐賀）、伊達宗城《だてむねなり》（宇和島）。

家定はこうもつけ加えた。

「この者らは、幕府の大目付の目が光っているから、会合は開かず、福井藩の橋本左内《さない》、薩摩藩の西郷隆盛などを横の連絡に使っておる。これはお庭番からの正確な情報だ」

（西郷まで名が出てくるとは……）

篤姫は、幕府の探索能力のすごさに怖気づいた。

「慶喜が将軍になった暁には、夫のワシを殺す、そのために徳川に入輿してきた」

「むごい。妻を人殺し呼ばわりするのですか」

篤姫は、怒りの目で睨みつけた。

「ワシは毒殺にたいして、独特の勘があるのだ。頭脳《あたま》のなかに警鐘《けいしょう》もある。さかのぼってみれば、わかる。斉彬には適齢期の娘がいなかった。斉彬が鹿児島に帰国したとき、久光《ひさみつ》の娘（お哲）、今泉家の島津忠剛《ただたけ》の娘（一子《かつこ》・篤姫）を両天秤にかけた。どちらが密命に応えられる女か、と。夫に毒を盛れる女。それが斉彬の基準だ。だから一子（篤姫）を適任として選んだ」

「まったくの憶測です。許せません」

単なる夫婦げんかの領域を超えてきた。

「この建白の書簡には血のにおいが漂っておる。正妻ならば、ワシに見せるまえに、なぜ、破って棄ててしまわないのだ」

「できませぬ。父親・斉彬の建白ですから。親不孝になります」

「さようか。女は怖い。そのむかし、大御所時代の三佞人が将軍家の乗っ取りを謀った。美代の陰謀で、ワシは毒を盛られた。歌橋の機転で、間一髪、命拾いした。ワシのきょうだいは一人も残らず、ことごとく死んだ。わが身を護るためには、いまからでも、正妻の行動も疑う。いのちの防御は疑いからはじまるのだ」

そう言い放って、家定は仏間から立ち去った。この朝の総ぶれも無視だった。

篤姫は涙をためて自室にもどった。人払いをして口惜しく、いたたまれず、泣きつづけた。一方的に責められて、どう考えても、理不尽で不愉快で、呪いたくなるほどだ。もう夫とは思いたくない。半日ほど考えてみても、夫婦仲の信頼は取りもどせないほど亀裂《きれつ》が生じたと思えた。ここは生き方を変えよう。

「表向きは御台所で、精神は島津の女に徹する。父上・斉彬につくす」

篤姫はじぶんにそれを強く言い聞かせた。

篤姫付き中臈《ちゅうろう》・幾島《いくしま》は顔におおきな瘤《こぶ》があり、肝っ玉太く、男勝り。五十歳にして老獪《ろうかい》な女性である。政治手腕にもたけている。江戸薩摩藩と常に緊密に内通する。西郷隆盛とも書簡をかわす。これまで篤姫の教育係でもあった。

「姫が徳川に入輿《にゅうよ》してから一年近くが経ちます。懐妊の兆候はありません。これも夜閨がお志賀に奪われているからです。姫は御台所ですから、夜閨の数を増やすよう、上様におねだりされたら、いかがですか」

「上様の子を産むことはありませぬ。夜閨など想像するだけでも、鳥肌が立ちます」

篤姫は先日の夫・家定へのうっぷんを晴らすかのような口調だった。

「すると、今後は徳川でなく、島津のお殿様（斉彬）に一途の忠誠をつくされるのですね」

「そうです。島津の女として、慶喜の継嗣はかならず成功させます」

島津家から毎月、一千両が届けられている。そちらに話題が移った。

「幾島は、この資金で、南紀派の奥女中らを一橋派に取り込みなさい。将軍お目見え以上の御年寄、御客会釈《おきゃくあしらい》、御中臈などに、おしみなく高級品を贈りなさい」

篤姫は御台所の権力を笠に着て、上から目線で幾島をあごで使う。

夫家定と不仲でも、篤姫の御台所としての強い権力は不動であった。その地位を背景に一千両が大奥で派手にばら撒かれた。こうした一橋派工作が露骨になるにつれて、篤姫の評判が悪くなった。悪口があちらこちらから聞こえてくる。

一方で南紀派といえば、本寿院、歌橋、上臈・滝山は水戸藩嫌いで結束していた。

——慶喜が継嗣になれば、大嫌いな水戸の烈公がおおきな顔をして、大奥に介入してくるでしょう。節約、節約でうるさくなるわよ。

——福井藩主の松平春嶽は曲者よ。政権を奪う陰謀だから、家定は愚公で、子どもが生まれないと言いまくっている。慶喜が家定継嗣になれば、家定公はすぐさま無能扱いで廃嫡《はいちゃく》にされるか、暗殺されるわ。きっと。

三人が顔をあわせれば、おおむねこの話題になる。

譜代大名は将軍家の血筋優先から、南紀派支持である。強烈なのが、新宮水野家の忠央による破格の資金と、蜘蛛の巣のように、中奥と大奥に食い込む緻密《ちみつ》に張りめぐらされた人脈である。

篤姫の立場からすれば、島津家から月一千両くらいの資金提供だけでは、とてもではないが、水野忠央の巧妙《こうみょう》な戦術には歯が立たなかった。上級奥女中たちを一橋派に巻きこめない。

八代将軍・吉宗から、将軍家の血筋は紀州家出身の流れの下にあった。紀州藩主・慶福は家定とは従兄どうし。家定は幼いころから慶福を可愛がってきたらしい。一方で前々から慶喜は大嫌いだと聞く。家定の胸のうちの思惑《おもわく》を聴く手立てがない。それは大きな壁だ。

思わぬことが起きた。本寿院が、斉彬の内願書の存在を南紀派の上臈らに喋ったらしい。……篤姫は島津斉彬の命で、慶喜を将軍にするために、江戸城に送りこまれた。外様大名が幕府の政権転覆を狙う、徳川を裏切る陰謀の手先だ、という嫌悪感が大奥にみなぎった。

こうした空気を知る篤姫は、焦りを感じ、慶喜が優位となる秘策《ひさく》を考えはじめた。

「幾島。西郷隆盛を京都の朝廷工作に出むかせなさい。私が近衛家に紹介状を書きます」

「なにゆえにですか」と怪訝《けげん》な顔だった。

「孝明《こうめい》天皇の朝命《ちょうめい》で、一橋慶喜を継嗣にせよ、という内勅《ないちょく》を降下《こうか》してもらうのです」

「えっ、帝から勅命《ちょくめい》をもらうなんて……。これは将軍家の世継ぎ問題です。禁じ手です」

「幾島は、前代未聞だと言いたいのでしょう。わかっています。南紀派を切り崩すためには、朝廷を動かし、朝命をもらう。これが最高の手段です。幾島も元近衛家老女として、書簡で西郷の支援を頼みなさい」

「このところ姫は人柄も変わりましたね。自分勝手な振舞いが強すぎます」

「島津の女に徹しているだけです」

「そうですかね。見境がないような独走に思えますけど」

教育係の幾島すら、諫言《かんげん》が聞き入れられず、ぶ然としていた。

世の人間は権力を得ると、とかく傲慢《ごうまん》で威圧《いあつ》的な性格となるもの。御台所という幕府最高の権威の下で、今後は身勝手に物事を独断で決めるだろう。幾島の永年の人生経験から、篤姫の妥協しない独りよがりな暴走がみえていた。

安政五(一八五八)年二月二六日、篤姫は養父の近衛忠熈《ただひろ》宛てに、将軍継嗣に慶喜を推してほしいと自筆の要望書をつづった。

それが幾島から、江戸薩摩藩の西郷隆盛の手に渡った。行動力のある西郷が、篤姫の書簡をもってすみやかに京にむかった。

*

老中首座・堀田正睦《まさよし》が、日米修好通商条約の賛否に関して、諸大名の意見をもとめた。総数が二十三通である。ほぼ半数余りが条約の承認である。

はっきりした拒絶は六通で、水戸の烈公となると、次のように記す。

――堀田正睦、老中・松平忠固《ただかた》、ハリスは首を刎《は》ねてしかるべし。

この狂気じみた頑迷な抵抗者を、いかに沈黙させられるか。四十七歳の堀田は苦慮したそうだ。孝明天皇から、通商条約の勅許《ちょっきょ》をもらえば、挙国一致《きょこくいっち》で条約が締結できるだろう、と堀田はそれを妙案と考えた。みずから京にむかうと決めた。まず米総領事ハリスにその旨を説明し、条約調印の六十日間の延期が必要だと伝えておいた。

かくして安政五(一八五八)年正月八日、勘定奉行・川路聖謨《かわじとしあきら》、目付・岩瀬忠震らを随行させて、京都へと旅立ったのだ。

＊

堀田の上洛は、諸大名や攘夷派志士たちの目を一様に京都にあつめた。

福井藩主の二十九歳の松平春嶽は、すぐさまその一月に、二十三歳の頭脳明晰《めいせき》な橋本左内《さない》を京都に入れた。その目的は左内が堀田を助ける朝廷工作であった。

公家まわりの左内は、この条約の勅許はむずかしいと判断し、ならば一橋慶喜が将軍継嗣に立てられるように、天皇から勅諚《ちょくじょう》を得られる作戦にかえた。

おなじく、二十九歳の大胆な性格の西郷隆盛が安政五年二月に、大奥・篤姫の養父・近衛忠煕に宛てた書状をわたす、という口実をつくり京都に入る。

西郷と左内が京都で談合し、天皇の内勅による、一橋派勝利の策謀《さくぼう》をおこなった。かれらは五摂家に働きはじめた。

はたせるかな近衛、鷹司《たかつかさ》が一橋家の慶喜を推《お》すところまでたどり着いた。

こうしたうごきは当然ながら幕府の耳に入る。

ここで溜間詰《りゅうのまづめ》の四十二歳の井伊直弼が、いまや通商条約と継嗣問題の二点の舞台が、京都に移ったと判断した。いそぎ国学者で家臣となった長野主膳《しゅぜん》を京都にむかわせたのである。

南紀派の水野忠央は、京都に入った長野主膳から逐一、状況変化の書簡をうけとっていた。まるで自分が京にいるかのように、幕府と公家のうごきがわかった。

四月二十日、長野主膳から、一橋派には悪《あ》しき陰謀があり、その証拠を押さえた、という書簡がとどいた。

忠央はすぐさま私邸に、妹婿で四十歳前後の薬師寺元眞《もとざね》をよびよせた。かつて将軍・家定の小姓で、いまは幕府御徒頭《おかちがしら》である。

「水戸藩の斉昭が朝廷に攘夷をあおり、条約の勅許をだすなと、陰謀の上書をさしだした。これが主膳からの手紙だ」

「拝見します。なんと、恐ろしいことを」

「孝明天皇から、幕府に継嗣を慶喜にせよ、と内勅してもらう、とある。言語道断だ。幕府乗っ取りの悪しき陰謀だ」

長野主膳の手紙には次が加わる。

――公方様が押込《おしこ》み(強制軟禁)される時期はそう遠くはありますまい。君恩を思いますと、(家定公は)亡き者になる、おそれながら悲涙が堰《せ》き止められませぬ(大日本維新史料・井伊家史料六)。

一橋派は、家定公の暗殺まで考えている。これは徳川政権乗っ取りだ。武士とはそもそも軍人であり、現代流でいえば、軍人たちによる政権掠奪《りゃくだつ》というクーデターであった。

「卑怯者《ひきょうもの》だ。裏の裏をかいてやる。一橋派を一発でしとめる。薬師寺の出番だ」

秘策は井伊直弼を大老に推すことだ。直弼の気性は一本気である。土蜘蛛《つちぐも》が巧妙な知恵をさずければ、継嗣は紀州藩主の十一歳の慶福公にきまる。

水野忠央がここで、大名格昇進への野望を捨てた。というのも、直弼が大老になれば、野心家の忠央はとたんに煙たい存在になる。ふたりとも剛毅《ごうき》で性格が似るゆえに、かえって相性がわるい。

直弼は忠央を譜代大名へ推さないだろう。

お琴の遺言「紀州藩から将軍をだしてほしい」に応えてやるためだ。

――かわいい妹の首を刎《は》ねた。

忠央の胸には、大奥に入れた段階からの痛みがいまだ消えていなかったのだ。

薬師寺元眞が彦根藩邸に出むいたのは、四月二十二日の深夜である。

「上様のことで、一大事が生じました」

と門番につたえ、奥座敷では人払いをし、薬師寺が井伊直弼とむかいあった。

「京の事情については、主膳どのからの書簡でご存じかと思います。『愚公は不要』という悪質な情報操作で、将軍継嗣が慶喜に決まれば、家定公はすぐさま押込み(強制軟禁)もしくは毒殺されます」

薬師寺はこの間、壁や天井に耳がないかと気づかいながら、小声でかたる。

「それは許せぬ。家定公はよき人物だ。能ある鷹《たか》は爪を隠す。頭脳明晰だ」

直弼はそう前置きしてから、

「そもそも慎徳院(家慶)公の子どものなかで唯一、生き長らえてきた嫡子《ちゃくし》だ。毒殺を警戒し、西の丸で自炊までして己の身を護ってきた。将軍になられて、首をゆする障害に苦しみながらも、深夜まで将軍の激務をこなす。文武芸道の上覧《じょうらん》や、幕府儀礼などの役目は充分に果たしておられる。かような将軍をなぜ葬る必要があるのだ」

憤慨《ふんがい》に堪《た》えぬ、とつけ加えた。

「水戸の烈公、福井の春嶽の陰謀です。それに薩摩の斉彬が乗っておる」

薬師寺が、忠央のことばも添えた。

「慶喜は継嗣にさせぬ。家康《いえやす》公いらいの血脈による将軍家のご威徳《いとく》こそ、天下治平《ちへい》の土台である。だいいち、人物の優劣を云々《うんぬん》するのは漢心《からごころ》(異国)のやり方だ。これこそ国が乱れるもとだ」

「京では、福井の橋本、薩摩の西郷が朝廷工作に走り、にわかに天皇の内勅をださせたようです。時間がありませぬ」

「けしからぬ。天皇を担ぎだし、将軍継嗣問題に介入《かいにゅう》させるのはもってのほかだ」

「一橋派の陰謀をつぶすには、掃部守《かもんのかみ》が大老になられることです」

「彦根藩主になってから、日は浅いし」

「家定公の思召《おぼしめ》しとならば、お受けしていただけますね」

薬師寺が、中奥や大奥の根回しの詳細を語った。

安政五(一八五八)年四月下旬、堀田正睦が失意《しつい》の念で江戸にもどってきた。

登城し将軍・家定に拝謁した。

上座の家定はこだわらない無精ひげ姿で、遠路の労をねぎらった。

「大まかなところを話してみよ」

家定の目が真剣みを帯びていた。

「朝廷の堂上《どうじょう》(殿上人《てんじょうびと》)は、なにを語っても政治的な無知と、情緒的な外国嫌いです。国粋《こくすい》の神国《しんこく》思想と排外《はいがい》主義です」

蘭癖《らんぺき》大名といわれる堀田だけに、受け入れがたい思想のようだ。

「京にも、となりの清国で起きている、アロー戦争（第二次アヘン戦争）の恐怖の情報が伝わっておると思うが」

家定は障害でふいに首を前後にゆする。

「そういう危機意識が皆無です。ただただ幕府をいじめれば、金がでる。いやしい心です」

「鷹司政通《たかつかさまさみち》の正妻が斉昭の姉だから、老公が攘夷の火付け役か」

「まさしく。朝廷は西洋と戦争をしても、鎖国攘夷の国体に賭《か》ける、といきり立っております。むろん戦うのは征夷大将軍の幕府ですから。実に、無責任きわまる」

公家をあおる人物の名をあげた。

在京の漢詩人・梁川星巌《やながわせいがん》、もと若狭小浜《わかさおばま》藩士の梅田雲浜《うんびん》、頼山陽《らいさんよう》の子である頼三樹三郎《みきさぶろう》、それに儒家の三国大学《みくにだいがく》らの名前があがった。いずれも尊王論である。

堀田が朝廷に勅許願いをだすと、廷臣《ていしん》八十八人が参内し、勅許には反対だと、強訴した（廷臣八十八卿《きょう》列参事件）。

「猛烈な抗議になりました。朝廷においては、ただ関白（朝廷内の首相格）九条尚忠《ひさただ》だけが、幕府に一任で開国論者です」

家定は黙って愁《うれ》えて聞いていた。

「京の勢力は強大になりつつあります。対抗するには、幕府の政治力を強化する必要があります。福井の松平春嶽どのを大老にご推薦いたします」

大老とは老中の上座である。

「なにゆえに春嶽だ。継嗣問題で一橋派に旗振る越前に、大老を申しつける筋合いはない。大老ならば、家柄といい、人物といい、彦根の掃部《かもん》をさしおいて他にはおらぬ」

家定が眉間に怒りを寄せた。

安政五(一八五八)年四月二十二日に、彦根藩主の井伊直弼が大老に就任した。

同年六月十三日、米総領事のハリスが、アメリカ軍艦に乗り、武蔵小柴沖《こしばおき》(現・横浜市)にあらわれた。

この数日前、米艦ミシシッピ号、ポウハタン号があいついで下田に入港した。

英国によるインドの反乱鎮圧、英・仏軍のアロー戦争(第二次アヘン戦争)で清国の完全制圧におよんだ。その勢いで英・仏が大艦隊をもって日本にむかうという情報を伝えてきた。

六月十八日夜、小柴沖の艦上に、井上清直と岩瀬忠震が出むいた。

「貴国(日本)はとても危険です。英仏の外交官が来航すれば、敗戦した清国・インドなみの通商条約を強引に要求してくる。拒否すれば、即時、戦争になる。応じれば日本は植民地とおなじ。いま合衆国と通商条約を結べば、英仏にたいしておなじ条約できりぬけられます」

井上・岩瀬らは幕府にすぐさま通商条約を締結するほうが望ましいと報告した。

「天皇の勅許をいただいてから、調印だ」

国学思想の直弼は、そこに拘泥《こうでい》した。

「それには何年、何十年かかるのですか。日本が植民地になっても、それでも天皇優先ですか」

岩瀬は堀田に同行し、京の内情を知る。

中奥で、将軍・家定は岩瀬の上書に目を通した。そのうえで御用の間で、井伊直弼と火急となった政務を談じた。

「幕府は、三代将軍・家光《いえみつ》公の時代から貿易を独占してきた。三百余の諸藩が自由に貿易できる通商条約を結ぶ。諸大名にすれば、永年の夢だ。なんの不都合があろう」

家定は侍講《じこう》などで、世界の外交をみずからの努力で学んできた。

「天皇の勅許があれば、万民が通商条約に納得いたします」

「掃部。英仏に砲弾で脅されてからでは、遅いのだ。天皇崇拝にも限度があろう。通商条約は天下の将来のためだ。今日にでも即時締結すべきだ。明日では遅きに失する、という歴史の事例はどのくらいある」

直弼は無勅許条約など耐えがたいという目で、大老の辞意を申しでた。

「いま職を投げだす、それはよからぬことだ。通商・開国は百年の計だ。伊勢(阿部正弘)のえがいた富国強兵となり、世界の一流国と肩を並べるのだ。反して、百年もの間、日本を植民地にさせるのか、そこを篤《とく》とみつめよ」

開国志向の家定が大老・井伊直弼を留意させた。

直弼は井上と岩瀬を呼びだした。

「天皇の勅許が得られるまで、できるかぎり条約の調印は延期せよ。よいな」

「最悪、交渉が行きづまったときは、調印してもよろしいですか」

「その場合は仕方ない。上様の強い意思もあるし」

ふたりはその日のうち、六月十九日に日米修好通商条約に調印した。

＊

江戸城内の吹上には巨大な鳥舎《ちょうしゃ》がある。舎の止り木には、数十羽のめずらしい鳥が多く、囀《さえず》り、飛んで遊ぶ。白、黄、緑、青などさまざまな容姿だ。

将軍・家定は連れ添う紀州藩主・徳川慶福十二歳に、鳥図譜なみの知識を授けていた。

「あっ、雉《きじ》が羽を広げた。とても美しい」

慶福が嬉《うれ》しそうな顔で指す。

「そんなにも、鳥が好きか」

「はい、大好きです」

吉宗の時代から、歴代の徳川将軍は飼鳥を楽しんでいる。生前の慎徳院(家慶)などは凝り性で、オランダから異国の鳥を輸入し、交配をたのしみ、諸侯の将軍献上品といえば、山野のめずらしい鳥類だった。慎徳院は鳥絵師らに精緻な図譜を描かせていた(現存)。

「この場の鳥舎から離れたがらない慶福も、徳川家の血筋だな」

家定は胸のうちで、このいとこの慶福こそ継嗣(跡継ぎ)だと決めていた。大奥の御台所・篤姫などが推す一橋派の慶喜など、もはや思慮になかった。

「ワシが慶福の年ごろには、アヒル、ガチョウなど、地面を駆ける鳥が好きで、ともに駆けっこして遊んだものだ」

「余は、空高く飛んで、手元にもどってくる鳩などが好きです。忙しい上様が、こうして余を城内に案内してくださる。とてもうれしいです」

「さようか。半刻のち『お玉ヶ池種痘所《しゅとうじょ》』の視察にでむく。それまでの時間だ」

顔に痘痕《あばた》がある家定は、永年の「蘭方医学禁」を解除させた。そのうえで、「お玉ヶ池種痘所」(東京大学医学部の前身)の設置を裁許した。その視察がいまから予定されている。

「ところで、慶福が気にしておる時勢とか、世相とはなんだ。聞かせてみよ」

「はい。米軍艦ミシシッピ号の船員が長崎にコロリ(コレラ)を上陸させた、と聞き及びました。三日でころっと死ぬ、とても恐ろしい伝染病だとか。加えて、治療薬がないことです。そのうち江戸にまでやってきます。それが恐ろしい」

「慶福。政事とは一つ事項でも、諸々の厄介な問題が起きてくる。民にたいする治療や救済もたいせつ。かたや攘夷派の連中が、わが国が開国したから、異国の疫病が流行《はや》ったと、幕政攻撃に利用している。けしからぬ、と思うが、この対処もせねばならぬ。それが政事だ」

後継者になるだろう慶福に、政事とはなにか、と家定は施策を教えていた。

＊

一橋家の慶喜は、きりっとした好青年だ。面談をもとめてきたので、大老・井伊直弼は六月二十三日、江戸城で会うことを決めた。

慶喜が挨拶もそこそこに、

「掃部守《かもんのかみ》。将軍継嗣はどうなっておる」

「紀州藩主の慶福に決まりました」

直弼はことばがつまりぎみだった。

「さようか。将軍家の血筋からしても、慶福ぎみは聡明だし、それは妥当だ」

「恐れ入ります」

直弼は嫌味か、と身がまえた。

「将軍の継嗣など、余には迷惑なのだ」

「迷惑とは、なにゆえに」

「聞かせよう」

慶喜はやや公家口調でこう語った。

天下を取りて、仕損じるよりも、天下を取らない方がおおいに勝る。一橋家の家主になったことすら、わが器量に過ぎたること。己に天下をとらせると、これは幕府を滅亡させるもとだ。

となれば、鎌倉時代から六百六十余年もつづく封建制度そのものが、己をもって滅び去るだろう。

(二十歳にして、すごい頭脳だ)

直弼はまさしく恐れ入った心境だった。

慶喜の母親は有栖川宮《ありすがわのみや》の出身だから、征夷大将軍という武家社会すら魅力を感じていない雰囲気がただよう。

「本日の面談は、どなたかと相談のうえで、お越しになられたのですか」

「己の行動は、自分で判断する」

かれは躊躇《ちゅうちょ》なく言い切った。

(斉昭にも、春嶽にも、斉彬にも、相談していない。これこそ一橋派が一枚岩でない。おおいなる弱点だ)

「通商条約調印のこと、強《あなが》ち、よからぬ、許しがたい、と余は批判しにきたのではない」

慶喜は開国に賛成の口調だ。なぜ、この場に来たのか。

「掃部守は合衆国と条約締結した即日にも、御使者《おししゃ》を上京させなかったのか。それが問題だ」

「恐れ入ります」

「一片の宿継飛脚奉書《しゅくつぎひきゃくほうしょ》にて、とどけ放しのありさまは、なんたる不敬《ふけい》ぞや。天朝《てんちょう》を軽蔑《けいべつ》し奉《たてまつ》る罪は重大なるぞ」

「恐れ入り奉ります」

「大老か老中が京にでむき、天朝にご説明すべきだ」

直弼はどこまでも低姿勢で対応した。

翌六月二十四日、松平春嶽が彦根藩邸を訪れた。かれの顔はこわばり、

「なぜ、違勅《いちょく》調印されたのか」

と詰問する。だが、直弼はまったくとりあわず春嶽を無視した。

この日、重大な事件が起きた。

水戸藩の斉昭が、徳川慶勝(尾張藩主)、徳川慶篤(水戸藩主)をつれて、江戸城に不時登城《ふじとうじょう》した。一橋派の旗頭《はたがしら》の松平春嶽も、彦根藩邸から江戸城に合流する。幕府の法は、不時登城は重犯であり、城の乗っ取りとおなじ罪である。

ましてや御三家や親藩は、幕政に関与することすら御法度《ごはっと》。この場で「謀叛人《むほんにん》」として斬り捨てられてもおかしくない。

かれらは一様に幕閣一人ひとりをつかまえて、しつように詰問する。

「天皇の勅許を得ずして、幕府は通商条約に調印した。言うに及ばず、大老の辞任をもとめる。将軍継嗣は慶喜にせよ」

直弼は忙しいと早々に座を立った。

(擁立《ようりつ》する慶喜公とよく話しあって、出直せ。慶喜は条約に賛成しており、慶福公の継嗣にも納得しておるのだ)

直弼は腹のなかで、嘲笑《あざわら》っていた。

六月二十五日、幕府は家定の継嗣を紀州藩主の徳川慶福とすると発表した。

一橋派の不時登城の処罰が決まった。

徳川斉昭は謹慎《きんしん》である。徳川慶勝、松平春嶽は隠居の上、謹慎を命じられ、加えて徳川慶篤は登城禁止である。

六月二十四日が定例登城日の一橋慶喜までも、登城禁止とした。

春嶽は七月五日に、「隠居・急度慎《きっとつつしみ》」で藩主の地位から退けられて、霊岸島《れいがんしま》にあった福井藩中屋敷で謹慎生活に入った。

明治に入ると、こう釈明する。

――通商条約の調印後、斉昭と押しかけ登城した。この事件については、われらは老公(斉昭)のために売られた。勤王の誠意は感ずるべきだが、一橋慶喜を将軍となすことは老公の私心と欲から起こった。

一橋派の旗揚げをして島津斉彬を誘い込んだのは春嶽である。あまりにも逃げ口上がひどすぎる。今日からみれば、『逸事史補』全般の信ぴょう性が疑われる。

安政五年七月に入ると、ロシアのプチャーチン提督の登城・将軍拝謁の受け入れ打ち合わせなどで、家定は多忙だった。

同月三日、午前中まで執務《しつむ》していた家定が、突如として倒れて重態に陥った。

井伊直弼はじめ老中が、ふだんは入れない大奥の寝所にあつまってきた。

「ただの過労ではないぞ。漢方医では駄目だ。蘭方《らんぽう》の名医を召せよ」

急きょ薩摩藩の戸塚静海《せいかい》や鍋島藩の伊東玄朴《げんぼく》ら蘭方医が、奥医師に転じて診察した。篤姫も寝床のそばで看病する。

家定の脈をとった伊東玄朴が、呼びかけても、人事不省《ふせい》に陥った。

「毒がまわった」と玄朴が診たてた。

殿中は大騒ぎになった。

七月六日に午前四時ころ、将軍・家定が三十五歳で薨去《こうきょ》した。

むごい、と篤姫は泣き崩れた。二十四歳で結婚生活はわずか一年七か月である。

「せっかく、養君《ようくん》が慶福ぎみに決まりましたのに。上様、無念でしょう」

篤姫はいたたまれず泣きつづけた。冷ややかに一橋派の彼女をみる幕閣たちの眼もあった。

毒殺か。コレラによる病死か。一橋派が奥医師・岡櫟仙院《おかれきせんいん》をつかって毒殺したのではないか、と噂が流布した。その岡は解任・隠居、謹慎となった。

明治に入ると、一橋派に与《くみ》した人物が政権の中枢《ちゅうすう》に座った。歴史は概《がい》して、その時の政治権力者のあり方によって、修正され、ねつ造、改ざん、もしくは事実が抹殺《まっさつ》される。家定は抹殺された。

ペリー再来航のあと、激動の国難つづきの五年間で、将軍家定が「凡庸中《ぼんようちゅう》でも最も下等」だから、一橋派が幕政改革にのりだす。もっともらしい美談だ。

されど『逸事史補』には信ぴょう性がない。事情はおおむね逆だ。

家定は賢く聡明であった。歴代の将軍で類をみない激務であった。

将軍・家定は各国との和親条約、長崎海軍伝習所、学問所、安政大江戸地震の市民救助、安政の通商条約、西洋医学禁の解除など、そのつど吟味《ぎんみ》し裁許してきた。

しかるに、一橋派が情報操作で現職の将軍・家定をこき下ろし、将軍職をまったく望まない慶喜を架空で擁《よう》し、松平春嶽らが政府転覆《てんぷく》を謀った陰険《いんけん》なクーデターの失敗であった。

――西欧の植民地主義は一か国が一つ国を支配するもの。五か国が日本を同時に割拠《かっきょ》して植民地支配などありえない。

有能な若き外国奉行の水野忠徳、永井尚志、井上清直、堀利煕《としひろ》、岩瀬忠震ら五人の専門外交官はしめし合わせた。

「一気呵成《かせい》に、通商条約の締結なら、日本が植民地にならない、最大の好機だ」

六月十九日に日米修好通商条約が締結されると、勅許なしでオランダ、ロシア、イギリス、九月三日のフランスと通商条約が調印された。かれらは二か月半で、言語が異なる難解な通商条約を五か国とむすんだのだ。おどろくべき能力だ。

七月には江戸でも感染病のコレラが発生し、大流行となった。

恐怖、戦慄《せんりつ》、流言飛語《ひご》が乱れ飛ぶ。町は葬儀の列で、死者があふれ、やがて棺桶《かんおけ》の数がたりず、酒樽《だる》をつかう。

幕府は民の救済に全力投球している。

そんな折、よりによって京の朝廷が問題をおこしたのだ。安政五年八月八日付けで、孝明天皇から、水戸藩に勅諚《ちょくじょう》がだされた。「戊午《ぼご》の密勅《みっちょく》」と呼ばれている。

・勅許のない通商条約の締結に調印したことへの呵責《かしゃく》と説明を要求する。
・御三家および諸藩は幕府に協力し、公武合体の実を成し、幕府は攘夷推進の幕政改革を遂行せよ。
・(副書)水戸藩から諸藩に回達せよ。

当初の下賜《かし》は、薩摩藩だったが、藩主の斉彬が七月に死去したことから、水戸藩の京都留守居役に下された。

やや遅れて勅諚は幕府にもだされた。

――前代未聞だ。幕府の綱紀《こうき》を乱すものだ。許せば、政権の存在すらおびやかす。

朝廷をまきこんだ政権転覆の陰謀ともうけとれる。幕府は水戸藩に回達のさし止めと朝廷への返納をもとめた。

大老・井伊は通商条約の釈明に、老中・間部詮勝《まなべあきかつ》を上京させた。その間部が京につくと長野主膳や京都所司代らと、反幕府勢力の探索と粛清《しゅくせい》へとはしったのだ。

九月十八日、水戸藩の鵜飼吉左衛門《うかいきちざえもん》・幸吉《こうきち》の親子を廷臣八十八卿列参事件、戊午の密勅を画策した重要人物として捕縛《ほばく》した。

安政五年九月二十日に、薩摩藩士の西郷隆盛が江戸同藩の日下部伊三次《くさかべいそうじ》や水戸藩家老安島帯刀《あじまたてわき》らに送った密書がある。

――薩長土の三藩の兵で、間部詮勝くらいは一時に撃ち払い、ただちに佐和山《さわやま》(彦根城)へ押しかけ、一戦で踏みつぶし申すべく。

これが幕府の密偵《みってい》の手にわたった。間部詮勝は仰天《ぎょうてん》し、江戸の直弼に知らせた。

わが城を襲撃されるとなれば、大老井伊でなくとも、だれでも怒り心頭だ。

――同志への檄文《げきぶん》だったと、あとから弁明しても、為政者の立場からすれば、テロリストの陰謀である。

幕府が西郷の書簡から、尊王攘夷と継嗣問題で過激な者への逮捕にのりだす。ここから「安政の大獄《たいごく》」になった。

京都では二十二日、公家の鷹司家の小林良典《よしすけ》が、彦根城襲撃を教唆《きょうさ》した廉《かど》で捕らえられた。

先に堀田正睦が朝廷に金をばらまき持ちあげられた皇族、公卿、諸侯らは、攘夷でいきがり高みにいたが、根っこは巨大な幕府にたいする怖れがある。その幕府が牙《きば》をむいたのだ。捕縛の手が宮家・堂上(殿上人)諸家の家臣に伸びてきた。つよい衝撃をあたえた。なにしろ、幕府の官吏は皇族、公卿、諸侯など冠位《かんい》や権威に関係なく捕縛し、容赦なく蟄居《ちっきょ》、隠居、謹慎などを命じていくのだ。

過去に「倒幕」と一言でもいった記憶があれば、あすは獄中死の恐怖だ。

尊王攘夷派らは、元若狭《わかさ》藩士・梅田雲浜を皮切りにぞくぞく捕縛された。竹製の唐丸籠《とうまるかご》で恐怖の江戸送りになる。

西郷隆盛は、勤王僧の月照《げっしょう》と鹿児島まで落ち延《の》びた。ところが自藩からも追いつめられて入水《じゅすい》自殺をはかった。月照は水死し、西郷は助かった。

安政五年から翌年にかけて百人以上が検挙された。死刑は橋本左内、吉田松陰《しょういん》、頼三樹三郎ら八人である。遠島《えんとう》・追放・所払《ところばら》い・押込めなど有罪が全国にわたり、七十人前後であった。刑が確定するまえに獄中死もいるので、犠牲者はもっと増える。

＊

安政七(一八六〇)年三月三日、深夜からの降雪で、白い幻想的な雪景色だ。

井伊直弼は警備陣を増やさせなかった。大名駕籠《かご》が彦根藩邸をでていく。かれはいつも正座し、書類を読む。あるいは瞑想《めいそう》する。かれの脳裏には将軍・家定公の死去の日がよみがえる。一橋派による毒殺と信じて疑わない。南紀派は勝ったけれど、家定公を失ってしまった。無念だ。

あの翌七日は、継嗣となった紀州藩主の慶福が十三歳にして大老と老中を招集した。

「家定公の急死はおどろき恐れ入った。余は将軍の職務は幼年で不案内ゆえ、一同こころをつくすよう申しつける」

みずから将軍代行を毅然《きぜん》と宣言した。

それは立派なお姿だった。

「家定公の継嗣は、一橋家の慶喜でなくても、慶福でもよかったことが証明された。安堵《あんど》した。一橋派の狙いはなんだったのか。どうみても春嶽と斉昭の政権略奪の陰謀だ」

昨年七月二十一日には慶福から家茂に改名された。家定の死で正室は落飾《らくしょく》し、天璋院《てんしょういん》(篤姫)となった。ただ、彼女は家茂の養母《ようぼ》(養子先の母)のままでもある。

「天璋院は本丸大奥で、将軍養母を利用し確固《かっこ》たる地位をえて、政事を大奥から仕切り、幕府の実権を掌握していくだろう。島津の陰がおそろしく気になるところだ」

——ところで、批准書《ひじゅん》はもう合衆国ワシントンに着いたかな。ひな祭りの頃だときいた。

安政七（一八六〇）年一月十八日、新見正興《まさおき》、村垣範正《のりまさ》、小栗忠順《ただまさ》ら七十七人が、「源家茂」の署名入り日米修好通商条約の批准書を持参し、品川沖でポータハン号に乗船して出航した。

「お上に、直訴《じきそ》いたします」

男の声と同時に、いきなり短銃音がひびく。直弼の腰に激痛がはしった。銃弾が腰から抜け、裃《かみしも》が血で染まる。駕籠の天井、横扉から狂ったように鋭い刀先が差し込まれる。直弼は避《さ》けきれず胸、わき腹、肩に鋭く突き刺さる。

大勢がどなりあう。直弼は駕籠から雪上に引きずりだされた。流血と激痛で意識がもうろうとする。

「首を刎《は》ねるまえに、辞世をいわせろ」

「さすが大老だ」

「家定公。百年、百五十年のち貿易の富国になっておりましょうぞ」

最期の刃《やいば》がふり下ろされた。

井伊直弼は大老に就任して二年たらずで凶刃《きょうじん》に斃《たお》れた。享年四十六歳。

第十一章

江戸は生と死の炎

この悲劇は突然やってきた。

安政二(一八五五)年八月四日、隠居する姉小路《あねがこうじ》が長州藩の檜屋敷《ひのき》から、高家《こうけ》旗本・畠山民部少輔《みんぶのしょう》邸(麻布市兵衛町《いちべえちょう》)に移されて蟄居《ちっきょ》・謹慎の身となった。

狭くてうす暗い座敷牢《ろう》に押し込まれた。板張の床に、粗雑《そざつ》なゴザがわずか二枚である。クモの巣が汚く張った高窓が一つ。

華やかな生活から、一転して奈落《ならく》の底に突き落とされた。昼夜とも監視人がついた。

――勝光院《しょうこういん》(姉小路)が、かつて芝増上寺から、巨額の賄賂《わいろ》をもらっていた、けしからん。蟄居・謹慎にさせよ。

水戸藩の烈公(斉昭《なりあき》)が、縁戚筋になる東叡山寛永寺《とうえいざんかんえいじ》の交紹法親王《こうしょうほうしんのう》をけしかけ、寺社奉行に訴えさせたのだ。家慶《いえよし》の葬儀をしきる増上寺から、たしかに大奥に付届けがあった。

姉小路はそれを部屋方や部屋子らに公平に分配した。私欲で動かない。それが将軍家慶や老中たちの信頼にもなっていたのに。

これは讒訴《ざんそ》(えん罪)だ、と思うと、胸の奥から魂が切り裂《さ》かれた。

老中首座の阿部正弘は、釈明《しゃくめい》の場すらも与えてくれない。冷淡な側面を垣間《かいま》みて、裏切られた無念な心境であった。

二か月のちに、安政江戸大地震がおきた。座敷牢で、底知れない恐怖にふるえた。

空気までも凍りそうな冬を知る。炭火がもらえない。このまま死ぬのを期待されている。一日は長いが、それでも季節は変わってくる。湿気と雨音つづきで梅雨だと知る。皮膚に発疹がでる。ノミや虱《しらみ》や蚊の動きが活発になる。やせ衰えたうちの体の血を吸っても仕方ないやろうに。

真夏は地獄のような暑さで団扇《うちわ》もない。

見張り役の断片的なことばから、阿部正弘が死去したと知る。

劣悪な待遇のなかで、四季がすすんでも冤《えん》を雪《そそ》ぐ（汚名を晴らす）場もなかった。

「いつか、うちを必要とするやろうし」

南紀派が勝って、慶福が十四代将軍・家茂《いえもち》になったと知りえた。朝の快活な雀《すずめ》の啼《な》き声が暗いところを救ってくれている。

——姉小路は無罪だ。斉昭の讒訴だ。

解放してくれたのが、桜田門外の変で斃《たお》れる直前の、大老井伊直弼《なおすけ》であった。

＊

安政から万延《まんえん》に元号が変わった。

えん罪が解かれた姉小路は、隅田川東岸の本所割下水《ほんじょわりげすい》（現・墨田区亀沢・北斎通り）の旗本屋敷を購入して移り住んだ。

座敷で姉小路が結髪《けっぱつ》のさなかでも、商人らが勝手口から庭にまわり、声をかけてくる。肩の凝らない人情味が町にはあった。

姉小路は許されて大奥に出むいた。江戸城の広大な庭に、色鮮やかなツバキが咲いたころである。

金箔《きんぱく》の豪華な御対面所で、天璋院《てんしょういん》にむかいあった。初対面である。二十五歳の天璋院は小太りで、元御台所《みだいどころ》だと妙に気位が高く、型通りの挨拶で立ち去った。

やがて上座に将軍が現れた。十五歳の美顔の家茂がすがすがしい笑みを浮かべる。

「土蜘蛛《つちぐも》の土佐(水野土佐守忠央《ただなか》)と、この大奥に遊びにきたころが、とても懐かしく思いだされるぞ」

「えろう、ご立派になりはったな」

見入る姉小路は、胸を熱くさせていた。

乗馬好きの家茂は浅黒い肌だが、温厚な性格が聡明《そうめい》な顔立ちによく現れていた。

「泣き虫・紀州さまとは思えまへんな。ええ将軍にならはった。苦労は多いやろう」

「まさしく。難儀は将軍の宿命じゃ。掃部《かもん》から変わり、いまは老中の久世広周《くぜひろちか》・安藤信正《のぶまさ》らの政権で、よく支えてくれておる」

久世・安藤はともに四十一歳で、横浜開港による流通拡大、関税収入、金貨の海外流出や改鋳《かいちゅう》、攘夷《じょうい》派による外国人襲撃の対策など処しておる、とつけ加えた。

「よう勉強してはりますな。お節介なお話やけど、将軍さまは、すべてが民の道へつづく、この信条が一番ですえ」

「姉小路から、民ということばを聞けば、より重みを感じる。知っておるか。余は土蜘蛛の支えを失った」

「聞きましたえ。えろうお気の毒なことや。南紀・新宮に帰られたとか」

「そうさせたのは、性格がつよい養母じゃ」

家茂は眉《まゆ》をひそめて苦々しい口調だった。

このところ、天璋院が将軍養母という大奥随一の権力をもち、一橋派を返り咲きさせている。紀州藩付家老《つけがろう》の水野忠央が反発すると、お琴の不祥事《ふしょうじ》を理由に隠居・謹慎に追い込んだ。それは万延元（一八六〇）年六月四日のことだ、と手短におしえてくれた。

*

皇女和宮《かずのみや》の政略結婚は、幕末史のなかでも、最高のドラマの一つである。

若き優れた将軍・家茂と、皇女和宮はおなじ歳で最上の組み合わせであった。

桜田門外の変のあと、老中が幕威《ばくい》回復のために、朝廷の力を借る公武合体の策として、和宮降嫁《こうか》を持ちだしてきたものだ。

「幾重にも、お断りもうしあげまする」

十五歳の和宮は最も繊細《せんさい》な年頃である。

それでも朝廷からは幕府に条件がだされた。

――婚姻より七、八年ないし十か年もたち候うちには、干戈《かんか》（軍事行動）をふるい征伐《せいばつ》をくわえる。

四人の老中は連署で、万延元年七月四日に受諾すると確約書をだした。

「毛唐《けとう》が跋扈《ばっこ》する江戸は、えろう怖い。死んでも嫌でおす。江戸に嫁ぎまへん」

和宮は一途《いちず》なつよい性格であった。

孝明《こうめい》天皇は、実妹の和宮が拒絶するし、四面楚歌《そか》となって、朕《ちん》は譲位《じょうい》(退任)する、という。

これには公家たちがあわてた。天皇の譲位撤回のために、必死で橋本家をおどす。

「橋本家はただですみませえへんで。よう考えなはれ。観行院《かんぎょういん》(和宮の実母)は永蟄居《えいちっきょ》や。橋本家の知行は召し上げでっせ」

朝廷から京都所司代を通し、和宮の大叔母《おおおば》・姉小路の力を借りたいと要請があった。

八月の京都盆地はとても暑い。

姉小路は鴨川《かもがわ》涼みで、風流な川床そうめんを食べ、長旅のからだを小時やすめた。

公家屋敷の方角にむかう。木々のセミの声が耳をつんざく。姉小路は公武合体に希望と影を感じて思慮もするが、こころを決めて、まず関白など堂上《どうじょう》(高級公卿《くげ》)の屋敷を訪ねた。

「幕府から、十年以内の攘夷の確約書を出させながら、この縁談を反故《ほご》にすれば、大ごとや。堂上の責任は重大やねん。ここはさきに天皇さまに、譲位を取り下げてもらいなはれ」

姉小路は次の手で、複数の摂関《せっかん》家から、親王が和宮と婚約している有栖川宮《ありすがわのみや》家に圧力をかけさせ、そちらから橋本家に婚約破棄を申し出させたのだ。

こうなると、和宮はもはや尼になるか、将軍・家茂の正妻になるか、いずれしかない。

そこまで追い込んでから、姉小路はあらためて実家の橋本家を訪ねた。

「これも、あんたらの育て方が悪いのや。政略《せいりゃく》結婚が当たりまえの世の中やろう。わがまま言わせ放題や」

姪《めい》の経子《つねこ》、甥《おい》の橋本実麗《さねあきら》の顔には、やっかいな叔母が江戸からやってきたものだ、という不快な表情がうかぶ。

「そなら、これから桂宮邸《かつらのみやてい》にいきまひょ」

三人連れ添って和宮の住まいを訪ねた。

「うち心底、江戸はこわい。絶対いやおす」

十五歳の和宮は色白の細身で、鼻筋がとおり、黒い大きな瞳で、なんと清楚《せいそ》な花のような美人である。

「そなら、一度、あの世に行ってな、自由に結婚ができる異国に生まれ直しなはれ」

「叔母さま、そんなこと言わはったら、和宮に身投げでもされたら、どないするん」

「ただ、ごねておるだけや。ほんまに江戸が嫌だったら、この大叔母が桂宮邸にくると知った前の晩に、鴨川に身をなげておす。よう御託《ごたく》をいうわ。突っ張りや」

姉小路の容赦ない辛辣《しんらつ》な突っ込みから、和宮がとうとう泣き伏し、肩を震わせる。そして家茂との結婚を承諾した。姉小路が京都に滞在してわずか五日であった。

和宮降嫁の大行列は、文久《ぶんきゅう》元(一八六一)年十月二十日に京都を出発した。二十五日間に動員された人数は延べ七十万人、馬は約二万頭だった。同年十一月十五日に江戸に到着した。

翌二年二月十一日、皇女和宮と将軍・家茂との婚儀が執《と》りおこわれた。

姉小路が時おり、大奥に、ご機嫌伺いに出むけば、いつも天璋院と和宮の確執《かくしつ》が双方から聞かされた。

なんでも、初対面のとき上段の天璋院におとしね(座布団)が敷かれており、下段の皇女和宮にはそれがなかった。和宮付きの女官《にょかん》(五十七人)たちが怒ったという。

一方で、和宮から天璋院へのお土産には「殿」か「様」すらも付いてなかった。天璋院付き奥女中らが口汚く批判する。

ふだん和宮の態度には「御所の威光《いこう》」が現れ、部屋割りや食事になにかと苦情をいう。片や、和宮がいつも素足だと言い、皇室は足袋《たび》も買えず極貧だという。それは御所のしきたりや、と姉小路は釈明も面倒でうんざりさせられた。

＊

飛ぶ鳥を落とす勢いがある。

そういわれた姉小路が、江戸の本所割下水の屋敷に住んでいる。それが知れ渡ると、諸藩は万事抜け目なく、盆暮れ、季節の挨拶の贈り物をとどけにくる。相談事から茶飲み話などさまざまだ。なかには阿部正弘・姉小路の時代に、正弘が抜擢《ばってき》した有能な大久保一翁《いちおう》(忠寛《ただひろ》)なども訪ねてくる。ごく自然に世事《せじ》が耳に入ってきた。

――最近の長州藩は、外様大名の先頭をきり、朝廷と幕府の間をとりもつ「周旋《しゅうせん》」(仲立ち)活動に積極的で、目が離せない。

大久保の話が脳裏に刻まれてから、姉小路は妙に長州藩が気になった。

かつて家斉《いえなり》二十女和姫《かずひめ》の付き添いで毛利《もうり》家桜田上屋敷に入った。家慶死去のあとも、広大な檜屋敷の一角に住んでいる。

その檜屋敷では時おり、「大物・姉小路だ」と知りえた藩士の長井雅楽《うた》、周布政之助《すふまさのすけ》、高杉晋作《しんさく》、来原良蔵《くりはらりょうぞう》、桂《かつら》小五郎などが徳利《とっくり》をもって時事談議にやってきたものだ。

直目付《じきめつけ》の長井雅楽はとても優秀な頭脳の持ち主だった。公武合体策の「航海遠略策《こうかいえんりゃくさく》」を藩主・毛利敬親《たかちか》に建白した。

――欧米との紛争を避けて、積極的に海外進出策をはかり日本が通商で優位になり、五大州《ごだいしゅう》（世界諸国）がすすんで皇室に貢物《みつぎもの》を捧げるように仕向けるべきである。

その壮大さが孝明天皇を大喜びさせた。そこで毛利敬親みずから江戸まで出仕し、老中に「航海遠略策」を建白した。事実上の開国路線であり、幕府も飛びついた。

文久二（一八六二）年一月十五日、公武合体策の老中安藤信正が水戸浪士たちに襲撃された。坂下門外の変である。ここから風向きがかわった。過激攘夷《かげきじょうい》派がにわかに活気づいて、物騒《ぶっそう》な天誅《てんちゅう》の幕開けとなった。

京では和宮降嫁に協力した公家たちが、過激尊攘派から「四奸《かん》二嬪《ひん》」だといわれ、岩倉具視《ともみ》などが攻撃目標にされている。

長州藩内で攘夷派はまだ少数だった。そのひとり久坂玄瑞《くさかげんずい》が長井を敵視し、「航海遠略策」には不敬《ふけい》のことばがある、と難癖《なんくせ》をつけ、切腹にまで追い込んだ。

姉小路は遠目に、時勢の先端をいく長州の「破約攘夷《はやくじょうい》」への転換などをみていた。

＊

江戸市中で麻疹《ましん》(はしか)が大流行しており、棺桶《かんおけ》が不足している。

「鹿児島で千人の芋侍《いもざむらい》たちが挙兵し、長崎から西洋麻疹を持ち込み、京にまき散らし、こんどは江戸だってよぉ」

江戸っ子たちの噂《うわさ》も時にはあたる。

文久二(一八六二)年四月、薩摩藩の公武合体派の島津久光《ひさみつ》(藩主・忠義《ただよし》の父)が京に挙兵《きょへい》すると、寺田屋にあつまった自藩の攘夷派の藩士らを襲撃させた。七人の死者、二人に重傷を負わせる。久光がこの京で目にしたのが、長州藩の桂小五郎や久坂玄瑞たちが朝廷を牛耳《ぎゅうじ》り活躍する姿であった。

——兄斉彬《なりあきら》の遺志《いし》をつぎ、江戸で幕府の大改革をいたす。朝廷から勅使《ちょくし》のご同行を、お願いしたい。

朝廷は飛びついた。無冠《むかん》の久光だから、名目上は勅使・大原重徳《しげとみ》の追従《ついしょう》とした。

これに先立つこと、江戸城では、おそろしい粛清《しゅくせい》人事がおこなわれていた。

井伊直弼の暗殺の後も、老中は役職を継続していた。つまり南紀派である老中たちである。かれらが突如として、文久二(一八六二)年春に次々に罷免《ひめん》された。

三月十五日に本田忠民《ただもと》(三河岡崎藩主)。

四月十一日には坂下門外で背中を切られた安藤信正(磐城平藩主)。

五月二十六日は内藤信親《のぶちか》(越後村上藩主)。さらには、六月二日には筆頭老中の久世広周が老中を免職《めんしょく》された。

残った老中は、責任回避が目立つ松平信義(丹波亀山藩主《たんばかめやま》)ただ一人である。

この徳川二百五十余年でも前代未聞《ぜんだいみもん》の大粛清は、一体だれが仕組んだのか。江戸城大奥は表の人事にたいして威厳《いげん》とつよい影響力をもっている天璋院(篤姫《あつひめ》)にまちがいない。

和宮御付き女官たちは表の政事に関与する裁量などないのだから。となると絞られてくる。

仔細《しさい》に解析してみると、このころ五月二十三日に、京都所司代の脇坂安宅《わきさかやすおり》が新たに老中になった。かれは島津家と縁戚であり、斉彬の実娘でもない篤姫を京の近衛家に養女とさせ、十三代将軍・家定《いえさだ》の婚姻をまとめた人物である。脇坂が昇格してきた二日のち、対抗する久世広周が病を理由に辞表をだし、翌六月二日に認められたもの、そう仕向けた大奥がいるはずだ。

——天璋院(篤姫)にちがいない。数か月前から薩摩藩から大奥に密令が入り、その通りにうごいたのだろう。

姉小路は永年の経験と勘から、名人棋士のように、大奥の一連のうごきが推量できた。天璋院が老中・脇坂安宅と緊密に接し、久光活動の素地をつくったに違いないと思う。

この前年になる文久元(一八六一)年十二月七日、島津家は家臣(堀次郎)に命じて芝薩摩屋敷に故意に火を放ち、ほぼ全焼させた。参勤交代の費用が捻出《ねんしゅつ》できないといい、天璋院の口利きで二万両の貸与をうけると、久光がそれをもって千人の兵を連れて江戸にやってきた。

文久二年六月二日に江戸に到着した久光は、一橋派の徳川慶勝《よしかつ》、一橋慶喜《よしのぶ》、松平春嶽《しゅんがく》、山内容堂《ようどう》たちの謹慎《きんしん》を解除させた。何しろ抵抗する老中はいないのだから、久光の思うままだ。

——私は将軍の養母なのよ。このさい皇女和宮よりも、力があるところを見せてあげる。

次なるは慶喜を将軍後見職《こうけんしょく》にする。松平慶永《よしなが》（春嶽）を政事総裁職《そうさいしょく》にすえた。

島津久光は無位無官で、徳川将軍に謁見《えっけん》する資格はない。拝謁《はいえつ》とか、将軍裁許とかを取り次ぐのが中奥だ。中心人物の側衆の薬師寺元眞《もとざね》が、六月九日に罷免させられた。薬師寺は南紀派の水野忠央の娘婿《むこ》であり、かつて井伊直弼を大老に擁立《ようりつ》した要《かなめ》のひとりである。

薬師寺が罷免された翌日の、文久二年六月十日に、勅使・大原が江戸城に臨《のぞ》み、孝明天皇の勅旨《ちょくし》（蛮夷拒絶之叡思を奉し……、速建掃攘之功）をうやうやしくわたす。むろん儀礼的な拝謁である。この勅旨の内容は、攘夷をすみやかに実行せよ、と家茂に命じるもの。天皇は幕政改革など望んでいないし、久光が若き将軍の弱点を利用した策謀、陰謀である。

もっと深堀りすれば、久光の最大の目的は、国家大罪の贋金《にせがね》づくりの企てであった。千人の武力で幕閣を威嚇《いかく》し、鋳造《ちゅうぞう》の許可を奪いとった。

麻疹の死者が、江戸では数万人にもおよぶ。

幕府はその対策に躍起《やっき》だ。さなかに島津久光がやりたい放題だ。次は琉球通宝《つうほう》の鋳造を申しでてきた。

勘定奉行の小栗忠順《おぐりただまさ》が、贋金づくりの臭いをかいで頑強《がんきょう》に拒絶をつづけた。月日が経つほどに、久光の江戸滞在費がかさむ。

小栗は町奉行に転出させられた。

――六月十六日、鹿児島藩主島津茂久修理大夫、琉球通宝新鋳ノ許可を乞う。幕府、これを允《ゆる》し、その通用を島内に限らしむ(維新史料綱要・国立国会図書館蔵)。

新老中・水野忠精《ただきよ》(浜松藩主・忠邦《ただくに》の長男)から三年間の期限で、鋳造認可をとった。そののち数日にして、小栗忠順が町奉行から勘定奉行にもどされた。

若き将軍・家茂の見えないところで、薩摩藩の国家大罪の贋金づくりが進んでいた。

後世の歴史家はこの薩摩藩のあくどい贋金の実態を暴いた。家老・小松帯刀《たてわき》の下で、大久保利通《としみち》が鋳造の責任者であった。

「琉球通宝」と形状が似る「天保通宝」にすり替えた贋金が西日本に流通し、幕末までの総額は約二百九十万両に達している。

――貨幣は天子様(天皇)の権利で、貨幣密造《かへいみつぞう》は天下国家への大逆だ。千年の長きにわたり不名誉になるだろう。

鋳造にたずさわる家臣(市来四郎《いちき》)の諫言《かんげん》もききいれず、大久保利通はほかにも、「メッキ二分金」を鋳造させた。その贋金は長崎、横浜の武器商人から、倒幕につながる軍艦や武器の輸入代金になった。

話を文久二年八月二十二日にもどすと、「参勤交代は隔年から三年に一度とし、大名の妻子が国《くに》許《もと》に帰ることも許す」と驚愕《きょうがく》の変更がだされた。参勤交代は幕府の大名統制の最も重要な制度だ。十七歳の将軍・家茂は久光にまったく面談しておらず、これは天璋院によるもので、「養母《ようぼ》」という巨大な権力の乱用だろう。幕府の弱体化がここから一気にすすんだ。

時代が変わり、明治の要職には一橋派が陣取った。だから、プロパガンダで「文久の改革」だと讃美しているが、一年前の薩摩藩邸自焼の暗躍《あんやく》からはじまった久光と天璋院による薩摩・島津家の陰謀である。この歪んだ歴史はいずれ修正され、正確な表記「文久の陰謀」、あるいは「文久のクーデター」へと変わっていくだろう。

久光たち約四百人が帰路についた。残りの半数以上は麻疹の罹患《りかん》で江戸藩邸に寝込む。

この一行が八月二十一日、生麦村《なまむぎ》(現・横浜市鶴見区)で薩英《さつえい》戦争につながる大事件をおこす。

騎乗するイギリス人の男女四人が、ことばが通じず大名駕籠《かご》まで近づいてきた。供回《ともまわ》りの藩士が日本刀で斬《き》りかかった。落馬した瀕死《ひんし》の男性一人に介錯《かいしゃく》という止《とど》めを刺す。二人は重態、女性は逃亡できた(生麦事件)。

久光一行が京都につくと、孝明天皇がわざわざ出迎えた。

「薩摩はよくぞ異人を斬り捨てた、英気凜々《えいきりんりん》なり」と称賛した。

＊

花壇には水仙《すいせん》、福寿草の花が咲く。鮮やかな椿、梅の甘い香りが、姉小路の心を豊かにする。屋敷に勝海舟《かつかいしゅう》が訪ねてきた。

「拙者、生まれは近くの本所亀沢町《ほんじょかめざわちょう》。いつかは、姉小路どのを訪ねなければ、と思いながらも、敷居が高くて、高くて」

四十歳にして勝はきりっとした顔立ちで、挨拶もハキハキと江戸っ子らしい。

「あのころ悪戯《いたずら》盛りで、暴れん坊やったな」

勝麟太郎《りんたろう》といわれたころ、かれは父方の親戚筋に奥女中がいた縁から、家慶の五男・初之丞《はつのじょう》の学友として大奥に住み込み、剣術や講読の相手をしていた。姉小路は家慶付きの上臈《じょうろう》で、幼い勝をよく知る。

「奥女中らに頭と手足を押さえつけられて、灸《きゅう》を据えられた。姉小路どののご命令で」

「もう昔話やね。このたびは偉《え》ろうなりはって軍艦奉行並、家茂さま上洛《じょうらく》に海路をすすめられたとか、うち聞きましたえ」

「さよう。江戸と京の間は陸上だと、攘夷派の警戒が必要。三千人の供侍《ともざむらい》で、五十日はかかる。海上ならば、大坂の天保沖《てんぽうおき》に三、四日で着く。幕府の財政が厳しいおり、経費は安上がり。とは言っても」

まくしたてる威勢《いせい》のよいことばが、とたんに萎《しお》れてしまった。

「話がつぶれはったの」

「さよう。生麦《なまむぎ》事件の報復で、英国軍艦の十二隻が江戸湾に集結してきた。上様上洛は急きょ陸路になり、がっかり。船長室で、上様に海軍改革を語りたかったのに」

勝はあらたに大坂湾の砲台築造《ちくぞう》の命をうけた。海軍関係でなく、土木工事だから、と気落ちした口調で語る。

「なら、こうしたら。上洛した家茂さまに、大坂に出むいてもらい、蒸気軍艦のうえから、海防を視察してもらうとええ。そなら、勝のあるべき海軍を語れるやろう」

「これは名案だ。大坂湾で将軍に直訴できる。急いでおりますので、これにて御免」

勝海舟がすぐさま腰をあげた。

やがて、文久三(一八六三)年二月十三日に、十七歳の将軍家茂が陸路で江戸を出発し、老中らが随行して三月四日に京都に入った。二条城を宿舎とする。三代将軍家光のときから二百二十九年ぶりであった。

*

三月初めはまだ寒い。雪も降る。庭木のかなたから十七夜の月が昇る。

洛中《らくちゅう》は天誅の殺戮《さつりく》のさなかと聞く。若き将軍は今宵の月を見てはるかしら。東山の峰をさし昇る月を想えば、姉小路のこころも上洛した。

不穏な都や、えろう心配や、とつぶやいた。

尊攘派浪士らが獰猛《どうもう》な目で、公武合体の協力者らを血祭りにあげる。その生首や腕を上洛した幕府の宿舎に投げ込んでいる。

国学の志士たちが、洛外《らくがい》の等持院《とうじいん》から足利尊氏《たかうじ》・義詮《よしあきら》・義満《よしみつ》三代の木像と位牌《いはい》をもちだし、目をくりぬいて鴨河原《かもかわら》にさらす。「徳川将軍も梟首《きょうしゅ》するぞ」と暗示する。

京都守護職《しゅごしょく》の松平容保《かたもり》が、過激派浪士の卑《いや》しく穢《きたな》い行動を封じ込め、京の治安を維持するために新撰組をつかいはじめた。

このころ、京の朝廷は「破約攘夷」を掲げる長州藩が牛耳っていた。この若き将軍・家茂の上洛は、長州藩の政治的な策略であった。

上洛する前年に、長州藩主・毛利敬親が江戸で、政事総裁職の松平春嶽に誘いをかけた政治的な罠《わな》である。政事総裁職とは、大老職の言い換えであり、井伊直弼の立場とおなじ。春嶽は将軍・家茂に先んじて京に入ってから、長州の策謀《さくぼう》に乗ってしまったと驚愕した。このたびの家茂上洛には、天皇と将軍の地位を逆転させる陰謀《いんぼう》が仕掛けられていたと知った。徳川将軍家にとって、とてつもない屈辱《くつじょく》であり、事の重大さから、春嶽は恐れ、おびえた。

幕府にはなんの益もなく、将軍・家茂が攘夷決行日まで人質に取られる策略すら潜《ひそ》んでいた。長州藩の桂小五郎らが画策し、文久三(一八六三)年三月十一日、孝明天皇が攘夷を祈願する上賀《かみが》茂《も》神社への行幸《ぎょうこう》がおこなわれた。家茂は馬上で供《とも》になった。将軍が天皇の下にいると、世間に印象づけた。

それから十日のち三月二十一日に、松平春嶽がとんでもない行動にでた。政事総裁職の辞表を将軍に提出し、福井に帰ってしまったのだ。幕府は辞表を受理せず、無責任極《きわ》まる春嶽にたいし、三月二十五日に、「逼塞《ひっそく》」という処分を下し、政事総裁職を罷免した。

「春嶽逃亡」は、京にあつまる多くの諸侯に悪影響をおよぼした。大小の大名らは次々に京から立ち去っていく、雪崩《なだれ》現象を起こした。

――政事に携わる者は、じぶんの判断の拙《まず》さで招いた窮地《きゅうち》ならば、死しても対応するべきだ。

それなのに、松平春嶽が真っ先に逃げだす。それにしても、春嶽は自分本位で、まわりのことを考えず、独りよがりの性格だと如実にわかる。

もとより過激な攘夷派の長州藩と公家たちは、春嶽が逃げようが、徳川将軍を京に呼びつけた以上、「攘夷決行の期限を示せ」とつよく迫ってきた。

翌四月十一日、岩清水《いわしみず》神社の行幸は、将軍家茂は風邪をひいて高熱を理由に、天皇に随行《ずいこう》しなかった。代行した一橋慶喜が、「攘夷の節刀《せっとう》」を授かる予定であった。これも腹痛を理由に、山の下の寺院で静養し、結局は受理しなかった。

それでも終始、攘夷の日を明確にせよ、と朝廷に脅されつづけた。家茂はしだいに逃げ道をなくし、四月二十日には、とうとう翌五月十日を攘夷期限とすると、朝廷に奏聞《そうもん》した。

幕府は、諸大名に「攘夷の決行日」を布告するにあたって、「彼(外国)より襲来された場合のみ、これを打ち払え」と日本側からの先制攻撃を戒《いまし》めている。

その後においても、孝明天皇は、貿易港を封鎖する外国との交渉は、大坂で行えばよい、異国と万一、戦争になれば、京で直接指揮を執《と》って安心させよ、と家茂を離さない。

家茂はこの四月に、無理強いをされた攘夷決行の準備として、大坂視察を行った。幕府軍艦・順《じゅん》動丸《どうまる》に乗り、大坂湾を見てまわり、生田川の河口(神戸村)にも上陸している。

孝明天皇から、家茂にいつまでも帰府の許可が出ない。

江戸城の幕閣たちは、将軍救出作戦の準備を進めた。

「われら幕府軍が京に乗り込み、人質になった上様を連れもどす」

決行日が決まった。五月二十六日に、老中格・小笠原長行《ながみち》、勘定奉行・外国奉行を歴任した水野忠徳《ただのり》、町奉行・井上清直《きよなお》ら実力者が、幕府軍千六百人の精鋭の兵を率いて海路大坂にむかった。そして淀《よど》(現・京都市伏見区)まで進んだ。もはや京都へ突入寸前である。

天皇や朝廷は、幕府の露骨な威嚇《いかく》に震えあがった。御所守備兵に戦闘を命じたが、長州藩など通常の兵のみで戦闘力などない。手足が出ない。ヒステリックになった孝明天皇が将軍・家茂になんとかせよ、と命じた。

家茂は親筆《しんぴつ》で入京禁止を命じた。小笠原たちは将軍の指示に従った。朝廷より将軍が江戸に帰る勅許が得られた。五月九日に家茂は京都を出た。同月十三日に大坂から海路で三日後の五月十六日に約四十日ぶり江戸に帰ってきた。救出作戦は成功した。

このように当時の幕府には、京の朝廷を震え上がらせるほどの底力があった。家茂が上洛した時点でも、松平春嶽には深く思慮すれば、幕府として何かしら打つべき策があったはず。ところが、無責任にも、幕府から懲罰をうけるほど、真っ先に逃げだした。

幕末史の随所で、名をなす小笠原長行、水野忠徳、井上清直らに比べると、政事総裁職という肩書の松平春嶽は実に見劣りがする。

この体たらくの春嶽が自伝『逸事史補《いつじしほ》』のなかで、

――十三代将軍・家定(温恭院《おんきょういん》)は、「凡庸中《ぼんようちゅう》でも最も下等であった」と記す。

あえて、ここで春嶽と家定を比較してみると、どんな帰結になるだろうか。

障がい者の将軍・家定は在任五年の間に、激変の国難を切り抜けるために諸々の対応をしている。外交面ではみずからも江戸城で米国領事に面談し、国内政策では悪しき法令などを改善し、大災害の窮民《きゅうみん》らに手をつくしている。『維新史料要綱』から「将軍」という記載を抜粋すれば、安政改革への激務にむかいあった家定の姿が浮かび上がってくる。

現存する家定肖像画は、無精《ぶしょう》ひげ姿である。家定は日夜、深夜までも職務に専念している。おそらく、歴代将軍のように烏帽子《えぼし》の盛装でわが身を飾り、画家の前に長時間立つ、それすらも惜しむ。ふだん朝髭《ひげ》をそる余裕もないほど、政務に一途な家定の姿が描かれたのだろう、と想像に難くない。

春嶽は遺作『逸事史補』で、将軍・家定をライバルとみなし、安政改革の実績を妬《ねた》み、嫉妬《しっと》し、ペンで感情的に家定をこき下ろすことで、うっ憤《ぷん》を晴らしてきたのだろう。そればかりか、自分自身を飾り立てた言い訳がやたら多い。

あえて春嶽を擁護《ようご》するならば、人間だれしも自己顕示《けんじ》欲があるし、回想録に自分を悪く書くひとなどあまりいない。逸事、逸聞の遺作が個人蔵に留まっていれば、さして批判されるものではない。生前のかれは『逸事史補』が世に出ることを望んでいなかったようだ。

幕府が瓦解《がかい》する瀬戸際で、松平春嶽は苦境の徳川宗家を棄てて、優位になった新政府側に寝返るという醜態《しゅうたい》をみせた。明治政府の薩長閥側には、春嶽はとても都合が良い人物であった。春嶽が没して八年のちに、『逸事史補』が、歴史学者が一級史料として取り扱ったことから、幕末史の虚偽《きょぎ》が生まれたともいえる。

御用学者たちは次のように『逸事史補』を評している。

――実歴体験の全編は、春嶽の誠実・真率な性格が反映している。

これが将軍・家茂を京に残し、逃亡した政治の頂点にいた人物評なのか。

――筆至《ひっち》に虚飾・虚勢がなく、利害・得失がなく、感情を交えず、行文に偏頗《へんぱ》がなく、直筆をもってつづられている。

まるで歴史の聖書並みのあつかいだ。

このように美化された名君・松平春嶽が創られた。同時に、旗揚げした春嶽の一橋派が、安政の大獄を経て、明治の要職に座った。それ故に、幕末史の中軸が一橋派となり、かれらが英雄史観の流れになった。それは全豹一斑《ぜんぴょういっぱん》(片方だけ取り上げる)、公平性に欠ける史観である。

この歴史から学ぶとすれば、「家柄がすこぶる良くても、見た目に学識があっても、無責任極まる性格の者に、政治を託してはいけない」という反面教師としての松平春嶽の存在がある。

歴史をすすめてみると、太平洋戦争の責任回避の政治家、大和魂を謳《うた》い煽《あお》りながら末期症状の戦場から真っ先に逃げた軍部上層部ら、人格面で春嶽に似た面がある。


姉小路が朝化粧のあと、庭に咲く紫陽花《あじさい》にこころを染めていた。勝海舟が訪ねてきた。

「どやね。うまくいきはったかえ」

「上々でござる。こころも体も踊るほどに」

雄弁な勝は、将軍家茂の大坂湾の巡視が実現したといい、目を光らせて熱く語る。

――海洋国の日本を守るには、海軍設立の必要性は一致するところ。ただ、幕閣は買いもとめる軍艦の性能ばかりを語る。現実には、操船できる士官や海兵がいないと、軍艦は動かない。

勝は将軍・家茂にそう説明した。そのうえで、神戸に海軍士官を養成する軍艦操練所の設立を将軍に提案した。

――勝には、この場で軍艦奉行を申しわたす。資金提供が得られそうな大名にも話を通しておく。資金をあつめて操練所をつくってくれ。幕府と諸藩との垣根を超えて人を集め、英仏に負けぬ、優秀な海軍士官を養成してほしい。

ここにはやがて坂本龍馬《りょうま》、陸奥宗光《むつむねみつ》(のち外務大臣)、伊東祐亨《すけゆき》(のち初代連合艦隊司令長官)、佐藤政養《まさやす》などがあつまってきた。

「うれしくて涙がでたね。ひとに信頼されることがこんなにもうれしいものか、と」

勝は姉小路のまえで、涙ぐみ、未来の日本海軍創設への壮大な計画を語っていた。

＊

馬関海峡(下関海峡)で、長州藩の大砲が火を噴いた。

これには通航する米仏蘭《らん》の外国商船や軍艦も、薩摩の雇船も、おどろき慌てて逃げた。被害もでた。それは文久三(一八六三)年五月十日の攘夷決行日だった。ただし、「異国船打払令《いこくせんうちはらいれい》」ではなかった。

鹿児島では、生麦事件から、イギリス海軍が町を攻撃する薩英戦争がおきた。

京では、長州藩士がやみくもに自分たちの都合で天皇の勅書《ちょくしょ》や詔書《しょうしょ》を乱発する。孝明天皇はとうとう怒り、御前会議で、三条実美《さねとみ》ら攘夷派公家をいっせいに罷免し、長州藩も京から追放させた。

これが「八月十一日の変」である。

わずか一年のち元治《げんじ》元(一八六四)年七月に、復権をねがう長州軍が上洛し、幕府軍と武力衝突したのが、「禁門《きんもん》の変《へん》」である。

「京の御所に銃をむけた長州は、もはや朝敵だ。征夷《せいい》大将軍は征伐せよ」

孝明天皇が命令をくだし、ここに第一次長州征伐がおきた。このとき四カ国艦隊による下関戦争が勃発《ぼっぱつ》していた。長州藩は外国と戦えば弱くて、惨《みじ》めな惨敗だった。

長州征討《せいとう》は、幕府の動員が三十五藩で、約十五万人という大規模な兵力をもって臨んだ。だが、総督参謀の西郷隆盛《たかもり》が、長州藩の四家老の切腹でお茶をにごした。

幕府内では、長州処分が甘すぎる、と反発が強く、長州再征討《さいせいとう》が布告された。

そこで将軍家茂が三たび上洛する。

幕府前線基地がおかれた芸州《げいしゅう》広島藩では、第一次で解決ずみで、再討《さいとう》には大義がない、と戦争じたいに藩統一で反対がでた。

老中・小笠原が、執拗《しつよう》に抗議する広島藩執政《しっせい》(家老)の野村帯刀《たてわき》と辻将曹《しょうそう》に謹慎を命じた。藩への内政干渉だ。激高した学問所(現・修道学園)の現役・先輩・助教など五十五人が連署で、老中・小笠原らへの暗殺予告をだし、広島から追い出した。同藩は芸州口の先陣になっていた出兵も拒否した。

これに刺激された薩摩藩も、桂小五郎との密約の下で幕府に出兵拒否を申し入れた。

この第二次長州征討が六月に勃発した。

二十歳の家茂は長州征討の勃発まえからの過労で体調を崩していた。六月に入ると、咽喉《のど》や胃腸の障害がはなはだしく、脚腫《あししゅ》も生じ、重篤《じゅうとく》に陥ってしまった。

和宮が漢方医を大坂城に急行させた。

第二次長州征討の開戦から約一か月のち七月二十日、将軍・家茂が大坂城において脚気衝心《かっけしょうしん》で二十一歳で病死した。

毒舌の勝海舟ですら「家茂さま薨去《こうきょ》、徳川家、本日滅ぶ」とおどろきを日記に残した。

晩年、勝は家茂と名を聞いただけでも、涙を浮かべ、

「若さゆえに、時代に翻弄《ほんろう》されたが、もう少し長く生きていれば、英邁《えいまい》な将軍として名を残していたかもしれぬ。武勇にも優れていた。(四歳にして紀州徳川家五十五万五千石の藩主となり)生涯にわたり重責を背負わされてきた、お気の毒な人である」

と語っていた。

*

家茂の遺骸は九月六日、長鯨丸で江戸の浜御殿に帰ってきた。留守を守る老中・若年寄が、涙ながら平伏して出迎えた。

生前の家茂は、和宮にお土産として西陣織を用意していた。ともに江戸に送られてきた。その形見をうけとった和宮が悲しみを詠んだ。

——空蝉《うつせみ》の唐織衣　なにかせん　綾《あや》も錦も君ありてこそ

家茂は妻を愛し、仲睦《なかむつ》まじく側室をもたなかった。ふたりの結婚生活はわずか四年余り。家茂は三度も上洛しており、二年以上も江戸にいなかった。将軍上洛が決まると、和宮は増上寺のお札を勧請《かんじょう》し、無事を祈り、お百度参りをしていた。その願いも叶わなかったのだ。

京の朝廷では、公武合体のために降嫁した和宮だが、もはや政事の切り札ではなくなった。京に呼びもどす、と内議した。家茂葬儀のまえでは時期尚早《しょうそう》だ、と先延《さきの》ばしになった。

慶応二(一八六六)年十二月九日、江戸城大奥の一室では、和宮の薙髪《ちはつ》(断髪)式がおこなわれた。神妙に正座する和宮の顔が悲しげで、参列者たちの涙を誘う。

東叡山寛永寺の輪王寺宮《りんのうじのみや》(慈性入道親王《じしょうにゅうどう》)が戒師《かいし》として、和宮がこれから仏門に入る。

複数の僧侶らの読経がながれる。

大叔母の姉小路が最初にあゆみより、和宮の黒髪の先端をそっと手にした。

「鋏《はさみ》を入れるえ」

その切断の音が静寂のなかにひびいた。

家茂の薨去から、十五代徳川将軍はだれにするか、と取りざたされていた。幕府内では候補者の名がさまざまに出ている。

「慶喜の将軍はぜったいにだめです。家茂公の遺言で、四歳にしろ亀之助です」

天璋院が、大奥の頂点にいるじぶんの存在を示すためだろうか、目立った奇抜な人選で幼児を推《お》す。将軍家の最善の策よりも、自分の存在感のほうが重要なのだ。さかのぼれば、島津斉彬が一橋慶喜を推していたことすら思料《しか》していない。

大坂城の老中・板倉勝静《かつきよ》らは、朝敵の長州征討のさなかに四歳の将軍だと、全軍の士気が落ちると難色をしめした。静寛院《せいかんいん》(和宮)方は、内面で敵対する義養母の天璋院(篤姫)に対抗し、夫の遺言よりも、徳川宗家のためにといい、板倉が推す慶喜の支持にまわった。

ところがその慶喜は、徳川宗家はひきうけるが、将軍就任はつよく拒否する。

——大奥では、水戸藩が嫌われている。女の権力は恐るべきものがある。幕政にまで関与する。これでは幕府の改革はならず、徳川は立ち直らないし、ひきうけられない。

「天下の将軍がいまだに擁立できへん。徳川の権威《けんい》は地に落ちてしもうた」

姉小路は深くなげいた。

＊

(この夫婦は、どないなっとるんね。徳川将軍をひきうけた慶喜公は京から江戸城にもどらず、御台所（美賀子《みかこ》）すらも大奥に入らないなんて。これ前代未聞や」

姉小路は先々への不安をおぼえた。

慶応二（一八六六）年十二月五日、慶喜が二条城で将軍宣下《せんげ》をうけた。そこから二十日のち孝明天皇が不可解な崩御《ほうぎょ》をされた。病死か、毒殺か。定かではない。ここにおいて静寛院の政治的な役目はすべて終焉《しゅうえん》し、もはや京に帰る日を待つのみ。

「そろそろ、京帰りの支度もした方がよろしゅうおす。御付きの女官もふくめはって」

姉小路が京の政局に目を転じた。

いまや将軍・慶喜が開国路線で、華々しく幕政を執る。あらたな「新施政方針」を打ちだし、海・陸軍の強化がはかられている。

フランス公使ロッシェからの対仏借款《しゃっかん》を土台にし、横須賀製鉄所など近代化推進と富国強兵へと諸政策がすすむ。

「慶喜は家康公の再来だ」（木戸孝允《たかよし》）

世情をみれば、長州征討から畿内で物価がやみくもに高騰し、外国輸入品が滝のようにながれこみ、庶民は塗炭《とたん》の苦しみのなかにある。希望を失った男女が熱狂的に踊りまくる「ええじゃないか」運動が西日本にうず巻く。東日本は農民一揆《いっき》が多発する。

「民のこころが離れたら、政事は瀕死《ひんし》や」

姉小路は、ごく自然に時勢が耳に入る。梅雨の晴れ間にみる虹のようなもので、空《むな》しく消える予感があった。

おとなしかった広島藩と、最新武器をそなえる薩摩藩と、朝敵の長州藩とが討幕目的「薩長芸軍事同盟」をひそかに結んだ。

慶喜が動揺した。土佐藩につづいて広島藩が大政奉還《たいせいほうかん》建白書を提出してきた。

慶応三(一八六七)年十月十四日、将軍・慶喜が突如として大政奉還を上表し、翌十五日には朝廷がこれを受理した。ここに鎌倉幕府の成立から、約六百八十年間もつづいてきた武家政権が終止符を打ったのである。

そこからわずか二か月近くの十二月九日に、小御所《こごしょ》会議で「王政復古の大号令」が発せられ、新政府が樹立された。

これをもって二百六十余年にわたる徳川家の政治支配が完全に崩壊した。

＊

姉小路はとても不愉快であった。

それというのも、親藩の松平春嶽、御三家尾張藩の徳川慶勝らが、そろって徳川を捨て新政府側についたからである。この寝返りが京の新政府を強気にさせ、徳川家に「辞官納地《じかんのうち》」を突きつけさせた。

辞官とは、慶喜から官位を取り上げるもの。納地とは、徳川家の領地をすべて朝廷に差しだせというもの。

「徳川家は旗本、御家人ら一万数千人をかかえておられはる。無一文の乞食《こじき》になれとは、そりゃあ、むごいことや」

姉小路は腹立たしく不快の極みに達した。

京の都では、納地返納に憤《いきどお》る徳川方と、新政府の武力衝突の危険が差し迫ってきた。そこで慶喜が二条城から、会津藩、桑名藩、新撰組などを大坂城に移させた。

江戸では、大政奉還があった十月中旬ころから、江戸騒擾《そうじょう》の「かわら版」がよく売れている。「薩摩御用盗《ごようとう》」たちの仕業《しわざ》と称していた。推定三、四百人の強盗団が、江戸市中の商家に押し入り、刀を突きつけて「金蔵を開けろ」と脅す。「いい女だ」といい、夫人や娘らを強姦《ごうかん》する。「抵抗する番頭や手代は容赦なく殺せ」と冷酷《れいこく》だ。

奪った財宝は運河や水路をつかって江戸薩摩藩邸に運びこむ。

幕府はやがて捕縛者の自白から、薩摩藩の西郷隆盛が、民間人を殺害する極悪《ごくあく》非道《ひどう》な騒擾《そうじょう》を発案し、実行させたと解明した。

それによると、西郷が薩摩藩士の伊《い》牟《む》田《た》尚平《しょうへい》(オランダ人の通訳ヒュースケンを殺害)、益満《ますみつ》休《きゅう》之《の》助《すけ》(江戸在住の示現流《じげんりゅう》の使い手)、それに相楽総三《さがらそうぞう》(のち赤報隊)の三人を「薩摩御用盗」の首領《しゅりょう》に決めた。

かれらは土佐藩邸で板垣退助《たいすけ》がかくまう天狗《てんぐ》党の残党を薩摩藩邸に移した。さらに無法者、入れ墨男、凶状《きょうじょう》持《も》ち、博徒《ばくと》を加えた一団に、非道な暴虐《ぼうぎゃく》のかぎりをつくさせる。

慶応三(一八六七)年十一月には、薩摩御用盗の約百四十人が、下野国《しもつけのくに》出流山《いずるさん》(栃木市)において、水戸の天狗党残党や大勢の農民たちをあつめたうえで、万願寺《まんがんじ》本堂で討幕祈願し挙兵したのだ。

幕府は北関東の六十一藩の藩兵ら約千二百人で鎮圧した。「岩船山《いわふねやま》の戦い」である。

このたびも甲府城（山梨県）の乗っ取り事件がおきた。相州厚木《そうしゅうあつぎ》でも、大久保出雲守《いずものかみ》の陣屋《じんや》が銃で襲撃された。

捕まえた犯人らはこう告白したという。

——大奥の天璋院を鹿児島に、静寛院を京に移し、江戸城を攻撃する。

これが京に伝わると、朝廷はこのさき江戸は危険だといい、皇女・静寛院の帰京をうながすことにきめたという。それが伝わる前、十二月二十四日、真冬の暁・午前五時すぎ、江戸城二の丸が放火された。

——薩摩藩の伊牟田の指示で、天璋院付きの奥女中が放火したらしい。

薩摩御用盗は、さらに市中警備の庄内藩の屯所《とんしょ》（現・交番）にも銃弾を撃ち込んだ。

もう薩摩は許せない。勘定奉行の小栗上野介忠順が陸軍に薩摩藩邸の焼き討ちを命じた。

十二月二十五日、四斤野砲による仰角射《ぎょうかくしゃ》の十字砲火を浴びせた。品川から逃亡する薩摩艦を、旧幕府海軍が大坂湾まで追った。

深追いしたかれらは、大坂城の会津・桑名、新撰組と合体した。

——天皇から薩摩藩を討伐する許可をもらう。理由は、民間人に極悪非道なことをするからだ。

「討薩の表」を京の朝廷に提出し、許しが得られるまで、戦火を開くな。

ところが京の手前の鳥羽《とば》街道、伏見《ふしみ》街道で待ち伏せする薩長土から襲撃された。

この戦いがまだ江戸に伝わっていない。

「江戸城が標的になった。疑わしき天璋院と静寛院は京に送り返せ。慶喜にやらせろ。十五代将軍になってから江戸城に一度も入っておらん。無責任きわまる。呼びにいけ」

慶喜の連れ戻し役として、重臣たちは三十四歳の浅野氏祐《うじすけ》をきめた。浅野は幕府きっての切れ者の陸軍奉行で最適である、と。

海路で正月六日の明け方、浅野氏祐が天保沖《てんぽうおき》(大坂)についた。すぐさま大坂城に入った。

徳川陸軍を統括指令する正式なトップが現れたのだ。浅野は叡智《えいち》と職権で、京都への反撃論は封じ込めた。ここが戦場ならば、奉行に従え、と慶喜も応じさせた。うむもなく当日の六日夜には早ばやと慶喜、松平容保、松平定敬《さだあき》や重臣を海路で引き揚げさせた。

無意味な戦争だといい、浅野は職権で、永井尚志《なおゆき》らに、翌七日に全軍を紀州から海路で引き揚げろ、と命じた。


正月七日、京都から大坂まで戦場がもぬけの殻になった。西郷隆盛たちは、まさにびっくり仰天である。用心深い西郷は、このさき京への奇襲《きしゅう》攻撃があるかもしれないと怖《おそ》れと警戒心のなかにいた。

ところが、大久保利通は薩長軍が勝った、勝ったと吹聴《ふいちょう》した。

――公家は千年来、武力の強い方につく。

大久保はここに狙いを定め、勝ったといい、岩倉から「慶喜追討令《ついとうれい》」をださせた。

大久保は雄藩の京都留守居役《るすいやく》をまわり、「慶喜は逃げた」と噂をながし、西側諸藩を新政府側に巻き込みはじめた。確証もない段階でのプロパガンダが見事に的中した。

知恵者は双方にいるものだ。

大坂城では、残留処理の旗本目付の妻木頼矩《つまぎよりのり》が、金銀十六万両を運びだし榎本海軍で江戸に送った。大坂城を新政府に引き渡す式典で、火薬庫を大爆破させた。

豊臣秀吉からの歴史を引き継ぐ豪華な城が、三日間も燃えて無残にも全焼した。

新政府は、資金力不足が最大の悩みである。大坂城の全焼には腹が立つ。そこで正月十日に慶喜ら二十七人を朝敵ときめた。

浅野氏祐の指図から、慶喜たちは十一日に、海路で浜御殿(現・浜離宮恩賜庭園)に帰府した。

翌十二日の江戸城は、フランス式軍服姿の慶喜と裃《かみしも》姿の重臣とが今後の策を話す。

——新政府がこのさき西から関東に攻めてきたら、箱根の山を下りた小田原で、徳川陸軍が迎撃する。

——旧幕府艦隊は、駿河湾《するがわん》に突入し、艦砲《かんぽう》射撃で、後続の補給部隊を壊滅《かいめつ》させる。

多くは勝利を確信し、慶喜も納得した。

それから数日のち徳川家が朝敵になったと江戸に伝わると、城内では激論になった。

「幼帝の印璽《いんじ》の『朝敵』など、紙っぺら同然の詔書だ。江戸から大坂、京へ兵を挙げて、幼帝を隠岐島《おきのしま》に流せばよい」

小栗忠順らは殺気立っていた。

「天皇は崇高《すうこう》で神聖なものだ。暴言は許されない。朝敵になった以上は恭順《きょうじゅん》する。江戸の町を戦場にさせないために、フランスからの武器提供の申し出は断る」

激論の末に、慶喜は抗戦《こうせん》派を解任した。そのうえで、会計総裁は大久保一翁、陸軍総裁は勝海舟などに刷新した。

徳川家の将来は京の朝廷の出方しだい。ここにおいて、皇女の存在がおおきい。

帰府した慶喜が天璋院に会ってから、静寛院の拝謁の取り次ぎをたのむが、「本人はお断りだぞうです」と素っ気なかった。ならば、と慶喜は静寛院の大叔母・姉小路に力を借りた。

姉小路が西の丸大奥を訪ねる。

静観院はやや執念ぶかい性格であった。

「うち、慶喜の顔などみたくあらへん。慶喜が十五代将軍になりはってから、なんべんも攘夷実行の要望の手紙をだしましたんや。返書ひとつあらへん」

和宮降嫁の条件として、幕府は七、八年ないし十か年以内には攘夷をおこなうと約束している。慶喜にその実行をもとめたが、悉《ことごと》く袖《そで》にされたと、静寛院の顔には苛立《いらだ》ちと怒りがあった。

「止めときい、過去のしがらみなど。嫁ぎ先の徳川家がいま朝敵で、没する寸前やで。一万数千人の旗本・御家人、その家族をふくめれば十万人以上や。静寛院はそれだけの生活と命を、背負ってはるのや」

「剃髪式《ていはつしき》のあと、大叔母さまはうちの帰京に賛成されはった。あのときから、こころは徳川家から離れたよし。朝廷の岩倉にも、帰京したいと手紙を出しましたえ」

「そんなら、もう慶喜公に会わんでもええ。明日にでも、荷をたたんで、京の橋本家にさっさと帰りなはれ。弱り目に祟《たた》り目の嫁ぎ先を見捨てる。二十二歳にもなって、いい気味だとおもえば、人間の値打ちもそこまでということや」

といわれて静寛院が視線を落とし、涙ぐみ、唇を噛《か》む。折れて慶喜の面談に応じた。

慶喜から、退隠《たいいん》の決意、後継者の選定、謝罪、この三項目について、ぜひとも静寛院から朝廷に伝奏するように懇願《こんがん》された。

――このたびの一件は、慶喜の重々の不行届《ふゆきとどき》の事故です。後世まで、徳川家が朝敵の汚名をのこすことは、私自身にとって実に残念に存じます。なにとぞ、私へのご憐憫《れんびん》を思召《おぼしめ》され、汚名を雪《そそ》ぎ、家名が立つよう、私の身命に変えてもお願いします。

静寛院からの宛先は、大総督府《だいそうとくふ》の首脳である橋本実麗《さねあきら》(伯父)・橋本実梁《さねやな》(いとこ)への直書としていた。

――慶喜の切腹まで進まないと、相済《あいす》まない。しからば静寛院とて、もはや賊の一味である。断《だん》然《ぜん》、追討するべきである。

総督府内で西郷隆盛や、おなじ薩摩藩の大久保利通らは厳罰をのぞんでいる。

慶応四(一八六八)年二月十二日、慶喜が江戸城をでて、上野の寛永寺の塔頭《たっちゅう》大慈院で謹慎した。これは自分のいのちが危うし、と察《さっ》して仏門に入り逃げ込んだともいえる。

東征軍が江戸に進軍してくる。東征大総督《とうせいだいそうとく》の有栖川宮熾仁《たるひと》親王は、かつて和宮の許嫁だった。公武合体で、仲を割いたのが姉小路である。

「静寛院から、元婚約者の熾仁親王に、進軍停止の手紙など、さしむけられへん。どないするべきか」

姉小路は思案した。

謹慎している慶喜の母親・吉子が有栖川宮の出身である。

「元将軍と東征大総督がいとこはんやから、ここはどう取り持つかや。ふたりが直接、膝を交えて話す場など簡単に作れやせんし。濃い血縁関係にあるといっても、かんたんそうで、えろう難しいものや。ここは東叡山寛永寺の輪王寺宮さまに頼むしかないやろう」

寒い木枯らしの日だった。

彼女は身支度を整え、屋敷の玄関先から女乗物（駕籠《かご》）に乗った。女用で絵巻がほどこされている。本所割下水にしばし沿っていき、角を曲がり、大川（隅田川）を渡り、上野にむかう。陸尺《ろくしゃく》（駕籠かき）の掛け声が北風の音と重なり合う。

これから拝謁する輪王寺宮能久《よしひさ》（のち北白川親王）は二十一歳で、京・伏見宮邦家親王の第九番目の王男子である。かれは仁孝天皇の猶子《ゆうし》になっている。つまり、孝明天皇の義弟であり、静寛院宮・和宮とは義理のきょうだいになる。

乗物の座がやや傾く。上野山への坂道に差しかかった気配が感じられた。

窓から外の冬景色を一瞥《いちべつ》すれば、落葉が地面から舞いあがる。その枯れ葉が妙に徳川家の没落と重なってくる。

姉小路は東叡山寛永寺がいかなる存在かよくわかっていた。

寛永二(一六二五)年に、三代将軍家光が東叡山寛永寺を開基《かいき》した。初代住職は慈眼大師《じげんたいし》の天海大僧正である。徳川家光《いえみつ》の時代から二百余年間にわたり、歴代の貫主は京都の皇子(親王殿下)が就任している。その理由は、後醍醐《ごだいご》天皇のあと南北朝がきたが、類似した出来事がきっと起きるだろう、と徳川将軍家はつねに警戒してきたからである。

――西の大名が京都で、勝手に天皇を立てて倒幕に決起したならば、幕府は輪王寺宮を天皇として擁立し、対抗する。

それ故に、歴代の寛永寺貫主は皇位継承権《こういけいしょうけん》のある皇子、もしくは天皇の猶子に限られている。

いまの輪王寺宮能久は慶応三(一八六七)年五月、江戸に下り寛永寺に入った。

寛永寺貫主《かんじゅ》(住職)、日光輪王寺門跡、天台宗の座主《ざす》で京の比叡山《ひえいざん》も統括するほど絶大なる権限がある。徳川御三家とおなじ格式だった
寛永寺の輪王殿の表門に入った。乗物を降りた姉小路は、案内の僧から、おごそかな本坊《ほんぼう》(貫主の居住)に通された。

「姉小路さま、ようおいでなさりました」

法衣姿の輪王寺宮はきりっとした顔立ちの美男子である。

「宮様には、東征軍の大総督に面談していただきとう存じおす。江戸攻撃の中止をさせるためにも。どないですやろう」

「かしこまりましたえ。徳川宗家のご救済もふくめて、労はいっさい惜しみません」

輪王寺宮はしずかな口調であった。

二月二十一日、輪王寺宮は旅立って三月七日に、駿府《すんぷ》で有栖川熾仁親王に面談している。

——輪王寺宮さまから、朝廷への嘆願書など受けとれまへん。江戸進軍の中止など論外や。宮は上野から早よう立ち去り、京に帰りなはれ。

熾仁親王から、輪王寺宮はすげなく追い返された。

この態度の悪さから、熾仁親王がいまや参謀・薩摩の操り人形で、じぶんの意思はないのも同然だと感じとった。薩摩の武士がまるで総督府を目下のごとく動かす。これは薩摩が「君側《くんそく》の奸《かん》」で、京の朝廷を牛耳っているからだ、と輪王寺宮は読みとった。

——君側の奸とは、君主の側《そば》で君主を思うままに動かし、操《あやつ》り、悪政をおこなわせることである。この君主とは幼帝・睦仁《むつひと》親王である。

一昨年の慶応二(一八六六)年十二月、孝明天皇が崩御すると、元服前の十四歳の睦仁親王が践祚《せんそ》(天皇の位を受け継ぐ)した。重要な「立太子の礼」(正式に皇太子になる)を経ずに皇位継承している。輪王寺宮はここに疑問をもつ。なぜか。この「立太子の礼」の挙行はきわめて重要な意義があるからだ。複数の候補者のなかから、まず次期後継者を選びだし、そのなかから皇太子を決定するもの。

輪王寺宮は仁孝天皇の猶子であり、皇位継承権があった。元服の式もおこなっている。だが、無視された。昨年、慶応三(一八六七)年五月に、江戸に下って寛永寺に入った。

いまの幼帝・睦仁親王は、当然ながら、天下万民に天皇の即位を告げる「天皇即位の礼」を行っていない。民の万人が天皇だと認めたとは言い難い。

思うに昨年末、慶応三年十二月九日の小御所会議において、「王政復古の大号令」が出されて天皇親政《しんせい》を謳《うた》われた。なんと摂政《せっしょう》・関白が廃止されたのだ。

摂政とはなにか。幼帝に代わってすべての政務をとる職である。摂政廃止となると、幼帝・睦仁の代行執務《しつむ》はだれが行うのか。

鳥羽伏見の戦いを境にして、勅許《ちょっきょ》や詔書《しょうしょ》が目にあまるほど乱発されているようだ。

――慶喜追討令、徳川家の朝敵、東征軍など、これこそ薩摩と岩倉具視が「君側の奸」で、幼帝・睦仁親王を思うままに利用している証。意義も知らない幼帝の印璽《いんじ》の詔書だろう、きっとそうだ。

そう考えるほどに、輪王寺宮の胸の中には、君側の奸たちへの怒りと憎しみが広がってきた。その憤りが貫主・輪王寺宮の人生を変えさせた。そして数奇な運命をたどる。

余談だが、輪王寺宮はやがて北白川宮能久《よしひさ》親王となり、流転の多い波乱万丈の人生を送る。四十九歳で死去したとき、国民から古代の英雄・日本武尊《やまとたけるのみこと》の人生にたとえられるほど慕われていた。東京の国葬では約三十万人もが路上に伏し涙したという。切手も発売されるし、「北白川宮親王の歌」まで作られて全国で流行した。

そもそもが姉小路が輪王寺宮に駿府行きを依頼したことからはじまったものだ。

現在は、皇居・北の丸公園に騎馬姿の躍動感あふれる銅像がある。

＊

姉小路の屋敷には、剣豪の大柄な山岡鉄舟《てっしゅう》が訪ねてきた。

かれは慶喜の命で、これから東征軍の総督や参謀に、江戸攻撃中止の談判にのりこむという。

「おひとりで。それは無茶《むちゃ》やね。箱根関所を越えたら、西軍の支配地らしいえ」

姉小路が、肝《きも》をつぶすような目をむけた。

「敵の大将と直接面談できるまで、いかなる手立てがあるか。それが問題でござる。慶喜公から、活路を開く意外な発想は姉小路どのが一番だ、と聞かされました」

「それで来やはったん。慶喜公を十歳で一橋家の家主にさせるようお膳立てしたのはうちやし。最後の将軍やし、知恵を絞ってあげんとあかんね。そや、薩摩色のつよい新政府軍やから、島津家から嫁いだ天璋院に『官軍隊長宛』の書状を一筆もらうとええ」

「なるほど。隊長に手交《しゅこう》するまで、だれにも渡せぬ、といえば、直々に面談できる」

「うちが天璋院からもらってあげる。まだ、心もとないな。そや、益満休之助もいっしょに総督府に連れていきなはれ」

益満休之助とは薩摩屋敷の焼き討ちで負傷し、幕府に囚《とら》われた。厳しい尋問のあと、いまは勝海舟の預かりの身になっている。

「実は誠に、言いにくい話ですが、拙者は益満とは『虎尾《こび》の会』(清河《きよかわ》八郎が結成)で伊牟田昌平もふくめて昔の仲間です。勝海舟どのといえども、重要な人質を独断にて、昔の仲間の拙者に預けるわけにはいきますまい。まして、二の丸放火の伊牟田はまだ逃げておりますし。大久保一翁どのら徳川宗家の執政の了解なくしては」

山岡は困惑の表情だった。

「勝はよう知っておす。うちが益満休之助の身元保証人の念書《ねんしょ》をだしますさかい、それをお持ちなはれ。大久保さんにも根回しせんとあかんな。陽《ひ》があるうちに、うちがいってみますわ」

姉小路はここが重要な(歴史の)分岐点だとひらめいたのか、大胆だった。

「姉小路どのは、ここぞ、とおもった瞬時の決断と行動の速さは、まさに天下一だ」

剣術の早業《はやわざ》よりも勝る、と感心していた。

*

「休之助、よくぞ無事で。感激だ」

西郷が肩をたたき合って涙していた。

その益満休之助も同席させて、山岡鉄舟は総督府参謀《そうとくふ》らとの折衝《せっしょう》に入り、六つの条件に合意をみた。それをもって三月十五日の江戸総攻撃が中止となった。

慶応四(一八六八)年三月十三、四日には、勝海舟と西郷隆盛の会談で、四月二十一日に江戸城の無血開城がきまった。

そうと決まると、「徳川の頭脳」といわれた松平太郎の極秘《ごくひ》の行動が光る。

江戸城の御金蔵《ごきんぞう》からも、新鋳造金《しんちゅうぞうきん》をつくる金座《きんざ》・銀座からも、あわせて百万両以上の金銀銅の貨幣が運びだされた。上野の彰義隊《しょうぎたい》、日光など北関東の元幕府軍、さらに新撰組の土方歳三《ひじかたとしぞう》らに軍資金として配布された。戊辰《ぼしん》戦争の強力な資金になったのだ。

新政府軍は江戸城に進軍し、空の御金蔵をみてがく然とした。

西側の多くの諸藩は戦利品をあて込んだ参戦だった。江戸に着くと、とたんに軍隊の維持費すら事欠き、さらに戊辰戦争に突入すると、軍事費すら捻出できない。そこで多くの大藩が極秘裏に贋金づくりに手をそめて対応した。これが結果として、明治に入ると、おおきな問題をかかえた。

松平太郎は戊辰における究極《きゅうきょく》の知者ともいえる。かれは品川から榎本海軍で蝦夷《えぞ》にわたり、総裁・榎本武揚《たけあき》、副総裁・松平太郎として、蝦夷共和国をたちあげている。

江戸城に残された難題は、奥女中ら千人近い女性の処遇《しょぐう》である。彼女たちは老若を問わず、永久の住まいだと信じて大奥で奉公《ほうこう》してきた。帰る先、行く先、なにも見通しがない。泣きだすもののしる者、死にたいと叫びだす者。大騒動で収拾がつかない状態に陥る。

勝海舟が立ち退きの説得役として、西の丸御殿に三日間も足をはこんだ。

「私は温恭院(亡き家定)の正妻ですよ。江戸城はわが家です。ぜったい立ち退きません」

天璋院が頑迷《がんめい》に突っ張った。

「すると、新政府軍と薙刀《なぎなた》で戦われるのか」

「戦わないまでも、自害《じがい》いたします」

「拙者も、天璋院どのと頭《こうべ》をならべて自害しよう。相対死《あいたいじに》(心中)とみなされるな」

笑いが緊迫の空気をかえた。

四月九日、静寛院と家茂の生母・実成院《じつじょういん》が清水徳川家に移った。すると、数十人、数百人の奥女

中たちが次つぎ荷をまとめて立ち退く。この雪崩《なだれ》現象にのまれた天璋院と本寿院《ほんじゅいん》（元将軍家定の生母）ら
も一橋徳川家へと移住したのである。

「最も厄介だったのが、天璋院であった」

大久保一翁がそのように書きのこす。

ここに大奥の歴史が終焉した。

エピローグ

The New-York Times.

By this action there are two Mikados now in Japan,

The New York Times, October 18, 1868

江戸城が平和裏に無血開城した。それなのに、なぜ上野戦争が起きたのだろうか。その答えは海外にもとめることができる。

一八六八年十月十八日(慶応四年九月三日)付け、米国新聞「The New York Times」は、日本からの情報として、北と南に二人の天皇(ミカド)が生まれたと報じている。

この記事が、横浜港から太平洋を渡った日数を換算すれば、おそらく同年三~五月ころに発信されたものだろう。

――北(奥羽越《おううえつ》列藩)と大君《たいくん》(将軍)側の勢力が、高僧「輪王寺宮様《りんのうじのみや》」を新しい天皇(東武天皇)として選出した。従来のミカド(幼帝・睦仁《むつひと》親王のち明治天皇)は京都で力を維持する。

この情報提供者は、充分な教育をうけた政治に関わる人物であると記す。

両天皇による東西の国家分裂から、新政府は輪王寺宮を亡きものにすると謀《はか》った。

慶応四(一八六八)年五月十五日に、東叡山寛永寺《とうえいざんかんえいじ》を守る彰義隊《しょうぎたい》に攻撃をしかけた。雨降るはげしい砲火のなかから、首尾《しゅび》よく逃れた輪王寺宮は、このさき品川から榎本武揚《たけあき》の海軍軍艦で平潟《ひらかた》(茨城県)にわたり、奥羽越列藩の連合軍に合流し、盟主《めいしゅ》となった。

ここから東と西の天皇(天皇対盟主)に分かれた戊辰《ぼしん》戦争がはじまった。日本の近代史で、最大の内戦になった。欧米などの諸外国は、局外中立の立場であった。

やがて米沢藩、仙台藩が降伏すると、盟主の輪王寺宮はみずからの意志で、同年九月七日に新政府に帰順《きじゅん》した。

東武天皇は幻に終わり、九月八日から一世一元《いっせいいちげん》の「明治」に改元された。

この戦いの終結をもって、鎌倉時代から徳川幕府とつづいてきた封建制の破却《はきゃく》となった。

約一年半のち明治二(一八六九)年に、版籍奉還《はんせきほうかん》で、各大名の領地と領民が徳川家の大政奉還のように天皇に返還された。そこからさらに二年のち、廃藩置県《はいはんちけん》が実施された。

「わしは、いつ将軍になれるのだ」

島津久光《ひさみつ》や毛利敬親《たかちか》らの夢も破れ、サムライもみずからの瓦解《がかい》で歴史から消えた。

あらためて徳川幕府が二百六十余年も政権を維持できた背景を問う。表の政事(男)、奥の政事(女)の両立が寄与した側面がある。

幕末で、きわだって目立つのが姉小路《あねがこうじ》だ。豊富な経験と機知で、幕府末路の困難な政治局面に深く関与し、多大な影響をあたえた。

明治維新後の、勝光院《しょうこういん》(姉小路)の詳細な史料はない。彼女は京に帰らず、東京・本所割下水《ほんじょわりげすい》の屋敷で過ごし、明治四、五年頃、両国・回向院の行戒《ぎょうかい》僧正の説教を聞いていたという(本所・本誓《ほんせい》寺の住職・福田上人氏の幼い頃の目撃談)。

「容貌はなかなか美しく、威厳《いげん》も備わっており、品格もよろしかった。頭は剃って青黛《せいたい》を塗って真っ青にしている。顔は白粉の厚化粧で、なかなかの若づくりであった。ただ、歯は乱杭《らんくい》で、六十以上の老女たることは慥《たし》かであった」

歴史辞典(国史大辞典)が正しければ、もう七十七歳である。

魅力的な才女は、「姉小路伝説」にふさわしく、明治十三(一八八〇)年八月九日没まで、謎に満ちた美女であった。

あとがき

歴史小説「妻女たちの幕末」は一年間(二九八回)つづいた新聞連載である。

徳川政権は二百六十余年にわたり、いちども海外と戦争なく政権を維持できた。薩長による薩英戦争・下関戦争があったにしても、徳川将軍家は長期に平和主義をつらぬき通してきた。この政治の安定には、表の政事(男)、奥の政事(女)の両立が寄与した側面がつよい。きわだって目立ったのが、小説の主人公・姉小路《あねがこうじ》である。

彼女は上臈《じょうろう》御年寄で将軍・家慶《いえよし》付きである。頭の回転が速く、洞察力に優れている才女であり、家慶の知恵袋(ブレーン)だった。水野忠邦の「天保の改革」が失敗したとみなすや否や、「若い国をつくらへんと、日本は持ち堪えられまへん。阿部に任せたら、よろしゅうおす」と将軍・家慶に助言し、剛腕な水野を失脚させる。

二十五歳の阿部正弘を老中首座(現・内閣総理大臣)へと大抜擢させた。阿部正弘が現職のまま老中で死去するまで(享年・三十九歳)、かれは日本の国難を乗り切ってきた。これをもってしても、姉小路は有能な人材を見抜くたしかな眼をもっていたといえる。

これまで一般に大奥といえば、大勢の華やかな女性の華美な空間だと捉えられていた。しかしながら、幕府は内憂外患《ないゆうがいかん》で幕政の問題が山積で失費も多く、千人前後の女性を無為に遊ばせておくほど、幕府の財政は甘くない。

「官位や昇格は将軍の采配である」

幕藩体制の下で、三百藩の大名にしろ、幕臣（二万二千人）にしろ、みずからの昇格を老中経由で将軍に願いでて断られると、恥をかいたと言い、切腹もいとわない。日本は古から恥を嫌う文化、切腹文化である。幕府は有能な人材損失を避けるためも、夫が正式な要望をだすまえに、大名の奥方（江戸住まい）や旗本の婦人らが事前に内願できる制度を大奥につくった。秘密厳守で、男子禁制である。内願をあつかう上級大奥となると、代参以外は外出禁止であり、明治に入っても秘密は守りつづけたというほどつよい責任感があった。

日々の内願の数は膨大である。大奥で受理されると、過去の履歴などを付け、中奥・将軍にまわす。上臈・姉小路ともなれば、自分の意見を将軍に言える。「水戸藩の七郎麿《しちろうまろ》（のちの慶喜《よしのぶ》）を一橋家に入れはったら、どないやろう。頑固な水戸烈公も頭をさげてくるよし」。納得した将軍・家慶から老中・阿部に降りる。そして実現する。これがのちの歴史にもおおきな影響をあたえた。

日本が開国したあと、将軍・家定《いえさだ》の継嗣問題が起きて、南紀派と一橋派が激しくあらそう。知名度のない南紀派の面々も、史料にもとづいて、人物をていねいに立ち上げている。とくに新宮水野家三万五千石の姫「お琴の方」は稀代の美貌で、家慶将軍の四人の子を産む。だが、あまりにも悲しい最期をむかえる。時がすすみ、徳川家が瓦解《がかい》するが、立ちまわる大奥の篤姫《あつひめ》・和宮《かずのみや》にも筆をはこんでいる。

十九世紀は、蒸気船と新聞が急速に発達し、地球が狭くなった。

弘化・嘉永《かえい》・安政になると、英米露蘭プロシアなど列強が日本に来航し、開国と通商をもとめた。各国の新聞はそれぞれに報じている。

私はこの新聞連載の依頼をうけたとき、徹底して外国側の新聞・書籍の資料をあつめた。そして外国側と日本の通説とを照合した。すると、明治時代に入り、ねつ造されたり、わい曲されたりした内容がずいぶん浮上した。たとえば、ペリー来航の際、幕府は戦争の目的がないことを事前に知っていたこと。水野忠邦が蒸気機関車と蒸気船の導入を計画し、オランダ商館に働きかけていたこと。不平等条約とは実は明治からの意図的な前政権(幕府)を陥れる表現であったこと。

「勝者の都合で改ざんした幕末史は、国民のためにならない」

その先鞭《せんべん》をつける気持ちで取り組んだ。

ＡＩの翻訳時代に入り、こんごも外国からみた日本の通説の嘘、明治政府のプロパガンダによる虚偽が次々に白日の下にさらされるだろう。そして、日本史の教科書がかわっていく、という確信をもった。

新聞「読者欄」には、多くの方々からの好評が載った。「いまの社会において、女性の活躍があらゆる分野で期待されています」「姉小路の生き方が現代の若い女性に勇気と望みをあたえてくれます」という投稿もあった。

作者としてこう思う。明治政府は、「男性が偉い」という「家父長制」をとった。女性の参政権すらもなかった。あらゆる分野が男性重視で、それは明治・大正・昭和・平成と社会に根を張りつづけた。

日本は変わらなければならない。人類を脅かす環境問題、一触即発の軍事強化の競争、少子化による人口減＝経済の弱体化など、まさに深刻な国難だ。性別を問う時代ではない。姉小路のような斬新な発想、洞察力、判断力のすぐれた才女が、社会に影響を与える立場で広く活躍することを願う。

二〇二三年十月

穂高健一

本書は、公明新聞連載小説二〇二二年八月一日から二〇二三年七月三十一日を加筆・修正したものです。

引用・主要参考文献

・芝原拓自『日本の歴史・開国』小学館　一九七五年十二月
・津田秀夫『日本の歴史・天保改革』小学館　一九七五年十一月
・安藤精一『和歌山地方史の研究』安藤精一先生退官記念会　一九八七年六月
・新宮市編『徳川藩政時代』新宮市発行　一九三七年十二月
・『ペリー艦隊日本遠征記』ＶＯＬ．Ⅰ、およびⅡ　栄光教育文化研究所　一九九七年十月
・小山鐵夫『黒船が持ち帰った植物たち』アボック社出版局　一九九六年十一月
・チャールズ・マクファーレン『日本１８５２』草思社　二〇一六年八月
・坂田精一『ハリス』吉川弘文館　一九九六年六月
・北島正元『水野忠邦』吉川弘文館　一九八七年十二月
・渋沢栄一『昔夢会筆記・徳川慶喜公回想談』平凡社　二〇〇四年九月
・穂高健一『安政維新　阿部正弘の生涯』南々社　二〇一九年十月
・ラナルド・マクドナルド『マクドナルド「日本回想記」』刀水歴史全書　一九七九年
・ドンケル・クルチウス『幕末出島未公開文書　ドンケル・クルチウス覚え書』人物往来社　一九九二年五月
・カッテンディーケ『長崎海軍伝習所の日々』平凡社　一九九四年四月
・徳永和喜『天璋院篤姫』新人物往来社　二〇〇七年十二月
・武部敏夫『和宮』吉川弘文館　二〇〇七年十月
・田中惣五郎『西郷隆盛』吉川弘文館　一九九〇年二月
・松平慶永『現代語訳「逸事史補」』福井観光営業ブランド営業課　二〇一一年三月

・森田健司『現代語訳・墨夷応接録』作品社　二〇一八年十月
・鈴木浩三『パンデミックVS.江戸幕府』日経BP　二〇二〇年十二月
・卜部典子『人物事典　江戸城大奥の女たち』新人物往来社　一九八八年十二月
・永島今四郎『定本　江戸城大奥』新人物往来社　一九九五年一月
・氏家幹人『江戸の女の底力』世界文化社　二〇〇四年十一月
・山本博文『将軍と大奥』小学館　二〇〇七年七月
・三田村鳶魚『御殿女中』青蛙房　二〇一四年八月
・旧東京帝国大学史談会『旧事諮問録』青蛙房　一九九八年六月
・その他、作中で記した関連資料など

【著者略歴】

穂高 健一（ほだか・けんいち）
広島県・大崎上島町出身、中央大学・経済学部卒業。
日本ペンクラブ（会報委員）、日本文藝家協会、
日本山岳会、日本写真協会の各会員。
地上文学賞『千本杉』（家の光社）、
いさり火文学賞『潮流』（北海道新聞社）など
八つの受賞歴がある。
ジャンルは純文学、推理小説、歴史小説である。
朝日カルチャーセンター、読売・日本テレビ文化センター、
目黒学園カルチャースクールなどで
「文学賞を目ざす小説講座」「知られざる幕末史」
「フォト・エッセイ教室」「エッセイ教室」などの
講師を務める。
「幕末芸州広島藩研究会」で二か月に一度の講座を持つ。
広島県および首都圏の講演活動は約三か月に一度。
RCC（中国放送）にたびたび生出演。
近著として、
『広島藩の志士』『安政維新・阿部正弘の生涯』（いずれも南々社）、
『芸州広島藩 神機隊物語』（平原社）、
『神峰山』『紅紫の館』（いずれも未知谷）、
『小説3・11海は憎まず』（日新報道）、
祝日・山の日の制定記念出版『燃える山脈』
（二三八回新聞連載小説を山と渓谷社より単行本）。

■挿絵／中川 有子
■装幀／スタジオギブ
■本文DTP／大原 剛　角屋 克博
■図版／岡本 善弘（アルフォンス）

妻女たちの幕末

大奥の最高権力者　姉小路《あねがこうじ》の実像

二〇二三年十一月十日　初刷第一刷発行

著　者……穂高健一
発行者……西元俊典
発行所……有限会社 南々社
〒七三二－〇〇四八
広島市東区山根町二七－二
電　話　〇八二－二六一－八二四三
ＦＡＸ　〇八二－二六一－八六四七

印刷製本所……株式会社シナノ パブリッシング プレス

ISBN978-4-86489-163-9